Serial Studies in
Ethnic American
Literature

美国少数族裔文学研究丛书

总主编：张龙海

美国亚裔文学研究论集

Studies Collection in
Asian American Literature

苏亚娟◎编著

图书在版编目(CIP)数据

美国亚裔文学研究论集/苏亚娟编著.—厦门:厦门大学出版社,2019.12
(美国少数族裔文学研究丛书)
ISBN 978-7-5615-7463-8

Ⅰ.①美… Ⅱ.①苏… Ⅲ.①亚细亚人—文学研究—美国—文集 Ⅳ.①I712.06-53

中国版本图书馆 CIP 数据核字(2019)第 140058 号

出 版 人	郑文礼
责任编辑	王扬帆
封面设计	李夏凌
责任印制	许克华

出版发行 厦门大学出版社
社　　址 厦门市软件园二期望海路 39 号
邮政编码 361008
总　　机 0592-2181111　0592-2181406(传真)
营销中心 0592-2184458　0592-2181365
网　　址 http://www.xmupress.com
邮　　箱 xmup@xmupress.com
印　　刷 厦门集大印刷厂

开本 720 mm×1 000 mm　1/16
印张 20.5
字数 336 千字
版次 2019 年 12 月第 1 版
印次 2019 年 12 月第 1 次印刷
定价 78.00 元

本书如有印装质量问题请直接寄承印厂调换

厦门大学出版社　　厦门大学出版社
微信二维码　　　　微博二维码

总　序

《美国少数族裔文学研究论丛》付梓之际,我顿觉轻松,思绪也随之走远。

早在2012年就有了编著这套论丛的想法。当时厦门大学召开繁荣哲学社会科学大会,提出"哲学社会科学繁荣计划",计划每年专门拿出一亿元,用于支持文科科学研究,力争到2021年百年校庆之时,形成哲学社会科学研究的"厦大学派"。受此"繁荣计划"的激励,我顿时心潮澎湃,想着如何结合自己的美国少数族裔文学研究领域,申报大工程、大项目。于是,这套论丛的想法就有了。

虽然有了想法,但是,本论丛却迟迟没有出来。主要原因是在实际操作过程中碰到了一些难点,而这些难点现在反倒成了本论丛的特点:如何把握这些少数族裔文学之间的关系,如何处理综述和单个作家(作品)研究之间的关系,如何处理经典热门作家与新近冷门作家之间的关系。首先是美国少数族裔文学之间发展的不平衡。从历史、规模方面来看,美国犹太文学和美国非裔文学的确是首屈一指,而作为后来崛起的美国亚裔文学、美国拉美裔文学和美国本土裔文学也在奋起直追。考虑到美国华裔文学在国内正在吸引越来越多的关注,且研究成果不断增加,遂将其单列。其次,对族裔文学研究既有较为宏观的文化、历史层面的综述,也有较为微观的单个作家、作品的文本分析。因此,本论丛在选取论文时特别考虑到这两者之间的比例。最后,每个族裔文学中都有著名的代表性作家和作品,也有刚刚出道的年轻作家及其新作,既有族裔性主题明显的作品,也有族裔性不甚明显,甚至没有的作品。因此,本论丛尽量涵盖各族裔文学研究的特点,既紧紧抓住显性,也不放过隐性。

本论丛主要包括《美国犹太文学研究论集》《美国非裔文学研究论集》《美国亚裔文学研究论集》《美国华裔文学研究论集》《美国拉美裔文学研究论集》《美国本土裔文学研究论集》等。

▶ 美国亚裔文学研究论集

《美国犹太文学研究论集》主要探讨犹太文学作品中明显的犹太主题或人物,如犹太大屠杀、犹太女性书写、犹太移民和知识分子形象等,研究视角包括创伤理论、形象研究、权力关系、叙事策略和文体风格等。涉及的作家既有经典的美国犹太作家(如索尔·贝娄、伯纳德·马拉默德、菲利浦·罗斯、辛西娅·欧芝克、哈依穆·波特克等),也有新近的年轻犹太作家(如阿丽嘉·古德曼、格蕾斯·佩蕾等),关于 E.L. 多克特罗《上帝之城》的犹太空间意识和保罗·奥斯特《玻璃城》中隐含的犹太性的论文也收录其中,这些年轻的作家往往没被纳入美国犹太作家的行列。由此可见,本书对主要的美国犹太作家及其作品都有论及,可以当作一本以研究作品为主的美国犹太文学简史。

《美国非裔文学研究论集》收集了近二三十年美国非裔文学研究领域的论文成果,以论文的学术质量为标准,以覆盖非裔文学发展的全过程为目标。尤其注意在一定程度上矫正我国非裔美国文学研究中出现的"超经典化"现象——即研究对象过于集中于几位获奖作家的代表作品——着意收录了一些涉及曾经被学界忽视的早期作家及其诗歌、戏剧、文学理论的研究成果,以期较全面地展示非裔文学研究的丰硕成果,同时也提供一本全面了解非裔文学发展史的辅助资料。

《美国亚裔文学研究论集》以美国亚裔文学的总体性研究为开端,收录了亚裔各个族裔文学分支的研究成果——日裔、韩裔、印度裔、菲律宾裔和越南裔文学中的经典作家和作品研究。作为《美国华裔文学研究论集》的外延,该论集以较为全面的视角展示了我国学者在美国亚裔文学研究领域的论文成果。

《美国华裔文学研究论集》采取总分结构——既关注美国华裔文学的总体性研究,也着重于经典华裔作家,如汤亭亭、赵健秀、谭恩美和黄哲伦这四位作家的研究。与此同时,论集还收录了一些我国学者较少关注的华裔作家的相关研究成果。该论文集是一部既涵盖华裔文学发展史也包含作家、作品的美国华裔文学研究的辅助资料。

《美国拉美裔文学研究论集》以成长主题、历史书写、女性视角、身份建构、文化再现和综合论述等为主题,涉及墨西哥裔、古巴裔、多米尼加裔、波多黎各裔等作家及其作品研究。来自不同拉美国家的移民及其后代语言共通,但由于原生国家的历史政治经济发展各不相同,因此在民族、种族和社会经济方面存在异质性。因此,在选取论文的过程中既考虑到族裔的代表性,也考虑到主题的关联性。

《美国本土裔文学研究论集》从美国本土裔文学历史叙事出发,以"口述与书写:本土裔典仪与印第安形象"、"现实与记忆:本土裔作品中的语言策略与政治话语"、"传统与当下:族裔与主流边界的在场与缺失"、"碰撞与融合:本土裔作品中的多元杂糅空间"、"人文与自然:本土裔作品中的生态景观"为主题,收录了近三十篇国内学者的相关研究论文,系统梳理了本土裔研究的发展脉络,为本土裔文学研究提供有价值的参考。

张龙海
2019年5月25日
于厦门陋斋

前　言

在厦门大学"哲学社会科学繁荣计划"的支持下，本书致力于收集整理国内历年来关于美国亚裔文学的研究成果，期望让国内学者了解亚裔文学研究现状，并能从中挖掘新的研究视角，最终促进美国亚裔文学研究的发展。

本书选编的标准是，所选论文必须在国内美国亚裔文学研究中具有开拓性、前瞻性、普适性和代表性。全书除了部分收录了综述性论文，主要涵盖了美国亚裔文学中文学作品较为丰富的五个分支的论文，即美国日裔文学、美国韩裔文学、美国印度裔文学、美国菲律宾裔文学和美国越南裔文学（由于美国华裔文学在我国研究成果丰硕，因此将以论文集的方式另外单独成书，本书将不再重复收录）。本书一共收录了30篇论文，论文作者均为在国内各大高校工作的教师，非常感谢他们对美国亚裔文学研究做出的贡献以及对本论丛的支持。本书篇幅有限，每人限录2篇文章，由于条件有限，难免出现遗漏。此外，由于部分亚裔文学分支的研究内容较为集中，在选编时会出现与同一部小说相关的多篇学术论文，因此，选编时侧重在研究主题上加以区分。

选编论文时，原则上保留原发表刊物的格式，但对部分论文的格式做了一些调整，以求全书格式保持大体一致，同时还对少数文字做了修改，希望作者们谅解。最后，对发表所选论文的各大期刊表示感谢！

苏亚娟

2019年1月

目 录

综 述

20世纪兴起的亚裔美国文学 …………………………… 吴　冰 / 003
亚裔美国文学的定义和嬗变 …………………………… 王烺烺 / 022
亚裔美国文学批评探源 ………………………………… 蒲若茜 / 033
亚裔美国文学批评与后现代、后现代理论 ……………… 周郁蓓 / 043

日 裔

从二元文化对立到多元文化并存
　　——《不不仔》的新历史主义解读 …………… 张　丽　张延宙 / 059
揭开历史尘封，再现"照片新娘"
　　——评2012年笔会/福克纳奖获奖作品《阁楼上的
　　　　佛像》 ………………………………………………… 任爱红 / 067
美国多元文化主义的陷阱
　　——以两部日裔美国作家的作品为例 ……………… 张亚丽 / 072
日裔美国人战时拘留的记忆书写
　　——《别了，曼扎那》和《落在香柏树上的雪》的
　　　　文本分析 ………………………………… 申云化　张　斌 / 080
论《穿越雨林之弧》中的环境非正义现象 ………… 龙　娟　孙　玲 / 092

韩 裔

战争性别与创伤解析诺拉·凯勒的《慰安妇》…… 张　丽　李鹏飞 / 103

谁是"说母语者"?
　　——解析《说母语者》中的道德伦理困境 …………… 丁夏林 / 112
李昌来小说《投降者》的创伤叙事 ………………………… 潘敏芳 / 125
空间与身份
　　——论美籍韩裔作家佩蒂·金的《"可靠的"的士》…… 洪雪花 / 129
姓名建构与美国韩裔身份认同
　　——诺拉·玉子·凯勒《慰安妇》之分析 ……………… 李全实 / 134
论《手势人生》中的音乐叙事与"他者"政治 ……………… 张　磊 / 148

印度裔

变幻莫测的"卡莉女神"
　　——解读芭拉蒂·穆克尔吉的《詹丝敏》……………… 黄　芝 / 159
芭拉蒂·穆克吉的跨文化书写及其对奈保尔的模仿超越 … 尹锡南 / 168
讲故事的艺术：朱帕·拉西里及其《疾病讲解员》………… 王丽亚 / 177
殖民阴霾下女性意识觉醒之路
　　——解读芭拉蒂·穆克尔吉的《树新娘》…… 吴京京　孙　妮 / 188
女性、流散与后殖民
　　——写在美国印度裔作家巴拉蒂·穆克吉去世之际 … 周　怡 / 197

菲律宾裔

《美国在心中》的三维事实 ………………………………… 薛玉凤 / 211
论《美国在心中》的殖民者与被殖民者的双向模拟
　　策略 ……………………………………… 张亚丽[1]　陈世丹 / 221
伪饰和神经质人格
　　——《食狗人》中的新殖民女性形象 ………………… 胡可清 / 234
从女性角度析《美国在心中》中菲裔美国人的寻梦
　　三部曲 …………………………………… 王增红　张旭东 / 241
"梦"：《美国在心中》的伦理隐喻 ……………… 1.张龙海　2.苏亚娟 / 256

越南裔

越南裔美国文学研究述评 ……………………………… 尹　姬 / 271
诗情画意背后的那段历史
　　——论越南裔美国作家黎氏艳岁与她的《我们都在寻找的
　　那个土匪》 ………………………………………… 郝素玲 / 276
淤泥中盛开祥和之莲：高兰小说中的战争创伤与后战争
　　记忆 ………………………………………………… 刘葵兰 / 285
同情的困境：《同情者》中的世界主义伦理与反讽主义
　　实践 ………………………………………………… 孙　璐 / 298
论越南裔美国作家乐·莱·黑斯里斯的
　　《天翻地覆》 ……………………………… 尹　姬　曾紫琼 / 312

综述

20世纪兴起的亚裔美国文学*

吴 冰

(北京外国语大学)

从广义上讲,亚裔美国文学包括所有具有亚洲人血统的美国公民用英文或其他亚洲文字所写的作品;从狭义上讲,常指具有美国国籍的亚洲人后裔用英文所写的关于亚裔美国人在美经历的作品。本文所讨论的是狭义的亚裔美国文学,主要涉及5位评论界公认的重要亚裔作家,即菲裔作家卡洛斯·布洛桑(Carlos Bulosan,1913—1956),日裔作家约翰·冈田(John Okada,1923—1971),和华裔作家朱路易(Louis Chu,1915—1970)、汤亭亭(Maxine Hong Kingston,1940—   )、赵健秀(Frank Chin,1940—   )。

尽管亚洲人早在19世纪中期就到了美国,亚裔美国文学的兴起却几乎是一个世纪以后的事情。非白人、非英裔、非基督徒的弱势群体作家要在美国发表作品向来不容易;再加上美国读者对亚洲文化和亚洲人知之甚少,亚裔作家的作品更难被人接受。此外,除了巨大的文化差异,亚洲各国和美国之间的政治、军事、外交、经济关系也极大地影响着亚裔作家的处境和他们的作品在美国的出版发行。20世纪后半叶,亚裔美国文学随着美国多元文化的发展而繁荣起来,亚裔美国作家的作品被收入到多种美国文学选集。新编的美国文学史中也开始有了专章讨论亚裔美国文学。[①]

亚裔作家,尤其是早期的作家或作家早期的作品大多带有自传成分,其中很重要的原因是出版商认定亚裔作家的作品以自传销路最好。如菲裔作家卡洛斯·布洛桑的杰作《美国在心中》(*American Is in the Heart*,1946)和汤亭亭的《女勇士》(*The Woman Warrior*,1975)都有自传的成分。

---

* 作者简介:吴冰,教授,研究方向为美国小说、亚裔美国文学等。

[①] 《希思美国文学选集》(1990)收入了汤亭亭的《女勇士》中"白虎山学道"一章,《哥伦比亚版美国文学史》(1988)中有单独一章论述亚裔美国文学。

在美国的亚洲人中,菲律宾人的地位较特殊。1898年美国从西班牙手中夺得菲律宾这块管辖地后允许菲律宾人自由出入美国,名义上他们算美国国民,但没有公民权。在西班牙殖民主义者长达三百年的统治下,菲律宾人与其他亚洲人不同,早就接触到欧洲文化,和西方人的关系较密切。后来他们的世界观又受到上千名赴菲律宾的美国教师的影响——许多菲律宾人在美国人开办的学校中受教育,他们在校园里向星条旗敬礼,看着教室里挂着的华盛顿、林肯画像,学习《独立宣言》,读着美国是"自由人和勇敢者的故乡"的英文课本。20世纪初期,成千上万的菲律宾青年先到了夏威夷,继而在20年代又到了美国本土。美国当局相继采取排斥华人、日本人、朝鲜人和印度人入境的政策后,菲律宾人填补了劳动力的不足,到1930年在美国本土的菲律宾人已达4.5万余人。在国内受到的美式教育使菲律宾人对美国抱有很多幻想,布洛桑在一封信中说:"西方人从小受到的教育就是东方人和有色人种堪称下等人,但是最具讽刺意味的是菲律宾人所受的教育却是把美国人看作是和我们平等的人。"①因此,美国种族歧视的现实使他们格外失望。由于菲律宾人多为农业季节工,流动性大,难以建立自己的聚居区。他们大多会说英语,就业的机会比其他亚洲人要多,同时他们还能和美国妇女交往。西班牙文化赋予许多菲律宾青年某种浪漫的气质,加上他们在休息日衣着潇洒、出手大方,颇受白人女孩的青睐,因而更招致白人男子对他们的憎恨,尤其是在加州,布洛桑说在那里"作为菲律宾人就等于是罪犯",警察可以毫无理由地殴打、枪击他们。正因为接受了美国的自由、民主理想,他们奋起抗争,有学生参加的工会不但领导农工们罢工,还办刊物。布洛桑参与了工会活动,在1934至1938年间,他协助建立"美国罐头食品和加工包装工人联合会"(UCAPAWA),并在工会领导人克里斯·门萨尔瓦斯的鼓励下为工会办的报纸写文章。所有这些在他书中都有反映。1952年在门萨尔瓦斯安排下,他做了UCAPAWA年鉴的编辑,并以此为生一直到4年后他去世。

《美国在心中》分四大部分。第一部分写主人公"我"在菲律宾的童年生活。后面三部分描写菲律宾人在美国的处境和经历,青年学生和工人在追求真理、提高民族和阶级意识的过程中所走的艰难、曲折的道路以及

---

① 见 Elaine H. Kim. Asian American Literature[M]. Temple University Press,49. [出版年不详]

"我"自学成才的过程；及美国当局残酷逮捕、枪杀工会领导人,火烧农工住所和工会机关所在地,白人妇女利用和工会领导人同居破坏工会斗争等等。菲律宾人所受的压迫最深重,日本农场主、华人的赌场都参与对他们的剥削；他们的反抗也最英勇、激烈,因为他们受到过"美国理想"的熏陶,深信"美国在为自由而牺牲的人们心中"。对作者和许许多多菲律宾人来说,"美国"两个字代表着所有外国移民追求的自由、民主的理想。作者宣称"我们大家,从第一批来的亚当们到最后来的菲律宾人,不论是本地生人还是外国人,不论是受过教育者还是文盲——我们就是美国!"《美国在心中》反映了千万个菲律宾人于 20 世纪 30 至 40 年代之间在美受歧视和迫害的集体经历以及他们的英勇斗争史,也表达了他们追求自由的强烈愿望。和许多亚裔作家一样,布洛桑渴望在美国的各民族、各种族能平等、和睦相处；他认为凡是在美国这块土地上流血、流汗、辛勤劳动的人都有权称自己为美国人!

1960 年前,第二代在美出生的华裔作家中唯一得以在大出版社发表的只有黄玉雪(Jade Snow Wong)的《华女阿五》(*Fifth Chinese Daughter*,1945)和刘裔昌(Pardee Lowe)的《父亲和光宗耀祖的后代》(*Father and Glorious Descendent*,1943)两部自传。当时的社会背景是——美国把中国看作盟友,华人的地位之高是前所未有的。但最能反映美国华人早期社会状况的当数朱路易的《吃碗茶》(*Eat a Bowl of Tea*,1961)。小说的功绩在于第一次真实地描写了由美国排华政策造成的持续了近百年的畸形"单身汉"社会及其在二战后的解体。

故事发生在 1948 年处于变化前夕的纽约唐人街。王华基和李江是十几岁时同乘一条轮船来美的广东新会同乡。王曾以开餐馆为生,1923 年回国结婚,待妻子怀孕后又回到美国,此时他在唐人街地下室经营一家麻将馆。李江来美后开过洗衣店,1938 年回国成亲,返美后不久就听说自己得了个女儿。1938 年他正想回国,不料发生了日本侵华战争,后来蒋介石垮台,他又对回老家顾虑重重,于是只得滞留纽约。王华基的独子宾来 17 岁来美后,父亲怕儿子会在自己开的麻将馆里染上赌博恶习,请求王氏家族的头号人物王竹庭把宾来安排到他在康州开的餐馆里做跑堂,没想到宾来不久就被店里比他年长的伙计钱源带到纽约嫖娼。二战期间,宾来入伍随军到香港、印度等地,每到一处,无不拈花惹草。战后,24 岁的宾来已到结婚年龄,正巧李江的妻子多次来信要他为 18 岁的女儿美爱物色一个"金山客"丈夫,于是两个老朋友谈起了儿女婚事,为此王华基决定让宾来回国相亲。年轻的"金山客"回新会后,上门提亲的人很多,最后宾来还是相中了美爱。她们比老一辈幸运的是可以双双返回美国。宾来过去的荒唐行为终于导致他新婚后不久就失去了性功能,美爱不满足于没有性爱的婚姻,于是无正当职业的阿桑乘虚而入,最后竟使美爱怀孕,搞得唐人街满城风雨。王华基气不过割了阿桑的左耳,被阿桑告到了美国警方。最终还是王竹庭出面,依靠王氏宗亲会的势力和他曾任多年全美平安堂会长的关系,迫使无家族宗亲会做后盾的阿桑撤回诉讼并离开纽约,5年之内不得返回。王华基和李江也因丢了"面子"在纽约待不住了。宾来和美爱则远走旧金山这座华人在美最早落脚的城市。摆脱了家长的控制,宾来终于在中草药和妻子的帮助下成了一个名副其实的男人。华人"单身汉"社会也象征性地结束了。

亚裔评论家一致肯定《吃碗茶》在华裔,乃至亚裔美国文学中的里程碑作用。朱路易与过去的华裔作家不同之处在于他既不回避"单身汉"社会,也不粉饰中国传统文化中的糟粕,并且在文字上力图再现纽约唐人街华人的语言。读者看到的是一个被迫封闭、由老年男子统治的父权制社会和形形色色华人"单身汉"单调、寂寞的生活。

《吃碗茶》比较集中地反映了中国封建的家长制、这一制度下个人与集体的关系、对妇女的蔑视、视婚姻为"传宗接代"的手段以及"面子"对华人的重要性。封建家长制不仅表现在父母和子女的关系上,也表现在家族和个人的关系上。父母,尤其是父亲,要求子女言听计从,工作和婚姻大事全由他们做主。这不仅扼杀了年轻人的自由意志,也增加了他们的依赖性,限制了他们的发展。早期海外华人由于和子女长期分离,造成彼此陌生、感情疏远。父亲不能尽到教育的责任,也不会关心子女,当然更谈不上思想交流。宾来到美国后很少和父亲见面,即使见面也无话可说;美爱则是到美国后才第一次见到父亲,而李江是听到女儿和阿桑的丑闻后,才第一次踏进女儿的家门。海外华人的宗亲会也是由"家长"统治的,从王竹庭在王华基父子的家事中起的作用可以看出个人的命运在相当大程度上掌握在家族首脑人物的手中,他的素质也决定着家族的成败、兴衰。宗亲会帮助同姓,为维护小集团的利益一致对外。在以集体为重的制度下,个人的地位紧密地和他与他人的关系连在一起,宾来在唐人街是以"王华基的儿子"而为人所知的。美爱出事后,王华基首先想到的是儿子给他丢了"面子"，而不是怎样去帮助儿子解决家庭问题。王氏会馆为了维护所有姓王的人的"面子"，以强欺弱，私了了一桩告到美国警察局的公案。由于华人极为重视"面子"，公众舆论和流言蜚语往往能左右华人的思想言行，起着在其他社会不能起的作用。

美国长期禁止华人妇女入境的政策造成了男女比例严重失调，助长了唐人街诸多的婚外情。由于缺乏正常的家庭生活，昔日中国人的嫖、赌等不良习气也变得更加严重，业余闲来无事的男人们沦为过去他们所不齿的长舌妇，理发店、咖啡馆成了他们议论、传播各种绯闻和小道消息的场所。华文报纸刊登的寻妻启事、某人妻子的外遇，甚至王华基的儿媳来美快一年了还没有"大肚子"以及后来美爱怀孕，都是"单身汉"们议论的话题。他们最后的结论总是"如今的女人不可信赖"。他们看不惯他们称之为"竹心"的、在美国出生的第二代华人，尤其鄙视"竹心"姑娘们着装不检点、追求安逸、贪图享受、未婚先孕等等。在年长的华人男子心目中，妇女应该像他们留在老家的妻子那样，对丈夫年轻时的放荡和婚后长年不归毫无怨言；她们不应该有性的要求，而应该忠贞不渝，既能完成传宗接代的任务，又能为丈夫几十年如一日地侍奉公婆。由于女人的价值在于"传宗接代"，美爱怀孕后，她和宾来都松了一口气，过去从不上门的王华基也开始提着食物和补品来探望儿媳了。

唐人街的华人信奉"男大当婚"、"女大当嫁"，把婚姻看作年轻人应尽的"义务"。封建包办婚姻不需要以爱情为基础，宾来和美爱相亲后，双方最急于通过媒人了解的是女方是否哑巴，男方是否四肢健全。结婚既然是为了"传宗接代"，婚宴上客人们祝酒时自然会表示"希望来年此时再举杯"庆贺。

《吃碗茶》除了描绘华人的相亲、婚宴、打麻将、看中医等习俗外，还反映了中国的茶文化。书中多次提到茶的功能：首先，宾来虽然先找西医，但最后还是中医的药茶治好了他的病；李江到康州去了解他相中的女婿时，不知情的宾来特地给他送上一壶茉莉花茶以便得到更多小费；宾来和美爱是在新会的茶馆里相亲的；在婚宴上，新娘又给来宾敬茶表示谢意；阿桑到美爱家是以喝茶为借口才得以留下并最后达到勾引美爱的目的。或许作者将书取名《吃碗茶》是想表明代表中国传统文化的"茶"具有积极和消极两个方面的内涵，华人要在美国生存，应该"取其精华，去其糟粕"。要华人全盘否定中国固有的文化显然是不可能的，但顽固坚持也不可取，最好的办法是立足于祖国优秀的文化传统,同时学习西方文化中顺应历史潮流的因素。

从写作技巧上看,朱路易描述华人的传统习俗是服从故事的需要而不是为了迎合美国读者的趣味。同时他采用了唐人街华人生动的语言,如阿桑交了"桃花运",宾来戴了"绿帽子",以及"男女授受不亲""一回生、二回熟""肥水不流外人田""文章是自己的好,老婆是人家的好"等等。书中的理发师借用店里正在放送的粤剧唱片《金瓶梅》试探宾来的反应,但他错误地把金瓶梅当作人名,且仅指潘金莲一个人。

应该指出,如果朱路易想表明妇女的到来终于结束了近百年的华人"单身汉"社会,他选择的美爱绝不是一个称职的妇女代表。她肤浅、爱慕虚荣,没有自强、自立的精神。自强、自立的华裔女性还必须在汤亭亭等女作家的书中去寻找。

日裔作家约翰·冈田虽和黄玉雪是同代人,但由于日本在二战中成了美国的敌人,他震撼人心的《不—不仔》(*No-No Boy*)于 1957 年才出版。尽管战争已结束了十余年,这部描写二战期间在美日本人所受到的不公平待遇和悲惨遭遇的小说仍然受到冷落。1971 年,此书被华裔作家陈耀光在旧金山书店"重新发现",当赵健秀去西雅图寻找在那里出生、成长的冈田时,他不幸刚刚在默默无闻中死去,终年 74 岁。如今《不—不仔》已成为亚裔美国文学的"经典",1947 年出版的《哎——咿!》①就是献给约翰·冈田和朱路易的。

约翰·冈田的《不—不仔》讲的是"二世"(nisei,即第二代)日裔青年一郎二战后的经历。二战期间,美国当局强行集中日裔美国人的做法致使他们原有的社区完全瓦解。他们被迫变卖家庭农场和商店,搬迁到远离城镇的沙漠地区的集中营里。临行前,他们烧毁了和服、日记、日文书籍、亲友信件、相片、唱片等一切会被当作他们和日本保持联系的物品。集中营里分配给各户的拥挤、狭小的"公寓",迫使家庭成员各奔东西去寻找生存的空间,昔日正常的家庭生活一去不复返了。即使战后集中营关闭后,大部分日本人也未能重新获得他们过去的家园和享有的财产,只好流落四方成为挣工资的劳动者。在集中营里所有的日本人中,"一世"(yisei,即第一代移民),尤其是平均年龄为 55 岁的"一世"男子受打击最大。他们被剥夺了

---

① 赵健秀等四位亚裔作家合编的一部亚裔美国文学选集,详见本文赵健秀部分。

养家糊口的谋生手段，非但不能保护妻小，连自己也要靠政府施舍度日。更悲惨的是，他们过去在家庭和社区里至高无上的权威丧失殆尽，地位一落千丈，成为不可信赖的人。"二世"则因为算是美国公民，会说英语，在集中营里头一次找到了符合他们所学专业的工作。两代人原有的代沟和隔阂因此被人为地加深了。1944年集中营当局为区分"忠诚"与"不忠诚"的日本人，要求日裔美国人填写"放行许可证申请书"，其中两个关键问题是：第一，你是否愿意加入美国军队？第二，你是否愿意宣誓背弃日本、效忠美国？填表引起人们极大的思想混乱与不安。大家担心家里有人会获准离开，而另一些人将被留下，有的人还可能被送到其他集中营去。许多"一世"因害怕家庭成员永远分离，强迫子女填写和自己同样的回答。没有获准成为美国公民的"一世"处于进退两难的境地，他们担心填写"愿意"宣誓背弃日本、效忠美国后会落得个无国籍的下场；况且回答"愿意"背弃日本很可能使当局认为他们过去一直在从事破坏活动。对许多"一世"来说，忠于日本并不排斥忠于美国，而宣誓"背弃"日本则意味着他们从来就不是日本人。二战严酷的现实也加剧了"二世"人格的分裂。黄皮肤的亚裔本来就不可能被白人当作"完完全全的美国人"；他们既不完全是美国人，也不完全是日本人、中国人、菲律宾人……如果不发生第二次世界大战，美国社会或许还能够允许日裔青年作为边缘人存在。但战争迫使他们必须做出"非此即彼"的困难、痛苦抉择：是参军还是入集中营？是忠于他的祖国美国，还是忠于父母的祖国日本？日本是父母的祖国，但又代表军国主义和法西斯；美国虽代表美好生活和民主的理想，但他们亲身经历的又是种族歧视的严酷现实。

一郎的母亲因美国一再拒绝接纳她和丈夫成为公民而更加忠于日本，她始终不相信日本会战败。为了母亲，一郎拒绝参军因而被判坐牢两年，出狱后他满腹怨恨，不知这一切该归罪于谁。有时他怪罪母亲，有时又认为有"比她更重要的原因"。美国当局先把日本人从西海岸搞到集中营来证明他们不是可信赖的美国人，然后又要他们作为美国人参军。一郎认为这"毫无道理"，尽管如此，许多人还是参军了，但他没有。因此他出狱后常常自责，认为自己在关键时刻犯了"错误"。为此，日本人恨他，认为他给日裔美国人脸上抹黑。为他感到羞愧的弟弟大郎甚至把他骗到街角让伙伴们把他揍了一顿。为表白自己对美国的忠诚，洗刷哥哥给家庭带来的污点，大郎不听家人劝告，不等中学毕业就积极要求参军。一郎的好友健次在战争中成了残废，一条腿被截肢只剩下 11 英寸。战后他虽然得到"山姆大叔"嘉奖他的一辆小汽车，但因病情不断恶化，需要一次次住院，将剩下的残腿一点点截去，最后终于在开刀时死去。

可以看出健次是作者最喜爱的正面人物。他虽是二战中的英雄，但和其他加入美军作战的日本人不同，他并没有对"不－不仔"们采取趾高气扬或仇视的态度，而是真心想帮助一郎卸下自责的沉重包袱，勇敢地面对现实，重新开始生活。他是个勤于思索的青年，因此他不快活，因为他愤恨每天都能见到的种族歧视现象——公共汽车上一个黑头发、大鼻子的妇女，自己还不大会讲英语，但在一黑人坐在她旁边的座位上时，立即起身走开；一个可爱的华人女孩，只因为和白人男友一起参加中学的舞会，就马上变得高傲，在其他华人和日本女孩面前装腔作势；在意大利餐馆里，一个自以为比中国人强的日本人带来一个犹太朋友，但没有侍者前去为他们服务，最后老板出来说这不是日本人来的地方，叫他滚回日本去；一个被人误认为白人的黑人为他的同类所恨；年轻的日本人恨不大年轻的、比自己更带日本味的日本人，而不大年轻的日本人又仇恨老年日本人，因为老人是纯粹的日本人。健次渴望到一个只有人们（people）而不分日本人、德国人的地方去。因为他在战争中打死过德国人，他再也不愿这样干了。作者热切希望有一天人们不再因为是同宗、同姓、同一种族才互相亲近、互相帮助。

值得一提的是此书出版后并没有受到日裔美国人的欢迎，其中原因可能很复杂：或许是日裔美国人不愿回忆这段伤心的历史；也可能因为作者把最终自杀的母亲描写成一个坚定站在日本帝国主义一边的死硬分子、敌对国的象征，一个令儿子反感、不通人情的干瘪老妇人。尽管冈田本人在二战中曾加入美军参战，与主人公大郎的经历完全不同，却能把"不－不仔"痛苦、怨恨、自责的矛盾心理描写得淋漓尽致，感人肺腑，这点应该充分肯定。但作者的立足点不够高。虽然他也指出美国当局对与日裔美国人身份相同的德裔和意大利裔美国人采取截然不同的政策，但他反映更多的是日本人的自责。主人公一郎可以怪罪母亲，认为是她害得自己成了背叛美国的罪人，可以责备自己当初做出了错误的选择；但作者冈田却应该能够看清造成悲剧的罪魁祸首是美国当局采取的种族歧视政策，个人的"错误"完全是源于国家的错误政策。

华裔第二代女作家汤亭亭和赵健秀同为 20 世纪六七十年代美国弱势族裔民权意识增长中涌现出来的作家。她毕业于加州伯克利大学，是华裔作家中较早成名且名气最大的。汤亭亭通过写作来揭露不公①,她创造性地利用中国传统文化,同时批判其中的糟粕,也抨击美国社会的种族、性别歧视。她的《女勇士》获 1976 年美国全国图书评论界非小说类最佳作品奖,《中国佬》(China Men, 1890)获 1981 年美国全国图书奖非小说类最佳作品奖,1989 年发表的第一部长篇小说《孙行者》(Tripmaster Monkey)② 获该年美国笔会小说奖。

  《女勇士》和《中国佬》可以算是姐妹篇,分别描写华人妇女和华人男子在美的经历。《女勇士》的副标题是"一个生活在群鬼中间的女孩的童年回忆"(Memories of a Girlhood among Ghosts),全书包括"无名女子"、"白虎山学道"、"乡村医生"、"西宫门外"和"羌笛野曲"五部分③,其中第一、三、四部分讲述"我"的姑姑、母亲和姨母的故事。"白虎山学道"一章中"我"的故事是以中国读者熟悉的花木兰和岳飞的传说为基础的;"羌笛野曲"则是借用蔡文姬的故事。《女勇士》中虽然也有反映华人饮食、婚姻习俗的内容,但最引人注目的是作者创造性地反映、利用中华文化。可以说《女勇士》是华裔美国文学发展的一个新的里程碑。

  汤亭亭是通过改变中国文化中的历史故事、神话传说、文学名著等来表达自己的思想的,《女勇士》中"白虎山学道"一章就是一个例子。白虎是中国古代神话中的西方之神,汤亭亭在这里可能暗示她讲述的故事发生在西方。她借用了花木兰的故事,又"嫁接"了经她改变了的岳母刺字传说。汤亭亭的"女勇士"和我们中国人熟知的那个爱国、忠君、尽孝的花木兰有许多不同之处。首先,替父从军的花木兰未婚,只有一个年幼的弟弟;而女勇士"我"不但有丈夫,有一个被征去当兵的弟弟,还有一个在战役间出生的儿子!其次,花木兰是和远离家乡的外部敌人作战,而"我"的敌人在国内。离家前,父母在"我"背上刺了"报仇"、"誓言和名字"以及说不尽的"怨

---

  ① 她在《女勇士》中有"报导即报仇恨"一说,见 The Woman Warrior, Vintage Books,1977 年版,第 63 页,以后引用本书时均用括号内页码表示出处。

  ② 《孙行者》讲的是华裔美国青年剧作家威特曼·阿辛的故事。据说作者讲过"赵健秀是威特曼的'一个灵感'"。详见康士林.七十二变说原形——《猴行者:他的伪书》中的文化属性[G]//单德兴,何文敬.文化属性与华裔美国文学.[出版者不详],1994:62.《孙行者》已译成中文,由漓江出版社出版。

  ③ 文中章节的译文均选自李剑波、陆承毅所译《女勇士》一书,漓江出版社 1998 年版。

愤"。他们甚至刻上了他们自己的姓名和住址。"我"领导的子弟兵进京后杀了"皇帝"(50),回乡后,"我"又杀了地方官报仇,因为那恶霸把女孩子比做"米里的蛆",说"宁养呆鹅,不养女娃",他还夺走了"我"的弟弟和"我"的"童年"。"我"解放了被恶霸关押的小脚妇女后回到婆家,安心地过着一个普通妇女种地、持家、育子的生活(51—54)。

可以看出汤亭亭的女勇士是当代的华裔美国花木兰,她反对歧视、压迫妇女,反对剥削和种族歧视,反对征兵作战。所有的这些无不受作者本人经历的影响。汤亭亭家族中的男性长辈大多重男轻女;在家乡做教书先生的父亲到美国后曾不得不靠开洗衣店为生,因此孩子们童年的课余时间,除了上华人学校,都是在店里打工度过的。她的母亲是个有文化、有独立意识的坚强女性,常给孩子们讲故事,花木兰的故事就是其中之一。汤亭亭上大学前后,正值越南战争期间,国内民权运动、妇女解放运动轰轰烈烈,这些在《女勇士》中都有反映。作者在书中说,母亲生怕她的"美国"儿女们忘了祖国和家乡,不断在儿女耳边念叨"广东省,新会村",并告诉他们"顺着我们来的路走,你们就能找到我们的房子。别忘了。只要提你们父亲的名字,村里人谁都能指得出我们的房子来"(88—89)。因此,《女勇士》中的父母会把自己的姓名和住址刺在女儿背上。《中国佬》告诉我们,汤亭亭的弟弟被征兵到越南去打仗,她曾不止一次说过,让她焦虑的是从越战归来的美国士兵受到战争的心理创伤后,再也不能回到昔日的生活中去,而花木兰却能做到①。

汤亭亭的《中国佬》讲的是家族中几代男人,包括"我"的曾祖父、祖父、父亲、弟弟和堂、表兄弟等的故事。与《女勇士》不同的是,《中国佬》一书中的某一华人男子,如"我"的曾祖父、祖父、父亲等,往往代表了某个历史时期的一群华人,甚至一代华人。因此,更确切地说,这是一部华裔男子在美国排华政策迫害下的血泪史、奋斗史。在家族故事中,汤亭亭提到中国的科举考试、私塾的体罚、华人的结婚、抓周儿等习俗。和朱路易不同的是,这些也都经过作者的"加工",如她在讲科举考试时加入了我们熟知的头悬梁、锥刺骨等故事。在家族故事前后,汤亭亭穿插了一些寓意深刻的短小章节,创造性地借用中外神话传说或名著片断来表达自己的思想,如《镜花

---

① 1994年来华访问期间,汤亭亭对北京外国语大学英语系的师生说,花木兰的故事对她启发很大,因为花木兰能够在战争结束后脱下战袍,立即回去过战前的生活。

缘》中女儿国的故事、希腊神话中迈达斯(Midas)的故事、鲁滨孙的故事、关于屈原以及粽子的传说等等。汤亭亭在书的开篇《论发现》一章中,不仅改变了武则天在位的年代,而且把在《镜花缘》的女儿国中受屈辱,被缠足、穿耳、毒打、倒吊而后被国王逼迫成亲的林之洋改成了唐敖。她还增加了唐敖的手足被扣上枷锁,双唇被缝合,以及被迫洗涤自己的裹脚布等情节。最后汤亭亭说据一些学者讲,女儿国在北美。作者无疑是一方面揭露、批判旧中国歧视、压迫妇女的现象,同时用暗喻的手法表明华人男子在美国受屈辱、被奴役、被迫保持沉默的处境。由于华工在建成横贯美国大陆的铁路后就被排挤出工业领域,不得不从事洗衣这项过去完全由家中妇女承担的工作,华人男子在美国实际上已被迫"女性化"了。汤亭亭改变有关武则天年代的细节,意在拉开虚构与历史的距离,让读者明白这不是历史,而是艺术的创作。

《女勇士》出版后深受读者欢迎,赞扬书的内容"像中国织锦缎一样绚丽多彩",文字"像瓷器般细腻""抒情诗般优美"等等。汤亭亭本人却认为美国读者大多曲解了《女勇士》,把一本集家史、历史、回忆、神话传说和奇想为一体的著作当成了真正意义上的"自传"、"回忆录",中了出版商为了招徕读者而设下的圈套。《女勇士》在一些中国通和相当多的华裔和华人读者中引起的反响却截然不同。他们批评作者完全不懂中国历史和文化,误导了无知的读者;说她写这样一本书是为了取悦白人读者,满足他们追求异国情调的好奇心。赵健秀甚至认为汤亭亭在书中有意夸大在父权制度下中国妇女受压迫的现象,歪曲中国历史传说,其"种族主义"的恶果在于进一步加深人们固有的概念:即中国传统社会更加歧视妇女,因而和西方文明相比处于劣势。他批判汤亭亭说,在华人男子备受白人蔑视的情况下,揭发、批评华人男子对妇女的态度,这种做法无异于助纣为虐。赵健秀和一些人还指出,美国社会把华裔美国人视为文化上的"他者",汤亭亭以"自传"形式出版《女勇士》,正好以"内部"知情人的身份为这一观点提供了论据。

汤亭亭在《女勇士》和《中国佬》中采取了现代拼贴艺术手法(collage),集家史、历史、回忆、华人习俗、中外文学名著和神话传说(在《中国佬》中还有一节专述美国的排华法案)于一体;这些再经过她的新奇构想,组成了极其丰富多彩的画面。这种技巧使用得好时,具有很强的震撼力。实际上,一些当代美国作家,如巴思(John Barth)在《吐火女怪喀迈拉》(*Chimera*)

中也是创造性地利用希腊和阿拉伯神话故事。这是作家在叙述方法上的创新,优秀的作家总是能够使读者明白创新要达到的目的①。汤亭亭在谈到汉学家批评她歪曲中国神话时说:"……他们不明白神话必须变化,如果没有用处就会被遗忘。把神话带到大洋彼岸的人们成了美国人,同样,神话也成了美国神话。我写的神话是新的、美国的神话。"②作者的这番话应该是我们理解、欣赏华裔美国文学的一把钥匙(American born Chinese)③,而汤亭亭从来就视自己为华裔美国人。的确,老一代作家黄玉雪把自己看作生在美国的华人(Chinese American)。她在《中国佬》一书中表达的中心思想就是华裔美国人有权把美国称为自己的国家,她把用铁路将美国的南方与北方、东部与西部连接起来的"中国佬"誉为"连接、建设美国的先辈"④,就是要向全世界宣布她的先辈对美国的重大贡献以及被美国当局有意埋没的一段可歌可泣的历史。

赵健秀出生在加州,母亲是唐人街的第四代华人,因此他一向以第五代华裔美国人自居。他的外祖父曾任南太平洋铁路公司客车乘员,这对他日后选择职业和创作的题材与素材都有影响⑤。赵健秀在华人办的中文学校读过书,对中国传统文化有些了解。

赵健秀1972年发表的《鸡舍中国佬》(*The Chickencoop Chinaman*)是第一部在纽约上演的亚裔作家的剧作。在这一评论界褒贬不一的剧本里,赵健秀的文艺思想和日后作品的主题已略见端倪。该剧的主人公华裔青年谭林因拍摄某黑人拳击冠军成长的传记片去匹兹堡采访据冠军说是他的父亲兼教练的老人。到匹兹堡后他找到儿时好友日裔美国青年谦次。

---

① 应该承认,汤亭亭的"创新"并不都是成功的,有时不免使读者感到扑朔迷离,分不清事实与虚构,当然也分不清错误与创造;如《中国佬》中将包括在《十三经》中的《五经》分两项列为科举考试内容,有关屈原的传说部分有明显的改变,不知作者目的何在。
② 见 Shirley Geok-lin Lim. Approaches to Teaching Kingston's *The Warrior*[G]// The Modern Language Association of America.[s.n.],1991:24.
③ 见 Jade Snow Wong. Fifth Chinese Daughter[M]. Seattle: University of Washington press,1989:109.
④ 原文为 the binding and building ancestors,见 *China Men*,Alfred A. Knopf,Inc. 1980年版,第146页。
⑤ 赵健秀在西太平洋铁路公司做过小职员,在南太平洋铁路公司做过司闸。见 Dorothy Ritsuko McDonald 为 *Chickencoop Chinaman and The Year of the Dragon* 一书所写的"引言",University of Washington Press,1981年版,第 xi 页。

谦次儿时有"黑日本"的外号,因为他和谭林为抗拒白人语言文化,在言谈举止上有意模仿黑人。谦次陪同谭林找到老黑人后,发现老人竟不是冠军的父亲。黑人拳击冠军撒了谎,他们一直被他编造的关于自己以及"父亲"的神话所蒙骗。少年时期崇拜的偶像竟这样被打碎,谭林不禁悲愤交集,喝得酩酊大醉后回到谦次住所。

在《鸡舍中国佬》中读者可以看到赵健秀利用西方文学中的"寻父"和"寻求自我"的模式来表现亚裔美国文学的主题。谭林拒绝承认、接受自己的父亲,他说"中国佬都是糟糕的父亲"[①]。他和白人妻子离了婚并希望他的两个孩子能忘掉他,他自嘲地告诉别人说,他给孩子留了"一份礼物","他们有了个新的、有抱负的、成功的、去挣大钱的、优越的白人爸爸"(27)。作者可能想利用谭林"寻父"的失败来表现多种含义。赵健秀在剧本开头就通过谭林之口尖锐地点出"中国佬是制造出来的,而不是生出来的",他是"一个奇迹的合成物"。主流文化用它塑造的失去男子气概的刻板中国佬形象使人们,包括华人,接受"白人优越"的观点,从而使华人鄙视、摈斥自我以至拒绝接受自己的父亲。

谭林是个"愤怒的"华裔美国青年形象,性格中充满矛盾。他一方面受到白人主流思想的腐蚀,对自己的华裔身份产生自憎;另一方面又表露出强烈的反抗情绪。谭林(Tam Lum)与剧中另一华裔美国人汤姆(Tom)的名字只有一个字母的差别,汤姆使人联想到赵健秀多次提及并批判的"黄色汤姆叔叔"式的人物。剧中的汤姆是个完全按照白人价值观改造了自己的华人。他自以为高明地对谭林说他也曾经不喜欢自己的华人身份,但华人被人欺凌的情况已成为"历史",今天华人有"好职业、高工资",而且"美国人骄傲地说我们往大学里输送的子弟比其他任何种族都多。我们被接受了"(59)。但同时他又来请求借住在谦次公寓的莉和他复婚。莉有华人血统,她皮肤白皙,染了头发就可以冒充白人。谭林一针见血地指出汤姆在为白人做宣传,汤姆如此渴望得到白人的"接受",竟然到了看不出莉的华人血统,甚至"创造"出了她这样一个白人来接受自己!

谭林的不幸还在于他自称是个语言上的"孤儿"。赵健秀一方面表现谭林的语言天才:他会说一口地道的黑人英语,能流利地使用美国南方

---

① 见 Dorothy Ritsuko McDonald 为 *Chickencoop Chinaman and The Year of the Dragon* 一书所写的"引言",University of Washington Press,1981 年版,第 23 页。

"《圣经》地带"的布道语体,甚至能惟妙惟肖地模仿著名的白人盲女——耳聋的海伦·凯勒发音困难、含混不清的语言;另一方面又揭示谭林除了知道"风吹""落雨""今日热""今日冷"几个粤语词外,不会说中国话,他不具有能够表现"自我"的语言。赵健秀等指出亚裔美国人自我感觉比黑人情况好,但黑人创造了自己的美国文化。美国的语言、时装、音乐、文学道德、政治等都深受黑人文化的影响,而亚裔美国人的"名声"却是白人文化造就的。赵健秀等还指出语言是文化和人们的感性(sensibility),包括男子汉气派(style of manhood)的媒介。制止人的语言无异于砍去他的文化和感性。任何文化中的人都要为自己说话。没有自己语言的人不成为其人。白人文化一直在利用语言的专政来压制亚裔美国文化,并将其排斥在美国主流意识之外①。由此可以看出作者把谭林写成语言"孤儿",让他讲黑人英语的深刻寓意。

1973年,赵健秀在旧金山创办亚裔美国人戏剧讲习班,其目的是"为亚裔剧作家提供实验场所,而不是为黄脸戏子向好莱坞谄媚邀售的橱窗"②。讲习班在启发、提高亚裔美国人的独立意识上影响深远。1974年,他和陈耀光(Jeffery Paul Chan)、劳森·稻田(Lawson Fusao Inada)和徐忠雄(Shawn Hsu Wong)在合编的亚裔美国作家文选《哎——咿!》(*Aiiieeeee!*)可以说是第一次发出了亚裔作家震撼人心的呐喊,被《党派评论》杂志(*Partisan Review*)称作"亚裔美国文艺复兴的宣言"③。有的评论家认为《哎——咿!》的前言和引言在亚裔美国文学史的地位犹如爱默生宣告美国文学已脱离英国文学而独立的《论美国学者》,它们可以说是亚裔美国人"思想和语言的独立宣言"④。以赵健秀为第一署名人的编者们在前言中对书名解释说:"推销美国白人文化的人把黄种人描绘成在受伤、悲哀、愤怒、惊讶或骂人时悲号、尖叫、呼喊'哎——咿'的人,亚裔美国人长期以来一直被忽视并被迫不能参与创造美国文化……'哎——咿'不仅是悲号、

---

① 赵健秀、陈耀光(Jeffery Paul Chan)、劳森·稻田(Lawson Fusao Inada)和徐忠雄(Shawn Hsu Wong).哎——咿!(Aiiieeeee!)[M].Anchor Books,1975.

② 俞宁.是"奠基人"还是"邪教主"——试评华裔美国作家赵健秀创作道路的是非曲折[J]//外国文学 2000(4).

③ 见 Mentor 出版社 1991 年出版的该书简装本封面。

④ 见 Dorothy Ritsuko McDonald 为 *Chickencoop Chinaman and The Year of the Dragon* 一书所写的"引言",University of Washington Press,1981 年版,第 xix 页。

尖叫、呼喊。这是我们 50 年来的声音。"引言指出尽管亚裔美国人已有 104 年的历史,但在美国出生的华裔、日裔、菲裔作家出版的小说和诗集不足 10 部。而实际上亚裔美国人从 19 世纪以来就在认真地写作,并有好作品。二战时期,国际风云的变幻使 20 年代后期蓬勃发展的日裔美国文学受到压制,同时,华裔美国文学突然得到重视而流行,当局通过宣传"忠诚的少数族裔"来打击日裔美国人。此前白人主流文化通过大众媒体推销他们创造的"刻板模式亚裔美国人",其中最有名的是傅满洲(Fu Manchu)[①]和陈查理(Charlie Chan)[②],其结果造成了包括华裔在内的亚裔美国人的自我鄙视、自我摈弃、分裂解体。前言清楚地表明亚裔美国人既不是半个亚洲人、半个美国人,也不能要他们选择或做亚洲人,或做美国人,他们有自己独特的文化。赵健秀因此被不少人推崇为亚裔美国文学的"奠基人"[③]。前言在推崇朱路易等个别作家的同时,严厉地批评容闳、林语堂、刘裔昌、黄玉雪等有一定声望的前辈华人、华裔作家接受白人至上的观点、迎合白人猎奇心理;谴责他们发展了陈查理模式的华裔美国人;批评他们为得到白人的接受,有意识地用白人赋予华人的忠诚、顺从、消极、守法的好人形象规范自己的行为。

在 1991 年扩编的《大哎——咿!》(*The Big Aiiieeeee!*)里,赵健秀在 92 页题为《真真假假的亚裔美国作家们大家一起来》(*Come All Ye Asian American Writers of the Real and the Fake*)的序文中将华裔作家分成真假两派。他批判的对象包括七八十年代涌现出来的女作家汤亭亭、谭恩美和以其剧本《蝴蝶君》(*M. Butterfly*)获得 1988 年托尼奖的新秀黄哲伦(David Henry Hwuang)等十余人,认为他们作品中的中国和华裔美国人是"白人种族主义想象的产物,不符合事实,不是中国文化,不是中国文学,

---

① Fu Manchu,英国作家 Arthur Sarsfield Wade(笔名 Sax Rohmer,1883—1959)笔下的华人形象,这个具有西方科学知识的魔鬼化身,为达到个人目的,可以不择手段,甚至牺牲亲人。

② Charlie Chan,夏威夷的华人侦探,是美国作家 Earl Derr Biggers 在 1925(*The House without a Key*)至 1932 年间所写的 6 部小说中的主人公。由于在 48 部好莱坞影片中出现(见 Elaine Kim. Asian American Literature[M]. Temple University Press,1982:18),这个被作者称为"可亲"、"维护法律与秩序"的陈查理,迈着女式碎步、说着洋泾浜英语、引用孔子名言,他的名气比作者要大得多。

③ 俞宁. 是"奠基人"还是"邪教主"——试评华裔美国作家赵健秀创作道路的是非曲折[J]//外国文学,2000(4).

也不是华裔美国文学"。他斥责汤亭亭、谭恩美、黄哲伦在标榜创新、"贡献"的名义下伪造广为人知的亚洲文学和传说,并引用了中文的《木兰诗二首》及其译文①为证。他武断地说"迄今为止,在华人中,只有基督徒写自传"②,批判黄玉雪和汤亭亭的"自传体"作品丑化了华人男子,是基督教文化的产物。他否认首批抵美的华人和日本人为无意定居的旅居者(sojourners),以帮会(tongs)的存在为证;否认中国和日本文化是厌恶妇女的(misogynistic),否认亚洲文化是反个人独特个性的(anti-individualistic)。赵健秀在文中"引证"了《孙子兵法》《三国演义》《西游记》,并选了六幅《水浒传》连环画来表现中国传统文化中的英雄男子汉。他把帮会的组织和刘、关、张的"桃园三结义"联系起来,说旧金山的中华会馆(the Chung Wah Wooey Goon)③正是按照桃园三结义和梁山好汉结拜兄弟的模式建立的④。赵健秀把《水浒传》看作是《三国演义》的续编,后者探讨报私仇的道德观念(the ethic of private revenge),前者则表现大众报仇反对腐败官府的道德观念(the ethic of popular revenge against the corrupt state),或"天命"(the man-date of heaven)⑤;而《西游记》的"齐天大圣"又表达、发展了《水浒传》中的一百单八将的精神⑥。赵健秀把孔子看作史学家、战略家、武士,因此和孙子有了共同点。他认为中华文明的传统是信仰"人人皆生为战士。我们生来就是为维护个人的完整人格(personal integrity)而战,一切艺术皆武术。写作即战斗"。《孙子兵法》正是培育了"生活即战争"的精神⑦。

比较赵健秀在两本选集中的观点可以看出他的思想变化。在《哎——咿!》中,他指出华裔文化的独特性,以此衡量汤亭亭创造性地利用中国传统文化正是一个"独特性"的好范例;但在《大哎——咿!》中他重点批判的就是汤亭亭,提出华裔作家绝对不应让作品中的中国传统文化变形。为

---

① 见 The Big Aiiieeeee! Meridian,1991,第4~6页,赵健秀引用的"原文"把《木兰辞》一分为二,成"诗两首",译文也有值得商榷之处。
② 同上,第11页
③ 即 the Chinese Consolidated Benevolent Association,以 the Chinese Six Companies 闻名。见 The Big Aiiieeeee! 第25页。
④ 同上,第25、41页
⑤ 赵健秀认为这两种观念正是孔子的基本思想,同上,第34~35页。
⑥ 同③,第39页。
⑦ 不知何故,赵健秀在孙子的拼音 Sun Tzu 后又加上 the Grandson!?

此,他大量引用《三国演义》《水浒传》《西游记》中的人物以及孙子、司马迁等历史人物,以表现自己的正统中国古典文学知识,同时以华人英雄男子汉的形象来对抗华裔女作家和白人作家对华人男子的丑化。实际上,华裔美国文学的确有其异于中国文学的独特性,但它又割不断与中国文化千丝万缕的联系。提倡华裔美国作家的绝对独立或绝对继承既不可取也不可能。由于自幼生长的环境和所受教育,华裔作家对中国文化的理解和继承是独特的,赵秀在《大哎——咿!》中的长文本身就是一个很典型的例子。

1991年赵健秀的上述思想大都在他的第一部长篇小说《唐老亚》(Donald Duk)中体现出来。极为有趣的是,在文艺创作上他竟然也和自己所批判的汤亭亭一样,创造性地利用中国传统文化——他借助一个11岁男孩在春节期间对自己华人身份的态度大转变将美国种族歧视的现实、早期华工在美修建铁路的历史和中国古典文学、唐人街的华人习俗结合起来。赵健秀在《唐老亚》中表现的创新和汤亭亭16年前发表的《女勇士》相比,思路更清楚,但书中完全没有对中国传统文化糟粕的批判,他要宣扬的是中华男儿的英雄主义。

旧金山唐人街上的唐纳德·杜(Donald Duk)因为和家喻户晓的卡通明星唐老鸭(Donald Buck)谐音,同学们总拿他的名字开玩笑。唐老亚不但恨自己的名字,而且也怨恨自己的中国血统。他就读的私立学校灌输的是"白人优越论",在中国待过一年且会说"国语"的历史教师用儒家的"天命"思想来解释华人为何"被动""不能维护自己的权利"。老师引用自己伯克利大学历史老师的著作说"胆怯、内向"的华人对具有"好胜心和强烈竞争意识的美国人""束手无策"。唐老亚对中国一无所知,自认为是"美国人"。令他心烦的是春节又来了,别人老是问他有关华人干的"古怪"事情、吃的"古怪"东西等"愚蠢"问题。唐老亚不喜欢唐人街,可他住在这里,爸爸在唐人街经营餐馆。春节期间,同名的伯父——粤剧大师兼剧团老板来旧金山演出,唐纳德的白人好友、比他对华人"更感兴趣"的阿诺德·阿扎里亚也要求在他家小住,共同参与春节庆祝活动,包括在元宵节夜晚点燃捻子放飞爸爸、妈妈和双生的姐姐几年来利用业余时间制作的108盏飞机烟花灯。由于好奇,唐纳德在年前偷偷放飞了其中一架,不料被伯父发现。伯父告诉孩子这108盏灯代表《水浒传》故事中罗宾汉式的英雄,他烧掉的正是其中的李逵。伯父还说唐纳德原本也和李逵一样姓李①,他四代以前的李姓先人是最早来美参加建造中央太平洋铁路的华工之一,他当年差不多就是唐纳德现在这个岁数。唐纳德记得庆祝铁路竣工的老照片里并没有华人,伯父让他看爸爸旧书里的相片,指着上面的华工说:"你看我们来建造铁路时多么年轻。"伯父要孩子向父亲坦白,并保证补做一架飞机。

唐纳德回到房间后不禁做起梦来。过去他常做噩梦,都是关于华人的,但他并不理解。这次他梦见21岁的他和同胞们一起修建铁路。他不但看到了自己的先辈在荒漠中艰苦奋战的情景以及华工和爱尔兰工人的较量,还在现场见到身着戏装、手持青龙偃月刀的关公。醒来后,唐纳德和阿诺德一起去图书馆查找有关资料,他对图书管理员解释说:"我们修建了铁路。我们最好也读一读铁路方面的书。"此时,他已经认同了他的华人身份。唐纳德发现史实竟和他梦中所见完全吻合。此后他连续梦见华工在关姓领班带领下创造了10小时铺路10英里1200英尺的世界纪录,还有雷鸣电闪中关公骑着赤兔马、领着108将前来喝彩助威的壮观场面。但是根据他查得的资料,书中只列了为华工搬卸铁轨的8个爱尔兰工人的姓名。创造历史的是1200名华工,可连他们领班的名字都未载入史册!唐纳德感到这"不公平",爸爸回答说"历史是战争,不是游戏!……你应该自己保存历史,不然历史就会永远丢失。这就是天命"。爸爸对"天命"的解释与老师不同:孔子的"天命"是警告皇帝的,"权力会腐蚀人。把王孙、诸侯引上邪道,使老实百姓造反,腐败的王朝必将灭亡。王国兴起又衰败。国家来了又去。这就是天命"②。这次唐纳德"是真正仔细听着"爸爸讲"天命"了。

对中国文化产生了兴趣并有了民族自豪感的唐纳德回到了学校。当老师重弹华人"被动""没有竞争意识"的老调时,他终于能够以"我们"曾为抗争拖欠工资、为要求华人做领班而罢工并取得胜利和"我们"创造了铺轨的世界纪录等真实历史来驳斥老师的谬论,阿诺德也拿出一堆书来为此做证。

小说的结尾颇有寓意。唐纳德一家在元宵节把108架飞机都送上了

---

① 当年华人常有持他姓人的有效证件进入美国的,故有"paper"某某一说。作者在书中说或许最早来美的唐纳德·杜的祖先是个"paper Du",即持姓杜者证件进入美国的。见 Frank Chin.Donald Duck[M].Coffee House Press,1991:132.

② 同上,第125页。

天，在唐纳德亲手放飞了他自己补做的"李逵号"时，他发现父亲在机体上画上了那美国人人皆知的唐老鸭。爸爸曾经说过做美国人并不一定需要放弃做华人。他以新移民为例——他们仍然说着原来的语言，又在学英语；他们没有"放弃"而是"增加"，这就使他们比任何在美国出生的人都强。赵健秀在书中批判了对白人的盲目仇视。爸爸告诉唐纳德，华人的朋友是"战争中的盟友"。唐纳德和阿诺德的友谊正说明白人并不都是种族主义者。在新的一年里唐纳德将满12岁。按照中国的说法，华人孩子在12岁就告别了童年。小唐纳德恰恰在新的一年到来时有了一个认识上的飞跃。

比较《鸡舍中国佬》和《唐老亚》两部作品的结尾就会发现12岁的唐纳德在民族意识和对自己的华裔身份的认识上都比20岁的谭林要成熟得多，而赵健秀在创作上成功地运用超现实主义的时空换位手法将早年华工建造铁路的历史和中国古典文学与传说结合起来，不但恢复了美国这段铁路史原来的面貌，还表现了一个深刻主题。不仅如此，他还力图再现唐人街华人的生动语言，在描写华人过节、唱戏等习俗时，内容充实，笔墨适中。应该说这是赵健秀在创作生涯上迈出的新的、可喜的一步。1994年他写了《甘卡丁公路》，小说通过一个家族故事来阐述华裔美国人的集体命运[1]。

在亚裔作家中，赵健秀的独特之处在于他公开宣称"写作即战斗"，"生活即战争"，这位剑拔弩张的作家，其立论往往失之偏颇，打击的常常不是敌人而是本该团结的战友。好在在艺术创作上，他并没有完全按照自己的观点行事，在提高亚裔美国人的独立意识上，赵健秀功不可没。

亚裔美国文学作品不仅描写亚裔美国人为实现自己的美国梦所付出的代价，他们作为"边缘人"的思想混乱和人格分裂，两种不同文化在他们身上的冲突，也从不同侧面反映了他们对开发、建设美国所做的巨大牺牲和杰出贡献。不容忽视的是——正是后来这些不断涌入的新移民坚持、继承了早期美国移民追求自由民主平等的理想，他们的行动和业绩有力地证明了亚裔美国人同样有权称自己为美利坚合众国的主人。

（原发表于《英美研究论丛》2001年00期）

---

[1] 详见李有成的《陈查理的幽灵：〈甘卡丁公路〉中的再现问题》一文，何文敬、单德兴主编的《再现政治与华裔美国文学》(1996年版，第161—183页)。

亚裔美国文学的定义和嬗变

王烺烺 *

(厦门大学 外国语言文学研究所)

摘　要：20世纪60年代以来，美国社会移民结构的变化以及全球范围经济文化的变革，使亚裔美国文学不断重新协商其定义内涵，不断嬗变其创作方向。这种流变性挑战了同质化的单一界定，扩大了亚裔美国文学乃至美国文学的视野。

关键词：亚裔美国文学；定义；嬗变

亚裔美国文学发轫于19世纪末留美中国学生李彦富（Lee Yanphou，1861—1938）和容闳（Yung Wing，1828—1912）的英文自传，而亚裔美国人真正打破"失语"状态，在美国文坛发出振聋发聩之声，则是在20世纪60年代以后。从60年代华裔作家朱路易发表第一部以美国唐人街为背景的小说《吃一碗茶》（*Eat a Bowl of Tea*，1961），到2000年印度裔女作家裘安帕·拉依里（Jhumpa Lahiri，1967—　）的短篇小说集《疾病的译者》获普利策奖，2001年华裔作家梁志英（Russell Leong，1950—　）的小说集《凤眼》（*Phoenix Eyes and Other Stories*，2000）获全美图书奖，亚裔美国文学佳作不断，获奖频频，成为美国文坛一道亮丽的风景线。然而，我们也需要看到，随着经济全球化的推进，当代美国社会移民结构的变化和多元文化语境的形成，亚裔美国文学不断增殖、膨胀，以至于一些学者担心，这个类目几乎在"要代表如此多的异质成分的压力下崩溃"（Koshy，474）。因而，对亚裔美国文学的界定和创作方向的回顾与展望就成了当前研究的重要课题。

---

* 作者简介：王烺烺，副教授，研究方向为美国文学。

一、亚裔美国文学的定义

审视亚裔美国文学的定义,首先需要考察"亚裔美国人"这一名称的来源。

亚洲移民在美国的最早踪迹已无历史考证,有记载的亚洲人,特别是华人,大批流入美国的时间是19世纪中叶。然而,"亚裔美国人"这一名称却是在20世纪60年代以后才出现的。其背景之一,1965年美国通过新移民法案,放宽了移民限制,使亚裔社群规模迅速壮大;其背景之二,当时以黑人争取平等权力为主流的民权运动推动了美国少数族裔政治意识的提高。"亚裔美国人"首先在美国校园中流行,以替代"东方人"和"黄种人"等带有种族歧视和东方主义色彩的称呼,进而被官方和大众采用。可见,这一称谓是一种"政治联盟"的产物。正因为如此,"亚裔美国人"涵盖的内容和属性不可避免地随着社会政治经济的变革呈现流变的态势。在最初的使用中,"亚裔美国人"事实上大部分指的是华裔、日裔美国人,后来才逐渐容纳了祖籍地为亚洲其他地区的移民及其后裔。"亚裔美国人"成员的文化身份也由以祖籍地为社群圈子生存于美国社会角落的边缘人,变成包含阶级、宗教、职业、性别等多种差别因素的族裔构成。近年来随着美国与亚太地区交往交流的增加以及后现代语境下国家概念的转变,族裔身份呈现"去领土化"倾向,出现了一批不再类属于单一地域或固定身份的"文化散居者"(cultural diasporas)。

亚裔美国人身份的这种流变性使得对亚裔美国文学的界定不断面临挑战,具体体现在对其创作主体、创作语言和创作题材的界定上。

先看创作主体。集美国亚裔剧作家、评论家、小说家等头衔于一身的赵健秀在其70年代参与编著的《唉——咿!》的"前言"中,首次把亚裔美国作家定义为"在美国出生和长大的菲律宾、中国、日本族裔的美国人,他们对中国和日本的认识是从收音机、电影、电视,从滑稽故事书,从美国白人文化的推行者那儿得来的"(Chin, ix)。根据赵健秀的这个定义,亚裔美国作家必然是出生在美国、与亚洲母国文化疏离的第二代及以后的移民,并且主要是华裔、日裔、菲律宾裔作家。这两点限制放在亚裔社群构成发生变化的今天,不免失于褊狭。

赵健秀意识到以美国为出生地定义亚裔美国作家的局限性,继而提出作家感受的产生(birth of sensibility)较之实际出生地(actual birth)在界定上更有意义。然而,以感性的东西作界定事物的客观标准,其模糊性不可避免;此外,在文化殖民的语境下,赵健秀所谓的感受标准和他早先提出的地域标准更有错位的可能。杰西嘉·海基多恩多次以自身经历说明,许多像她一样的菲律宾人,没有来美之前,"想象力"已经被好莱坞影片、美国教科书"殖民化",产生了边缘人对白人中心文化的怅惘和渴望,已经具有赵建秀所谓的亚裔美国人"感受"了(Hagedorn,xxiii)。因而,"感受"论对亚裔美国文学创作主体的界定仍失于含糊与狭窄。

金伊莲(Elaine H Kim)在《亚裔美国文学创作及其社会背景导论》一书中,把亚裔美国文学定义为"中国、菲律宾、日本和韩国族裔作家用英语创作的关于美国经历的文学作品"(285)。在创作主体的界定上,金伊莲只提到族裔起源,没有再限定出生地或文化归属感。族裔起源是一个常用标准,但也并非看起来那样简单明了。正如张敬珏(King-Kok Cheung)所指出的那样,"国家和地区的归属,常常随着时间而变更并不容易确定下来"(v)。族裔的"去领土化"趋势以及不同族裔间的通婚,导致多种族背景人群增加,使得族裔起源越来越复杂。所以,以族裔起源作为界定的标准也存在一些问题。

再看创作语言。赵健秀和金伊莲都把英语作为标准。不过,金伊莲后来在为亚裔美国作家作品集《陈查理死了》写的"前言"中承认自己的定义过于武断,源于不了解亚洲语言和南亚及东南亚人的社群。如果可能,应该把用亚洲语言创作的作品以及来自越南、印度和其他社群的作家的作品包括进去(viii)。当我们追溯华裔美国文学的源头时,这个问题就凸现出来了。把英语作为书写语言,那么早期赴美劳工用中文创作的思乡感怀之作,尤其是1910—1940年间被羁留在天使岛的华人们所赋的近百首中文诗歌,就只能被排除在华裔美国文学或亚裔美国文学之外,一段珍贵的历史记录可能就此湮没。无奈中,作家只能将它们译成英文结集出版。

至于创作题材,金伊莲把"美国经验"视为亚裔美国文学创作题材的观点曾被广泛接受。然而究竟何为美国经验?从题材范围来看,"美国经验"似乎并不等同于在美国的地域经历。例如,在汤亭亭(Maxine Hong Kingston,1940—)的《女勇士》(*The Woman Warrior: Memories of a Girlhood among Ghosts*,1976)、谭恩美(Amy Tan,1952—)的《喜福会》

(*The Joy Luck Club*,1989)及其近作《接骨师的女儿》(*The Bonesetter Daughter*,2001)中,有一半故事发生在中国;赴美留学生哈金(Ha Jin,中文名金雪飞)获美国国家图书奖的小说《等待》(*Waiting*,1999)写的全是中国大陆的人和事。事实上,人们通常把这些非"美国经验"的书写同样看作是亚裔美国文学的一部分。

有鉴于上述狭窄定义带来的问题,近年来中外学者对亚裔美国文学的定义更具包容性和开放性趋向。张敬珏等人在《亚裔美国文学书目提要》中提出,他们选择亚裔美国文学作品的依据是"在美国和加拿大定居的亚洲族裔作家的作品,不论他们在哪儿出生,何时来北美定居,如何阐释他们的经验"(v)。张的定义排除了对出生地和创作题材的限制,并把美国扩大成了北美。中国学者王理行在最近的一篇文章中对"美国华裔文学"进行界定时,进一步把作家是否在美国定居排除在定义范畴之外,认为"凡是持有美国国籍的人写的文学作品都属于美国文学的范畴"(90)。杰西嘉·海基多恩甚至提出"亚裔美国文学"这一名称局限太大,应该称之为"世界文学"(xxx)。

然而,简单地抛弃赵健秀的文化民族主义立场,转而拥抱海基多恩等人的"世界文学"观点并非解决亚裔美国文学定义困难的良方。一个最根本的问题是,如果"亚裔美国文学"成为"世界文学",它还有独立存在的理由吗?作为一种诞生于特定历史文化语境的文学,"亚裔美国文学"仍然肩负着特殊的文化使命:挑战主流文化霸权,思考少数族裔文化身份,补写亚裔美国人缺失的历史。因而,至少在目前来看,"亚裔美国文学"不能等同于"世界文学"。

要确立"亚裔美国文学"这一类目的独立存在,概念界定是必不可少的前提。诚然,对一个变动不居、充塞异质成分的名称进行界定总是困难的,要完全解决上述界定中的问题也是不现实的。这就要求我们不要渴求一成不变的定义,既要横向考虑到其尽可能包括的不同成分,又要纵向考虑到其变化发展,留出以后修正扩展的空间。我们认为,"亚裔美国文学"可以暂时界定为"亚裔美国人创作的文学作品"。即:持有美国国籍、具有亚洲血统的人创作的作品。我们不必追究他是第二代移民,还是如哈金一样留学美国后取得美国国籍的人;不必追究他是纯粹的亚洲血统,还是伊迪丝·伊顿(Edith Maud Eaton,笔名水仙花 Sui Sin Far,1865—1914)那样的亚欧混血儿;不必追究他是在美国定居,还是选择像印度裔后殖民作家卜哈拉蒂·穆克基(Bharati Mukherjee,1940—)那样在不同国家和文化之间穿梭。至于创作题材是否符合美国经验,是何种美国经验,则不必加以限制;对于创作语言,也可以暂时不作限制,为以后使用亚洲语言创作的作品进入亚裔美国文学领域留下空间。

二、亚裔美国文学的嬗变

既然亚裔美国文学的界定与亚裔美国人的身份界定密切相关,那么影响亚裔美国人身份属性的文化境遇、社会环境的变化,也必然影响到亚裔美国文学的创作,使其经历不断嬗变的过程。

(一)从单纯对抗刻板形象到全面建立亚裔美国人的话语主体地位

美国亚裔研究学者莉莎·露易(Lisa Low)指出,"在过去的一个半世纪中,美国公民法律、经济、文化意义上的身份界定正是以亚洲移民为反面参照的"(4)。长期以来,在白人主流社会中,亚洲移民成为后殖民理论家赛义德(Edward W. Said)所言的"最常出现的他者(the other)形象之一"(1)。这种"他者"形象的建构来自两个领域:一是法律体系;二是文化再现体系,尤其是文学领域。前一个领域利用排外法案、移民归化法案和种种包含政治歧视和经济剥削的法律条款使亚洲族裔边缘化,后一个领域利用"权力/知识"相结合的霸权"话语"制造出一系列刻板形象(stereotype)对亚洲族裔进行歪曲再现。如布莱特·哈特(Bret Harte,1836—1902)笔下的赌徒"异教徒中国佬(Heathen Chinee)"阿辛(Ah-Sin)、英国作家萨克斯·罗默Sax Rohmer,1886—1959)笔下的撒旦式人物傅满洲Fu Manchu,尤其是美国作家戴尔·比格斯(Earl Derr Biggers,1884—1933)笔下的"模范少数民族"(model minority)形象和女性化的"阉割形象"纠缠在一起的华人侦探陈查理(Charlie Chan),经过电影、电视媒体的强化,成了白人心目中亚裔形象的代表。

在争取自身的再现权时,亚裔美国作家所面临的首要任务是对抗东方主义话语对亚裔美国人的误现和诋毁,呈现亚裔美国人的真实形象。但一些作家,尤其是早期作家,由于过分着眼于对抗性的人物形象刻画,不免落入两个窠臼。一种是书写亚洲移民接受基督教教义、融入美国社会的所谓"成功故事",试图抹去早期亚洲人"不可同化的异邦人"的刻板形象时,却迎合了白人霸权话语制造的另一种刻板形象:"模范少数民族"。最早获得美国社会承认的华裔作家刘裔昌(Pardee Lowe)和黄玉雪(Jade Snow Wong,1922—)含有自传性质的小说《虎父虎子》(*Father and Glorious Descendant*,1943)和《华女阿五》(*Fifth Chinese Daughter*,1945)便属于这类作品。另一种则是处心积虑地塑造与刻板形象相反的亚裔美国人,但却简单地走向另一个极端——人物形象成为单向度的、反叛的刻板形象,如赵健秀、陈耀光(Jeffery Paul Chan)等男性作家着力塑造的与"阉割形象"相反的亚裔男性形象。赵健秀的剧本《鸡舍中国佬》(*The Chickencoop Chinaman*,1981)中的唐人街牛仔谭·林被刻画成反叛好斗、愤世嫉俗、不带丝毫女人气质的人物;陈耀光的短篇小说《海法的中国人》(*The Chinese in Haifa*)中的比尔在被种族主义形象纠缠的噩梦中,总是把来自唐人街的前妻作为贬低、排斥的对象实施"妖魔化";为了显示自己与"阉割"形象的区别,比尔不惜引诱朋友的白人妻子和吸食毒品。这种单向度的人物塑造暴露出赵健秀等人陷入二元对立的西方思维框架的泥沼,无法摆脱白人的凝视。此外,他们在塑造亚裔男子的阳刚之气时,把女性作为二元对立的弱势一方,作为衬托男性独创精神、勇气、毅力的"他者",其结果是,在反对种族主义的刻板形象时却启用了性别的刻板形象。

此后,一些作家开始反思刻板形象得以产生的霸权话语,并对其进行解构。如华裔剧作家黄哲伦(David Henry Hwang,1957—)的《蝴蝶君》(*M.Butterfly*,1988)就剖析了西方人对于东方主义刻板形象的心理需求,消解了温顺、痴情的东方女子甘愿为白人男子献身的神话。《蝴蝶君》对普契尼的歌剧《蝴蝶夫人》中的男女关系、东西方关系乃至殉情方式进行倒置,揭示了西方男子对于东方女子以及隐喻意义上的西方对于东方的误识,并表明白人塑造的亚洲人刻板形象会反过来蒙蔽他们自己的眼睛,导致他们自身的毁灭。

在新近的作家中,直接以抵制刻板形象为目的的单向度写作已经不多,而他们以不同视角呈现性格迥异的亚裔美国人多姿多彩生活的作品,却是对亚裔美国人刻板形象间接的但最有效的驳斥。这也是杰西嘉·海基多恩主编的亚裔美国作家短篇小说集以"陈查理死了"作为书名的寓意。

虽然这本 1993 年出版的小说集中并没有以此为标题的作品，但入选该文集的 48 位作家从不同角度刻画了形形色色的亚裔美国人形象，描绘了他们千姿百态的生活，以多样性的文学真实否定了片面、狭窄的亚裔刻板形象，结束了陈查理们的文学生命。从某种意义上说，《陈查理死了》是亚裔美国文学创作的一个转折点，它标志着亚裔美国作家正摆脱刻板形象的梦魇，开始致力于对亚裔美国人话语主体地位的全面树立和对自身文化的更深入的探索。

（二）从文化二元窘境中的抉择到文化多元主义的对话

亚裔美国文学的嬗变在更高层次上反映了它所代表的文化形态的嬗变。早期的一些亚裔美国作家被置于"或是/或是"（either/or）或"既非/也非"（neither/nor）的文化二元窘境。华裔作家黎锦扬（C.Lee,1917— ）、黄玉雪，菲律宾裔作家曼诺尔·布肯（Manuel Buaken）等人含有自传色彩的作品，大多反映的是摒弃民族文化，努力跻身美国主流社会的故事。他们作品中的人物在"或是/或是"的抉择中，趋同的是白人主流文化，他们的创作也以争取白人主流文化的认同为成功标志。

另一些早期作家则深刻地揭示了在美国的排外情绪和东方主义话语的统治下，在东西方二元对立的社会文化中，亚裔美国人"既非/也非"的尴尬处境。如菲律宾裔作家卡洛斯·布洛桑（Carlos Bulosan,1913—1956）在自传《美国在心中》（*America Is in the Heart*,1946）里就曾无奈地揭示："作一个菲律宾裔美国人是一种罪"，因为在当时的社会环境中，两种身份的组合是一个悖论。日裔作家约翰·奥卡达（John Okada,1923—1971）去世后被重新发现的优秀小说《不—不的男孩》（*No-No Boy*,1957）反映了日本第二代移民在珍珠港事件后，在民族和国家的二元对立被当时的政治形势激化的情况下，主人公被迫做出选择时的痛苦："我不是日本人，我也不是美国人……我两者都不是……我责怪这个世界"(16)。

70 年代以后，赵健秀及其同道陈耀光、徐忠雄（Shawn Hsu Wong）、稻田（Lawson Fussao Inada）等人极力倡导亚裔美国文化民族主义运动，捍卫亚裔属性，试图在美国文化和亚洲文化之外的"既非/也非"的文化处境中铸造亚裔美国人属性。他们在弘扬民族文化、抵制白人文化殖民等方面做出了一定贡献。然而，他们建构的亚裔美国人文化身份往往以亚裔男性为中心,他们所依托的民族文化传统单纯以尚武好战的"英雄主义"传统为蓝本,此种民族文化身份建构在移民形式日益复杂化和文化逐渐多元化的变化中渐渐显露出其褊狭的本质主义特征。

多元文化的兴起,为亚裔美国作家摆脱文化二元窘境提供了机遇。更多的作家拒绝把自己认作美国社会的"异族"和美国主流文化的"他者",他们试图以杂交的策略融合东西方文化,重新协商美国性和美国文化的定义。

汤亭亭的《女勇士》和谭恩美的《喜福会》都把人物之间的冲突和摩擦上升到文化碰撞的角度,以女儿们为代表的美国文化与以母亲们为代表的中国文化最终走向理解和认同,消解了东西方文化的二元对立,建构了文化融合的发展前景。《女勇士》中的"我"从讨厌母亲的中餐,宁愿以塑料为生,到逐渐吸收了母亲传递的中国文化,学会"同时欣赏两种文化";而认为只有在中国才能闻到真正花香的母亲,也学会了美国老太太的时髦,披上了披肩。《喜福会》中,女儿们由漠视四位母亲固守的中国文化,到开始对中国特色的东西感兴趣,乃至回访中国;而母亲们也希望女儿们能把"美国的"与"中国的"结合起来,获得更好的生活。甚至对文化融合一直持怀疑态度的赵健秀,在后期的创作中也渐渐意识到对亚洲属性和美国属性的划分来源于主观的二元对立。在他的小说《唐老亚》(*Donald Duk*,1991)中,12岁的华裔少年唐老亚原本是个对中国文化极度反感的反叛少年,在了解了华人在美国历史上的贡献之后,意识到唐人街也是美国的一部分,华裔也是美国人,接受了"融合"。

当前,随着东西方交流的频繁,一批跨越国界、以"文化散居者"身份出现的知识分子和作家的崛起成为亚裔美国文学发展的新现象,他们的创作反映了在不同文化之间自由穿梭的经历,视野已不再局限于单一的文化和地域。

他们或是如《变成日本人:一个三世的回忆》(*Turning Japanese*: *Memories of a Sansei*,1991)的作者戴维·穆拉(David Mura,1952—)和《凤眼》的作者梁志英这样的移民后裔,在回访母国的过程中,跳出身份界定的"自我边界",跨越文化与地理的区隔,获得了对自我身份的更深刻的认识;他们或是如《茉莉花》(*Jasmine*,1989)的作者卜哈拉蒂·穆克基和《疾病的译者》的作者裘安帕·拉依里那样,在印度、欧洲和北美不同地域、不同文化之间旅行,跨越文化的藩篱,在新、旧身份之间寻求和解,寻求新的生活;他们亦可能如哈金和闵安琪(Anchee Min)一样,是80年代赴美留学大潮中的一员,根植于母国的文化,以母国的经历为题材,但用英语写作,面向美国读者,将亚洲文化介绍进美国。

从某种意义上说,这些作家的位置都可以借用裘安帕·拉依里在《疾病的译者》的标题故事中所使用的一个概念来概括,即:穿梭于东西文化之间的"译者"。他们的创作挑战了东方/西方、边缘/主流、第一世界/第三世界、殖民者/被殖民者、自我/他者的二元对立关系,使亚洲文化由原来被殖民的一方,成为对话的一方,成为美国多元文化景观中的一部分。他们的创作受到发展中的美国社会文化的影响,同时也影响着美国社会文化的发展。

(三) 从种族的单一视角到多重视角,语言杂多

早期作家无论出于族裔政治的需要,还是源于白人"凝视"的影响,种族皆成为其创作的主要视角。随着亚裔美国人成分的变化和文化政治境遇的变迁,亚裔作家越来越从种族的单一视角中解放出来,开始用多重视角审视自身的文化,也开始关注不同性别、不同文化、不同族裔之间的关系,进入"语言杂多"的创作时期。

首先打破种族单一视角的是亚裔女性作家,她们书写了既受到种族主义歧视又受到性别歧视的双重"边缘化"的经验,在种族视角之外,运用了性别的视角。汤亭亭的《女勇士》是较早的一部包含女权主义思想的作品,从受夫权社会迫害、跳井自杀的无名姑姑写起,利用"讲故事"的形式,杂糅现实和传说中不同女性的经历,给"失声"的华裔女性以发声权,把她们由"受害者"变成花木兰式的"胜利者"。随后,以女性视角创作的作品越发繁荣,成为亚裔美国文学不容忽视的一支力量。而当今,曾被严重排斥的同性恋人群也进入了亚裔美国文学创作的视线。梁志英的《凤眼》、海基多恩的《食狗者》(*Dogeaters*,1990)、闵安琪的《红杜鹃》(*Red Azalea*,1994)都有涉及同性恋人群的描写。

另一种变化是在一些作家的作品中,族裔意识具有了更大的流变性。华裔作家任璧莲(Gish Jen,1955—)的小说《典型的美国佬》(*Typical American*,1991)和《希望之乡的莫娜》(*Mona in the Promised Land*,1999)分别讲述了中国移民张拉夫由初到美国时对美国人做派嗤之以鼻到

最后也成为一个"典型的美国人"及其女儿莫娜皈依犹太教的故事,对什么是"典型的美国人"以及族裔属性的本质是什么进行了发问,显示了"新世界"里文化身份和族裔属性的流变特征。日裔作家(Cynthia Kadohata 1957—)在小说《漂浮的世界》(*The Floating World*,1989)中使用了日本人的"ukiyo"即"漂浮的世界"的概念,借以表达世界变动不居、无法以固定的边线加以界定的思想,提出变化视界的积极意义。小说的主人公在"漂浮的世界"中摆脱了族裔的二元划分,建立了不同的叙事声音。

一些亚裔作家还把眼光投向其他边缘人群和少数族裔。海基多恩把她的作品描写成"充满了边缘人物,他们表面上不归属于任何地方,但实际上属于任何地方";梁志英的诗集《梦幻和尘土的国家》(*The Country of Dreams and Dust*,1993)涉及的不但有华裔散居者,还有来自越南的移民;日裔作家 Hisaye Yamamoto 在《威尔夏汽车》(*Wilshire Bus*)等故事中探讨了华裔、日裔、韩裔等亚洲族裔之间的关系;任璧莲的作品不但有对犹太人和犹太文化的描写,在短篇小说集《谁是爱尔兰人?》(*Who's Irish?* 1999)的标题故事中还涉及了爱尔兰移民的文化。

可以说,亚裔美国作家创作思想的转变、创作题材和创作手法的多样化,使得亚裔美国文学进入了巴赫金(Mikhail Bakhtin)所谓的"语言杂多"(heteroglossia)阶段,即在群言驳杂、众声合唱的格局中实现多种文化体系和观念和谐并存,承认差异性,与他者积极对话和交流,从而充分实现主体建构的阶段(Bakhtin)。

不少亚裔美国作家和研究者都提到"亚裔美国"是一个"虚构物",一个"想象的共同体"。如何把握参与塑造这个"共同体"的亚裔美国文学的性质和发展脉络?评论家黄秀玲(Sau-ling Cynthia Wong)的一番话或许对我们有所启发:"正如亚裔美国人的族裔社群是一个政治联盟,亚裔美国文学可以被视为一个新兴的和正在发展的文本联盟"(9)。既然是一种文本联盟,我们就要一方面意识到它的异质性、流变性,避免本质主义的同质化界定和二元对立思维框架,另一方面又不能让其"混成"性质稀释甚至模糊了其联盟的政治目的和意义,即:建立亚裔美国人的话语主体地位,让其声音加入到美国文化的表述中和美国历史的书写中。如何恰当处理这两方面的关系是亚裔美国作家和研究者们必须共同认真对待的任务。

参考文献

[1] 王理行, 郭英剑. 论 Chinese American Literature 的中文译名及其界定[J]. 外国文学, 2002(2).

[2] Bakhtin, M.M. The Dialogic Imagination: Four Essays[M]. Trans. Emerson and M. Hoquist. Ed. M. Holquist, Austion. Tex: University of Texas Press, 1981.

[3] Cheung, King-Kok and Stan Yogi. Asian American Literature: An Annotated Bibliography[M]. New York: MLA Press, 1988.

[4] Chin, Frank, Jeffery Pau Chan, Lawson Fusao Unada, and Shawn Wong. Preface[M]. Aiiieeeee! An Anthology of Asian-American Writers. New York: Anchor, 1975.

[5] Hagedorn, Jessica. Introduction. Ed. Jessica Hagedorn. Charlie Chan is Dead: An Anthology of Contemporary Asian American Fiction[G]. New York: Penguin, 1993.

[6] Kim, Elaine. Asian American Literature: An Introduction to the Writings and Their Social Context[M]. Philadelphia: Temple University Press, 1982.

[7] —. "Preface". in Charlie Chan Is Dead.

[8] Koshy, Susan. The Fiction of Asian American Literature[G]. Eds. Jean Yuwen, Shenwu, and Min Song. Asian American Studies: A Reader. New Jersey: Rutgers University Press, 2000.

[9] Lowe, Lisa. Immigrant Acts: On Asian American Cultural Politics[M]. Durham: Duke University Press, 1996.

[10] Okada, John. No-No Boy[M]. Seattle: University of Washington Press, Tenth Printing, 1998.

[11] Said, Edward W. Orientalism[M]. New York: Vintage Books, 1979, 1994.

[12] Wong, Sau-Ling Cynthia. Reading Asian American Literature: From Necessity to Extravagance[M]. Princeton, New Jersey: Princeton University Press, 1993.

[原发表于《西北师大学报(社会科学版)》, 2003 年 7 月第 40 卷第 4 期]

亚裔美国文学批评探源*

蒲若茜**

(暨南大学外国语学院)

摘　要：亚裔美国文学批评的源头产生于20世纪60年代末70年代初的政治、历史与文化语境中，当时的心理批评和历史文化批评中出现了有关"亚裔美国人"人格特质的探讨，对亚裔美国文学及批评有着开拓之功的"哎咦——集团"所提出的"亚裔美国感性"等理论关键词，揭示了亚裔美国文学批评话语对建构亚裔美国族裔性的意义。

关键词：亚裔美国文学批评；亚裔美国人；历史语境

亚裔美国文学的发生发展，已有近160年的历史，而作为亚美研究之重要组成部分的亚裔美国文学批评，则兴起于20世纪60年代末70年代初，是在"民权运动"精神引领下，与美国亚裔弘扬族裔联盟的"泛亚运动"相伴而生的。

检视亚裔美国文学批评的发展历程，可以分为以下三个阶段：(1)1960年代末至1982年的探索期，以许芥昱(Kai-Yu Hsu)和海伦·帕卢宾斯克斯(Helen Palubinskas)合编的《亚裔美国作家选》、以赵健秀(Frank Chin)为首的"哎咦——集团"("Aiiieeeee Group")编著的《哎咦！亚裔美国作家选集》和王燊甫(David Hsin-Fu Wand)主编的《亚裔美国文学遗产：散文与诗歌选集》的出版为代表，其选集的序言及作品评介开启了亚美文学批评的先河；(2)1982年至1995年的形成期，以一批著名的亚裔美国文学批评

---

*　项目信息：本文系国家社科基金项目"亚裔美国文学批评范式与理论关键词研究"(项目号09CWW008)和广东省哲学社会科学"十一五"规划项目"亚裔美国文学批评之理论问题探析"(项目号07K04)的阶段性成果。

**　作者简介：蒲若茜，教授，海外华文文学与传媒研究基地兼职教授，研究方向为亚/华裔美国文学，跨文化视野下的海外华人诗学以及英美哥特小说。

家及其广为人知的评论著作的涌现为标识,该阶段的亚裔美国文学批评致力于亚裔美国文学版图的扩展以及对美国文学批评典律的重构。这期间具有代表性的批评家包括金惠经、斯蒂芬·苏密达(Stephen H.Sumida)、林英敏(Amy Ling)、黄秀玲(Sau-ling Cynthia Wong)、张敬珏(King-kok Cheung)、林玉玲(Shirley Geok-lin Lim)等;(3)1995年以来,是亚裔美国文学批评的拓展期,新一代亚裔美国文学批评家在后现代主义、后殖民主义、女性主义、心理分析、全球化、离散及跨国主义理论话语观照下对亚裔美国批评进行拓展与反思,代表性批评家包括骆里山(Lisa Lowe)、李磊伟(David Leiwei Li)、马圣美(Sheng-mei Ma)、大卫帕兰波·刘(David Palumbo-Liu)、何丽(Wendy Ho)、帕特西亚·朱(Patricia P. Chu)、莱斯利包(Leslie Bow)、大卫 L 伍(David L. Eng)、凌津奇(Jinqi Ling)、蒂娜·陈(Tina Chen)、阮越清(Viet Thanh Nguyen)、苏珊·柯西(Susan Koshy)、拉歇尔·李(Rachel C. Lee)、柯灵·赖(Coleen Lye)等。迄今为止,亚裔美国文学批评已经形成了以下几个关注点:在国家/跨国/全球化语境中亚裔美国文学内涵的界定及其有关问题,亚裔美国文学中的性别与性,亚裔美国文学创作类型及形式的探讨,著名亚裔美国作家专论,亚裔美国文学批评的元批评等。

而本论文拟探讨亚裔美国文学批评话语产生的源头,在考察20世纪60年代末70年代初历史、政治、文化语境的基础上,研究当时亚裔族性意识的觉醒对亚裔社群的社会和心理影响,为亚裔美国文学批评范式及理论问题的探讨找寻入口,为更深入的研究奠定基础。

一、亚裔美国文学批评产生的历史语境

作为亚美研究的分支,亚裔美国文学批评的产生与20世纪60年代美国一系列的政治运动血脉相连。在黄桂友(Gui-you Huang)主编的《格林伍德亚裔美国文学百科全书》中,学者专门梳理了美国"民权运动"与"亚裔美国运动"之间的关系:

"亚裔美国运动产生于20世纪60年代中期,直接影响其产生的因素有以下三方面:民权运动、具有批判精神的亚裔美国大学生、发展迅速的反[越]战运动。在1964年的《民权法案》及1965年的《选举权法案》通过之

后,新一代领导者诞生了。……这些领导者中的大多数,由于国内的激烈斗争和国际的反殖民运动而磨砺得很激进,发出了认同第三世界人民的政治主张……在非裔美国人解放运动催生的种族自觉意识基础上,亚裔美国运动蓬勃发展起来"(Dao,222)。民权运动及其发展而来的黑色力量运动强烈地激发了年轻的亚裔美国行动主义者:他们曾亲历亲见了民权运动,继而致力于强化自己社区的基础,效仿非洲、墨西哥裔、印第安裔等少数族裔群体,建立自己的组织,争取族裔权利。

"亚裔美国人"正是这一时期新出现的一个词。该词来源于亚裔美国政治运动中两位亚裔学 Yuji Ichioka 和 Emma Gee 的创见,其目的是以此颠覆具有种族歧视内涵的"东方人"(Oriental)的标签(Kang,821)。虽然"亚裔美国人"的定义一直处于动态发展的过程之中,被某些学者认为"最初是为反对美国白人霸权而想象建构的一个对立场域"(Kase,795),但联系当时的历史、政治及文化语境,考虑到来自不同祖居国的亚裔独立抗争的力量之薄弱,"泛亚"不失为一种理想的"连横"策略,可以聚细流成江河,发出亚裔族群更加强大的抗议之声,对抗美国主流的霸权与种族歧视,最大可能地争取自己的权利。

亚裔美国运动致力于以在教育、社会服务、政治组织及艺术创造方面争取地位——追寻自己的族裔之根,塑造自己的族裔身份。1968 年,在"第三世界解放联盟"的直接领导下,旧金山州立大学的亚裔学生与其他有色人种学生团结起来,以罢课和请愿的方式要求学校当局扩大对"第三世界学生"的招生率,并且要学校开设由"第三世界人"主持的"族裔研究"系科,独立招聘教师,独立完成课程设计,充分体现了"少数族裔"的"自决"意识(Dao,223)。1969 年春天,旧金山州立大学开设了美国第一个"族裔研究课程班",而随后加州大学伯克莱分校及其他分校也加入了抗争的队伍并取得了胜利,其影响由西海岸扩大到东海岸,继而影响全国,到 20 世纪 70 年代中期,族裔研究在美国的大学已成为一个独立的学科领域,许多学子(尤其是少数族裔)以此为自己的主修专业。

加州大学洛杉矶分校的亚裔美国研究中心于 1971 年春天创办了《亚美研究》(*Amerasia Journal*)杂志,专注于对亚裔美国历史的挖掘以及亚裔美国政治、经济、文学和文化的研究,"以宣传亚裔美国人及太平洋岛诸民生活的历史及现实为使命"(Yao,27)。近四十年来,该杂志为确立亚美研究在学术研究、教学、族群服务及公共话语领域的地位发挥了不可或缺的重要作用。在亚裔美国文学的研究及其批评话语的提出、推进方面一直处于最前沿、最先锋的位置。

正是有了研究机构和研究杂志，亚美研究才得以展开，随之有了亚裔美国政治、历史、文学、文化的命名。"亚裔美国运动"中的行动者们，转而走进学术研究或文学艺术创作殿堂，为族裔身份的追寻和建构进行身体力行的实践。这些在"革命运动"中成长起来的作家和批评家包括了我们今天耳熟能详的名字：汤亭亭（Maxine Hong Kingston）、赵健秀（Frank Chin）、徐宗雄（Shawn Wong）、陈耀光（Jeffery Paul Chan）、劳森·稻田（Lawson Fusao Inada）、金慧经（Elaine Kim）等。正是这批亚裔作家、学者的努力，"亚裔美国文学"在20世纪60年代末获得命名并逐渐在亚裔美国研究中占据了重要地位，虽然其命名及研究比亚裔美国文学的发端晚了100多年（Yin），但亚裔美国文学20世纪60年代以来的蓬勃发展，彻底改观了美国的文学及文学批评典律。可以毫不夸张地说，如果离开了亚裔、非洲裔、墨西哥裔、印第安裔等多族裔背景的作家及理论家的巨大贡献，20世纪后半叶以来的美国文学及文学理论将黯然失色。

文学生产及文学理论话语的产生从来不是孤立于时代主流之外的，而是与历史、政治、文化语境，与当时当地人们的现实生存环境及心理需求息息相关。如亚裔美国文学的心理批评范式，社会历史批评范式的发端就起源于20世纪70年代初亚裔美国研究界对"传统人""边缘人""亚裔美国人"的人格特质及其成因的论争。

二、亚裔美国文学批评范式的发端

1971年7月，《亚美研究》第二期刊登了心理学家史丹利·苏与德里克·苏（Stanley Sue & Derald Sue）共同署名的文章《华裔美国人格与精神健康》一文，以旧金山华裔青年的精神疑障为个案，探讨了在美国"同化"政策及种族歧视的夹击之下亚裔美国人所产生的人格分化：分别为固守中华价值观的"传统人"、认同西方价值观的"边缘人"和形成了亚裔美国价值观的"亚裔美国人"。而从该文所记载的病例来看，"传统人"蛰伏于华人社区，与美国主流社会完全隔绝，有自闭倾向的"边缘人"就是黄皮白心的"香蕉人"，因为思想被"白化"而歧视、憎恨黄种人，但又得不到主流社会的接纳。"亚裔美国人"是亚裔运动的产物,思想激进、勇于行动,又为得不到家人的理解而深感困扰。在史丹利·苏与德里克·苏看来,这三种人的人格发展都面临危机,都需要"心理健康护理"(Sue,38)。因为他们在传统家庭、西方文化和种族主义的多重压力下挣扎,都面临着人格被扭曲的窘境,具体表现为"怀着过度的犯罪感,自我憎恨,好斗,认识不到自我价值"(Surh,159)。

但二苏对于三种亚裔美国人的分类、剖析和结论遭到亚裔美国学界的质疑和批评,从而引发了学界对于亚裔美国人人格特质及身份追寻的深层次探讨。同样是1971年,在《亚美研究》的第三期,华裔美国学者本·R.唐(Ben R.Tong)发表了《精神的格托:关于华裔美国历史心理的思考》一文,指出苏文所论"没有引起从事少数族裔精神康复专家的更高程度的情感反应,对华裔美国文化感性理解不够,对由于集体经验累积而成的人格问题理解甚少,对当下所需要的'治疗'知之甚少"(Tong,1)。唐文认为,二苏的研究仅仅局限于研究华裔美国大学生群体,是一种在概念上不精确的"人格类型",正好契合了现存的以WASP为导向的精神治疗体系,而这种体系亟待彻底改革(Tong,1)。

与二苏关注个体的精神分析不同,本·R.唐更加关注华裔美国人作为一个族群的历史及现实生存语境,他从华裔移民史出发,挖掘华裔美国人在美国主流社会俯视之下所陷入的"精神格托",其所遭遇的历史创伤及种族压迫。他历数美国华人所遭受的歧视、掠夺和谋杀:六大公司在1862年给加州参议院的报告中说当年有88名华人被谋杀;1871年10月24日,21名华人在洛杉矶被枪杀或吊死;1876年,第四十四界国会特别调查委员会在总结报告中指出,异教徒被认为不可同化,习俗败坏,且对美国的低工资和生活水准负有责任……(Tong,11-12)。而在1882年《排华法》通过之后,美国对华人的驱逐和迫害完全合法化了。

面对白人的歧视、压制和迫害,早期华人移民只好困守在唐人街,希望以群体的力量对抗恶意的主流社会。唐人街成为穷困潦倒的华人唯一的庇护所,成为他们难以逃离的孤岛,如唐文中所言:"被囚禁在狭小、肮脏、不安全、使人产生幽闭恐惧症的火柴盒样的公寓里,[唐人街的]老人们静静地忍受着被孤立、被忽略的绝望;移民的年青一代则狂热地追寻一种体面的生存方式,但却总是无功而返,垂头丧气。由于在最基本的人性需求上遭到[美国社会]一贯的、系统性的拒绝,他们的愤怒不定期爆发,使本来已不稳定的社会关系更加紧张"(Tong,23)。在本·R.唐看来,华裔美国第二代虽然不必像父辈那样时时刻刻要躲避来自白人的石头的袭击,但却陷入了另一种困境:由于美国主流对于华人的种族歧视,也由于华人社群内部的压力,他们无法摆脱精神的"格托";由于全盘接受了美国主流社会的"内部殖民"教育,他们毫无疑义地接受了对华裔美国人的刻板印象,产生了一种"种族自憎"情绪,敌视华人移民和华人社区,以能把自己与"他们"区别开来为荣。在其提供的案例中,一位自诩的"香蕉人"这样写道:"我唯一几次去唐人街是像普通游客一样去吃饭,直到今天我还是持这样的态度。我不喜欢与华人移民产生联系,我不讲广东话而且从来不帮助华人和唐人社区。换句话说,我是一个香蕉人,……"(Tong,22)。唐文中所谓"香蕉人"即苏文所说的"边缘人",他认为这些人的问题绝不是"心理治疗"可以解决的,而是需要具有"激进的政治特质"的解决途径,要改变自己首先要改变社会公共机构和制度,暗示了亚裔为改变现状要采取的政治行动。

由史丹利·苏与德里克·苏和本·R.唐所引起的话题被20世纪70年代初的亚裔美国学者们作为热点问题探讨,系列的商榷或批评论文在《亚美研究》上刊载。到杰里·佘(Jerry Surh)在1974年秋季号上的论文《亚裔美国身份与政治》一文,已经把"亚裔美国人"的人格特质建构提到了身份政治的层面。该文对亚裔美国人的"边缘人"心态进行了细致的剖析:"'边缘人'孤立于亚裔之外,他首先把自己当着一个个体存在,切断了自己人格中特定的族裔决定因素,追求一种具有普遍性的人性本质。他放弃自己性格中'亚洲的'一面,为的是发现和发展与所有其他人共通的特质。如此,'边缘人'的脱离群体可以被看着是一种解放的行为……"(Surh,164)。杰里·佘对"边缘人"的困惑给予了充分的理解,认为其"自憎"和"仇视亚裔"情结不仅仅是由于美国的种族主义,也由于亚裔族群的存在,其他亚裔的存在似乎在随时提醒他们:你是一个没有族裔特点的人,因而导致其质疑自己的身份。美国的自由主义思想使他们坚信一切的偏见和歧视都是错误的,但自己却永远深陷其中,一方面是种族歧视,一方面是族群内部的压力,因此他们失落、彷徨、找不到自我。种族主义之所以长盛不衰,不仅仅在于外部压力的施加,也在于"残害种族主义的受害者,分化他们,迫使他们以自憎和相互憎恨来与种族主义者对抗"(Surh,165)。也就是说,为了证明自己不是种族主义者眼中的"温顺而柔和"的"传统亚裔",他们往往采取一种极端的行动,一方面拒绝亚裔族群的价值观和道德标准,另一方面全盘接受美国主流文化,以泯灭自己族裔特性、远离亚裔族群的方式反对种族主义,旨在告诉白人主流社会:我与你们是完全一样的。但事实证明,这种以疏离族群和泯灭族性为代价的身份追寻并不成功。史丹利·苏与德里克·苏从精神病角度、本·R.唐从历史心理角度探讨的病例,都对此提供了强有力的证据。

由此观之,20世纪70年代初以来的亚裔美国批评话语已孕育了心理批评范式和社会历史批评范式的雏形,这从以上论及的几位批评家的职业身份可见一斑:史丹利·苏与德里克·苏是心理医生,本·R.唐、杰里·佘等分别是社会、历史、政治学科领域的学者。他们所开启的研究路径,在随后的三十多年里被更多的亚裔美国研究者追随:如"种族影像"、"种族阉割"、"种族操演"、"种族面具"、"种族忧伤"等理论话语及关键词的提出都没有脱离心理批评范式;而学者们对亚裔美国历史上的《排华法案》、"日裔集中营"、"坦白计划"、照片新娘、契纸儿子、单身汉社会、移民配额制等话题的一再探讨,则是对亚裔美国社会历史批评范式在广度和深度上的逐步推进。

三、"哎咦——集团"与亚裔美国文学批评

由上面的论述可以看出,亚裔美国文学批评话语的产生与当时的政治、历史、社会环境紧密相连,其批评范式的雏形及理论热点的提出,归结于亚裔美国社会、历史、心理等各学科领域学者的贡献。如果我们把先前所论归入具有统摄意义的大背景,那以下所论就是专注于亚裔美国文学批评及亚裔美国文学的比较"微观"的研究了。

要探讨亚裔美国文学批评,首先要触及的是颇具争议的"哎咦——集团"(Aiiieeeee Group)。"哎咦——集团"是对亚裔美国文学中具有奠基意义的文学选集《哎咦!亚美作家选集》和《大哎咦!华裔与日裔美国文学选集》的编撰者们的总称,他们是赵健秀(Frank Chin)、陈耀光(Jeffery Paul Chan)、劳森·稻田(Lawson Fusao Inada)、徐宗雄(Shawn Wong)等四位亚裔美国文学的挖掘者、开拓者。

《哎咦!亚美作家选集》选取了早期华裔、日裔、菲律宾裔作家的作品,其中不乏被几位编者从故纸堆中挖掘出来、后来却成为亚裔美国文学经典

的著作,比如俊夫盛雄(Toshi Mori)的《横滨,加利福尼亚》、约翰·冈田(John Okada)的《双不小子》和雷霆超(Louis Chu)的《吃碗茶》等。

虽然"哎咦——集团"的诸多论点饱受诟病和攻击,但人们从来没有忘记他们对于亚裔美国文学与研究的开拓之功。正如著名亚裔美国文学学者金惠经在《亚裔美国文学:对亚裔美国写作及其社会背景的介绍》中的论述:"种族联合对加强我们的力量,促进我们的社群建设做出了贡献,为至关重要的亚裔美国文化的维护和发展做出了贡献,为我们组织进行全国性的族裔文化项目提供了有效的工具"(Kim, xiii)。直到1993年,菲律宾裔美国作家、批评家杰西卡·海格冬在其《陈查理已死:当代华裔美国小说选集》的导论中也非常肯定"哎咦——集团"对亚裔美国文学文化传统的建构所做出的贡献:"《哎咦》在20世纪70年代所引发的政治能量和族裔兴趣对亚裔美国作家来说是非常重要的,它使我们作为独特文化的创造者得以显现,得以获得自己的身份。突然之间,我们不再被忽略,我们不再沉默。像美国的其他有色作家一样,我们开始挑战长期以来由白人男性主宰的仇外主义的文学传统"(Hagedorn, xxvii)。"哎咦——集团"之所以赫赫有名,在于其提出了具有开创性的亚裔美国文学理论话语,以及由此产生的该学科领域的对话、辩论甚至"争吵"。可以这么说,如果缺失了"哎咦——集团"的先驱性的挖掘工作及其宣言式的、具有语言"暴力"的关于亚裔美国人及亚裔美国文学的定义和分析,亚裔美国文学及批评会苍白很多。

在《哎咦!亚美作家选集》的《前言》中,是否具有"亚裔美国感性"成为"哎咦——集团"选择入选作家的标准,而"亚裔美国感性"也从此成为亚裔美国批评话语的关键词。在《前言》中,"哎咦——集团"开宗明义地提出"所选作品的年代、多样性、深度和质量证明了亚裔美国感性及亚裔美国文化的存在,它与亚洲和白色美国相互关联但又判然有别"(Chan, xiii)。他们以作者"感性的出生地"而不是"实际的出生地"作为框定、评判亚裔美国人的标准。比如维克特·倪(Victor Nee)、雷霆超(Louis Chu)都出生在中国,幼年时期来到美国,如果以"亚裔美国人必须出生在美国"的标准去衡量,他们不能算"亚裔美国人"。但在"哎咦——集团"的编者们看来,他们"是从一个华裔美国人的角度,而不是从中国人或者白人眼中的中国人的角度,诚实而准确地刻画出了华裔美国经历"(Chan, pix-x)。因此雷霆超的《吃一碗茶》被推为"亚裔美国文学"的范本。

正是以"亚裔美国感性"为标尺,"哎咦——集团"把林语堂、黎锦扬(C.

Y. Lee)等中国移民作家以及黄玉雪(Jade Snow Wong)、李金兰(Virginia Lee)、刘裔昌(Pardee Lowe)等土生的华裔美国作家则被排除在外。他们认为林语堂、黎锦扬是"美国化的中国作家","他们选择作美国人,努力成为白人眼中的美国人,最终成功地变为具有刻板印象的'华裔美国人',善良、忠诚、驯服、被动……"(Chan, px)。而黄玉雪、李金兰等土生作家则"沉默而私人化地对待种族主义,对种族主义没有采取任何行动……"(Chan, 1991: xxiii)。中国和中国文化在这些作家的笔下完全被"刻板化"了。"哎咦——集团"的编撰者们借用许芥昱(Kai-yu Hsu)的评价,批评以上作家对中国文化华人移民的扭曲:"这些很大程度上具有自传体性质的作品像鉴赏家手册介绍中国玉和乌龙茶一样去展示中国文化和华人移民的刻板印象:华人移民要么被表现为孤僻、完全中国化,要么悄无声息地被同化,变成美国人,成为美国理想的大熔炉进程中的模范"(Chan, 1991: pxxiv)。尽管美国主流对亚裔的刻板印象由来已久,但在"哎咦——集团"看来,黄玉雪、李金兰、刘裔昌等"局内人"的书写,更加印证了这些刻板印象。于是他们提出"在我们能谈论我们的文学之前,我们得解释我们的感性,在我们能解释我们的感性之前,我们必须勾勒出我们的历史,在能够勾勒出我们的历史之前,我们得摒除他们对于我们的刻板印象,在我们能摒除刻板印象之前,我们必须证明刻板印象的错误,证明那些容易取得、一般曾为大众所知的历史都是不学无术"(Shawn, 5)。

由此观之,在定义"亚裔美国人"、"亚裔美国感性"方面,"哎咦——集团"从某种程度上参与、深化了前面所论的史丹利·苏与德里克·苏、本·R.唐和杰里·余诸位心理学家、社会学家对亚裔"传统人"、"边缘人"、"亚裔美国人"人格特质的探讨,但其追求"亚裔美国身份"的诉求更明确,更强烈。尤其值得注意的是,他们在界定何为"亚裔美国人",追寻"亚裔感性"的基础上,进一步提出颠覆种族"刻板印象"、反对"种族阉割"及"种族主义之爱"、主张再现"族裔历史"等重要的亚裔美国批评理念,奠定了亚裔美国文学批评的基本框架和具有生命力的理论命题。

综上,我们探究了20世纪70年代初,亚裔美国文学批评产生的政治、历史与文化语境,对当时具有影响力的批评文本及批评家进行了评析,找到了亚裔美国文学批评之心理批评范式和历史文化批评范式的源头,对亚裔美国文学及批评有着开拓之功的"哎咦——集团"及其批评话语进行介绍和剖析,让人们认识到批评话语的产生与历史、社会环境及批评家之间的关系,这对我们后续研究亚裔美国文学批评话语的诸多新问题具有奠基意义。

参考文献

[1]Chan,Jefferey Paul.et al.ed.Preface[M]//The Big Aiiieeeee! An Anthology of Chinese American and Japanese American Literature.New York:Meridian,1991.

[2]Chan,Jefferey Paul.et al.ed.Introduction[M]//The Big Aiiieeeee! An Anthology of Chinese American and Japanese American Literature.New York:Meridian,1991.

[3]Dao,loan.Civil Right Movement and Asian America[G]//Ed.Gui-you Huang.The Greenwood Encyclopedia of Asian American Literature(Vol.1).Westport:Greenwood Publishing Group,Inc,2009.

[4]Kang,Suyoung.Racism and Asian America[G]//Ed.Gui-you Huang.The Greenwood Encyclopedia of Asian American Literature(Vol.Ⅲ).Westport:Greenwood Publishing Group,Inc,2009.

[5]Kase,Yasuko.Orientalism and Asian America[G]//Ed.Gui-you Huang.The Greenwood Encyclopedia of Asian American Literature(Vol.Ⅲ).Westport:Greenwood Publishing Group,Inc,2009.

[6]Kim,Elaine H.Asian American Literature:An Introduction to the Writings and Their Social Context[M].Philadelphia:Temple University Press,1982.

[7]Shawn Wong.Asian American Literature:A Brief Introduction and Anthology[M].New York:Addison-Wesley Educational Publishers Inc.,1996.

[8]Sue,Stanley & Sue,Derald.Chinese-American Personality and Mental Health[J].American Journal,1971,1(2).

[9]Surh,Jerry.Asian American Identity and Politics[J].America Journal,1974(2).

[10]Tong,Ben R.The Ghetto of the Mind:Notes on the Historical Psychology of Chinese American[J].America Journal,1971(1),3.

[11]Yao Lingling.America Journal[G]//Ed.Gui-you Huang.The Greenwood Encyclopedia of Asian American Literature(Vol.1).Westport:Greenwood Publishing Group,Inc,2009.

[12]Yin,Xion-huang.Chinese American Literature Since the 1850s[M].University of Illinois Press,2000.

(原发表于《广东社会科学》2011年第3期)

亚裔美国文学批评与后现代、后现代理论

周郁蓓*

（厦门大学外文学院）

摘　要：亚裔美国文学批评产生于后现代时期，与后现代理论、后现代存在着不可分割的关系，一方面，它深受后现代理论话语的影响，另一方面，它又是典型的后现代现象。后现代理论深刻的批判性以及对多元性的坚决倡扬，使其具有了相当的进步性。但是，后现代理论的相对主义倾向以及对多元性的极端化定义，又使其在一定程度上重复了现代主义的弊端。这种矛盾性，是后现代理论作为一种矛盾的、无序的后现代现象所不可避免的。亚裔美国文学批评，在后现代理论话语的影响下，得以不断批判和超越自身，不断拓展和完善其关于政治与文化的多元化理念和实践。但与此同时，亚裔美国文学批评也受后现代理论话语矛盾性的制约，生成了新的反多元性话语，在一定程度上重复了被其自身所坚决批判的现代主义性。

关键词：亚裔美国文学批评；后现代理论；后现代现象；后现代性

近年来，指导美国文学批评方法和批评实践的思维模式，在后现代理论的影响下，发生了重大变化，这一变化也非常明显地体现在美国少数族裔文学批评领域中。族裔文学批评运用后现代理论分析族裔作品，透过族裔文学作品所涉及的族裔性和族裔问题，来看待当代政治文化现象，或解剖与族裔相关的当代政治文化乃至经济现象。但是，族裔文学批评在经历了成功的同时，却无法解决自身的矛盾和无出路性，成为后现代现象。与后现代理论的结合的确使族裔文学批评拓展了批评的深度与广度，但后现

---

* 作者简介：周郁蓓，教授，研究方向为美国文学。

代理论本身所具有的后现代性，亦使族裔文学批评更深地陷入后现代的矛盾之中。与非裔、拉丁美洲裔美国文学批评相比，亚裔美国文学批评因历史短暂，其后现代性更加明显。本文将亚裔美国文学批评与后现代、后现代理论联系起来分析，使亚裔美国文学批评和后现代理论相互体现对方的优缺点，体现后现代性，以期使我们能够站在后现代之外思考后现代，为我国后现代理论研究和美国族裔文学研究走自己的路提供一点间接的参考意见。

导　论

美国后现代理论家托马斯·道切蒂(Thomas Docherty)认为，当代理论界对后现代的关注始于 1968 年(Docherty,4)，当年的政治运动，为理论界重新思考文化政治提供了契机，因此，1968 年之于后现代主义，就像 1848 年之于现代主义。的确，20 世纪 60 年代和 70 年代见证了后现代中坚理论家的崛起，见证了具有开拓性的后现代理论作品的问世。例如，法国后现代理论家让·鲍德里亚(Jean Baudrillard)最早的后现代论著《物体系》(*The Object System*)出版于 1968 年，让-弗朗索瓦·利奥塔(Jean-Francois Lyotard)的《利比多经济学》(*Libidinal Economy*)出版于 1974 年，由丹尼尔·贝尔(Daniel Bell)所著的美国最早详尽论述后现代的专著《资本主义文化矛盾》(*The Cultural Contradictions of Capitalism*)出版于 1976 年。正因为有了 20 世纪 60 年代和 70 年代的理论基础，后现代理论才得以在 20 世纪 80 年代中期以后全面渗入几乎所有学科研究领域①。道切蒂把 1968 年称为创造奇迹之年(annus mirabilis)(Docherty,4)，的确毫无夸张，因为，没有 1968 年的运动，就没有后现代理论的蓬勃发展，更没

---

① D.R.Griffin.The Reenchantment of Science:Postmodern Proposals[M].Albany:State University New York,1988;Harvey Cox.Religion in the Secular City:Toward a Postmodern Theology[M].New York:Simon & Schuster,1988;David Harvey.The Condition of Postmodernity[M].Oxford:Blackwell,1989;Edward Soja.Postmodern Geographies[M].London:Verso,1990;David Platten.Postmodern Engineering[J].Civil Engineerings,1986,56(6);David Widgery.Postmodern Medicine[J].British Medical Journal,1989:298;J.H.Wikstrom.Moving into the Postmodern World[J].Journal of Forestry,1987,(85)1.

有美国文学批评领域的革命。1968年使在这之后兴起的美国文学批评流派与后现代理论具有了共性,这种共性就是反叛性。后现代理论从理论深度和高度上深刻揭露和批判了现代主义思维的霸权性,亚裔美国文学批评则通过建立新的美国文学体系,反叛歧视亚裔美国人的美国白人文化。从后现代理论的角度看,美国制度化、知识化和法规化了的歧视意识,其实就是一种现代主义式的思维模式,因此,亚裔美国文学批评所反叛的,亦是现代主义思维模式。尽管亚裔美国文学批评在20世纪80年代中期以前并没有直接受后现代理论的影响,但反叛这一特性,使亚裔美国文学批评从一开始就具有了后现代主义性,当时还较稚嫩的亚裔美国文学批评所彰显出来的成就与缺陷,可以说最直接预示或体现了后现代主义的成就与缺陷。但是,因为当时的亚裔美国文学批评并没有直接受益于后现代理论,很少有学者将亚裔美国文学批评与后现代主义联系起来探究,因此,亚裔美国文学批评对于后现代理论的预示和体现有着相当的隐蔽性。与亚裔美国文学批评相比,非裔美国文学批评有着更丰厚的历史积累,更深厚的文化根基,更绵长的文学和文学批评历史,更成熟的社会理论可以依托,20世纪60年代以后,可以相对容易地形成自己的批评理论和批评经验,其批评体系具有相当的复杂性。而作为后现代时期的产儿,无多少历史根基的亚裔美国文学批评,则表现出十足的后现代性,之后又被后现代理论全面侵蚀,便不足为奇了。可以说,亚裔美国文学批评的发展浓缩了后现代主义的发展过程。20世纪90年代以来,我们已经难以想象,一旦将亚裔美国文学批评从后现代理论的框架中完全剥离出来,亚裔美国文学批评还剩下什么。

一

后现代理论并没有统一的体系,但是,正如伊哈布·哈桑(Ihab Hassan)在解析后现代主义时指出,后现代主义也许难于定义,但所有后现代主义的社会、美学、知识观点都在多元性这一点上交汇。多元主义不仅适用于剖析文化现象,也适用于分析阶级、政治、性别、性认同等问题,适用于解析经济模式、解读文学文本;多元性既体现了后现代理论的犀利性和进步性,也暴露了现代主义的偏狭性和落后性。多元性更展现了这样的事实,即后现代理论的主要论点都是以反现代主义理论而行之,以反现代主义的霸权行为为出发点的。例如,利奥塔等理论家关于人类历史和历史叙述的多元性和多极性论证,就是要推翻现代理论的大一统历史叙述,即元叙述,反叛现代以及之前所有关于人类历史单一线性发展的思维模式。后现代理论认为,历史元叙述的误区就在于其试图囊括一切,否定差异,为维护一方利益而贬低、藐视、忽略或排除他方利益的整体思维模式;在于其强化种族歧视,推进帝国主义强权政治的霸权行为(Lyotard,11)。现代启蒙运动将人类各种文化、政治、经济形式、生存方式、甚至人类本身划分为"先进"与"落后"两大阵营,从而使帝国主义的殖民行为成为传播"先进"的合理行为。针对历史线性发展的论点,后现代理论提出,历史是一个涵盖不同地区、不同发展速度、不同人群的历史发展过程的网状结构。

但是,后现代理论的误区,恰恰是在分析历史现象时,无可避免地重复了现代主义的思维逻辑。例如,弗雷德里克·詹姆逊(Fredric Jameson)的多国资本主义概念和利奥塔的非理性资本主义概念所引发的与此相关的国际主义或跨国界主义概念,在两位理论家看来,都包含了导致政治体制消亡的积极因素,属后现代思想意识体系,值得提倡。与之相比,民族主义强化政治体制和一元思想,是落后的现代主义思想意识体系。尽管后现代理论对于后现代资本主义褒贬不一,但是,詹姆逊提议,我们应该用马克思看待上升时期的资本主义的辩证方法认识多国资本主义这一具有"进步"意义的后现代现象(Jamerson,88),摒弃落后的民族主义思想。照此逻辑,殖民国家的民族主义事业自然属于落后的现代主义思想意识范畴,成为先进的国际主义的敌人,不值得追求。

显而易见,在反叛线性历史发展模式时,后现代理论默认了多元历史观点是继解释人类历史发展规律的宗教叙述、非宗教但同样具有普遍主义性质的元叙述之后,更为先进的历史叙述,将后现代历史观点置于线性历史进程的一个阶段之上,因而也默认了历史叙述有低级和高级之别的线性区分模式,从而站在了自身所反叛的立场上,陷入了现代主义先进与落后的二元对立以及普遍论的思维模式中。同样,利奥塔欲用"小叙述(little narrative)"替代元叙述,米歇尔·福柯欲用"区域和个别知识代替现代主义的普遍知识"的思想无不在重复同样的逻辑(Huyssen,220)。

后现代理论的矛盾性并非源于后现代观点本身,而是源于后现代理论的后现代性,詹姆逊把后现代看成是由多国资本主义造成的一种文化主导

(cultural dominant)。在詹姆逊看来,多国资本主义和文化主导都具有整体覆盖性(totality),即多国资本主义无所不在,当代所有的文化现象无不是后现代的,照此推理,后现代理论作为一种理论行为也必定被包含在后现代的文化现象之中,甚至是多国资本主义整体性之中,无法以超越后现代的视角探究后现代,无法避免哈桑所总结的后现代"无所不在的非确定性"(indetermanences)特征,亦即矛盾和无条理的表象特征:断裂性(fragmentation)、反正典化(decanonization)、不可表述性(the unpresentable/unrepresentable)、构建性(constructionism)等等①。詹姆逊本人对后现代理论其实也有同样的反思,他指出,"当代理论,或者更确切地说是理论话语,其本身就恰恰是一种后现代现象";由此他认为"当真理已经成为被后结构主义试图甩掉的形而上学包袱时,维护后现代理论见解的真理性就显得自相矛盾"(Jameson,70)。

亚裔美国文学批评,无论是否受到后现代理论的影响,都表现出这样一种矛盾性,正因为如此,亚裔美国文学批评是一种不折不扣的后现代现象。20世纪80年代中期以后,由于受后现代理论的全面影响,亚裔美国文学批评一方面表现出后现代文化生活中自我意识不断加强的进步特征,体现后现代风格或后现代意识,倡扬后现代价值,但同时又表现出后现代理论本身的后现代性与矛盾性。

二

表面看来,20世纪80年代中期以前的亚裔美国文学批评并没有直接受到后现代理论的影响,但是,亚裔美国文学批评兴起的思想和政治根源,与后现代理论关于美学与政治的观点是相一致的。与主张艺术和文学作品的美学自主性和独立性的现代主义文艺理论不同,后现代理论强调文学艺术与政治和社会的必然关系,强调作品的复杂性、多面性、偶然性与关联性。亚裔美国文学批评是在民权运动所创造的政治契机上兴起的,作为民

---

① "Indetermanences"是 Ihab Hassan 创造的新词,Hassan 对这一词的解释是"Indeterminacy lodged in immanence"。见 Hassan, Ihab. Pluralism in Postmodern Perspective [J]. Critical Inquiry, 1986(12):504.

权思想的延伸,亚裔美国文学批评把文学批评当作获取人权和美国民族身份的手段,通过亚裔美国文学揭露美国歧视亚裔的恶行,因而,政治与文学的相互动因关系,是亚裔美国文学批评得以生存和发展的基础。此外,无论民权运动背后的左倾思想是否与后现代理论相关,其被亚裔美国文学批评所继承了的解放目标,既传承了现代启蒙主义的解放理念,又毫无疑问地具有了后现代主义性,亦即具有了破坏一元思想意识体系的动机,这是因为,亚裔美国文学批评通过为亚裔美国文学和亚裔美国文学批评自身争取合法的文学和学术地位,挑战了现代主义文学理论的权威性。

但是,这一时期亚裔美国文学批评典型的现代主义二分法分析思维方式,确实使其后现代性受到质疑。当时的亚裔美国文学批评认为,亚洲与美国、同化与抵抗、女性与男性、神话与事实,均是互不相容的对立面,因而,亚裔美国文学批评把亚洲移民和亚洲作家排斥在亚裔美国文学的概念之外,把亚洲文化排斥在亚裔美国认同的概念之外。当时,亚裔美国文学批评内部冲突不断,引人注目,至今仍有亚裔美国文学学者论及亚裔美国文学批评,则必提及其早期的内部争端,尤其是激进的民族主义派(如赵健秀等)与温和的包容派(如金惠经等)、亚裔美国民族主义派与美国民族主义派(如汤亭亭)之间的观点冲突等。但是,稍作探究便会发现,这些不同观点之间的共性思维模式与共识,远比冲突更加引人深思。首先,无论哪种观点,都以二元思维模式评判和取舍作品与作家。建立亚裔美国文学正典,都将进步与落后截然分开,在对立的二元中,接受一方,排斥另一方。其次,无论哪种观点,都强调亚裔美国认同和美国认同之间部分与整体的关系,强调坚持这种关系的必然性与必要性。就当时条件而言,这种坚持,有利于亚裔美国群体在美国国内争取政治权益,具有进步意义。但从另一方面讲,这种坚持是以排斥亚洲文化和亚洲移民为前提的。后现代理论家安德里斯·胡森(Andreas Huyssen)指出,现代主义和后现代主义的重要区别就在于"现代主义通过有意识的排斥战略使自己合法化"(Huyssen,7),那么,排斥理念就使亚裔美国文学批评成为典型的现代主义行为。同时,亚裔美国文学批评既然坚持以排斥为前提的美国认同观念,它就从根本上巩固了美国民族主义;在批判美国将种族歧视制度化的政治行为的同时,又从根本上维护了美国制度的特殊性和排他性。越南裔美国文学学者阮越清(Viet Thanh Nguyen)就曾尖锐地指出,"美国式多元主义(pluralism)常被亚裔美国学者奉为美国民族和文化的标志,因为它是一种政治构造形式,代表了单一认同之下一个庞大的选民群体,而实际上,这个单一认同根本无法囊括美国人口的文化、政治和阶级多样性"(Nguyen,12)。就以上特点而言,亚裔美国文学批评所参与和演示的是一种现代主义的认同逻辑和言辞,一种权利政治(politics of mastery)。但是,就亚裔美国文学批评的认同政治在亚裔美国人乃至美国白人的思想意识上所产生的影响而言,我们也许更应该将亚裔美国文学批评的认同政治作为后现代政治的开始。正如南希·麦考斯基(Nancy McKoski)所言,认同政治唤醒个人的政治意识,帮助个人意识到自身的他者地位,因而应被视为是后现代政治的开始(McKoski,13)。

三

20世纪80年代中期以后,随着亚洲移民的不断增多,美国与亚洲经济文化交流的不断增加,美国亚裔人口群体和背景也日益庞大和复杂化,前期亚裔美国文学批评的局限性亦日益凸现。与此同时,后现代理论对于新形势下美国族裔问题研究的适用性也彰显出来。鉴于族裔文学既以族裔认同和族裔性为创作契机和动机,又反映族裔认同的本质和事实,鉴于族裔文学批评通过文学族裔性来透视政治和文化现象,并以此而区别于其他文学批评这些特点,后现代理论作为美国族裔文学批评的理论依据,其作用几乎无法为其他理论所替代。因此,亚裔美国文学批评被后现代理论全面影响,在所难免。

多数学者认为,迈克尔·费舍(Michael M.J.Fischer)1986年发表的《族裔性与后现代记忆艺术》("Ethnicity and the Post-Modern Arts of Memory")一文,是较早运用后现代理论总结族裔文学特征的成功尝试。费舍对于族裔文学所表现出来的后现代族裔性特征的论述,在近20年后的今天看来,不仅不为过时,而且变成了族裔文学批评的基本套路[①]。费舍分析了汤亭亭的《女勇士》等五部不同族裔的自传体文学作品,指出,族

---

① David Palumbo-Liu认为族裔文学批评运用后现代理论描述族裔文学基本特征的批评潮流,应始于Fischer的文章。见Palumbo-Liu,David.The Ethnic as "Post-":Reading the Literatures of Asian America[J].American Literary History,1995,7(1—2).

裔文学作品有意识地运用心理转移(transference)、梦境转译(dream-translation)、讲故事(talk-story)、多重声音和多重视角(multiple voices and perspectives)、反向幽默(humorous inversions)、多种认同/传统/文化的辩证并(the dialectical juxtaposition)等技巧,构建个性化的、非同一的族裔认同,从而反映了后现代自我个体的"多元性、多维性或多面性"特征,反映了族裔性并非代代相传的一成不变的概念,而是"不断变化着的通过抗争才能使之浮现出来的","构成认同的根深蒂固的情感成分"(Fischer 195—196)。族裔性的这种后现代特征,颠覆了霸权话语体系,也说明了"后现代知识的互文性、互相参照性和语际语言特征"(Fischer,197)。作为文学学者,尽管费舍并不是以亚裔美国文学批评见长,但是,他对《女勇士》以梦境转译方式构建后现代族裔认同的详尽解析,超前于当时处于主导地位的亚裔美国文学批评方法,为亚裔美国文学批评走出前期简单的二元思维模式打开了局面①。

费舍所演绎的后现代族裔观点,在之后20年的亚裔美国文学批评中得以深化,并逐渐成为思维定式。而亚裔美国文学批评所体现的后现代观点,看似庞杂,但归纳起来,无非体现在以下几个方面。首先,亚裔美国文学批评从理论上不再排斥亚洲移民作家,开始认同亚洲在亚裔美国文学中的重要地位,认同亚洲在解决美国族裔问题中的重要作用。亚裔美国文学批评从排斥到包容的转变,代表着其思维模式从现代主义向后现代主义的全面转变。第二,亚裔美国文学批评的政治理念,也不再是简单的美国认同政治或民主政治理念,而变成了后现代跨国界主义或国际主义政治理念,即将政治渗透到所有领域的后现代理念(Ross,7—18)。与这种后现代理论的政治理念相一致,亚裔美国文学批评将亚裔美国文学中的族裔问

---

① Paticia Lin 认为,她本人 1979 年的文章 "The Icicle in the Desert" 中关于《女勇士》通过非约定俗成的创作手法表现动态的自我个体的观点,与后现代作家的创作视角和创作思想是一致的,但是,与 20 世纪 80 年代中期以后的亚裔美国文学批评学者所不同的是,Lin 对于汤亭亭的批评分析,并没有以后现代理论为依据,亦没有运用后现代术语。Lin 于 1979 年的观点是,汤亭亭既运用多种体裁又超越这些体裁的界定,从而有意识地造成"体裁的拼贴"(the collage of genres),从而反映了与外界界定不一致的、由多种因素塑造成的个体自我。见 Lin, Patricia. Clashing Constructs of Reality: Reading Maxine Hong Kingston's Tripmaster Monkey: His Fake Book as Indigenous Ethnogarphy[G]//Eds. Shirley Geok-lin Lim and Amy Ling. Reading the Literatures of Asian America. Philadelphia: Temple University Press, 1992:52.

题,同其中的阶级、性别和性取向等问题联系起来进行剖析,通过解析文学作品,验证个人族裔认同和经历与其阶级、性别、性认同和经历并无一致性的观点,并从这种不一致性出发,论证个人认同的多元性和多样性。第三,亚裔美国文学批评沿用后现代理论关于资本主义将所有东西商品化的观点,暴露族裔、阶级、性别和性压迫的隐性手段,暴露大众文化的政治压迫性,从而使族裔文学批评与大的文化环境相关联。第四,亚裔美国文学批评以后现代理论拒绝将差异归类和将差异必然化的差异逻辑为依据,不再把抵抗作为亚裔美国文学唯一的合格主题。对于亚裔美国文学批评而言,抵抗与同化不再是一对对立的矛盾体,同化甚至可以是抵抗的方式之一①,亚裔美国文学批评的主题和体裁研究因此得以拓展。总之,亚裔美国文学批评的确试图从各方面体现美国学者艾丽斯·玛丽昂·扬(Iris Marion Young)所总结的后现代的"特殊性、变化性和多样性"特征(Young,171)。亚裔美国学和亚裔美国文学批评学者丽莎·洛维(Lisa Lowe)1991年以《多样性、杂和性和多兀性》为题,发表文章,该文章在之后的亚裔美国文学批评中被高频率引用,成为后现代亚裔美国学和亚裔美国文学理论的经典之作,标志着亚裔美国文学批评与后现代理论的全面结合(Lowe,1)。

这种结合大大促进了亚裔美国文学批评的发展,使首部亚裔美国文学批评论集《解读亚裔美国文学》(America)得以在1991年成功问世,该书的前言和引言都明确地表明了这一点。金惠经在该书前言中坦承,自己的态度已由"文化民族主义"转变为"文化多元主义"(Kim,12—15),并以此作为对当前亚裔美国文学批评态势的点评。林玉玲(Shirley Geok-lin Iim)和林英敏(Amy ling)则在该书的引言中指出,文集中的论文表明,亚裔美国文学批评不再追求简单的"表达自己,引起关注"这一目标,不再认为族裔认同是"清晰的和同质的",而是"多样的、多元的、有差异的、多声音的和多特点的";总之,这些全新的论文既"跨越了族裔和性别界限",又跨越了"民族界限",从而定义了族裔、性别、民族界限的非确定性(Lim,7—9)。文集中的部分论文并没有直接沿用后现代理论,但他们所用的批评术语和概念,显而易见,主要来源于后现代理论。

---

① 如 Viet Thanh Nguyen 在 *Race and Resistance:Literature and Politics in Asian American* 一书中的观点。

该文集出版4年之后,大卫·帕隆博·刘(David Palumbo-Liu)发表文章,批评该文集中的某些论文在运用后现代理论的过程中只知其一不知其二,从而导致这些论文在"建构后现代"时,忽略了后现代理论所强调的"后资本主义"的动态环境,忽略了后资本主义"对时空的影响",忽略了"高度现代主义的美学以及道德假定的消亡",忽略了"民族主义的危机",单纯地将亚裔美国文学创作看成是"出现在后现代美学体系中的'静态'话语"(Palumbo-Liu,1—2)。刘对于该文集的评论,的确击中了当时亚裔美国文学批评的要害,提出了亚裔美国文学批评该如何与后现代理论结合的关键问题,但是,他并没有将问题追溯到如何结合才能避免后现代理论缺陷这一深度。刘所提出的问题,在20世纪90年代后几年和21世纪初的批评行为中有所改进,例如,阮越清在专著《种族与抵抗》(Race and Resistance)中,把亚裔美国作品中的族裔、性别、阶级和性问题联系起来,放到流动的后资本主义经济、政治环境中来考察,反映亚裔美国作家如何在作品中灵活地选择斗争、生存和同化等多种方式来应对以上问题。但被刘所忽略的如何结合的问题,已成为亚裔美国文学批评进一步发展的最大障碍。亚裔美国文学批评的逐渐成熟,并不表明它已经避免了前期思维与方法上的缺陷,只是这种缺陷已不再是原来较易识别的简单的二元法缺陷,而是源自后现代理论本身的相对论误区,源自后现代理论只提出问题无解决方法的误区,往往是一种较隐蔽的自相矛盾性。由此所产生的问题归纳如下:

亚裔美国文学批评问题之一:亚裔美国文学批评所追求的跨国界多元性,往往是以文集中收录了多少不同背景的作家为标志,再没有别的指导性原则。苏珊·考西(Susan Koshy)精确地把这种多元称为"递加"(Koshy,9)。问题之二:亚裔美国文学批评否定了美国主流文学正典,但亚裔美国文学批评亦建立起了自己的具有排斥性的文学正典,至今为止,鲜有当代亚裔移民作家如大陆移民作家能够进入该正典。问题之三:作品主题分析陷入以认同多元性和多变性为根本、以政治为中心的一元框架之中。这种批评行为本身,远远不能代表批评观点的多元性,相反导致了新的一元或霸权批评体系的生成,导致了批评观点缺乏创新性,而当批评观点真正具有了原创性时,它往往又因为超出了亚裔美国文学批评的时尚常规,而无法被认可。问题之四:与以上问题相关,亚裔美国文学批评本身亦愈来愈商品化,既然亚裔美国文学学术写作必须进入约定俗成的范畴,方可被认可,那么，批评也就成为追求所谓的"形象"标准的自我否定行为。亚裔美国文学批评通过对"形象"的追求得以进入大学学术领域，不能不说体现了典型的商品行为，而出版和写作成为寻找学术职位和晋升职称的需要，更说明了批评的商品化特征。为此，阮越清指出，亚裔美国文学批评在运用后现代理论的同时，亦参与了将族裔性、亚裔美国文化概念、甚至亚裔美国个体商品化的后资本主义行为，亚裔美国文学批评其实已经变成一种企业行为。

问题之五：亚裔美国文学批评同后现代理论一样，在剖析和透视文化、政治和经济现象时，表现出相当的深入性和尖锐性，但与此同时，由于后现代理论否定现代主义，只承认后现代的整体覆盖性，亚裔美国文学批评亦不能超越后现代理论的局限性，为以上现象中的问题提供有效的解决途径。这种无出路性使一部分亚裔美国文学学者如黄秀玲（Sau-ling C. Wong）等大呼回归美国①，重新以美国为立足点，重新接受部分现代主义批评思想②。这种回归的呼声，部分建立在否定亚洲或国际主义的基础之上，因此，无论是回归美国还是团结亚洲的观点都包含了欧美的现代主义普遍论思想。

结　语

亚裔美国文学批评自身的多元性似乎就是后现代与现代这两种观点的不断交锋，也许，对于现代的回归，并不完全是对后现代的脱离或超越，就像一些理论家（如哈桑等）所说，后现代和现代之间并没有明显的界限，在某种意义上，后现代还是对现代艺术和文学思潮中诸如先锋派极端等的一种回归（Hassan，1987）。在哈桑看来，利奥塔等所论述的后现代性也可以被理解成是对现代的更新，而不是超越，因为利奥塔说，后现代"并不处

---

①　Wong 认为，跨国界主义将使亚裔美国文学批评失去政治根基，因而，亚裔美国文学批评仍然应该"认同美国"（claim America）。Wong, Sau-Ling. Denationalizaiton Reconsidered: Asian American Cultural Criticism at the Theoretical Crossroads[J]. Amerasia Journal, 1995, 21(1&2).

②　如 Keith Osajima 在论述亚裔美国学的发展方向时，指出后现代理论的指导作用必不可少，但同时要防止因此而可能发生的"分裂（fragmentation）"，为此，亚裔美学研究同时还应该接受现代主义的解放观点，建立可以共享的视角。Keith Osajima. Postmodern Possibilities: Theoretical and Political Directions for Asian American Studies[J]. Amerasia Journal, 1995, 21(1&2).

于现代主义的终端,而是处于现代主义的新兴状态中"(Lyotard,44)。仔细琢磨,也许现代和后现代不可分的观点,或者说不轻易或绝对否定现代的后现代观点才更客观。其实,后现代理论对于文学艺术与社会政治之间相关性的强调,完全可以看作是对现实主义的一种回归和更新。洛维的跨国界理论,提倡以解放亚裔美国人和亚洲人民为目的,建立批评和理论阵线联盟,从理论上看是后现代的,而就目的而言,就该理论将这种联盟视为进步这一思想内涵而言,它又是现代的。就连哈桑对后现代理论所倡扬的多元主义充满忧患时,也不知除重新唤起现代主义所推崇的"价值、传统、期望以及目标等"外,还有何更好的方法可以避免多元主义演化成"一元论和相对论"(Hassan,1986)。也许,亚裔美国文学批评要逃脱重复后现代理论重重矛盾和问题的命运,是否也应该回归传统,找回现实创新的自我,因为,后现代和现代也许根本无法完全分离。

参考文献

[1]Fisscher,Michael M.J..Ethnicity and the Post-Modem Arts of Memory[M]//Writing Culture:The Poetics and Politics of Ethonography.Eds.James Clifford and George E.Marcus,Berkeley:University of California Press,1986.

[2]Huyssen,Andreas.After the Great Divide:Modernism,Mass Culture,Postmodernism[M].Bloomington:Indiana University Press,1986.

[3]Jamerson,Frederic.Postmodernism,or The Cultural Logic of Late Capitalism[M]//Postmodernism.Ed.Thomas Docherty.New York:Columbia University Press,1993.

[4]Kim,Elain.Forward[G]//Eds.Shirley Geok-Lin Lim and Amy Ling.Reading the Literatures of Asian America.Philadelphia:Temple University Press,1992.

[5]Koshy,Susan.The Fiction of Asian American Literature[J].The Yale Journal of Criticism,1996(9).

[6]Lim,Shirley Geok-Lin and Amy Ling.Introduction[M]//Reading the Literatures of Asian America.Philadelphia:Temple University Press,1992.

[7]Lowe,Lisa.Heterogeneity,Hybridity,Multiplicity:Making Asian American Difference[J].Diaspora,1991,1(1).

[8]Lyotard,Jean-Francois.Postmodern Condition[M].Trans,Geoff Bennington and Brian,Massumi.Minneapolis:University of Minnesota Press,1984.

[9]McKoski,Nancy.A Postmodern Critique of the Modern Projects of Fredric Jameson and Patricia Bizzel[J].Journal cf Advanced Composition,1993.

[10]Nguyen,Viet Thanh.Race and Resistance:Literature and Politica in Asian America

[M].Oxford:Oxford University Press,2002.

[11]—.Answering the Question:What is Postmodernism? [G]//Ed.Thomas Docherty.Postmodernism.New York:Columbia University Press,1993.

[12]Palumbo-Liu,David.The Ethnic as "Post-":Reading Reading the Literatures of Asian America[J].American Literary History,1995,7(1—2).

[13]Ross,Andrew.Introduction,Universal Abandon? [M]//Ed.Andrew Ross.The Politics of Postmodernism.Minneapolis:University of Minnesota Press,1988.

[14]Thomas Docherty.Postmodernism:An Introduction,Postmodernism[M].Ed.Thomas Docherty.New York:Columbia University Press,1993.

[15]Young,Iris Marion.Justice and the Politics of Difference[M].Princeton:Princeton University Press,1990.

[原发表于《南开学报(哲学社会科学版)》,2009年第5期]

日裔

从二元文化对立到多元文化并存
——《不不仔》的新历史主义解读

张 丽 张延宙*
(北京工业大学外国语学院)

摘 要：运用新历史主义的"客观历史的主体化"、"权力关系"和"颠覆与抑制"等观点研究日裔美国作家约翰·冈田的《不—不仔》。说明作者采用文本形式作为一种"话语实践",来讲述日裔社群自己的历史故事,冲破主流文化樊篱,打破沉默,争取权利。旨在重塑作为被边缘化的少数族裔的自我文化身份。

关键词：《不—不仔》;新历史主义;身份建构;二元文化

作为亚裔美国文学的重要分支,日裔美国文学如今备受人们关注。约翰·冈田(John Okada)作为其代表作家之一,他唯一的一部小说《不—不仔》(No-No Boy)经历了由被冷落到备受关注和推崇的曲折历程。小说描写了1942年的日裔美国人所经历的集中营事件和1943年的征兵令对他们在二战之中及二战后生活的灾难性影响。小说的题目是指对征兵令中两个问题做出否定回答的日裔美国青年[①],主人公山田一郎便是其中的一名。小说讲述了对征兵令做出不同回答的日裔美国人的相同的命运。本文章尝试运用新历史主义理论来解读这部小说。

新历史主义(New Historicism)是诞生于20世纪80年代的英美文化界和文学界的"新"的文学批评方法。美国新历史主义学家认为,"历史"是

---

* 作者简介：张丽,教授,研究方向为美国文学;张延宙,在读研究生。

① 这2个问题分别是:1) Are you willing to serve in the armed forces of the United States on combat duty wherever ordered? 2) Will you swear unqualified allegiance to the United States of America and faithfully defend the United States from any or all attack by foreign or domestic forces, and forswear any form of allegiance or obedience to the Japanese emperor, to any other foreign government, power or organization?

对过去事件的描述,但这种描述并非对过去事件的客观再现,而是语言对事件的再度构成,其中必然渗透着语言运用者对事件的解释。因此,新历史主义学家把"历史"看作一个文本,称之为"历史的文本性"(the textuality of history)(Greenblatt et al.,1992)。如此,我们所了解的历史,都是通过文本形式得知的,而文本又具有很强的主观性。因此,新历史主义理论的其中一个思想内涵便是客观历史的主体化,即历史的阐释者在阐释历史时总会显露自己的声音和价值观。

在新历史主义理论的观照下,小说的深刻意义在于,作者挖掘了游离于美国主流正史之外的被边缘、被泯灭,但蕴含顽强生命力的少数族裔民族史,披露了他们真正的生活状态。更重要的是,作者用小说文本形式,传达一种话语,参与到文化种种话语的激荡和交织之中,这既是争夺权力的过程,更是对日裔美国人文化身份诉求问题的反思。

一、二元对立文化下日裔社群的冲突与分裂

日裔社群,自19世纪末第一代日本人移居到美国后,便开始了自己发展的历史征程。但日裔社群,作为一个少数族裔,其历史向来都被湮灭在美国的主流正史之中。而美国主流社会对日裔历史的描述和揭示必然带有主流意识形态的文化倾向。二战期间,日本袭击珍珠港后,美国社会掀起了反日浪潮,一系列对日裔社群的描述都带有主观的攻击性。美国政府以"军事上的需要"(military necessity)为借口,将120213名日裔美国人关进了集中营(Chan,51—52),这一历史事件对日裔社群造成了深刻的影响。

二战后,美国主流社会对日裔社群的态度再次发生改变,把他们称之为"模范少数族裔"(model minority),[①]声称,日裔美国人是最为成功地融入主流文化的社群。因此,日裔社群在美国的地位好似有了明显的提高。但事实并非如此。按新历史主义的理论来看,任何一种历史都是主观性的

---

① 冷战期间,以美国为首的资本主义阵营和以苏联为首的社会主义阵营互相对峙。美国和日本建立起了政治联盟。而社会主义阵营则指责美国社会存在严重的阶级差距和种族歧视。在此背景下,美国主流媒体就给予日裔社群以"模范少数族裔"的称号。

文本,都是掺杂了主体意识的历史。而约翰·冈田从日裔美国人的视角出发,重现了日裔美国人的发展历史,也从另外一种角度展现了日裔社群在战争中及战后生活的历史画面。虽然他的书写也带有自己的主体性,但正像新历史主义所倡导的那样,追求真正的客观历史,运用"厚重描述"(thick description)(Tyson,2006)的方法,从多个角度来看待各种历史文本,如此,我们便更能客观地认识历史事实。

约翰·冈田在小说《不不仔》中给我们描述的历史画面不同于主流社会所谓的"模范少数族裔",也不像一些日裔美国人所认为的已成功融入主流文化社群那样,反而是一个饱受政治迫害和二元对立文化折磨的社群。这个社群的内部,歧视、代沟冲突严重,个人文化身份危机重重。通过文本形式,作者再现了日裔社群在二战中和二战后的生活史。小说中,作者通过主人公的反思,揭示出了社群内部的歧视现象。"一些日裔年轻人憎恨那些已不再年轻的日本人,因为后者身上体现了更多的日本特色,而不再年轻的日本人反过来又憎恨那些更年老的日本人,因为日本特色又在他们身上体现得更为淋漓尽致"(Okada,136)。由此可以看出,日裔美国人族裔内部代与代之间还存在着严重的冲突和对立。而且像主人公山田一郎那样的"不不仔"还遭遇着更为严重的身份危机:"我不是您的儿子,我不是日本人,我也不是美国人"(16)。此外,在与父母的冲突中也体现了他对父母的憎恨:

> 是她敲开了我的嘴巴,强迫我的嘴巴说出了那样的话,而这话却让我在地狱般的监狱里度过了两年,空虚感、恐惧感难以言表。她用自己的卑劣和仇恨扼杀了我的心灵,但我仍然希望她幸福,因为我从来不会知道她为什么要那样做(12)。

所有这些描述都是日裔社群的生活缩影。作者在用辛酸的笔触描述这种生活时,也道出了其背后的原因。在以白人为主的美国社会,存在着主流文化和少数族裔的文化对立。这种文化的二元对立,把主流和边缘、把融入主流和坚持本色对立起来。前者受到尊崇,后者遭到鄙弃。在美国社会中,任何少数族裔都逃脱不了这种二元对立文化的冲击和影响,日裔美国社群也不例外。这种二元对立既造成了社群的内部分裂,也造成了日裔美国人自身的身份分裂。

新历史主义思想借鉴了马克思主义思想家阿尔图塞的观点，认为社会意识形态总是渗透到文学文本之中，文学文本则积极地参与到意识形态中去，并向现存意识形态发出挑战。按照这一观点，约翰·冈田正是通过《不—不仔》，揭示了真实的日裔社群在二战中和二战后的生活经历，并向主流二元对立意识形态提出了挑战。

二、颠覆文化的二元对立

新历史主义文学认为，历史和文学同属一个符号系统，历史的虚构成分和叙事方式同文学所使用的方法十分类似。因此，两者之间不是谁决定谁、谁反映谁的关系，而是相互证明、相互印证的"互文性"关系，也就形成了"互文性"的作用力场。格林布拉特也把文学看作"力量的场所，是意见纷争与利益变更的地方，是正统力量与反对势力相冲撞的场合（Greenblatt et al.，1992）"。新历史主义借用福柯的权力分析法，认为不论历史的文本还是文学的文本都是一种话语社会实践，这种"话语实践"指向社会历史，植根于社会制度之中并受其制约，体现着权力的关系。因此，历史或文学，作为文本，它们都是一种权力运作的场所。而这种权力运作场所中，权力话语和文本中出现的异质性话语之间的关系就是"颠覆"和"抑制"的关系（张京媛，1993）。在这一理论的观照下，约翰·冈田的《不—不仔》对主流二元对立文化观念进行了质疑，使得这种二元对立观念露出破绽，使主流意识形态的深层基础显出裂隙，从而颠覆主流权力话语。

《不—不仔》作为历史性的文本，代表处于边缘地位的声音，不断地遏制、消解着主流话语权力。在这部小说中，作者揭示了造成日裔社群内部分裂和身份分裂的根本原因，是白人至上与边缘族裔的二元对立。在这一对立中，白人文化被赋予了高尚、文明、优越的特征，而少数族裔文化则成了低俗、原始、邪恶的象征。在早期以白人为主的美国一元文化社会，移民到美国的少数族裔，要想成为纯粹的美国人，必须摒弃本族的异质文化，融入主流白人文化，即同质的"大熔炉"文化。因此，很多少数族裔受到这种对立的二元文化的影响并内化了这种观念。而他们内化这种观念的表现，就是极力融入美国社会的种种实际行动。

然而，日裔美国人这种用实际行动来融入美国主流社会，一厢情愿地想成为主流社会一员的行为,会使他们如愿以偿并得到平等对待吗?这正是作者对二元文化对立观念的思考和质疑,并对其进行颠覆的原因。小说中描写了一名应召入伍参加二战的军人神野健治,他是所有参战的日裔美国青年的一个缩影。他在回答问卷时选择效忠美国政府,应征入伍为的是能够融入主流。但是当神野健治和山田一郎晚上开车到俄勒冈州的波特兰时,因为驱车超速而被白人警察截住,这名警察让健治读指示牌上的字,然后说,"你们这些日本佬能认得英语,是吧?……那你读读指示牌上说了些什么"(140)。这短短的质问让人从中感觉到白人警察那鄙视的口吻。尽管健治曾经参军为美国卖命,尽管他通过各种行动证明了他想成为美国人的愿望,但他还是因为他的肤色而受到歧视。在他因为战争受伤的腿不断坏死,而不得不被一节一节地切掉,最终连性命都保不住时,其临终前对山田一郎说出了一段发人深省的话:

> 你遇到的这种麻烦,是不可避免的……他们(指所有应招参军的日裔美国人)偏偏跟你找碴,是因为他们自己容易受到伤害。他们认为扛起枪,上了战场,就可以与众不同,但结果他们还是老样子。对此,他们心知肚明,他们仍然是日裔美国人……他们故意跟你找麻烦,可能完全觉得,你就应该受到责骂。因为他们认为,他们在战场上,挨刀子、吃枪子,所有这些英勇行为,还没有一罐儿豆子有价值(163)。

健治的话道出了所有应招参军的日裔美国人的心声。他们想通过效忠美国来证明自己是真正的美国人,但他们所得到的仍然是歧视的眼光和不公的对待。这种悲剧性的结局,使人们不得不反思其中的真正原因。当日裔社群在被赋予"模范少数族裔"的称号时,许多人都认为自己已经被主流所接受。但事实上,这种所谓的融入主流带来的只是一场虚幻。健治不仅上了战场,还最终付出了生命,然而他所得到的不过是梦幻的破灭,而且还被这种二元对立文化思想给愚弄了一番。这种对立的二元文化,给他们带来的是自我的分裂和身份的危机。

作者用神野健治的故事传达了一则暗示:二元文化对立给少数族裔带来的只有自我分裂和身份危机,而不是拯救他们的合适途径。所谓的只要融入主流社会文化就能构建美国文化身份的说法只是一个虚假的承诺。作者用文本的形式,彰显了边缘话语,与主流权力话语形成了话语立场的争夺和交织,也彰显了少数族裔掌握自我话语权的强烈信念。

三、多元文化身份的话语实践

新历史主义认为,文学问题不单是一个语言实体、语义分析和文学赏析的问题,文学既是一种对话语的特殊揭露,又是一种特殊的意识形态。这种特殊的意识形态向主导意识形态发出挑战,并进行质疑和颠覆作用,同时也受到其抑制。因此,文学既对主流意识形态具有挑战性,同时也具有妥协性。而约翰·冈田的《不不仔》讲述的少数族裔社群故事,代表着边缘地位的话语,挑战着代表主流意识形态的权力话语。这一过程不仅仅是话语实践,更是争夺权力的过程,而这一过程对少数族裔来说就是他们对文化身份诉求问题的反思历程。如何解决少数族裔人们的文化身份诉求问题,解决身份危机的困扰,约翰·冈田在文本中,以全知的叙事角度探讨了这一问题,进行了代表日裔社群声音的话语实践。

在小说结尾处作者写道,"在一个略带美国特色的社区里,他(山田一郎)沿着黑暗的小巷,一边走一边想,一边想一边探寻。他在寻求一个隐约朦胧、难以捉摸的未来,这个未来正在他的心目中慢慢成形"(251)。虽然这里言辞模糊,但对小说进行仔细研读之后,可以发现约翰·冈田主张少数族裔摆脱二元文化对立观念的束缚,倡导建构多元文化,重构多元文化身份。

首先,作者通过山田一郎的口吻,道出了人们崇尚主流文化,争先进入主流的错误性。"也许,全国上下,那些该死的人们,推推攘攘、吵着嚷着,为的就是挤进主流社会的圈内,但所谓的这个主流社会根本不存在。他们不知道,如果停止这么做的话,他们圈外的人们也可以成为圈内的成员。但他们还没有意识到这一点"(160)。约翰·冈田极力反对人们盲目挤入主流社会的行为。他认为,主流社会只不过是白人把自己中心化的一种白人至上观念。这种白人至上文化和少数族裔文化对立起来,就成了主流和边缘的二元对立。如果想要摆脱这种二元对立,少数族裔就必须独立起来,不再争先挤入主流白人社会,而是将少数族裔与白人放在同等的位置。这样就无所谓主流与边缘之分,也无所谓文化优劣之分。各个少数族裔都与白人处于平等的社会地位,那么,就形成了一个多元文化并存的文化大杂烩社会,即多元文化社会。

其次,作者在小说中并置了两个人物,来帮助山田一郎反思和解决他的身份危机。这两个人物也反映了作者的多元文化思想。一个是日裔姑娘惠美(Emi),另一个是美国白人莫里森先生(Mr.Morrison)。惠美所代表的是日裔和其他少数族裔人,作为少数族裔,他们必须摆脱二元对立思想;内化这种思想的危害之一就是鄙视自己的文化,产生自卑感。所以,只有克服自卑感,表现出不卑不亢,才能得到平等的第一步,才有机会与主流社会平起平坐,这样就不会出现二元对立的现象,反而出现的是多元文化的平等共存。在这种多元文化下,每个美国人,不分种族,不分肤色,不分信仰,都能按照自己的意愿来重新审视自己的身份,构建一个多元的文化身份则是完全可行的。莫里森是一位白人,也是一家公司的老板,当山田一郎去他那里面试一份制图员的工作时,他对山田一郎说:"美国政府把你们日裔人呼来唤去,其实犯了一个巨大的错误。他们没有理由这样做。这给美国历史留下了耻辱的一笔……我不再像以前那样感到自豪。既已酿成大错,无可挽救,但至少我们可以从中吸取教训"(150)。莫里森先生代表了部分主流社会白人的立场。从这个角度出发,作者传达了白人也希望与少数族裔平等的愿望。他们中的一些人并不是白人文化至上论者,他们希望平等,反对歧视少数族裔,希望每个少数族裔都能按照自己的意愿生活。

作者通过文本形式的话语实践,倡导了在多元文化并存下构建身份的新理念。在慢慢形成的多元文化中,少数族裔不再被边缘,白人不再被视为主流。少数族裔不必为融入主流来强调美国文化身份,也不必为保留本族特色受到歧视而担心,这样就不会出现身份分裂和危机。取而代之的是,在自由的多元文化并存的社会环境下,人们可以按照自己本民族的文化看待自己,也可以掺杂一些其他民族的文化,是一种多元文化并存和交融的身份。

四、结论

新历史主义文学批评认为,文本不仅积极反映当时主流权利话语,而且向现存主流权利话语发出挑战,同时被其所控制。而当少数族裔以文本形式打破沉默,挖掘自我话语能力时,便构成了主导话语和边缘话语之间对抗的"权力关系"。这就是新历史主义所谓的"文学权力力场",在这一力场中,代表少数族裔声音的话语颠覆着代表统治秩序的社会意识形态,同时又受其抑制,无法取得实质性的效果。从这一点我们也可以明白,为什么《不不仔》会在出版后的近20年里没有受到关注。而随着社会文化的变迁,等到当今社会在一步步走向多元文化的时代,我们才转而发现和挖掘这一部小说的深层意蕴。研究此部作品的含义,从社会现实角度来说,是给美国少数族裔人们提供了一条构建自我文化身份的新途径;从亚裔文学研究的角度来说,是加深了亚裔文学中对身份危机问题的理解和探讨。此外,令人赞叹的是,约翰·冈田在20世纪50年代,就用文本的形式,给人们传达了另外一种文化观念。这正验证了新历史主义的观点,即文学是意识形态作用的结果,同时也参与意识形态的塑造。正是有无数个这样代表少数族裔声音的话语实践,才一步步地推动了美国社会,乃至整个世界文化意识形态的改变。从这一点看,约翰·冈田真不愧为具有前瞻性的伟大作家。

参考文献

[1]王岳川.新历史主义的文化诗学[J].北京大学学报(哲学社会科学版),1997(3):23—31.

[2]张京媛.新历史主义与文学批评[M].北京:北京大学出版社,1993.

[3]Chan,Jeffery Paul.The Big Aiiieeeee!:An Anthology of Chinese American and Japanese American Literature[G].New York:Meridian,1991.

[4]Greenblatt, Stephen Jay, Stephen Greenblatt, and Giles B. Gunn. Redrawing the Boundaries:The Transformation of English and American Literary Study[M].New York:Modern Language Association of America,1992.

[5]Okada,John.No-No Boy[M].Seattle:University of Washington Press,1979.

[6]Tyson,Lois.Critical Theory Today:A User Friendly Guide[M]2nd ed.New York:Taylor & Francis Group,2006.

[原发表于《北京工业大学学报》(社会科学版)2011年第2期]

揭开历史尘封,再现"照片新娘"
——评2012年笔会/福克纳奖获奖作品《阁楼上的佛像》

任爱红[*]
(山东师范大学外国语学院)

  2012年3月26日,美国笔会/福克纳基金会宣布,美籍日裔女作家大冢朱莉(Julie Otsuka)凭借小说《阁楼上的佛像》(*The Buddha in the Attic*,2011)获得本年度国际笔会/福克纳小说奖。国际笔会/福克纳小说奖(The PEN/Faulkner Award)是美国最大的小说奖项,隶属国际笔会,是为纪念大文豪威廉·福克纳而设,旨在鼓励美国年轻作家及国际笔会成员进行小说创作。该奖由设于1980年的国际笔会暨福克纳基金会创办,于1981年开始评选,每届评委经过审阅上一年度在美国出版的300多部小说及短篇小说集之后,选出一位得主和四名入围者,大奖得主可获1.5万美元奖金,四名入围者各获得5000美元,之前获过该奖的大作家包括约翰·厄普代克和菲利普·罗斯等。本年度获得该奖提名的另外四位作家和作品分别为:拉塞尔·班克斯(Russell Banks)的长篇小说《失忆的皮肤》(*Lost Memory of Skin*)、唐·德里罗(Don DeLillo)的短篇小说集《天使埃斯梅拉达》(*The Angel Esmeralda:Nine Stories*)、安妮塔·德萨伊(Anita Desai)的长篇小说《消失艺术家》(*The Artist of Dis-Appearance*)和斯蒂文·米尔豪瑟(Steven Millhauser)的短篇小说集《他者我们》(*We Others:New and Selected Stories*)。

  现年49岁的大冢朱莉生于加利福尼亚州,早年在耶鲁大学攻读美国历史,后喜欢上绘画和雕塑;20多岁时一直立志成为画家,直到后来在哥伦比亚大学参加创意写作研究班时发现自己有写作才能,遂弃画从文,开始小说创作,现居纽约。大冢的外祖父是第一代日本移民,日本偷袭珍珠港事件爆发后,被当作日本间谍遭到美方拘捕,大冢年仅10岁的母亲、外

---

[*] 作者简介:任爱红,讲师,研究方向为英美文学。

祖母和舅舅被关进犹他州的拘留营待了三年。她的处女作《皇上圣明》就以此家庭历史背景写成，小说分别以母亲、父亲、女儿和儿子的角度讲述了一个日本移民家庭在拘留营的经历，小说出版后好评如潮，曾获美国图书馆协会亚历克斯奖、亚裔美国文学奖等奖项，其平装本截至目前已经是第15次印刷，被翻译成多种文字，同时也成为美国很多大学的阅读书目。《阁楼上的佛像》是她的第二部小说，曾进入2011年美国全国图书奖决选名单。小说讲述了20世纪初从日本远赴加州旧金山的一群"照片新娘"（picture bride）的故事，从某种程度上是第一部小说的前奏。"照片新娘"是时代的产物。明治维新时期，大批日本男性移民到美国，主要在西海岸和夏威夷的甘蔗园从事体力劳动。他们不能与当地女性通婚，到了结婚年龄，他们便写信给留在日本的亲友或媒人，恳求为其在家乡物色对象。因为不能见面，他们给女方寄去一张自己的照片。许多年轻女性远渡重洋来到美国，嫁给通过照片和信件结识的日本丈夫，他们靠照片结合，形成"照片婚姻"，而"照片新娘"自然就成了这群远赴他乡寻找梦想的日本女性共同的称呼。

《阁楼上的佛像》于2011年8月由兰登书屋出版集团旗下的纽约阿尔弗雷德·诺普夫出版公司推出，一共129页，分为八个章节，主要讲述了照片新娘的海上之旅、新婚之夜、她们在美国的艰难求生、生养子女的艰辛以及最后被隔离之痛。小说开篇第一句"船上的我们大多数还是处女"便紧紧抓住读者的注意力。作者通篇使用第一人称复数"我们"的叙述视角，成功地让读者走进一个独特的群体生活，体验照片新娘们相似又不同的移民经历。"我们留着长长的黑发，长着又宽又大的脚板，个子都不高。……我们中有的才14岁，还是些孩子。"上船后她们做的第一件事就是交换着看各自素未谋面的丈夫的照片，照片上都是"帅气年轻的小伙子，头发浓密，皮肤光洁"。白天她们忍受着晕船的痛苦，想象着未来生活的模样；晚上她们会梦见未来的丈夫，纳闷自己会不会喜欢上对方，船到岸后会不会认出他们？年轻的她们对不可知的未来充满美好憧憬，但现实还是令她们大感失望和痛苦：她们的丈夫比照片上要老上20多岁，而日子更不像他们在信中描述的那么美好，大多数男人是做苦工的穷光蛋。尽管现实严酷得令人难以接受，大多数照片新娘在经历了被骗的痛苦之后还是选择在困苦的生活中艰难挣扎。她们承受着不幸的婚姻，从事着最艰苦的劳动，下地干农活，给人洗衣服，当女佣，甚至沦为妓女，而"我们的丈夫拿我们当奴隶使唤"。她们幻想着干上几年攒够了钱再回到日本,但生活让她们越来越身不由己,最后只有把全部希望寄托到孩子身上。她们的孩子是土生土长的美籍日裔人,从小接受美国主流文化熏陶,有新的希望和梦想,不理解上一辈人何以"像乞丐一般生活";他们说着一口纯正的美语,以母亲们"浓重的口音"、"松软的草帽"和"破旧的衣服"为耻。对照片新娘们来说,艰辛的生活、白人的歧视和与子女的代沟都算不上什么,孩子们的成长就是对她们付出的最大回报。

生活尽管艰难,总有美好的未来可以支撑,孰料历史又和她们开了一个玩笑:1941年12月发生的日本偷袭珍珠港事件让她们的生活顿时天翻地覆。一夜之间,他们成了美国人眼里的"美奸"、不受欢迎的"敌侨"。至此,小说的叙述语调变得阴暗沉重,作者以令人揪心的细节描述了这些无辜的日本女人如何成为历史的玩物和牺牲品。她们的男人被当作疑似叛徒抓起来,邻居们的态度也出现了180度大转弯:"美津子一天晚饭后去捡自家母鸡下的蛋,发现她晾衣绳上的衣服着了火。我们知道这只是个开始。一夜之间邻居们看我们的眼神都变了。"墙上贴满了反日标语,电线杆上贴满了罗斯福总统签署的告日本移民的9066号总统令,紧接着美国政府对西海岸各州所有日裔居民展开了强制再安置行动。被视为"垃圾"和"麻烦制造者"的日裔居民被迫关闭生意、抛却农场、放弃家园,搬进政府在美国中东部穷山恶水之地为他们设立的隔离区。作者用不动声色的口吻详细生动地描写了日本侨民被带走的场面:一个理发师"拄着拐杖,头上戴一顶美国退伍军人帽,帽檐压得很低";他们的女儿都是"大学女生……走的时候毛衣上别着美国国旗的胸针,脖子上的金项链挂着美国大学优等生荣誉学会颁发的钥匙奖章"。勤勤恳恳的日裔侨民曾经为这个国家作出了巨大贡献,但他们的梦想突然之间被生生夺走,其惨痛的遭遇是美国历史极不光彩的一章,值得每个美国人深思。在离开时照片新娘们有的认定自己前世作了孽,所以遭此惩罚;有的临走还为她们带来的麻烦向美国房东致歉;而"晴子把一个小小的笑佛铜像放在阁楼上一个高高的角落里,直到今日,佛像还在那里笑着"。这句话也是小说题目《阁楼上的佛像》的来源。虔诚敬佛的日本新娘祈祷佛祖保佑平安,但灾难面前佛祖似乎也无能为力;也许她们能做到的就是与佛像一样笑对各种苦难,练就隐忍和坚强。

《柯克斯书评》认为该小说是"一首动人的散文诗,讲述了痛苦的历史"。大冢并不认为自己承担了历史教师的角色,更确切地说,小说的创作源于她对那段历史的好奇。她的第一部小说就是为了试图了解母亲经历的一切。记忆中她的母亲对小时候和家人在拘留营三年半的经历几乎闭口不谈,大冢对此表示理解和感激,相信母亲的做法是出于对孩子的保护,"让我们相信美国是个安全的地方",可以自由地追逐梦想。在加州长大的她认识很多照片新娘的第三代,尽管照片新娘的遭遇比较普遍,但成年后的大冢仍然对此着迷,她被她们的勇敢深深打动,渴望把多年来了解到的关于她们的所有故事都写出来。写完第一部小说后,大冢还有一个问题萦绕心头,久久挥之不去:那些美国白人到底是怎么看待日本人突然从他们生活中消失这件事的?《阁楼上的佛像》的最后一章试图对此作出回答。小说前七章采用了照片新娘的集体视角,但最后一章的叙述视角发生了转换,叙述人虽然还是"我们",但是变成了美国白人:"日本人从我们镇上消失了。他们的房子被封,现在空荡荡的了。"对此,他们反应淡漠:"我们被告知,日本人很情愿地离开了我们,而且毫无怨言。"过不了多久,当他们偶尔再提起以前的日本邻居时,发现常常使用过去时,作为"他者"的日本侨民就这样淡出了他们的生活,直至最后被彻底忘却:"一天天过去,电线杆上的通告也渐渐褪色发白。一天早上,所有的通告都不见了,镇上的人一时有一种被脱光的怪怪的感觉,就好像日本人从没来过一样。"大冢写到这部分时笔调依然平静而淡然,事实上美国人对日裔侨民的不公与伤害远不止于此,但义愤填膺不会改写历史。美国似乎并未从历史中吸取教训:"9·11"恐怖袭击事件后,美国人又患上了伊斯兰恐惧症,所有穆斯林都为少数极端分子的恶行背上了黑锅,这和上个世纪日裔侨民在美国受到的不公正待遇何其相似,而美国引以为荣的人性包容与种族和谐又是多么不堪一击。从这一方面来说,笔会/福克纳奖评委会在350多部长篇小说和短篇小说集中挑选出这部揭开美国历史伤疤的小说作为获奖小说,同样也显示出其直面历史的勇气。

  小说采用第一人称复数"我们"的视角,是大冢女士大胆而全新的尝试,也是其独具匠心的选择。有读者对此不解,认为这种集体视角使小说成了记录照片新娘生活的一笔流水账,让人难以与她们认同,倒不如集中关注某个或几个女性。大冢表示起初她也试图采用一个新娘的视角,但后来发现这种叙述视角的局限性太大,她太想把成千上万个移民美国的照片新娘未被言说的故事都写出来,而单个新娘的视角容量有限,不足以表现这一群体的多样性;"我们"的叙述声音使她有了更多叙事自由,便于她"把所有一切都编织进去",有利于展现一个更为广阔的空间。此外,把照片新娘视为群体存在也与崇尚集体主义的日本文化并行不悖。《旧金山纪事报》就对此赞不绝口,称其用诗意的语言"把希腊合唱的悲剧力量和亲切的自白结合起来,既为失语的一代赴美日本女性发出声音,又着眼于每个个体的不同经历……以巨大的情感力量展现了一个民族的悲剧……注定会流传于世"。

大冢的语言富有节奏美感,简洁优美、笔触轻盈,带着一丝淡淡的忧伤,读来有如诗如画之感。很多评论文章都称赞其富有诗意:《纽约时报》称其"富有魅力的文体让其文笔更接近诗歌";《柯克斯书评》称之为"一首动人的散文诗"。更有评论把她的小说比喻成一幅美妙的画,《出版人周刊》称之为"一幅精致而令人心碎的画,……精确而又意象丰富";《书单》杂志称其描摹了"一幅迷人而令人难忘的女性群像……令人着迷,令人震惊,美得令人心碎"。《图书馆杂志》将其评为2011年年度十佳小说:"大冢以光与影之间闪烁、融合和摇曳多姿的缤纷色彩,精心刻画出了一幅赴美日本照片新娘的集体自画像,令人难忘。"《书页》杂志则认为大冢像是一位技艺高超的摄像师,善于在远景和近景之间切换。

作为第三代美籍日裔作家,大冢能体会到自己祖辈所经历的切肤之痛,她的两部呕心沥血之作都把个人家族历史置于历史大背景之中,体现了她强烈的文化和历史的寻根意识,也体现了她对美国历史的反思和追问。《阁楼上的佛像》中,她更以一个女性作家特有的细腻写出了一部照片新娘的苦难史,再现了照片新娘不堪回首的痛苦往事。小说有作者对移民生活的无奈,但更多融入了她对照片新娘的同情、钦佩、赞美和感叹。她们身上体现了日本民族不卑不亢的精神,她们的奉献、忍耐和执着精神令人感动。《图书馆杂志》认为大冢女士"就像给读者施了魔法一般……让人对她的微妙和魅力吃惊不已,久久难忘"。的确,随着时间的推移,这部小说将会日益显示出独特的魅力。

(原发表于《译林》2012 年第 4 期)

美国多元文化主义的陷阱[*]
——以两部日裔美国作家的作品为例

张亚丽[**]

（山西师范大学外国语学院）

摘　要：美国在处理主流社会与少数族裔的关系方面，虽然从熔炉论到多元文化论的演变体现了一种理念上的进步，但是主流社会维护自身主导地位将少数族裔边缘化的宗旨从未改变，只是在对待少数族裔的方式上，从显性的征服转向了隐蔽性的策略。《橘子回归线》和《食肉之年》两部日裔美国作家的作品通过对模范少数族裔、消费主义文化及媒体塑造幻影等少数族裔问题的深挖，体现了少数族裔作家特有的清醒意识，同时也昭示出多元文化主义美好理想的实现尚待时日。

关键词：多元文化时代；少数族裔；《橘子回归线》；《食肉之年》

在美国这个多族裔共居的国家，主流社会与少数族裔的关系问题一直既引人关注又充满争议。19世纪盛行的倡导种族整合机制的熔炉论，主张所有少数族裔都同化为与英国殖民者盎格鲁撒克逊的后代相似的美国人。但20世纪以来，特别是20世纪60年代以来，熔炉论因其对各少数族裔自身的民族特性和相关权利的漠视而备受诟病，美国社会逐渐认同主张族裔间的平等、宽容和相互尊重的多元文化主义论。表象上，从熔炉时代到多元文化时代是一个朝向民主的进程，少数族裔在美国似乎获得了越来越多的认可甚至赏识，但本质上，主流社会维护其主导地位的努力从未改变，所不同的是，相较于熔炉时代对少数族裔的直接排挤，多元文化时代的美国，出于对其国际形象和政治经济利益的顾及，在处理与少数族裔的关

---

[*] 项目信息：山西省留学人员科技活动项目择优资助基金（2012）；山西省回国留学基金（20101466）。

[**] 作者简介：张亚丽，副教授，研究方向为英语文学。

系时,转向了一种较为隐蔽的方式。而对于这些方式的揣摩也唯有身在其中、甘苦自知的少数族裔最有发言权。

20世纪90年代末,在一个主流社会言必称多元文化论以自诩美好的时代,日裔美国作家山下凯伦和露丝尾关在其代表作《橘子回归线》(1997年)和《食肉之年》(1998年)中,通过对以日裔为代表的当代亚裔在美国形形色色遭遇的描述,以少数族裔作家特有的清醒笔触,对主流社会针对少数族裔的种种微妙关系深挖就里,以此昭示出多元文化主义的主张虽然美好,其真正实现之路却依然漫长。

一、"模范少数族裔"策略

"模范少数族裔"的称谓缘起于20世纪60年代。1966年,纽约《时代》杂志发表了一篇关于日裔美国人的文章,称赞日裔虽然遭遇了二战期间的不公正囚禁,战后却依然发奋图强,令美国社会刮目相看。同年12月,《美国新闻与世界报道》也载文推崇华裔美国人不倚赖政府福利,自力更生,在经济方面取得了突出成就,并且遵纪守法,极少制造社会事端(Tachiki,6)。两篇文章都高度赞扬了华裔和日裔两个种族忍辱负重、坚忍不拔、勤俭孝顺、道德高尚等品质,认为这些亚裔特有的优秀族裔属性使得他们堪称非裔等其他少数族裔的楷模,"模范少数族裔"由此成为亚裔美国人的代名词。

乍看上去,这个称谓包含着主流社会对亚裔的认可甚至欣赏,似乎证明了美国的确在实践着多元文化主义所倡导的族裔间的尊重与平等。日裔孟萨纳·村上和从新加坡辗转来美的华裔阮鲍比即是《橘子回归线》塑造的两个典型的模范亚裔。孟萨纳·村上是二战期间出生在洛杉矶附近的孟萨纳战争留置营(Manzanar War Relocation Center)中的一位日裔三世,虽然他的名字中铭刻着那段族裔创伤史,但是成年以后他依然刻苦努力,取得行医资格,成为一名外科医生。鲍比则在抵美后对任何可藉以维生的工作来者不拒,埋头苦干,对微薄的所得也毫无怨言。然而,透过这两个人物,山下希望传达的是:尽管模范的光环围绕着亚裔,但是从这光环中受益的却是主流社会。

首先模范这个称谓将亚裔在美国的成功归结于亚裔特有的族裔属性,

这种宣传中预设的前提是美国本身是一片民主、自由的应许之地,它不分肤色、族裔、阶级等差异,一视同仁地给所有来此发展的人都提供了平等的机会和广阔的空间,因此成功与否全在于自身的努力。而亚裔的成功与其说是让世界更多地了解了亚裔,不如说是更有效地提升了美国在世人眼中的美好形象,从而吸引着更多不明就里的亚裔远道来美,服务于主流社会。而山下在塑造模范亚裔的字里行间却推翻了这个理想的预设前提,对此,从作品罗列出来的鲍比来美后所从事过的各种工作可以明显看出:自从他来到这里之后,他从不间断地工作,总是在工作:洗盘子、切菜、拖地板、煎汉堡、漆墙壁、砌砖块、剪树篱、修草坪、挖水沟、扫地、修水管、通马桶、擦尿桶、洗衣服、熨衣服、缝衣服、种树、换轮胎、换油和换滤网、商品上架、扛沙包、给卡车上货、搅拌垃圾、回收塑胶、回收铝箔、回收罐头与玻璃、在柏油路面钻洞、灌水泥、盖东西、拆东西、清理、保养等(Yamashita,79)。透过这些堆砌的工种,山下希望我们看到的是这个模范少数族裔的"殊荣"是亚裔通过多少最繁重、最辛苦、最低级且白人最不愿意承担的劳动换来的。作为外科医生,孟萨纳·村上也许状况稍好,但是如孟萨纳这一类通过受教育而获得稍微体面的教授、医生、护士、技术人员、图书馆员等职业的亚裔,却也极难逾越那道横亘在他们头顶的玻璃天花板而成为一个行业的管理者或者领导者。透过这个"殊荣",主流社会所意图掩盖的正是渗透在这种不公正的劳动分配背后的严重的种族歧视。因此"模范少数族裔"与其说是为亚裔正名,不如说是为主流社会贴金。

其次,这个"模范"的称谓在亚裔和美国社会的其他少数族裔间以及亚裔内部起到了离间作用,从而有效地阻止了族裔间及族裔内部可能出现的联合,非常有利于主流社会体制的稳定。一方面,在美国社会的所有少数族裔中,仅有亚裔被冠以模范的美名,且其模范性是相对于其他少数族裔而言的,如媒体明确宣扬的:"当有人不断地提议政府出巨资扶持黑人和其他族裔时,这个国家的 300,000 华裔却在不借助任何外援地独立前行"(Tachiki,6)。这种令其他少数族裔感到相形见绌的论调无疑会使他们对亚裔产生敌视心理,表面上是对亚裔的赞美,事实上是在为亚裔树敌;这种手段使得社会的主要矛盾发生转向,由原本的主流与少数族裔间的矛盾转向了亚裔与非裔、拉美裔之间的矛盾,坐收渔翁之利的当然是主流社会。另一方面,这个看似美誉的头衔也抑制了亚裔内部可能出现的分化。因其褒扬的表象,多数亚裔视之为得来不易的荣誉,倍加珍惜,不仅将自己的行为框限在模范少数族裔的标准范围内,也会以此鞭策周围的少数越雷池者。如当孟萨纳·村上选择以离家出走,做城市流浪汉的方式来跳脱模范少数族裔身份的钳制并控诉主流对日裔的不公时,遭到了家人及同胞的极力反对:"要说孟萨纳·村上无家可归可真是跟他选择这么做一样荒唐。没有人更应该比孟萨纳把洛杉矶当作自己家了。日裔美国社群对这种给模范少数族裔形象抹黑的行为一再道歉。他们已经反复尝试劝说孟萨纳离开栖身的天桥并结束他离奇的行为,但是迄今还没有什么效果。"(Yamashita,37)。多数日裔对偏离模范行为所产生的羞耻感甚至负罪感正是模范少数族裔论调长期内化的结果,而这也正是主流社会所期待和需要的。

以赞誉亚裔之名而行利己之实,模范少数族裔说教由此成为多元文化时代主流社会为了保有其主导地位而推行的一种政治策略。

二、消费主义文化策略

消费主义文化策略是两部作品揭示出的主流社会对少数族裔的另一政治策略。主流社会以强制或引导的方式力图将少数族裔打造成美国商品的消费者,通过对少数族裔日常消费内容的干预,主流社会希望少数族裔接受的不仅是这些商品的使用价值,更是商品中包含的普遍伦理、审美、风俗和风尚等文化和价值体系。当少数族裔将美国消费社会的价值体系内化为至高无上的价值观和生活规范时,他们就会自觉抛弃自己原有的意识形态,主流社会通过消费干预来同化少数族裔的根本目标就实现了。

《橘子回归线》中阮鲍比的表妹小玉通过关卡的场面戏剧性地凸显出消费主义对少数族裔强制性的挟制。小玉属偷渡来美,取道美墨边境入境。当鲍比准备帮助小玉入境时,他发现只有把小玉从外表上全副包装为美国范式,才能避免被怀疑非法偷渡。因此鲍比让表妹把长辫子剪了,穿上马里布T恤,李维牛仔裤,耐克运动鞋,手里再抱个芭比娃娃,满身整齐划一的美国品牌刹那间抹去了小玉的中国色彩,成为一种美国身份的表征,使得鲍比和小玉可以蒙混过关,像一对从墨西哥返回美国的父女般成功入境,"就像任何老美,就像信用卡"(Wollace,204)。批评家莫丽·华莱士认为,山下以信用卡(Visa Card)取代签证(Visa),作为入关的凭证,代表美国的消费性格（Wollace,155）。作品中,通关的动作被比拟为信用卡过卡的动作,一方面固然指涉偷渡入境靠的是钱来买假证件,另一方面却也暗示从入境的那一刹那开始,不管情愿与否,少数族裔都必须遵循商品消费主义的运行逻辑,从了解这些美国商品的名称开始,一步步地去接受附加在这些商品身上的文化信息和价值观念。

如果说小玉的消费带有一定的被动性,那么先期来美的鲍比则完全是一个主动的美国商品消费者。如前述,鲍比工作辛苦,收入微薄,但这并没有影响他对各种品牌的美国商品的购买欲。这些商品充斥在他的生活中,从雪佛兰 Camaroz28 到 AT&T9100 无线电话,再到 Maytag 超大容量洗衣机和瓦斯加热烘干机,等等。它们在满足鲍比日常生活需要的同时,更给他带来了美好的消费心理体验,让他在沉闷和困窘的生活中获得了虚幻的尊严感和幸福感,进而让他对由这些商品主宰的生活方式、文化品位和审美情趣产生由衷的认同,不知不觉间,华裔本来的文化印痕便在他身上消失殆尽。

《食肉之年》中尾关将几乎遍布在美国全境、千篇一律的沃尔玛连锁超市比喻为一只"巨大的资本主义长靴",它踩踏之处,无数的地区和族裔生意纷纷凋敝,就像"一些柔软和潮湿的爬虫那般死去"(Ozeki,56),足可想象消费主义文化对少数族裔的侵袭虽不似武力那般粗暴,却也如洪水猛兽般足以填充少数族裔日常生活的每一个角落。在这无处不在的渗透中,少数族裔本来的文化价值观念再无立足之地了,这就是为什么当谈论到怎么理解所谓的多元文化主义时,山下借《橘子回归线》中的艾米之口不无幻灭地说:"它（多元文化主义）就是关于钱的,……不是关于奇卡诺人或者亚洲人是不是遭受了不公正的处罚,不是关于第三世界国家是不是应该被独裁,也不是关于我们是不是应该让这个世界朝向民主,更加安全。它就是关于卖东西的:锐步、百事可乐、雪弗兰汽车、好事达、帮宝适……"(Yamashita,126)。消费主义就是用这种非政治化的手段,"于无声处"将少数族裔文化同质化为主流文化,正是在这个意义上,它成为多元文化时代主流社会保全其主导地位的又一隐蔽性策略。

三、媒体塑造幻影策略

　　多元文化时代，主流社会维持其主导地位的努力不仅体现在美国国内，也指向通常为少数族裔祖籍国的海外，这些欠发达国家巨大的市场份额是美国资本主义经济全球扩张所必需的，而使得主流文化和意识形态获得少数族裔远在海外的同胞的认可无疑会为资本的扩张铺平道路。鉴于空间上的距离，媒介就在主流社会的这一举措中发挥着举足轻重的作用。关于媒介，哲学家让·波德里亚在《美国》一书中指出，媒介使人们被一个"虚幻的美国"深深吸引，摄像机和电视中的影像创造了人们心目中的美国（Ozeki，102）。也就是说，面向少数族裔及其海外同胞，媒介中的美国是一种非客观的、策略性的呈现，一切都围绕着是否有利于主流社会形象塑造这一根本标准。

　　《食肉之年》中，日裔美国人小高木简有幸被聘为一档被定性为"纪实性纪录片"的电视节目《美国主妇》的制片人，这档节目在美国制作，但针对的受众却是远在日本的同胞，而为节目提供资助的是美国牛肉出口贸易集团（Beef-EX）。贫困潦倒的简很清楚之所以受到白人雇佣者的青睐是因为自己有特别的利用价值："作为一个种族上既不属于这儿也不属于那儿的'一半人'，我非常适合我在这个行业中所属的位置。……尽管我是一心想做一个纪录片制片人的，但我似乎更像一个中介，一个文化淫媒，负责向居住在那一溜狭促的太平洋小岛上的人们兜售一个关于美国的巨大幻影"（Ozeki，9）。可以说，通过兜售幻影来征服海外观众是这档节目的制作初衷，这就注定了节目中的美国与美国的真相之间必然存在某种程度的落差。

　　因为赞助商的原因，节目首先兜售的是牛肉。每期节目都会邀请一位形象健康、厨艺精湛的美国中产阶级家庭主妇为观众烹制一款牛肉菜肴。节目中牛肉被赋予了一种优越于其他肉类的高贵地位，如赞助商授意的节目宗旨中所倡导的："猪肉可以凑合，但牛肉才是极品"（Ozeki，12）。这无形中会增加日本受众对于美国牛肉质量的信心和购买欲，让大部分的日本受众成为美国牛肉的消费者应当是赞助商资助这档节目最直接的动机。

牛肉之外，节目更兜售价值观念、意识形态，如节目的最后一句所强调的"最重要的是价值观，必须是全部美国式的价值观"（Ozeki，12），而若全世界都与美国的价值观同步，美国资本的扩张之路无疑会畅通无阻。与节目中的牛肉凌驾于猪肉等其他一切肉类之上相一致，节目也将美国人奉为优越于其他一切"二等公民"的一等公民（Ozeki，12）。美国有众多非白人少数族裔人群，但当小高木简试图转换视角，录制墨西哥裔主妇的节目时，却受到节目总监织田的蛮横阻拦。节目中出镜的永远只是纯正的美国白人主妇，这本身就传达出这个人群无可替代的主导地位；并且节目竭力营造美国人家庭温馨幸福的画面，每一期的主妇都会偕同丈夫和孩子共同出现，节目会事先录制夫妇的亲吻镜头在片首和片尾播放。美国主流白人以及他们所代表的一切看起来都无可挑剔。

然而尾关却无情地逐一点破这些虚幻的影像所掩盖的事实真相。竭力逢迎赞助商意愿的织田品尝了白人主妇烹制的牛肉后，却因对牛肉中残留的乙烯雌酚过敏而休克，不得不住院治疗。由此小高木简揭开了美国家畜养殖业始自20世纪50年代甚至更早的不道德作业。作为一种雌激素，乙烯雌酚可以有效地促使肉鸡或肉牛等在短时间内增重，从而减少成本，增加销量。在美国食品和药物管理局的默许下，它被广泛地运用在家畜养殖业中，极大地拓宽了作为节目赞助商的美国牛肉出口贸易集团在欧洲及日本的海外市场。尽管事实证明摄入含有这种激素的肉类会导致妇女流产、胎儿畸形甚至癌症，但在巨大的经济利益诱惑之下，此举在业内依然盛行，搬上这档节目，欲兜售给日本受众的"极品"牛肉正属此列。再如，节目中以恩爱示人的弗雷德和苏茜夫妇在被问及是否有婚外情时，弗雷德却令人尴尬地回答"是"（Ozeki，19）。诸如此类，真相与影像之间的巨大落差凸显出媒体的刻意而为，而这也正是主流社会为确保美国资本主义意识形态在全球少数族裔间占据主导地位而采取的又一策略。

可见即使在多元文化的呼声中，美国主流社会将少数族裔边缘化以维护自身主导地位的宗旨从未改变，改变的只是其统治少数族裔的方式从显性的征服转向隐蔽性的策略。可以断言，多元文化主义四方汇聚、平等相处的美好理想的实现尚待时日。

参考文献

[1]Baudrillard,Jean.America[M].London and New York:Verso,1988.

[2]Ozeki,Ruth L. My Year of Meats[M].New York:Penguin Books,1998.

[3]Tachiki,Amy et al..Roots:An Asian American Reader[M].California:The Regents of the University of California,1971.

[4]Wallance,Molly.Tropics of Globalization:Reading the North America[J].Symploke,2001(9).

[5]Yamashita,Karen Tei Yamashita.Tropic of Orange[M].Minneapolis:Coffee House Press,1997.

[原发表于《山西师大学报(社会科学版)》,2013年5月,第40卷,第3期]

日裔美国人战时拘留的记忆书写
——《别了,曼扎那》和《落在香柏树上的雪》的文本分析

申云化[1]　张　斌[2]*

(1.吉林大学公共外语教育学院;2.南伊利诺伊卡本代尔大学)

摘要:第二次世界大战期间,日裔美国人被从"家园"大规模转移到内陆的"重新安置营"。该事件反映了当时美国社会所弥漫的战争歇斯底里和对日裔族群的种族歧视。虽然学界对这一历史断片的研究广泛且深入,但是企图控制集体记忆的制度性遗忘依然转移着公众的视线。本文通过细读《别了,曼扎那》和《雪花落在香柏树上》,挖掘文本真实与历史真实的互文与重叠,试图剥开"文本的历史性",将一段远离公众视线的历史事件呈现于读者眼前。本文认为少数话语文本的在场对于戳穿欧洲中心和知识权力的共谋,"建立一个真正容忍差异性的社会和文化体制",是十分必要和不可或缺的。

关键词:日裔美国人;重新安置;拘留;制度性遗忘;少数话语文本

一、引言

珍妮·W.休斯登在自传体回忆录《别了,曼扎那》中写下这样一段文字:"当我和我的丈夫开始养儿育女,当我竭力在盎格鲁美国人的社会中寻求立足之地时,我在曼扎那的经历多年来一直深藏于心,不愿回忆。后来我们讨论是否去参观集中营旧址时,有些东西不可避免地会妨碍我们的行程……我和兄弟姐妹们很少谈论当年的拘留(Internment),如果非要提的话,我们权当是玩笑"(Houston,186)。作为当年美国当局拘留日裔公民

---

* 申云化:讲师,研究方向为英美文学和英语教育;张斌:博士,研究方向为传媒学。

的亲历者,珍妮·W.休斯登主观上是要遗忘这段不堪回首的往事;而时至今日,美国公众却仍然对此缺乏了解,"六十多年后,拘留[日裔美国人]在美国二战通俗史上仍然是不可见的事件……多数人没有意识到美国最高法院从未否认战时拘留美国平民的合法性"(Banks,770)。

1942年2月19日,美国总统罗斯福签署了9066号总统令,授权美国军方将约120,000日裔美国人从美国西海岸迁往位于内陆的集中营。大规模拘留给日裔美国人所造成的物质和心灵创伤是难以弥合的。美国前总统乔治·布什曾在道歉信中坦言,"仅凭金钱的数量和致歉的话语,无法追回逝去的岁月,抹去痛苦的记忆"(Takezawa,28)。具有讽刺意味的是,同为来自美国敌国的意大利人和德国人却幸运得多,他们均受到美国政府的"宽待",所谓的"战时安全需要"不过是美国当局杜撰的神话,种族歧视的本质昭然若揭。摩顿·葛罗金(Mortan Grodzin)在 *American Betrayed*(1949)一书中披露了洛杉矶国会议员列兰德·福特支持拘留日裔的荒谬论据:"如果在美国出生的日裔公民真的爱国,并且愿意为这个国家的安全做出贡献,那么现在就是他们的机会,允许把他们关进集中营"(Grodzin,64—65)。实际上美国主流社会针对包括日裔在内的亚裔的偏见和歧视由来已久,可追溯到1790年的"移民归化法"。该法案规定公民身份只能给自由的外国白人。该规定起初主要针对华裔移民,后来联邦最高法院将其解释为禁止一切"东方人"(Oriental),自然也将日本人划归在内(*CWR*,29)。泰勒·斋藤(Taylor Saito)将美国当局拘留日裔的做法看成是针对少数族裔的一系列歧视性法案的逻辑延伸,如1882年的排华法,1913年的加州外国人土地法,和1924年的国籍法等(Satio,8)。这些法案都指向一个基本事实,美国社会历来有一种声音,认为亚裔移民无法真正同化。弗兰克·吴(Frank Wu)把主流社会这种集体心态定义为"永远的外国人综合征(Perpetual Foreigner Syndrome)",将拘留日裔的事件视作主流社会心理的现实写照(Wu,95)。旧金山当地报纸曾发表专栏文章,公开批评加州教育部门错误地允许日裔儿童上公立学校,并声称"日本移民是劣等民族,没资格与美国人平起平坐,任何平等化的做法无异于自我羞辱"(Hosokawa,85)。本文试图通过日裔美国作家珍妮·W.休斯登和美国白人作家大卫·古特森的记忆叙事,观照日裔美国人在二战时的辛酸经历,分析和探讨日裔美国人移民融入的心路历程。

二、文本介绍

《别了,曼扎那》是一部以第一人称讲述的个人回忆录,书名中的"曼扎那(Manzanar)"一词来自西班牙语,意为"苹果园"(Apple Orchard),是二战期间用来集体拘留日裔美国人的众多集中营之一。作者珍妮·W.休斯登,作为第二代日本移民(Nisei)①,七岁时随家人来到这里。她用铿锵的文字记录下安置营中的艰辛——人们背井离乡,失去尊严和隐私,家长的权威不断瓦解,被强迫宣誓效忠美国等等,不一而足。她还回忆起在离开曼扎那之后的个人感受,"一种莫名的羞耻感,与之相伴的是想要得到美国认同的强烈愿望"。本书以"后珍珠港事件"的历史为背景,生动再现了日裔美国人缘何被看作美国国家安全的潜在威胁,如何被集体关进集中营,失去自由和平等的基本人权。与此同时,该书还从作者个人的成长视角关注日裔美国族群对该事件的心理体验。这是一本关于美国历史的重要文献,如厄内斯特·盖恩斯(Earnest J.Gaines)所给出的评价:"这本书最重要之处在于它是一段我们很少有人了解,而其他人(指日裔美国人)又要竭力忘记的历史篇章"(Houstion,1995)。

《落在香柏树上的雪》以一件悬疑谋杀案开场,围绕着法庭上的审判展开叙事。日裔男子宫本(Miyamoto)被指控在渔船上谋杀了德裔男子卡尔·海因(Carl Heine),依循这条线索,作者把一幕战争往事和一段跨种族恋情展现在读者面前。作者大卫·古特森虚构了故事的发生地点圣皮尔德罗(San Piedro),这与珍妮·W.休斯登回忆录中所述的真实地点圣佩德罗(San Pedro)的英文名称仅差一个字母"i",某种意义上建立了两个文本间的联系,因为二者都与日裔美国人的二战经验有关。字母"i"的出现不禁让人联想到罗伯特·弗罗斯特诗中的无奈叹息,"And I—I took the one less traveled by",似乎反映了大卫·古特森本人对故事情节的唏嘘慨叹。更有趣的是,"I"是"自我(self)"的代词形式,仿佛也在昭示,故事主人公第二代日裔美国人初枝(Hatsue),必将经历一次"自我"意识的痛苦挣扎。在

---

① Nisei 是日语的"二世"在英语中的对应词,指第二代日裔移民;本文相继出现的 Issei 和 Sansei 均来自日语,分别指第一代日裔移民和第三代日裔移民。

圣佩德罗表面的宁静安详背后隐匿着当地白人居民与日裔移民之间紧张的族群关系。战争所引发的恐慌并非这种紧张关系的原因,而是为这种预先存在的偏见提供了释放的出口和理由。大卫·古特森运用闪回的写作手法,一方面层层推进地交代故事的背景;另一方面也把读者引向回忆的漩涡,记忆成了叙事的中心线索,将过去与现在,传统与现代的重叠、分裂和错位编织在故事里。古特森的写作倾向于传统现实主义,他……把契科夫和奥斯汀的写作风格奉为臬圭,宣称自己的创作都很传统,"与后现代精神相抵牾……后现代主义已经死了,因为它不解决人类需要;传统故事能够久远是因为它们做到了这点"①。他想要表达的已经超越了悬疑小说或法庭故事的界限。和哈珀·李一样,他借助法庭故事探讨种族问题,用记忆叙事的方式将历史与虚构巧妙结合,让日裔被拘留的史实为自己"出庭指控"。他的创作是对亚裔少数族群的"无罪辩护",创作的源泉"来自内心的不安,来自亲眼所见的种种不公和意外,以及给人们生活带来的悲剧后果"②。

三、记忆与身份

《别了,曼扎那》的自传体叙事和《落在香柏树上的雪》的虚构性现实真实地折射出美国当局的历史行为给日裔美国移民造成的物质和精神戕害。心灵的创伤仿佛让日裔族群集体患上了创伤后应激障碍,对过往经历产生麻木和选择性遗忘的反应。本文一开始珍妮·W.休斯登对身边人的心态描写恰是这一反应的具体表现。然而,历史真实是不容忘却的,它总会以这样或那样的方式置于今人的审查之下,"今之视古,犹后之视今",刻意歪曲或遗忘历史只会被历史所遗忘。细读两部作品,我们会发现二者都以"曼扎那"的历史场景,再现了拘留的历史错误在日裔美国人内心烙下的印痕。

---

① Kanner,E.An Interview of David Guterson:A Wonderful Irony[EB/OL].http:terviews/8121-david-guterson,at 2:17,2013//bookpage.com/in-53 pm.,February.

② 同上。

(一)创伤的记忆

拘留日裔的行动于 1942 年 3 月 31 日起分阶段实施。美国当局最初建立了 16 个"集结中心"(Assembly Centers),用来暂时关押日裔美国人。其中之一的曼扎那后被移交给战争安置局(War Relocation Authority)作为永久"安置中心"。这里生活条件低下,设施简陋,一家人挤在一个单间且寒冷的房子里,共用集体的户外厕所,而且周围是荒凉的沙漠和沼泽,自然环境十分恶劣。在《落在香柏树上的雪中》里,当初枝的母亲藤子(Fujiko)刚到曼扎那时,"她打了个盹儿,醒来后看见四周的铁丝网和成排的昏暗兵营,模糊在大风扬起的尘土之中"(Guterson,218)。第一天晚上,"尘土和黄沙,伴着狂风从墙面和地板的木板节孔中吹进来",第二天早晨,"藤子的枕头只有枕过的地方是白色的,周围已经堆起了一层黄色的细沙"(Guterson,219)。大卫·古特森用现实主义的笔触,深度挖掘过去的真实细节,意在唤醒人们对强加于日裔美国人身上的不公的记忆。而珍妮·W.休斯登的自传则是个人和集体经验的自我解构,是对记忆的一种追忆。两位作家仿佛隔空对话,两个记忆共同指向了在瑟瑟寒风中排队去厕所的场景。在描写安置营生活窘境时,珍妮·W.休斯登关切当事人的心理,"和许多其他的妇女一样,妈妈从未习惯那里的厕所。那是她必须要学会忍受的一种耻辱,别无办法……"(Huston,33)。古特森则侧重事实的复现,"午夜时分,[厕所前]令人惊奇地排起了长队,五十多名妇女和儿童穿着厚厚的衣物,相互依偎着抵御刺骨的寒风"(Guterson,219)。除公共设施外,艰苦的生活条件也体现在食物、生活日用品以及医疗卫生等方面。根据美国"美国战时重新安置和拘留平民问题委员会"的报告,安置营的餐饮条件较差,食物的质量和数量得不到保障,最多能保证没人挨饿,而且医疗设备匮乏,缺医少药,医疗服务水平低(CWR,162-164)。更为严重的是,安置营里完全没有个人隐私可言。被拘留者以家庭为单位生活在营房中,通常两个家庭挤在 20 至 25 平方英尺大小的屋子里,屋内没有任何间壁,扰人的噪声致使很多人患上了神经衰弱。初枝近乎精神分裂的心理状态被描写得活灵活现,"婴孩的哭声折磨着她脆弱的神经,她试着用手指塞住耳朵,但却无济于事。因为失眠,她对孩子的同情心开始悄悄溜走。她开始偷偷希望孩子能够死去,如果这样能带来片刻安宁的话。同时,她恨自己有这样的想法,虽然她又为无法把孩子扔出窗外来换回其他人的安静而感到愤懑不已"(Guterson,218)。毫无疑问,初枝的内心独白是对生活环境所流露出的无奈,一种近乎神经质的喃喃自语。面对如此生存环境,日裔美国人也时有控诉和反抗,例如,在圣塔安尼塔的编网厂有八百名第二代日裔劳工举行静坐罢工,抗议低工资,不公平的生产配额以及因缺少食物造成的身体虚弱(Michi,80—82)。但更多的时候,日裔美国人表现出来的是沉默、隐忍和麻木,"哨兵塔的两侧是若隐若现的群山,而下面则是如鬼魂般游荡的人群"(Guterson,220)。对于生活的凄苦和尊严的丧失,日裔美国人不得不默默忍受,珍妮·W.休斯登的辛辣比喻一语道破个中辛酸,那是"抽在脸上的一记耳光,你却无力予以还击"(Huston,34)。

除了生活的凄惨,战时拘留给所有被拘留者的生活方式带来了巨大冲击,尤其是摧毁了第一代日裔男子(Issei men)的经济地位,削弱了他们在家中的父系权威。日裔家庭的传统平衡被打破,丈夫失去了对妻子的"主宰",父母失去了对孩子的"控制"。日裔男性的家长地位遭到阉割,传统的家庭结构得以瓦解。珍妮·W.休斯登在描写刚刚从林肯郡集中营释放回到曼扎那的父亲时这样写道:"关于在林肯郡关押的九个月,爸爸所说的话只有三四句。在那儿待过的男人很少会再多说一句。并非因为物质生活的艰苦……而是因为对他们不忠的指控。对于在日本长大的他来说,这是莫大的羞耻,是一种侮辱。他只能面对自己的脆弱和无能为力。他没有权利,没有家园,没有了对妻子的掌控。所有被关押在曼扎那的男人都承受着这样或那样的阉割之苦。"(Houston,72)。集体拘留令日裔男子丧失了生存之本,妻子儿女不再依附于他们,与他们相伴的是沮丧、无力和颓废的情绪,精神上的阉割造成的危害远大于肉体的痛苦。监禁的惩罚手段虽然势必带来肉体上的折磨,但不可否认其运作的对象更多的是精神,取而代之的是"深入灵魂、思想、意志和欲求的惩罚"(福柯,17)。大辅北川(Daisuke Kitagawa)曾这样描写关押在图利湖安置营的日裔男子,"……[他们]看上去仿佛突然老了十岁。他们失去了为自己规划未来的能力,更不用说他们的儿子和女儿了"(Kitagawa,91)。他们对于突如其来的变故茫然无措,态度和行为显得消极被动。安置营的拘留生活让原本事业心强,精力充沛的第一代日裔男子充满了绝望、无助和不安的情感,变得无动于衷,麻木不仁(Espiritu,142—157)。很多日裔男子最终选择逃避残酷的现实,靠酗酒买醉来聊以自慰,凭殴打妻儿来重树家庭地位。珍妮·W.休斯登这样记述自己父亲的行为,"他不断靠喝醉来寻求自我麻醉,他一直虐待妈妈,而且似乎家里没人能够幸免。你无处可逃"(Houston,71)。与此相反,日裔女性则摆脱了对丈夫的完全顺从和依赖,她们开始表现出对家庭暴力的反抗,甚至父子间的伦理传统也受到颠覆和破坏。《别了,曼扎那》中,当作者的父亲像一头困兽,手里挥舞着抛光后的北达科达藤条,叫嚣着要杀死妻子的时候,妻子的表现是无所畏惧,儿子则更是以一记拳头予以反击,"过去没人见过这样的事情。爸爸的手臂一下子瘫软下来,藤条咔嗒落在地上,他伸手捂住了自己的鼻子"(Houston,69)。珍妮·W.休斯登用一个孩子的眼光看待集中营生活给父母兄长所造成的精神创伤,这种创伤跨越了代际的界限,甚至造成了日裔社区整体的创伤性记忆。唐娜·永田(Donna.K.Nagata)在调查日裔拘留事件的隔代影响时,报告了第三代日裔(Sensei)M 的案例。M 经过心理治疗后,逐渐意识到父亲的刻意疏远和自我封闭实际上是"为平复二战时的挫折感和愤怒所采取的办法,并非刻意要抛弃儿子"(Nagata,122—123)。

　　战时拘留不仅给日裔族群造成了难以挽回的物质和精神伤害,它还剥夺了日裔平民最宝贵的民权"自由"。从被关进集中营那一刻起,日裔美国人失去的不仅有匆忙变卖资产所造成的损失,还有弥足珍贵的自由身。战时安置局(WRA)给每个被拘留者发放一个号码,号码代替了原有的名字,人变成了真正意义上的"符号",失去自我"所指"的文化内涵,编码的过程(numbering process)本身就是摧毁个人文化身份的行动。一位被拘留者这样评价他们的号码,"我失去了我的身份。那时我甚至连社会保障号都没有。战时安置局给我发了一个身份号,那就是我的身份证明。我失去了我的隐私和尊严"(*CWR*,135)。而实际上这种"去名化"的做法在《雪花落在香柏树上》里也同样有据可查。大卫·古特森在描写二十四名出庭旁听的日裔居民时写道:"没有法律规定他们只能坐后排的位子。但他们只能如此,因为这是圣皮尔德罗针对他们的不成文要求"(Guterson,75),他进而写到,"人口普查员在登记当地日裔人口的时候,不用名字登记,相反把他们叫作日本1,日本2,日本3,日本查理,老日本山姆,笑哈哈的日本人,日本侏儒,花栗鼠,靴子,矮胖子……"(Guterson,75),字里行间都流露着当地白人对日本移民的嘲讽、鄙夷和不屑一顾。无独有偶,日裔美国人在移民初期,就被美国西海岸的种族主义分子称为"黄种日本人(Yellow

Jap)"或"肮脏的日本人(Dirty Jap)",Jap①一词在当时使用广泛,人们在和日本移民打招呼时甚至也会下意识地用它(Takaki,181)。从一开始,日裔移民就和其他有色人群一样被陌生化、边缘化,在获得合法公民身份的过程里层层受阻,就像信心满满的高泽小熊(Takao Ozawa),虽然在美接受教育,具备一切公民资格,但是其归化入籍申请却遭到法院无情的驳回,理由很简单,"从各个方面他都非常满足成为美国公民的规定条件,除了一点,他不是白人"(Ichioka,633-692)。显然,肤色是判断一个人是否是合格公民的法理依据,自我身份认同成了亚裔移民挥之不去的梦魇。

(二) 自我认同的危机

身份焦虑是困扰海外移民的社会性问题,也是各类移民文学中反复出现的母题。关于身份的内涵,哲学、历史、文化政治批评已对其"过度诠释"。塞缪尔·亨廷顿把身份归结为"归属性"、"文化性"、"疆域性"、"政治性"和"经济性"五个构成要素(罗如春,281)。身份是个体的社会属性,是人从"自在"走向"自为"的动态结果,正所谓"人之为人必得在特定的生存关系中存在并生成为自己"(余虹,2005),一个人若失去了身份,那么他/她与外部"世界"的联系将被切断,失去社会文化意义,变成"有之非有,存在的无"。自我身份认同就是作为主体的人能够建立并主动接受以客体存在的外部世界之间的联系,就像拉康镜像中的"我"渴望着成为不是"我"的"他者",个体通过这种联系来获得对生命意义的理解和文化价值的实现。而身份焦虑可以解释为"文化身份上的不确定性,是个体意识到的其与世界之间联系的障碍,对生活意义的迷茫,和随之而生的观念、行为和心理创伤"(钱超英,33)。奈保尔笔下的威利·詹德兰似乎始终没有摆脱异乡人的情结,纠结在像或不像"他们"(伦敦人)的矛盾心境中,表现出对自我身份的不安。从"这就是我在伦敦的样子。这就是我现在的样子,我并不像我所想象的那么孤单"再到自我否定地转念"可是不对。我并不像他们……我却一直在隐藏自己",威利逐渐意识到自己"……暴露在危险中。伦敦生活的美味已经失去,他重又像刚来的时候一样,忧虑起自己将走向何

---

① Jap,美国俚语,是对日裔血统的美国人具有歧视性的称谓,类似于nigger、chink或Chinaman等。

处"(奈保尔,97—98)。"我是谁?","我从哪里来?","又将去向何处?",对于少数族裔而言,看似容易回答,实则煞费思量。在《雪花落在香柏树上》里,当初枝的母亲藤子向女儿们讲述自己的辛酸移民路,告诫女儿们否认白人对他们的怨恨只是一种"暂时的幻象"时,母女二人就"我是谁"的问题争论起来,

  白人受自我(ego)的诱惑,无力反抗。我们日本人认为自我毫无意义……这是根本区别。我们时刻保持谦恭和沉默……寻求与伟大生命的统一。
  ……就是那些人轰炸了珍珠港。如果他们真的克己谦恭的话,为何还要侵略世界,占领别的国家?……我属于这里,我来自于这个地方。
  是的,你是出生在这儿……可你流的是日本人的血。
  不,我不想和他们有任何关系,你听见了吗?我不想成为日本人……
  现在是困难时期……没人知道他们是谁。一切都是模糊不清的……
  (Guterson,201)

  初枝的自我身份意识是含混不清和自相矛盾的。她一方面要竭力和日本划清界限,否定与日本的联系;另一方面,她又在婚姻上选择了日裔丈夫宫本。虽然,她把与自己行房的丈夫宫本幻想成曾经的白人恋人伊什梅尔(Ishmael),但最终还是义无反顾地割裂了与过去(伊什梅尔)的联系。她想要否定和消解历史与欲望的控制,却依然对爱情满怀憧憬,"如果身份只关乎地理而非血脉—如果生活在什么地方真的重要—那么伊什梅尔就和她身上一切与日本有关的东西一样,是她的一部分,存在于她身体之内"(Guterson,206)。但她痛苦地领悟到自己与伊什梅尔间的爱情有不可跨越的种族鸿沟,他们只能在柏树洞里秘密约会。她与伊什梅尔在柏树洞里失败的性经历也象征着她自我身份认同的挫折感。这种挫折感是弗兰克·吴在被问到"你到底从哪里来?"时所体会到的隐性种族主义。弗兰克·吴认为该问题等同于"你是哪个种族?",想要暗示的是"我不是'我们'之一,而是'他们'之一……我充其量是个访客,说难听点儿则是入侵者……但我不能抗议,因为我的抗议反让我变成忘恩负义的小人"(Wu,80)。我们/他们,自我/他者构成了亚裔美国人精神界里的二元存在。它在空间上分裂

错置,时间上又循环往复,在中心和边缘,拒绝和认同的矛盾冲突里寻求自我。而"自我"的修辞性解读即是它的对立之物"他者",从"自我"向"他者"的权力话语运动反映了文化异化和心理认同的矛盾情感。法侬在《黑皮肤,白面具》里的自我剖析仿佛也在遥相呼应其他少数族裔的文化心理:

> 我不得不直视白人的目光。我背负着一种陌生的重担。在白人的世界里,有色人在身体发展的图标上遇到重重困难。……我被手鼓声,食人魔,知识贫乏,拜物教,种族缺陷……所击垮,我让我自身远离我自己的存在……(霍米·芭芭,206)

这种自我疏离和异化的行动是莫里森笔下黑人小女孩皮考拉(Pecola)和拉尔夫·艾里森塑造的"我"想要获得自我身份和存在意义的共同策略:皮考拉渴望拥有一双蓝色的眼睛来换取白人对她的承认,而"我"在经历一系列自我认同的挫败后,用1369盏灯泡点亮"自我"的存在。和非裔美国人相似,亚裔在自我认同上也面临重重困难。他们宁愿叫自己"亚裔亚洲人(Asian Asians)",因为他们既要努力融入美国主流社会,赢得所在国的尊重,但又难以割舍与祖国的文化亲缘。两难的尴尬体现在珍妮·W.休斯登的父亲在被问到希望美日哪一方赢得战争时回答:"当你的爸爸妈妈打架的时候,你难道希望他们杀死对方吗?还是想让他们停下来?"(Houston,64)。这种近乎悖论式的回答反映出日裔美国人,特别是第一代移民非A非B的存在逻辑,勾勒了亚裔移民在美国社会的生活诗学:他们强烈渴望得到美国主流社会的认同,同时又不得不承受痛苦的心理挣扎,缺乏自信自尊,过度顺从,甚至有时还会精神错乱(真子伊井,8-15)。

四、结语

文学与历史之间存在着天然的有机联系,没有完全跳脱历史的文学文本,因为一切与文学有关的书写和阅读都产生于一定的社会物质环境,有其特定的历史背景;也没有与文学无关的历史文本,因为历史充满了虚构性话语和想象性补白(王岳川,15)。文学以其独特的叙事方式再现历史,历史又用丰富的素材滋养着文学,文学与历史既近又远的复杂关系给文学批评者提供了无限的想象空间。本文细查了基于个人经验的传记叙事《别了，曼扎那》和基于历史背景的虚构性故事《雪花落在香柏树上》，通过挖掘文本真实与历史真实的互文与重叠，试图剥开"文本的历史性"，将一段远离公众视线的历史事件呈现于读者眼前。经过分析比较，我们发现两个文本都以记忆为主题，通过主人公对个人和集体经验的回忆，把亚裔美国移民中的日裔族群在第二次世界大战中的经历贯穿于叙事之中，揭示出日裔美国人在种族平等、移民同化以及自我认同等问题上所遭遇的不公、歧视和危机。这种遭遇源自于赛义德所概括的"东方主义"话语，它主宰、重构并凌驾于东方之上，将东方想象成哑口无言、逆来顺受的"他者"形象。所谓的"模范少数族裔"理论，不过是"主流意识形态"强加在亚裔美国人身上的一种话语策略，其实质是意在掩盖西方对东方的主体意识以及"美国主流社会对亚裔族群的种族歧视"（黄际英，58）。同时，它也暴露出霸权话语对知识权力的迷恋和钟情，制造和传递着误导性的信息，致使亚裔族群暂时忘掉玻璃天花板的隐喻，然而"亚裔族群越是相信模范少数族裔的神话，非裔美国人和白人就越表示怀疑"（Wu，77）。总之，对边缘化的少数话语文本进行交叉阅读，对文本中的历史做挖掘梳理，是对企图控制人的记忆和历史的"制度性遗忘"有力的批评实践。少数话语文本的在场对于戳穿欧洲中心和知识权力的共谋，"建立一个真正容忍差异性的社会和文化体制"（阿卜杜勒，369），是十分必要和不可或缺的。

参考文献

[1] 阿卜杜勒·R.詹穆罕默德,戴维·洛依德.走向少数话语理论——我们应该做什么[M]//罗钢,刘象愚主编.后殖民主义文化理论.北京:中国社会科学出版社,1999.

[2] 福柯.规训与惩罚[M].刘北成,杨远婴,译.北京:生活·读书·新知三联出版社,2003.

[3] 黄际英.模范少数族裔理论:神话与现实[M].东北师范大学学报(哲学社会科学版),2002(6).

[4] 霍米·芭芭.纪念法侬:自我、心理和殖民条件[M]//罗钢,刘象愚主编.后殖民主义文化理论.北京:中国社会科学出版社,1999.

[5] 罗如春.身份认同问题三论[J].中国中外文艺理论学会年刊(2008年卷)—理论创新时代:中国当代文论与审美文化的转型,2008.

[6] 钱超英.诗人之死——一个时代的隐喻[M].北京:中国社会科学出版社,2000.

[7] V.S.奈保尔.浮生[M].孟祥森,译.上海:上海译文出版社,2010.

[8]王岳川.后殖民主义与新历史主义文论[J].文本的"历史性"与历史的"文本性"——以《五号屠场》中"德累斯顿"大屠杀为例.浙江万里学院学报,2007(4).

[9]余虹.艺术与归家:海德格尔·尼采·福柯[M].北京:中国人民大学出版社,2005.

[10]真子伊井.当代美国社会中的日裔美国人[J].司久岳,译.美国研究参考资料,1991:2.

[11]Banks,T.L.Outsider Citizens:Film Narratives about the Internment of Japanese Americans[J].Suffolk University Law Review,2009(42).

[12]Commission on Wartime Relocation,Personal Justice Denied,Report of the Commission[M].Seattle:University of Washington Press.1997.

[13]Espiritu,Y.L.Changing Lives:World War II and the Postwar Years[G]//Eds.Jean Yu-wen Shen Wu& Min Song.Asain American Studies:A Reader.Rutgers University Press,2001.

[14]Grodzin,M.Americans Betrayed[M].Chicago:University of Chicago Press,1949.

[15]Guterson,D.Snow Falling on Cedars[M].New York:Vintage Book,1995.

[16]Hosokawa,B.Nisei:The Quiet American[M].Colorado:University Press of Colorado,2002.

[17]Houston,W.J.& Houston J.Farewell to Manzanar[M].New York:Dell Laurel-Leaf,1995.

[18]Ichioka,Y.The Early Japanese Immigrant Quest for Citizenship:The Background of the 1922 Ozawa Case[J].Amerasia Journal,1977,4(2):1—22.Carbado,D.W.Yellow by Law[J].California Law Review,2009,97(3).

[19]Kitagawa,D.Issei and Nisei:The Internment Years[M].New York:Seabury,1967.

[20]Michi,W.Years of Infamy:The Untold Story of America's Concentration Camps[M].New York:William Morrow and Company,Inc.,1976.

[21]Nagata,D.K.Transgenerational Impact of the Japanese American Internment:Clinical Issues in Working with Children of Former Internees[J].Psychotherapy,1991,28(1).

[22]Saito,N.T.Symbolism under Siege:Japanese American Redress and the Racing of Arab Americans as Terrorists[J].Asian American Law Journal,2001,8(1).

[23]Takaki,R.Strangers from a Different Shore:A History of Asian Americans[J].Boston,Toronto,London:Little Brown and Company,1989.

[24]Takezawa,Y.I.Breaking the Silence:Redress and Japanese American Ethnicity[J].Ithaca and London:Cornell University Press,1995.

[25]Wu,F.Yellow.Race in America beyond Black and White[J].New York:Basic Books,2002.

(原发表于《日本研究》,2014年第1期)

论《穿越雨林之弧》中的环境非正义现象*

龙 娟 孙 玲**

(湖南师范大学外国语学院)

摘 要：环境非正义意味着环境正义的缺失，它不仅涉及人类对待自然的态度与行为，还涉及政治、经济、文化等各方面的因素。作为20世纪最为重要的美国日裔作家之一，山下凯伦在其小说《穿越雨林之弧》中聚焦环境非正义现象，深刻地揭示了环境非正义现象产生的根源及其后果。在小说《穿越雨林之弧》中，环境非正义现象主要表现为两类：人类对待自然的非正义行为和以环境为中介的人际非正义行为。环境非正义现象主要由下列因素造成：资本家对经济利益的过度追求，不平等的社会分工，政府政策的非正义性，人类对自然所采取的一味索取的态度，以及美国的生态帝国主义意识形态等。

关键词：《穿越雨林之弧》；环境非正义；生态帝国主义

《穿越雨林之弧》(*Through the Arc of the Rain Forest*)是20世纪美国日裔作家山下凯伦(Karen Tei Yamashita, 1951—)的代表作之一。小说以回忆的方式讲述了日裔男子小丸一正(Kazumasa)在巴西一个名叫"马塔考"的地方之所见所闻。因为一次意外，故事的主人公小丸一正自童年起，其前额就"被黏上"一个能"转动的神秘小球"(Yamashita, 4)。在日本失去工作之后，小丸一正来到巴西，在巴西的"马塔考"经历了一次生死之旅。小说涉及众多人物，在"马塔考"分别从事着诸如鸽子事业、朝圣之

---

* 基金项目：国家社会科学基金重大招标项目"20世纪美国文学思想研究"(14ZDB088)。

** 作者简介：龙娟，教授，研究方向为美国文学；孙玲，湖南师范大学外国语学院硕士研究生。

旅、魔力羽毛、塑料产业、跨国企业发展等方面的业务。带着不同的人生目标，这些人从各地来到了向往已久的神秘之地"马塔考"，但是却因为相似的原因死在这里或离开了这里。在小说的结尾处，"马塔考"成了一个死寂腐烂的绝命之地，这与当初那种神秘繁华的景象形成了鲜明的对比。山下凯伦通过讽刺的手法和细腻的行文强烈谴责人类对环境肆无忌惮的掠夺和破坏，无情地揭露了利益驱使下人性的贪婪和扭曲，并指出人类终有一天会自食其果。小说中的环境非正义现象是本文关注的焦点。在小说《穿越雨林之弧》中，环境非正义现象主要表现为两类：人类对自然环境的非正义行为和以环境为中介的人际非正义行为。在小说中，环境非正义现象主要由下列因素造成：资本家对经济利益的过度追求，不平等的社会分工，政府政策的非正义性，人类对自然的一味索取的态度，以及美国的生态帝国主义思想等。

尽管西方社会具有追求正义的思想传统，而且这种思想传统体现在政治、法律和伦理道德等各个领域，但直到19世纪中期以后，西方一些有识之士才开始借助西方道德和法律中的社会正义思想审视和看待人与自然的关系，从而表现出追求环境正义的思想倾向，将西方有关正义思想的内涵与外延进行了拓展。也就是说，环境正义是将社会正义的内涵和外延进一步延伸到人与自然的关系上。美国学者波特·温兹（Peter S. Wenz）曾经强调："社会正义问题和环境保护问题必须一起予以考虑。如果没有环境保护，我们的物理环境就会变得不适合我们居住。如果没有正义，我们的社会环境就会充满敌意。因此，关注生态的时候不能忽视对正义的关注；对正义的追求也不能不顾它对环境的影响"（Wenz, 2）。温兹深刻地揭示了社会正义与环境保护问题的相互关联，也道出了环境正义的必要性和紧迫性。那么，何谓环境正义呢？一言以蔽之，环境正义是人们在认识和处理环境事务或环境问题过程中所体现出来的一种正义，"是人们在认识和处理人与自然的关系问题以及与环境有关的人际关系问题时所体现出来的一种正义原则、正义意识或正义观，它追求环境权利和环境义务的公平对等"（龙娟, 65）。

既然环境正义是一种重要的正义原则、正义意识或正义观，人们在认识和处理环境事务或环境问题过程中就必须严格遵守相应的原则。如果这种正义原则、正义意识或正义观被打破，那么环境正义必将缺失。比如说，为了生存和发展，人们必须从自然界中获取必需的资源和能源，然而人们对自然资源和能源的开发利用只是一种"相对"的权利,因为他们的活动或行为必然要涉及他们对自己、对他人、对社会、对自然的责任。但如果某些人或某些组织过多地掌控资源或能源,这不仅意味着自然资源或能源被不合理的开发和利用,而且意味着同代的社会成员之间和非同代的社会成员之间必然存在严重的环境利益侵害现象,势必造成环境非正义现象的产生。

一、人对待自然的非正义行为

小说《穿越雨林之弧》以日本人奔向巴西的移民潮为历史背景,以魔幻现实主义手法讲述了一场环境灾难。小说呈现出奇特的时间感以及聚焦的空间轴。在运用可怖的哥特式描写去震撼读者的同时,它又给予读者以渺茫的希望。自出版以来,该小说在各国被广泛阅读,由此也奠定了山下凯伦作为一名亚裔作家在当今世界文坛的地位。

毋庸置疑,环境问题是该小说的主题之一。可以说,小说《穿越雨林之弧》中的"马塔考"的兴起、发展以及最后毁灭的故事其实就是一则寓言,象征着人类对待自然环境的非正义行为及其带来的恶果,也显示了山下凯伦对环境问题的关注。小说中的环境污染和生态破坏现象触目惊心,环境非正义现象引人深思,最后导致"马塔考"的彻底消失。"马塔考"本是巴西的一个不知名的地方,因在此地发现了一种不可毁灭的、比不锈钢和钻石还要坚固的新材料而被命名为"马塔考",用当地方言意即"一块神秘之地"(97)。"马塔考"从最初的亚马逊原始森林的一部分到被政府开垦,环境逐渐变得无比糟糕;从来自纽约的大型企业 GGG 入驻此地而成为欣欣向荣的商业之地,到最后变成了一个死寂腐烂的绝命之地。小说中人物的命运也随着"马塔考"的恶化而带有悲剧意蕴:因魔力羽毛而声名鹊起的"羽毛学之父"潘纳死于那场由羽毛引起的病毒灾难;为了他人而进行朝圣之旅而被众人奉为"圣人"的吉克被绑匪意外错杀;野心勃勃的企业家推普先是被身为鸟类学家的妻子抛弃,而后由于羽毛事业和塑料产业的破产从自己公司的高楼上一跃而下,自杀身亡;因为发展鸽子事业而长期分居异地的夫妻巴蒂斯塔和塔尼亚,最终在一片死寂的"马塔考"重聚;故事叙述者——紧贴在日裔男子小丸一正前额上的神秘小球——最终从他的主人小丸一正前额萎缩消失,小丸一正与他心爱的女人罗德斯最终也逃离了"马塔考"。

在小说中,"马塔考"的这场环境灾难是人类对待自然环境的非正义行为所带来的必然结局。人类对待自然环境的非正义行为与人类对待自然的态度息息相关。人类中心主义认为,人是自然界中唯一拥有理性的存在物,这种理性使人自在地具有内在价值,因而伦理或道德只是人类社会生活的专利,只有人才有资格享有道德关怀,而自然界中的一切其他存在物充其量也就只有工具价值,是实现人类目的的工具,因而它们根本不具备获得道德关怀的资格(Norton,164)。在环境问题中,人类中心主义是造成人类对待自然环境的种种非正义现象的首要原因。

为了自身的发展,人类不惜以毁坏大自然为代价。小说中,自从潘纳在"马塔考"发现了魔力羽毛之后,政府就开始大力开发这里,大量植被遭到破坏,地表裸露在风雨和烈日中,环境变得越来越糟,居住在这里的人们无以为家,生活困苦不堪。"那片原始森林已经不再是以前的原始森林,对于潘纳来说变得陌生"(17)。具有讽刺意味的是,这里居然成了游客趋之若鹜的地方,游客纷至沓来,将"马塔考"视为一个奇迹,能在这里享受日光浴成了一种时髦。作为民族和国家利益的代表和实现机构的政府,竟然表现出对环境保护的无视,放纵人们对大自然的过度开发。生活在这个国度的人们对环境破坏现象的麻木和纵容造成了环境问题的进一步恶化。在财富与发展面前,环境问题永远是被这些人置于第二位的。人们已经被利益蒙蔽了双眼,面对一再恶化的环境,人们仍然无动于衷。"马塔考"方圆72公里外有这样一片地方:"这里像一个巨大的停车场,堆积着各种飞行器、交通工具,还有黏糊糊的固体油、军队的吉普、红十字会的救护车等等。这些汽车像是五六十年代晚期制造的,已经生锈瓦解了。雨林的上空时不时会回荡起一阵噪音,惊散林中的鸟兽"(99)。在这里,人们"还发现了稀有的淡红色蝴蝶品种,以生锈的水为食。另外,此地居然还有变异了的对毒物免疫的硕大的老鼠,除了类似于秃鹰之类的新型的鸟类外,其他任何以这种老鼠为食的动物都会立刻死去。还有许多填满了子弹的猴子的尸体……"(99),从这些描述中,我们不难看出,人们肆意破坏自然生态环境,这种现象非但没有遭到制止,还像被默认了一般听之任之。长此以往,一些地方的生态环境恶化,甚至出现了变异物种。即使环境已经恶化到这般,依然没有惊醒任何人。

人类中心主义使得人们觉得自己是自然界中唯一拥有理性的存在物，觉得自己至高无上，只有人类自己才配拥有道德关怀，自然界中的其他物种都是低等的，都是不必享有道德关怀的，都是生而为人类所利用的，它们充其量只有工具价值。所谓工具价值也就是在自然存在物有用的时候，人类会千方百计地发掘其价值，而当其无用或者碍事的时候，鸟尽弓藏、卸磨杀驴之举是再正常不过的了。潘纳发现了能治疗各种病痛，满足人们各种需求的魔力羽毛后，推普从中发现了商机，他打算发展羽毛产业，并从鹦鹉的羽毛开始，因为它们的颜色很亮丽，很受欢迎。羽毛的批发商们已经可以看到，自从八十年代在巴西发现黄金之后，羽毛将成为巴西又一个黄金资源(79)。推普想让羽毛产业进军美国市场，预想 GGG 公司将会像可口可乐公司一样轰动一时。人们宣称羽毛在他们的工作、社交、私生活方面都有着惊人的效果，甚至有些人成了狂热的羽毛崇拜者，羽毛一时间红遍大江南北。但与此同时，鸟类陷入了严重的危机。凡是能被人们想到的鸟儿都被剥去了羽毛。羽毛交易在黑市上相当猖獗，甚至有人将鸡毛染色成鹦鹉的羽毛，通过各种渠道销往各地。从羽毛贩卖到羽毛盗窃，形势愈演愈烈。一些公众场所设了 24 小时的警卫；里约热内卢动物园里最漂亮的亚马逊鸟已经遭到抢劫；私人家里也给鸟装上了结实的鸟笼。巴蒂斯塔不得不买来凶恶的猎狗，雇来保安来守护他的产业。鸟类遭到了前所未有的绝种危机，甚至连死鸟的羽毛也不会被放过。

人类自认为是自然界中最高级的物种，因而人类的生命也高于其他物种。当斑疹伤寒一夜之间爆发，当越来越多的人死于"非命"，人们渐渐意识到这是"很明显的复仇的标志，人们肆无忌惮地捕杀了这么多漂亮的鸟儿，没有任何仪式和代价的这种行为终究是不能再被包容了"(180)。病因被发现，原来羽毛竟然是传播疾病的主要途径，于是羽毛遭到大肆烧毁。一些专家宣称，光烧了羽毛还远远不够，如果这场疾病没有被完全消除，那么没有一只鸟是可以被赦免的。于是一场针对鸟类的大屠杀开始了。推普的妻子米歇尔劝过推普，世界上一半的鸟儿住在亚马逊森林，这样下去鸟类会灭绝的(200)。但是推普不愿意听从妻子的劝告，相信"马塔考"的塑料可以复制出一切。巴蒂斯塔安慰他的妻子，说他会竭尽全力保护鸽子，因此，他打开鸟笼放飞他的鸽子，"飞走吧，趁一切太晚之前"(200)，然而，很多鸽子又像它们平时被训练的那样飞回来了。空军部门向大地投射有毒炸弹，一时间毒弹形成了厚厚的雾，弥漫了整个"马塔考"，不仅鸟儿死了,一些小的动物、家畜、昆虫,甚至不知情跑出去看飞机的小孩也被毒死了。不久,"马塔考"的地面上就堆积起了膝盖深的尸体。事实上,在此后不计其数的日子里,"马塔考"都在下着羽毛雨。可是人们并没有意识到这场环境灾难意味着什么,因为在人类中心主义者看来,其他物种只有工具价值,一切都是围绕着人类的利益进行的,包括它们的生命。

从政府到企业再到普通民众,人们的这些行为打上了典型的"人类中心主义"烙印,违背了环境正义的原则,环境正义意识和正义观严重缺失。人类在追求自身利益和发展的时候,走火入魔,忘乎所以,自恃尊贵,自以为是,忽视了自己应该承担的责任和义务——尊重自然、保护自然、与自然平等相处,从而造成了人与自然之间的环境非正义现象。

二、以环境为中介的人际非正义行为

以环境为中介的人际非正义行为是生态帝国主义的一种表现形式。生态帝国主义意指在人与生态环境的关系上,人类不仅持有人类中心主义价值观,而且秉持西方中心主义与帝国主义意识。在后殖民生态批评家格雷厄姆·哈根和海伦·提芬看来,生态帝国主义有三种表现形态:第一种形态体现在西方的"二元对立思维模式"中,即一切以人的利益作为衡量的唯一标准,将自然看成是人类的对立面,认为自然只拥有为人类所利用的工具价值;第二种形态是"生态殖民化",即生态环境服务于西方的资本扩张与政治需要;第三种形态则是"环境种族主义"(Huggan,3-4)。环境种族主义者关注主流阶层的利益,而对少数群体的利益视而不见,甚至会牺牲少数族裔的利益来谋取经济利益。哈根和提芬认为,生态帝国主义行为实际上是一种社会学现象。具体说来,那些被社会边缘化或经济不发达地区的人们经常在环境上遭受到不公正的对待,第三世界往往成为第一世界商业垃圾的接受站。

环境种族主义使得生活在社会边缘或经济不发达地区的人们受到了环境上的歧视对待,贫穷人群在面对环境问题时被剥夺了话语权。自从潘纳在"马塔考"发现了魔力羽毛之后,此地就成了政府的开发地,不仅自然环境遭到严重破坏,居住在"马塔考"的人们的生存状况也极度恶化。就以潘纳一家为例。在潘纳发现魔力羽毛之前,潘纳一家曾经过着非常艰难的生活,一家人挤在简陋的小屋中,靠干一些体力活维持生计。与生活在这里的其他本地人一样,潘纳一家在这里夜以继日地劳作但却一无所有,甚至失去健康。但是他们别无选择,只能生活在这种恶劣的环境下。潘纳和其他本地人只能住进政府安排的位于"马塔考"周边的廉价河边公寓里,艰难地维持着生计。处在底层的人们过着十分困苦的生活,与处于社会上层的人们形成了鲜明的对比。比如"企业家推普,他和妻子米歇尔过着安逸的生活,住在安装了树脂玻璃的高层建筑里俯瞰着'马塔考',听着鸟儿咕咕的叫声,重新安排着塑料产业"(161)。这种局面是由政府不合理且缺乏人性的政策以及不公平的社会分工造成的。针对穷人的这种处境,潘纳不由得气愤地说道:"穷人能期盼什么呢?那些出于愤怒而站出来反抗的穷人最终都被杀掉了。穷人要么赖活着,要么死掉"(152)。在小说中,政府和媒体对斑疹伤寒疫情的隐瞒,对有关大众健康报道的忽视,以及对斑疹伤寒病例报道的反对都是环境种族主义的体现。他们谎称这种病只是发生于社会下层的人群中,造成了人们对疾病的大意和疏忽。当医院挤满了患者,人们才意识到这种病是不挑人的,无论贫富贵贱,年少年老,美丑或聪愚都会被病魔缠住,而且无药可治。此时的"马塔考"忽然间像被洗劫了一般,信徒和游客都不见了。政府对待疫情的态度是非常不负责任的。当疫情发生时,政府首先应该考虑的是如何制止它,而不是否认它;政府应该主动承担起责任,而不是一味推卸责任。政府的这种举动直接导致疫情肆虐,受感染人群与日俱增,局面最终到了不可控制的地步。

在人类的发展过程中,为了谋求经济利益,资本家对资源的过度掌控和不合理的开发利用也是造成人际非正义的主因之一。小说里的资本家毋庸置疑是坐镇GGG公司的推普,"马塔考"的羽毛和塑料让他看到了无限的商机和财富。对这些黄金资源的占有欲的无限膨胀,使推普的野心逐步变大,他决定让GGG公司垄断羽毛市场。GGG公司对羽毛资源的过度掌控,一定程度上造成了羽毛黑市的猖獗,人们利欲熏心,由此产生的滥杀鸟类和家禽现象一发不可收拾。

正如后殖民生态批评家格雷厄姆·哈根和海伦·提芬所指出的那样,生态帝国主义的表现形式之一就是"生态殖民化"(Huggan,4),即生态环境服务于西方资本扩张的需要,第三世界成为第一世界商业垃圾的接受站。在面对环境问题时,第一世界和第三世界的位置是不平等的,第三世界往往处于牺牲的一方,服务于第一世界。在小说中,推普和GGG公司象征着以美国为首的第一世界发达国家。在当今世界,第一世界在各个领域都掌控着主导性的话语权,在环境问题方面也不例外。小说中,推普为了开发"马塔考"的塑料,为了让小丸一正和他的神秘小球参与到自己的行动中,百般劝说小丸一正。推普甚至要让"马塔考"的人和政府觉得,他即将要对"马塔考"进行的科学研究纯粹属于非利益的行为,其目的只是希望人们意识到环保的重要性并回归到自然的健康生活方式,让人们对环境负责任。从这里我们可以看出,推普把自己装扮成一个拯救者的角色,似乎他在自觉地担当起环境保护的责任。可冠冕堂皇的理由之下,难掩他膨胀的权利欲望和谋求利益的真实企图。他所表现出来的是第一世界的环境种族主义意识形态。小说中的"马塔考"方圆72公里外发现的这片地方就是一个例证:"这里像一个巨大的停车场,堆积着各种飞行器、交通工具、黏糊糊的固体油、军队的吉普以及红十字会的救护车等等"(99)。此地无疑长期以来被当成了垃圾堆放站,承受着被人类文明淘汰下来的一切,成为第一世界名副其实的垃圾接收站。

小说中最具有讽刺意味的是,"马塔考"所发现的特殊材料最后被考证是"散布在地球各处的不可降解的废弃物",它们"经过各种压力被运到地幔的底部,最后各种垃圾融化而成的液态沉淀物经过岩脉来到地球上最后一块处女地——亚马逊森林"(202)。这种所谓的"特殊材料"最终造成了亚马逊动植物的死亡以及地球上最后一块处女地的消失。由此可见,被边缘化了的贫穷的人群丧失环境话语权,在环境问题上受到了"他者化"对待。第一世界将资本扩张与政治需要置于生态环境之上,自私地将第三世界作为垃圾堆放站,这些因素导致了以环境为中介的人际非正义现象的产生。

三、结语

综上所述,《穿越雨林之弧》聚焦环境非正义现象,深刻地揭示了环境非正义现象产生的根源及其后果。在小说的结尾处,"马塔考"遭遇大自然的屠城,生灵涂炭,鸟类几乎绝种,主人公或丧命或离开。这种悲剧性的结局引发人们反思环境非正义现象及其根源。环境非正义现象产生的根源主要有两个:一是人们长久以来对大自然的肆意掠夺和破坏;二是以环境为中介的人际非正义行为愈演愈烈。当今世界早已成为一个各种利益相互交缠的命运共同体,环境问题的产生及环境非正义现象的出现也绝对不可能是一家所为。位于发展前沿的第一世界发达国家在面对环境问题时所秉持的"生态帝国主义"和"第一世界环境主义",以及处理环境问题时的所作所为,是促成环境非正义问题的主要因素。自然界已经给人们敲响了警钟,环境问题亟待解决,正如美国著名环境文学批评家劳伦斯·布伊尔在《环境批评的未来:环境危机与文学想象》一书的扉页中所说的那样:"如果人们不从根本上改变目前的生存方式,地球这个星球上的生命能否幸存下来已经是个问题"(Buell,vi)。到目前为止,地球依然是人类赖以生存的唯一家园,人们应该树立正确的自然观。自然界里不应该有第一世界与第三世界之分,所有民族应平等地享受自然界带来的益处。在面对环境问题时,所有民族也应该平等地承担义务,平等地履行职责,共同追求环境正义,实现人与自然的和谐发展。

参考文献

[1]龙娟.美国环境文学:弘扬环境正义的绿色之思[M].北京:外语教学与研究出版社,2010.

[2]Buell,Lawrence.The Future of Environmental Criticism:Environmental Crisis and Literary Imagination[M].MA:Blackwell Publishing Ltd.,2005.

[3]Huggan,Graham & Helen Tiffin.Postcolonial Ecocriticism:Literature,Animals,Environment[M].New York:Routledge,2010.

[4]Norton,Bryon G.Environmental Ethics and Weak Anthropocentrism[M]//Eds.Andrew Light and Holmes Rolston Ⅲ.Environmental Ethics:An Anthology.MA:Blackwell Publishing,2003.

[5]Wenz,Peter S.Enviornmental Justice[M].NewYork:State University of New York Press,1988.

[6]Yamashita,Karen Tei.Through the Arc of Rainforest[M].Minneapolis:Coffee House Press,1990.

[原发表于《邵阳学院学报(社会科学版)》,2016年第6期]

韩裔

战争性别与创伤解析诺拉·凯勒的《慰安妇》*

张 丽 李鹏飞**

(北京工业大学外国语学院)

摘　要: 韩裔美国女作家诺拉·凯勒的小说《慰安妇》(1997)反映了女主人公亚纪子在二战中被迫沦为日本军队慰安妇的痛苦经历及其因此所造成的生理与心理双重创伤。文章旨在探讨《慰安妇》中战争与女性的性别、性及创伤的关系,揭示在由男性主导的、日本军国主义者发动的侵略战争中,女性——作为父权社会中处于"他者"地位的"第二性"被物化为日本侵略军泄欲的工具。

关键词: 慰安妇;战争;性;错位;创伤

引 言

在第二次世界大战期间,大约有40多万主要来自东亚及东南亚国家和地区的女性被迫成为"慰安妇",在日本军营里为军人提供性服务,沦为性奴。20世纪90年代以来,"慰安妇"问题在日本、东亚、东南亚乃至国际社会渐渐浮出历史地表,成为一个世界性的话题。如今,"慰安妇"问题所涵盖的意义已远远超出了"慰安妇"事件本身。对"慰安妇"问题的认识、表述和研究涉及文学、政治、历史、文化、人权、国际关系等诸多领域,并与战争、民族、国家、性别、身体等纠合在一起,万象纷呈。

---

* 项目信息:北京市教委人文面上项目资助(SM201210005011)。
** 作者简介:张丽,教授,研究方向为美国文学;李鹏飞,在读研究生。

韩裔美籍作家诺拉·凯勒(Nora Keller)1965年12月22日出生于韩国首尔,3岁时随父母移居夏威夷,并且在夏威夷大学攻读英语与心理学,之后前往加州大学圣克鲁兹分校(University of California, Santa Cruz)学习并获得美国文学硕士学位。1997年,诺拉·凯勒以"慰安妇"这一特殊的历史事件为题材,创作并发表了自己的第一部长篇小说《慰安妇》(Comfort Woman)。1998年,《慰安妇》一书获得"全美图书奖"(The American Book Award),并赢得《图书馆杂志》"推荐图书"的荣誉。1999年,凯勒获得了"英国桶子文学奖"(United Kingdom Orange Prize);2003年,又获得了"夏威夷文学奖"(Hawaii Award for Literature)。无疑,这些荣誉奠定了诺拉凯勒在亚裔美国文学界的地位。

凯勒的《慰安妇》采用母女双重叙事方式,讲述了有着慰安妇经历的韩裔美国母亲亚纪子(Akiko)的自我的极度错位(dislocation)及其与在美国出生的、对母亲的经历全然不知的女儿贝卡(Beccah)之间由陌生到了解的故事。小说围绕女儿的探究而逐步披露母亲过去的秘密。小说从贝卡对自己童年的回忆开始,叙述了对时常精神失常的母亲的不理解以及对母亲过去经历的不断探究。母亲在12岁时,其姐姐为了换回自己的嫁妆,将她卖入日军的慰安营使之成为慰安妇。倔强的亚纪子被日军强暴导致怀孕并堕胎。逃离日军慰安营后的亚纪子,因与美国传教士结婚来到了美国。最终她杀死了虚伪的丈夫并自杀。借由此书,凯勒展现了在战争这一特殊背景下,女性作为父权社会中受到男性支配的群体,所承受的身体以及更深层次的、更为严重的心理伤害。

本文旨在探讨《慰安妇》中战争与女性的性别、性及创伤的关系,揭示在由男性主导的、日本军国主义者发动的侵略战争中,女性——作为父权社会中处于"他者"地位的"第二性"——被物化为日本侵略军泄欲的工具。

一、二战与日军慰安妇

日本政府推行"慰安妇"制度由来已久,早在日俄战争(1904—1905)时期就开始实施这制度。

在二战前和二战中,"慰安妇"制度更加规模化制度化。在亚洲,日本军国主义者在20世纪30年代初期就已经开始了对中国的军事侵略,而后又开始了对东亚、东南亚、东北亚等地的大规模入侵。日本军人强奸入侵地女性的事件时有发生。日本军国主义者为了将侵略战争有效地持续下去并最终完成其称霸亚洲的目的利用国家机器强迫各国（地区）妇女——中国、朝鲜、荷兰、中国台湾以及部分琉球、东南亚、甚至日本在内（在日本国内征召的慰安妇大部分是自愿或有偿的）等地的女性，为日本军人提供性服务，充当日本军人的性奴隶。据史料记载，亚洲地区至少有40万以上的女性受到侵害（苏志良，60）。其中，仅中国就有20万妇女被迫充当慰安妇且成为日军慰安妇的最主要来源。日军在上海建立了世界上第一家慰安所。上海慰安所持续时间最长，数量最多。可以说，中国妇女是日军慰安制度中最大的受害群体①。由此可见，日本军队的慰安妇制度是一个由日本政府和军队组织实施的有组织、有计划的奴役无力女性的暴力制度，正如斯泰兹（Stetz）所指出："对于一个女性处于被侵害，被控制，被侮辱，被作为私有财产或者奴隶所对待的国家，这个国家的政府必定在运用系统的性侵害为其国家统治服务"②（Stetz，39）。

  1945年日本战败，二战结束。日本在战败前夕，将有关"慰安妇"问题的档案和资料进行销毁，使这一问题在军事秘密的名目下暂时被掩盖起来。二战后，美国对日本极力庇护，因此，在战后的远东国际法庭和中国南京审判战犯的军事法庭上，虽然国际社会对日本进行了审判和惩罚，但对日本军国主义者对侵占国女性实施的"慰安妇"制度的罪行却未进行深究。

  二战结束近半个世纪之后，"慰安妇"这一问题于20世纪90年代初被重新提起。1991年12月，韩国原慰安妇金学顺等3人开始起诉日本政府，要求日本政府就其在二战期间对这三名妇女所犯的罪行进行赔偿。此次事件引起了国际社会的广泛关注，更是引起了诺拉·凯勒的注意，也从侧面促成了其《慰安妇》小说的创作与发表。如今，在国际社会的广泛关注与支持下，越来越多的曾经被迫充当过慰安妇且尚健在的女性勇敢地站了出来，起诉日本政府，维护其女性的尊严和自身的权益。然而，日本政府却无视历史事实，其最高法院连续对"慰安妇"案做出败诉判决。由此可见，日本政府对侵略战争的历史问题根本没有正确的认识，缺乏深刻的反省，

---

 ① 千里夏光.中国20万妇女被迫充当慰安妇：日均接370人［EB/OL］［2012-07-06］.http://www.chinanews.com/cul/2012/07-05/4009090.shtml.

 ② 文中所有美文原文的引用均由本文作者翻译。

特别是其根本就没有正视对几十万女性所犯下的不可饶恕的罪行,而是拿着块遮羞布遮遮掩掩。诺拉·凯勒的作品《慰安妇》则无情地揭露了日本政府和军人的累累暴行。

二、战争、性别与性

"慰安妇"在日军战地的首要作用,是为日军提供性服务。而此种性服务,是被迫的,是被日本军国主义者强制的性服务,并非传统父权社会下的女性为生计所迫的卖淫。"慰安妇"问题是作为战争犯罪与对女性强奸的性侵害问题而同时存在的。在小说《慰安妇》中,作者通过对亚纪子在慰安营中经历的描述,用深度感性和高超写实的写作技巧,借亚纪子之口向读者展示了战争对女性所造成的永久的身体伤害和难以治愈的心灵创伤。日本军国主义者发动的侵略战争使亚洲乃至澳大利亚、欧洲的女性沦为性奴,正是女性的性别和性使那些妇女被物化、符号化和工具化。

第一,日本军国主义者发动的侵略战争使亚纪子和其他慰安妇女性成为战争的牺牲品。战争的直接施动者是日本军国主义的代表——日本天皇;施害者、参与者是天皇统治下的,在日本父权社会体系中占主导和支配地位的男性;他们是战争的狂人和机器。日本为了转嫁国内的经济危机,掠夺东南亚及周边地区丰富的物质资源,以弥补日本国内资源的贫乏,日本政府悍然发动了侵略战争,以实现他们争霸亚洲乃至世界的野心。日本在东亚、东北亚、东南亚等地派遣驻扎了大量军队进行残酷的殖民侵略战争活动。为避免因日本士兵强奸当地妇女所引起的民愤,同时也给予那些士民以"奖赏"和"安慰","提高日军的战斗力",日本军队强征入侵地的女性进入日本军营为日本士兵提供性服务,成为日本军队的"慰安妇"。因此,亚纪子和其他慰安妇女性在慰安营中所遭受的侵害与压迫,成了她们在传统父权体系中所遭受的性别压迫在战争这一特殊历史背景下的延伸。

第二,女性的性别是亚纪子成为慰安妇的重要因素。在传统父权社会体系中,男女两性是二元对立的,他们扮演着不同的社会性别(gender)角色。社会性别不是天生的,而是由社会和文化建构出来的男女两性群组的属性与行为特征。女性的社会性别及价值是在父权制以及私有制的基础上产生的,其"女性化"的前提是男权化社会和文化。社会性别是社会生活的一种基本组织原则,它是分配职责、权力、奖励等等的原则;它是组织个人、家庭、社区和社会成为一个大结构的一个要素。在社会性别结构中,女性通常处于权力、地位和物质奖励中的次要的、附属的、不平等的地位。社会性别"既不是个人的本质属性,也不是一个社会生活的本质属性,但由现存的物质方面和象征方面组成,总是不断产生和再生产正在进行的社会活动和实践。社会性别理论虽然承认男女两性生理差异的存在,但是更突出地强调导致两性间地位高低之分的是各种被构建出来的,以等级为特征的性别关系秩序,这种性别关系联系是被男性建构和维持的,进而导致了社会上普遍的性别歧视问题"(王欢,111),亚纪子沦为慰安妇的根本条件则是其女性性别及其社会性别角色。

第三,女性的性别特征使女性被财产化。恩格斯在《家庭、私有财产和国家的起源》中指出:"母权制的被推翻,乃是女性的具有世界历史意义的失败。丈夫在家中也掌握了权柄,而妻子则被贬低,被奴役,变成丈夫泄欲的奴隶,变成单纯的生孩子的工具了"(恩格斯,57)。在传统的男权化社会中,女性由于没有经济地位而被"财产化"。亚纪子出生于一个贫困的重男轻女的朝鲜家庭,"我出生于正月十四,是全年第一个月圆之日的头一天,而更加不幸的是,我是个女孩子。在朝鲜,妇女们很忌讳在这一天去访亲拜友,因为会给人家带去厄运并会持续一年的时间。由于我,一个性别错了的女孩子在这么不吉利的日子降临到这个家庭,厄运也随之而来并成为家庭的一部分了"(Nora,118)。在当时的朝鲜,如果女孩没有嫁妆则很难嫁出去。同为父权文化牺牲品的大姐,为换回自己的嫁妆而把亚纪子卖到日军军营做慰安妇:"我就是她的嫁妆,就像在卖掉我之前和之后卖牛一样把我卖掉。你只是步你二姐和三姐的后尘而已,她这样告诉我"(18)。亚纪子如同家中的牛羊一样成为家庭的财产而被卖掉。

第四,在日军慰安营中,慰安妇的身体和性被工具化。"慰安妇"在日军战地的首要作用,是为日军士兵提供性服务。而此种性服务,是军国主义者强制的性服务。性在父权文化中被概念化为欢愉与危险的双栖地,因此是禁忌。卡罗尔·万斯(Carole Vance)指出:"性一方面是被限制的、被压迫的,是危险之所在;另一方面也是秘密、是欢愉之所在"(Vance,71)。在日军慰安营里,慰安妇的性为了满足日本军人的性欲,不但不被限制,反而变成了开放和必需的,因为她们必须用自己的身体满足日军无限的兽欲,"前线的营长当着士兵的面强奸妇女",而且日本军队纵容这种行为,因为日本军人"把侵犯女性,看作官兵勇猛的表现"(2)。慰安妇女在日军军营中所遭受的性侵害是战争时期的性虐待与政治作战相结合的关键之所在。斯泰兹(Stetz)指出:"强奸不是性别的侵略性体现,而是侵略行为的性别展现"(Stetz,39)。慰安妇,表面上除了为战场上的日本士兵提供性服务、满足其性欲需求之外,慰安妇的身体也间接成为日军进行侵略活动的媒介。通过对慰安妇的性侵害,日本军国主义者企图达到彰显日本国力、军力以及军人的雄性,进而达到讽刺亚洲各国男性、当权者软弱无能的目的。

性在慰安营里已不是秘密,更不是欢愉。在慰安营里的一个个小隔间外,士兵们成队地排在门外:"士兵们的队伍便排了3公里长,她们一整天都以这些士兵为对手①。说到3公里长,就等于说有3,000名以上的士兵在排队。当然,女子大约只有十来个人"②。十来个慰安妇每天平均要接待300人左右,她们每天必须遭受日军的蹂躏;她们完全被剥夺了控制自己身体的权力。在慰安营里慰安妇的性是被用作日军泄欲的工具而存在,"在慰安营中,日军进进出出于提供性服务的小隔间,同时也进进出出于慰安妇们的身体"(68)。她们没有说话和行动的自由,"在这里我们只是被告诉如何为日军提供服务,这就是日军对我们仅有的期望。我们被禁止说话,禁止用任何语言说话"(16);她们所做的就是"闭上嘴","劈开腿"(16)。在这里,慰安妇成为日本士兵泄欲的工具。

第五,慰安妇女性的性和身体被符号化和物化。在慰安营里,日本军人不但蹂躏她们的身体,还剥夺了慰安妇们拥有自己名字的权利,将她们自己原有的名字连同她们的身份抹掉强加给她们一个日本的名字,将其符号化:"亚纪子41号,那就是我"(21)。更为悲惨的是这些可怜的女性在被蹂躏怀孕之后,只能被迫在慰安所接受堕胎,然后继续为日军提供性服务。当亚纪子怀孕后,"在慰安营中,医生叫我选择,是用鼠药堕胎还是用木棍堕胎。我选择了木棍。之前我曾目睹过一个女孩被迫用鼠药堕胎的痛苦经历,自想没有勇气像她那样结束自己的生命。医生捆住我的腿和胳膊,塞住我的嘴,然后取来木棍把我肚子里的胎儿给钩拽出来。他说它还不能

---

① 指性服务对象。

② 千里夏光.中国20万妇女被迫充当慰安妇:日均接370人[EB/OL][2012-07-06]. http://www.chinanews.com/cul/2012/07-05/4009090.shtml.

算个孩子"(22)。在日军的慰安营里,女性的身体被物化为任人宰割的物体。

三、战争与创伤

慰安妇女性的性在战争这一特殊历史环境下被严重扭曲和物化,她们所遭受的性的摧残和身心的创伤也更为严重。亚纪子和其他慰安妇女性不仅经历了身为女性最为痛苦的伤害——被强暴与堕胎,而且,与身体伤害相比,更为严重的伤害则是难以从其心头抹去的永远的心灵创伤。

首先,传统的父权文化对于女性的贞洁有着严格的定义和规范。传统父权文化对女性的要求是:"她们必须是贞洁的,必须终生忠实于丈夫,必须在所不惜地牺牲自我,必须做贤妻良母,必须相夫教子,必须做家务。而贞洁又是所有这些行为规范的首要条件。如果她们打破常规,她们就不会被社会所容忍,就会遭到社会的唾弃和惩罚。"(张丽,2005:73)。作为一个在朝鲜父权文化中长大的女性,亚纪子无疑部分地内化了父权文化对女性的规范。亚纪子在慰安所中被剥夺去贞洁,她始终无法摆脱这种阴影和心理折磨,这也是为什么她对女儿隐瞒自己过去的原因之一。由此可见,"女性所受的压迫同时来自外部和内部。外部压迫来源于男性占统治地位的父权制的社会制度;内部压迫来自女性对父权社会价值观的自我内化……可以说女性自己通过将父权制社会对她们的规范的内化造就了她们自己试图颠覆和反抗的压迫"(张丽,2006:86)。

其次,亚纪子那位虚伪的传教士丈夫更加深了她的心理创伤。她的丈夫与日本兵一样垂涎于她的身体,但是更具有欺骗性的则是他以上帝的名义披着传教士的外衣、打着拯救她的幌子占有了她但同时又嫌弃她的不贞洁:"我为你着魔……你不是个处女,对吧?"(106)他不但玩弄她的身体,而且还要求她履行女性的性别角色:"妻子就得服从丈夫。耶稣是教堂之主,丈夫是妻子之主,是她身体的拯救者"(112)。丈夫的本性使她心中性别的二元对立无法消解;同时她也找不到作为女性的尊严和主体性的自我。现实与自我的对立使亚纪子处于自我分裂和精神分裂之中,最后亚纪子杀了丈夫。而弑夫只是象征性地颠覆了父权、神权的统治与压迫。

再次,亚纪子确立自我的探索被身心双重创伤以及试图从创伤中恢复的艰难过程所限制。凯勒通过对亚纪子创伤经历的描述,展现创伤对于受害人来说是难以言说难以捕捉、难以理解的。亚纪子一直无法使内心的强大自我与残酷的现实达成统一。她始终无法释怀自己的遭遇:她被迫成为慰安妇,被迫接受日本人强加给她的名字,被强暴,被迫做人工流产,被迫嫁给传教士。无论家庭还是社会都没有给她提供疗伤的场所和机会,使她无法从双重创伤中恢复,走出战争所造成的阴影,正如凯西·卡鲁斯(Cathy Caruth)所指出的那样:"心灵创伤,并不像身体创伤那样简单,那样易于恢复。因此,创伤记忆在一个人的过往成长中,并不是作为独立事件所存在的,而是作为一种内化到受害人内部的属性存在于受害人之后的生命之中"(Caruth,4)。背负深深的身心双重创伤与强大的父权文化和压迫进行抗争,使亚纪子深感力不从心,最终走向崩溃直至自杀。

最后,亚纪子的创伤经历,直接影响了她与女儿贝卡的母女关系。造成母女之间情感与文化纽带的断裂。作者一直将亚纪子和贝卡两人的不同生活时空交织在一起。现实生活中的母女纽带由于母亲对自己过去经历的隐瞒而断裂。女儿贝卡在探寻母亲历史的过程中,一直处于朦胧不解的状态,她无法分享母亲的精神世界。母亲由于在慰安营中的悲惨经历而留下的心理创伤,别人也是无从知道和难以理解的。把这种创伤放大在所有有慰安妇经历的女性身上,需要面对的问题就是"我们如何理解创伤,我们如何理解他人的创伤?"(Cowiee,191)只有在亚纪子去世后,在她留给贝卡的录音带中讲述了她的历史以后,女儿贝卡才了解并理解了母亲的一切,重接了母女之间断裂的纽带;同时,又通过贝卡的叙述,母亲那沉默的历史和抹去的身份得以重现。

四、结论

在小说《慰安妇》中,诺拉·凯勒将战争,女性的性别与性战争创伤等通过亚纪子的个人经历展现出来。凯勒将慰安妇之女性共同的身心创伤个体化到亚纪子身上,使亚纪子扮演起慰安妇女性代言人的角色。日本军国主义的侵略战争,使得女性的性别角色和性在战争这一极端历史背景下被扭曲,女性所受到的压迫与伤害被放大。由于女性性别角色在父权社会中的定位,女性在战争中遭受到严重的身体与心理双重创伤。亚纪子的悲剧在于日本士兵对其身体的强暴与踩躏,虚伪的美国传教士丈夫与日本士兵同出一辙地把女性的性物化为男性泄欲的工具的本质,父权文化对女性贞操的定义等。

时至今日,在给东亚及东南亚国家和地区的女性造成如此深重的身心伤害的"慰安妇"问题上,作为加害者的日本政府非但没有进行道歉和谢罪,更没有在对受害人进行赔偿等方面拿出任何有诚意的态度与行动。在20世纪的世界历史上,日本在二战中对亚洲各国及美国所犯下的滔天罪行是不容抹杀的,这是历史和事实。无论日本政府如何煞费苦心地企图掩盖和抹杀"慰安妇"问题,都只能是枉费心机。日本政府只有用正确的态度正视历史、拿出诚意进行道歉和进行应有的赔偿,才能获得亚洲和世界人民的谅解;也只有那样,日本才能真正为亚洲和世界各国所接受,才能真正融入国际社会。

参考文献

[1]恩格斯.家庭、私有制和国家的起源[M].北京:人民出版社,1999.

[2]苏志良.慰安妇问题的过去与近况[J].百年期,2007(10):60-65.

[3]王欢.经济全球化与就业:社会性别视角[J].兰州学刊,2009(7):109-112.

[4]张丽,陈文娇.父权制桎梏中的女性悲剧[J].北京工业大学学报(社会科学版),2005(5):73-75.

[5]张丽.反抗与内化的纠葛[J].世界文学评论,2006(1):85-87.

[6]Caruth,C.Unclaimed Experience:Trauma,Narrative,and History[M].Baltimore:Hopkins University Press,1996.

[7]Cowie,E.Traumatic Memories of Remembering and Forgetting in Between the Psyche and the Polis:Refiguring History in Literature and Theory[M].UK:Ashgate,2000.

[8]Nora,K.Comfort Woman[M].New York:Viking Penguin,1997.

[9]Stetz,M.D.Teaching "Comfort Women" Issues in Women's Studies Courses[M].Radical Teacher,2003(Spring):17-21.

[10]Vance,C.Pleasure and Danger:Toward a Politic of Sexuality[M].London:Pandora Press,1992.

[原发表于《北京工业大学学报(社会科学版)》,第13卷,第2期]

谁是"说母语者"?
——解析《说母语者》中的道德伦理困境

丁夏林[*]
(南京农业大学外国语学院)

摘　要:韩裔美国小说家李昌瑞的小说《说母语者》讲述了一个韩裔美国特工目睹同胞在纽约市的政治角斗中惨败的故事。以文学伦理学批评为依托,沿着主人公身上的"背叛即自我背叛"这条主线,通过回到该事件的"伦理现场",解析其所经历的"伦理选择"、"伦理身份"、"伦理意识"等"伦理结",便可以解答"谁是'说母语者'"这一问题。

关键词:李昌瑞;《说母语者》;文学伦理学批评;背叛与自我背叛

韩裔美国小说家李昌瑞(Chang-rae Lee,1965—　)的处女作《说母语者》(*Native Speaker*,1995)有这么一段内心独白:"但是我对自己保证,丹尼斯不会从我这里了解这个罪恶事件。这是我对康最后的尊重,最后的献礼,也是我毕生所知道的唯一献礼方式:一次庄重且脆弱的失职。……他好像设计好让我从内部一点点地垮台,并将在我破碎的内心深处记录所有叛徒和特务的潜在危险。因为丹尼斯·浩革兰特认识到每次背叛都是一次自我背叛,而这将使你获得一次顿悟"(Chang-rae,314)。这是故事主人公亨利·派克(Henry Park)在反思自己当"族裔"特务的经历,为自己是否应该出卖同为韩裔美国人的纽约市市长候选人约翰·康(John Kwang)而苦恼不已。为什么亨利要出卖自己的同胞?为什么他的背叛构成自我背叛?在小说的故事世界内,无论是康本人,还是职业特务亨利自己,都对此感到困惑不解。在小说的故事世界之外,评论家对此仍然缺乏足够的关注。

"文学是特定历史阶段伦理观念和道德生活的独特表达形式,文学在

---

[*] 作者简介:丁夏林,副教授,研究方向为美国文学与文化研究。

本质上是伦理的艺术"(聂珍钊,2010:12—22)。因此,若要对"背叛即自我背叛"这一困境的成因、本质及其影响做出客观公正的阐释和判断,我们必须从伦理学视角出发,以该悖论发生的伦理现场为立足点,对小说人物所处的伦理环境以及人物之间的伦理关系做一梳理。笔者认为,"背叛即自我背叛"是该作品的伦理主线,围绕其运作的是三个重要的"伦理结",即伦理选择、伦理身份及伦理意识。对亨利而言,认识到背叛康等同于自我背叛之后,他辞职回家当了妻子的助手。这是一个异常艰难的选择,它改变了小说人物的伦理身份以及他们之间的权力关系,并引发了某种程度的道德伦理危机及文化身份迷茫。此外,在伦理意识的推动下,李昌瑞进行了元小说书写,讲述一个不得不讲出来的故事,以便让世人更好地理解上世纪90年代纽约市乃至全美国的政治文化现实。更为重要的是,他以移民作家的身份向全体读者质问:在当今的美国,到底谁是"说母语者"?①

一、背叛与自我背叛

从叙事结构来看,该小说由众多无标题的章节组成,与一般小说没有差异,只是在其三分之二处,第一人称叙事时态从过去时转向了现在时,批判视角由文本内转向文本外。评论者对其阐释角度不一,包括跨国资本运作、公民身份的文学表征、土语表征、冷战话语、元小说、历史创伤、多元文化主义等。只有其中一位评论家提出这个问题:"'背叛'意味着什么?被背叛的是什么?"(Parikh,252)如果说莱斯利·波尔(Leslie Bow)将一般意义上的背叛看成"忠诚的结构本身"或者"性意识指代及质疑政治联盟和族裔群体"(21),那么该故事牵涉的是亨利告发另一位韩裔美国人与美国移民文化同化的代价的关系。换言之,他的背叛是违背了职业道德,还是有悖于族裔情感?也就是说,作为特务的移民在美国该如何确立其主体性?

从道德哲学层面看,亨利出卖同胞是符合职业道德规范的,但从族裔感情来看,它却招致自我谴责,而因此辞职回家当妻子的助手则是冒重大

---

① 虽然许多论者对此小说进行了深入研究,但唯一提到该小说标题的含混涵义及多义性的评论者是利亚姆·考莱(Liam Corley)。他写道:它"强化了该小说副文本的批判功能"。参见 Liam Corley. Just Another Ethnic Pol: Literary Citizenship in Chang-rae Lee'S Native Speaker, Studies in the Literary Imagination, 2004, 37(1): 62—79.

风险的行为。但是,简单的道德判断与运用文学伦理学分析文学文本不是一回事,因为后者要求我们返回至当时的现场,以当事人的眼光审视问题,从而对其行为做出合情合理的判断。

在《说母语者》中,作为一名私人情报公司的特务,亨利没有行动自主权,像牵线木偶般完全听凭上司的指令及要求。他必须伪造一个身份,潜伏于工作对象当中,将获取的情报传送到上司那里,对自己给别人的生活造成的负面影响全然不知。在监视康的竞选活动时,他陷入了困境。一方面,成功潜入他的办公室后,亨利对康萌生敬意,认为他与自己一心想发财的已故父亲不同,因为他"愿意在家庭这一小圈子外说话、做事"(39)。另一方面,他内心备受煎熬,因为必须执行命令,将对美国政府或者跨国公司利益构成潜在威胁的人清除出去。如果工作中稍有闪失,如在窃取关于一个菲律宾总统马库斯的同情者的情报时那样,他将面临被撤换的风险。于是,他将康组织的韩式"钱庄"(ggeh)的成员名单传到上司那里,后来导致康的不光彩下场。当然,当他发现康参与了对另外一个潜伏在其办公室的特务的暗杀行动后,他一方面感到内疚,另一方面又感到政治的极度肮脏,因此下定决心辞职回家。

其实,亨利可以选择另外一条路。他可以忍着内疚继续干特务的行当,好像没有发生什么事情那样。因为,首先,他一直认为他的工作是"最完美的,他发现了其在美国文化中的真正位置"(127)。他甚至认为丹尼斯是他一辈子的恩人。其次,虽然与那么英俊能干、几乎完美无缺的政治家分手是很痛苦的事情,但后者的生活不检点及小团体主义也使亨利反感,所以对其的背叛行为具有一定的合理性。再者,继续工作起码可以帮助他维护一个男人的自尊,可以养家糊口。但是,上述理由都被他否决了,他决心重新寻找生活目标。很明显,他的决定使他付出了惨痛的代价。如果说先前他可以藏在面具下面生活,当一个不露声色的"模范少数族裔"(model minority),那么现在他必须面对现实——那个再也显得不"真实"的现实,因为长期的"身份扮演"(impersonation)使得他不知道如何做一个正常人了,他的面具已经固化为他身体的一部分。更糟糕的是,他变成一个"家庭主夫"后会面临更多的种族歧视及误解,给他不甚和谐的婚姻生活添加更多不利因素。如果说在工作中他流利地说着数种"母语",如中文、日语、韩语等,那么赋闲在家的他则被降至一个多余的人,一个"哑巴"。

二、谁是"说母语者"?

　　一般情况下,"说母语者"指出生时说着一种所在国占主导地位的语言的人。小说中没有给它下定义,而只是说,"儿童中的'非母语者'指那些上学时说着一种英语以外的语言的人"(9)。照此标准,亨利的妻子莱丽雅·鲍斯威尔(Lela Boswell)由于其美国苏格兰裔背景而符合此定义,而亨利由于其母语为韩语则被排除在外,虽然他在美国出生可以勉强赋予他"说母语者"之称号。例如,他说英语时十分吃力,将"riddle"念成"little"等。他总担心犯这样或那样的错误,造成坏影响,使工作或生活受累。他透露心扉:"像我那样的人总是想着还有口音"(12),而莱丽雅是一个言语矫正师,被称为"英语女士",说英语时很自然,不用左顾右盼。在她眼里,亨利是"一个非法的外乡人、黄色祸害、新美国人、陌生人、跟屁虫、叛徒、特务"(5)。可是,亨利无法选择出生背景,说着带韩国口音的英语也不是他的错。他面对的种族歧视源自白人身上那种"白人性"(whiteness)。正如蒂姆·恩格斯(Tim Engels)所论,在美国,与其他肤色不同,白人将其他肤色一律视为"有色人种",因而错误地划分出了人种等级,将自己视为最高贵人种[①]。在这种情况下,由于横跨两个世界(韩国和美国),亨利感到文化身份的迷失,试图寻找亚裔美国文学先驱赵健秀(Frank Chin)所谓的"亚裔美国感性"。富有讽刺意味的是,他处于"世界之间"的文化身份困境却使他成为当"族裔特务"的最佳人选,因为美国白人容易露出马脚。作为一个"本地线人"[②](native formant),亨利学会了许多"母语",像变色龙似地在各种假身份中穿梭,窃取了许多"内部"情报,但牺牲了自己的主体性,甚

[①] 蒂姆·恩格斯认为,亨利的痛苦来自于其"用纯白人的目光"看待自己。而这种"白色凝视"(white gaze)是隐形的,因为作为主流文化价值观的一部分,它已经成为一种意识形态,固化在社会的每个角落,在美国所谓的"大熔炉"中默默地对非欧裔人士构成无形的文化同化压力。Tim Engles, a1. "Visions of Mein the Whitest Raw Light": Assimilatio-nand Doxic Whiteness in Chang-rae Lee's Native Speaker[J], Hitting Critical Mass: A Journal of Asian American Cultural Studies, 1997, 4(2): 27-48.

[②] 此概念在美国政治和间谍界源远流长,指那些使美国政府机构能够了解以便控制作为"他者"的外国人的情报员。它原先是人类学术语,但在整个冷战中通过在美国大学及海外资助"区域研究"(area studies)项目服务于美国军方。

至忘记了如何与妻子接吻及做爱。由此看来,虽然他最后的决定使他恢复了做"自然"人的权利,但客观上使他与家庭人员之间以及他与社会的关系发生了不可逆转的变化,同时使他失去了摇摇欲坠的"说母语者"身份。

如果说亨利由于工作变故被剥夺了其习得的"母语者身份",那么康的成功是美国式白手起家的样板。对于亨利来说,他是一个大写的人:"一个韩国人,以他的年纪,成了土语的一部分。不仅是令人尊敬的杂货店主,干洗店主或者医生,而且是一个公众人物,愿意在家庭小圈子外说话和干事。他身上的政治雄心我看不懂,或者说我完全没有意识到一个韩国人会认为有意义或值得花力气去追求;也看上去不像我的母亲和父亲那样前怕狼后怕虎,或者总担心有人试图羞辱或者伤害他"(139)。简而言之,他的美国化如此彻底,以致没有人会将他看成是一个"外乡人"。李昌瑞这样描述道:"他不只是来自外区的另一个有着族裔背景的政客,满足于现状,乡气十足;也想做一个说话算数的人,一个能够像这个城市的每个角落的第一批公民那样站起来的人。……他将站在讲台和舞台上,声音清楚、洪亮,不怕像一个清教徒,像一个中国佬,像每一个夹在中间的船民那样讲话"(303—304)。总之,他已经变成一个"普通人先生"。但是,他很快发现自己走在了时代的前列,因为亨利的情报公司及其客户只知道两种极端的文化身份——美国人和非美国人。虽然他创立的"钱庄"使他跨越族裔的藩篱,扩大了自己的政治同盟,其影响力甚至接近了小马丁·路德·金(Jr.Martin Luther King)、杰西·杰克逊(Jessie Jackson)和艾尔·沙坡顿(Al Sharpton)等少数族裔政治家,但正是他逾越了美国政治的游戏规则,成了"枪打出头鸟"的靶子。似乎应验了"良好的愿望往往通向坟墓"这句谚语,他的行为导致了意想不到的后果,使他与其"钱庄"的某些成员一起当作偷渡客被迫遣返至韩国老家。虽然读者及故事中的过路人可能会同情他,但当他们看到他在自家门口被一群愤怒的人包围和攻击,并将他称为"外国人"时,他们不免也投以鄙视的目光。

上述本土主义情愫应当受到谴责,但如聂珍钊所言,文学伦理学批评必须"回到历史的伦理现场,站在当时的伦理立场上解读和阐释文学作品"(聂珍钊,2010:12—22)。由于故事发生于20世纪90年代初,当时纽约市正受到汹涌的移民潮的冲击,我们在作道德伦理判断时必须结合当时的具体语境。当各路移民为了寻求经济机会或者表达强烈的参政意识而涌入美国时,越来越多的美国白人开始警觉外国文化的入侵。1996年发生的

"政治竞选资金丑闻"就是一例,说明恐外情绪的高涨。如果说康学会了说多种语言,如西班牙语、印地语、泰语、葡萄牙语等,在仕途上飞黄腾达,但那并不意味着他的"美国人"资格没有任何问题,因为这种先天性缺陷与英语语言基本功相关。如张敬钰(King-kok Cheung)所说:"对于康和亨利来说,英语不是他们的初始或'第一'语言。这两个人物同样缺乏原创性,因为他们不能够像本土人那样随心所欲地说话,而是必须不断地监视他们自己的言语及行为"(Cheung,21)。一些特别的词汇,如"nunch'i",在韩语中指"比逻辑还重要的直觉,比理智更重要的是懂得符号的敏感性"(Engels,30)。这种类似"第六感觉"的语言表达形式在美国英语中找不到对等物,源自其娘胎,使其摆脱不了祖先文化对其潜移默化的影响,证明他还不能够完全消失于一般美国人之中,而必须引起人们异样的注意,甚至被怀疑为罪犯。但在亨利眼里,康几乎是一个完人。虽然康受形势所迫而玩弄的政治把戏令亨利厌恶,但他们毕竟血管中流淌着同样的血,因为后者说话时的口音很像他的父母。亨利说:"每当我听到一种不同的英语的腔调时,我内心就会颤抖。从一个城市的店铺窗户传来的每一个回声,我可以听出我父母那熟悉的哀叹声,加上我还是懵懵懂懂的学生时的声音"(304)。这种新移民口中说出的不流利英语充满了渴望和希望,在他耳朵里成了最美妙的音乐。当然,虽然康已经与他的选民们打成一片,好像成了这支乐队的指挥,甚至"他现在就在语言里。楼房和街道上写着他的名字"(169),但亨利还是能够隐约听出康在进行自我翻译。

如果说亨利和康都不是主流社会认定的"说母语者",那么这个称号非莱丽雅莫属了,因为她父母的母语是英语。可是,根据派克(Henry Park)的意见,她其实是作者的人格面具,因为他们的姓是同源的①。事实上,在故事中她自己也一直在丈夫的监视之下。亨利说:"我开始在街对面的咖啡店里溜达,对面就是我们的朋友莫利的家,莱丽拉回国后一直待在她家,我坐在窗下的桌子边盯着她家门口。我等了整个下午"(25)。可是,与他作为没有授权的传记作家或者自封的"蹩脚的历史学家"相比,她与美国辞典编撰家萨穆尔·约翰逊(Samuel Johnson)的传记作者詹姆斯·鲍斯威

---

① 作为懂韩语的美国人,派克教授不仅看出了李昌瑞和莱丽雅在姓名上的同源关系,而且认为小说人物的名字,如米特(Mitt)和康(Kwang),在韩语中都具有特定的意思,分别为"底部"和"完蛋"。据说该小说正在被翻译成韩语,但该说法有待于证实。

尔(James Boswell)同姓,因此显得高人一等。于是,如果说亨利在工作中言听计从,"靠边站,忍气吞声地过日子"(44),那么莱丽雅不愿意做这样"奴化"的人的妻子。仰仗着白人天生的优越性,即使偶然进行性生活时,她也是主动者,曾经胁迫丈夫进入她的身体,以增加自己的性快感。到后来,她索性将自己称为"长期的客人"。由此可见,"说母语者"身份使她能够做生活的主人,而亨利只能躲在一旁,默默地观察着,模仿着,忍受着,扮演着"移民"和"特务"这一双重角色,似乎他的出生权利要比其妻子的低人一等,只能做一名逆来顺受者。

三、"你"的历史与"我"的教育

在李昌瑞看来,"说母语者"不光是一个标签而已,而且必须承担道德伦理责任,即厘清美国英语("母语")与移民们带入美国的诸多母语的关系。在这一点上,他得天独厚,因为他对父母在美国社会的长期打拼了如指掌,而做特务的经历也使他看清了自己由于生计而被迫当特务的特殊原因。于是,在小说高潮处,他写下了下面这段感人肺腑、发人深省的话:

> 我丑陋的移民真相……是我剥削了我的自己人,以及其他能被剥削的人。这是我永远需要背负的情感负担。但我和我同类具有另外一面。我们将学会关于口音和习语的每堂课,我们将卸下你们身上的每一种伪装和做法……这是你们的历史。我们是你们最珍贵和负责的兄弟,我们的心声既悲哀又愤怒。因为只有你们可以教会我写这些动人的话。我现在唱给你们听。这是我曾经胆敢培育的唯一才能。这便是我美国教育的全部(319—320)。①

在这段引文中,关于"我"、"我们"、"你们"、"你们的"的多次重复将作者内心的焦躁不安和内疚淋漓尽致地抒发出来。这是饱受移民生活艰辛的族裔作家发出的呐喊。事实上,美国历史中赞扬亚裔的"模范少数族裔"话语掩盖了种族歧视的真相,是白人统治者化解"黑白"种族矛盾对立的良

---

① 着重号为笔者所加。

方。因此,李昌瑞感到必须解构"说母语者"这一白人自封的称号,因为它压制了少数族裔的话语权,美化了多元文化主义。在赵健秀的领导下,亚裔美国文学运动自20世纪70年代初以来就致力于"将美国占为己有"(claim America),即利用美国英语为少数族裔争取种族平等权利,而90年代以来移民人口的急剧增加使得运用离散话语批判美国国家民族主义显得尤为必要,因此他对"丑陋移民真相"的自我揭露正好可以给白人至上主义当头一棒。如利亚姆·考莱所言:"从美国建国以来美国的物质繁荣和社会结构对具有种族标志的他者的剥削和异化的依赖"(79),这是一个公开的秘密。正如亨利自己承认的那样,他的幸福和成功建立于对韩裔同胞的剥削之上,而他父亲生前雇佣的工人几乎也都是干着最繁重的活,领着最低工资的同胞。也许这就是为什么李昌瑞引用惠特曼那些著名的诗句作为卷首的警句:

  我转过身去,但不能抽身,
  很迷茫,对过去的读解,再一次,
  但还是黑暗一片。(319—320)。

  如果作者感到无法"抽身"的原因是他不能忍受人剥削人的痛苦,那么我们读者必须走出文字迷宫,发现其独特的社会批判价值。具体而言,揭示其内含的"伦理结"包含两方面的内容。首先,"说母语者"必须被认为是一个人为建构物,会随着其依附的社会、文化、历史语境的变化而变化。其次,不能将美国"白人"与"说母语者"之间画上等号。事实上,托马斯·裴克戴(Thomas Paikeday)根据其对英国英语的研究已经对此提出质疑,而响应他的学者不仅质疑对"说母语者"作为说语法上正确及可接受的句子的"专家"评委的理想化,而且探讨了该词语的建构性本身(Chen,170)。就该小说而言,"钱庄"、"阿姨/管家"、"直觉"等韩语进入了美国英语词汇,此情形如同任碧莲和汤亭亭笔下的"爱妾"和"中国佬"那样。可见,"本土"与"非本土"的距离并不遥远,甚至消失。美籍华裔学者徐贲指出,"本土语与非本土的区别只是在一段相当短暂的概念转译期才特别明显地被人们感知"(徐贲,90)。

  可是,如果"说母语者"没有本体实质,而只是美国社会话语权争夺的结果,那么我们(每个读者)如何承担伦理责任?换言之,我们该如何报道这个可怕的罪行,实现社会正义?这么看来,亨利的困境也成了我们的困境。由于美国在白人主宰下隐瞒了对移民的剥削的真相,"非法"移民一旦出现就立即被遣返或者投入监狱,在法律和秩序的借口下美国英语将继续冒充及标榜自己为"母语",美国白人将继续以"说母语者"自居,将这片土地上真正的"土著人/语"以及一切非欧裔及其"母语"踩在脚下。而根据《牛津高级英语辞典》,"本土人"(native)是"一个国家的原先或者通常居住者,与陌生人或者外国人相区别;现在尤其指生活于属于一个由欧洲人统治的国家的非欧裔人士"。照此标准,莱丽雅在美国只是一个土生土长的"外国人",一个殖民者而已;她利用英语这一"移民"语言剥削北美洲的"本土人"及非欧裔移民,将自己的文化价值观强加于说诺阿托尔(Nuahtl)、纳瓦霍语(Navaho)等土著语的"少数民族"头上。更糟糕的是,她还充当语言警察,决定什么是"本土语",什么是"外来语"。

  幸运的是,不仅亨利担心"本土语"以及移民所说的母语被美国英语压制,使得历史真相被掩盖;康也没有丢失良知,他勇敢地向亨利承认自己雇凶杀人的事实,坚守着道德伦理的底线。他对亨利说:"你现在是唯一知道这一秘密的人了。你是世界。我告诉你,是为了让世界知道。……你说世界知道这一秘密。说世界知道了,亨利,为了我"(311)。可见,虽然已经身败名裂,但他仍然承担责任,因为他发现身边的心腹是竞选对手安插的特务,由此下令放火烧自己的办公室,结果将两名移民烧死。在此,他成为作家的代理;李昌瑞所编织的"伟大的故事"通过当事人——康——向世界公布事实真相。这个故事不是一般意义的间谍故事,它十分悲伤,近乎荒诞,以至于没有明说的比已经说出的更意味深长。小说末尾,学生们在莱丽雅的带领下练习的短语是"顺着小溪缓缓而下",所以接下来应该是以《摇啊摇你的船》为儿歌题目的歌词:"愉快地,愉快地,愉快地,愉快地。生活不过是一场梦而已"(Rhe,1—19)。的确,看到亨利幡然醒悟,辞职回家,看到康被遣返,读者不免黯然神伤,因为亨利的"言语魔鬼"角色算不上体面的工作,只是打零工而已,与妻子的上下级关系不言而喻。更可悲的是,虽然他那张宽阔的黄色亚裔脸庞说着一口标准美国英语,预示了他向惠特曼看齐,决心扩大美国民主和多元文化主义的文学实践,但他只是从一种"身份扮演"转到了另外一种"身份扮演"而已,还没有找到真正的出路。

  聂珍钊曾说:"文学的产生最初是为了伦理和道德的目的"(聂珍钊,2005:8—11)。相应地,李昌瑞决定从事文学创作,与小时候的生活经历有关。他曾经因为父母的英语不好而感到羞辱,后来决定学习文学创作,向语言学习的最困难部分发起冲击。起先,他移民美国后想入乡随俗地将自己的名改成更美国化的"汤姆、查克、马克"等,后来他改变主意,沿用"昌瑞",保持了一份纯真。功夫不负有心人,三十岁不到的他就写出了这本2002年被纽约市选为"一个城市、一本书"活动的必读书目。它带有自传色彩,浓缩了许多移民生活的酸甜苦辣,折射道德伦理蕴含。上述引文是他的点睛之笔,其中的"你"这个代词不仅模糊了社会性别、民族、种族、年龄的差异,而且模糊了单复数差异,延伸至每个人(读者)。换言之,只要读这本小说,他们就会受到一次教育,即使作者还不算是一个"说母语者"。那么,为什么他要引用惠特曼那句暧昧的话——"仍然一片黑暗"作为该书题词的一部分呢?

在笔者看来,答案在于为整个故事定下道德伦理基调。它主要关乎一个有族裔背景的特务由于发现其工作性质的肮脏而辞职所引发的一系列伦理道德混乱。如果人人希望得到一份与自己才能相符的工作,那么亨利也不例外。可当他发现其事业成功必须以出卖同胞,甚至牺牲无辜的同胞为代价时,他毅然彻底悔悟。当他发现自己崇拜的政治明星由于厌恶背叛而从事了暗杀的勾当后,他感到灵魂的震撼,感到全球化带给人们的痛苦,感到族裔社区情感纽带的松动,感到人情的淡漠,感到政治的肮脏,总之,人们不禁要问美籍华裔学者大卫·珀拉波·刘(David Palumbo-Liu)提出的问题:"什么忠诚可以使人团结,什么背叛是情有可原的,在这样一个世界里应该采取什么行动?"(Liu,320)。由此可见,亨利的、康的以及莱丽雅的(包括李昌瑞的)道德伦理责任集中在了一起:告诉世界,美国的多元文化主义是行不通的①,种族歧视依然存在,如他们的混血儿米特·李(Mitt

---

① 关于多元文化主义这一主题,王淑芳等人在《论美国少数族裔的文化认同及其出路——〈兑母语的人〉中的族群认同与多元文化主义思想分析》一文中认为,亨利回家当上妻子的助手表明他找到了出路,不再盲目地跟随在白人的后面,但其实这种阐释忽略了康被遣返韩国的重要情节,以及元小说叙事技巧所特有的社会批判功能。当然,美国评论者乔纳森·阿克(Jonathan Arac)似乎也看到了希望,认为亨利最后在公立学校当助教是美国"教育"的胜利。可笔者认为他将希望寄托在学生练习英语发音的那一张张小嘴上这一做法的可信度不高,因为他们的主要教师还是白人莱丽雅。参见 Jonathan Arac. Violence and the Human Voice:Critique and Hopein Native Speaker[J].Boundary,2009,36(2):37; Christian Moraru.Speakers and Sleepers:Chang-rae Lee's Native Speaker,Whitman,and the Performance of American-ness[J].College Literature,2009,36(3):83.

Lee)被一群白人儿童压死即是例证;夹杂韩语、西班牙语等口音的英语与美国英语一样甜美、深沉、达意,个体在大公司及政府机构面前显得微不足道,因为像亨利供职的情报机构那样的客户是超大型跨国公司,甚至是国家政府部门(如美国的移民归化局和国税局),后者总是可以用该小说的悲剧性人物艾米勒·吕宋(E-mle Luzon)的话说,"将你击垮"(46)。

结　语

这是一个"悲哀又愤怒"的故事(320),但亨利和莱丽雅的婚姻得到拯救,给小说增添了一丝温暖。如果说亨利一直是一个"说假话的人",意味着他是一个为了工作出卖灵魂的"演员",到后来他终于成为一个实实在在的人,敢于挑战习惯势力和文化陈见,认真审视生活的本来面目,展示其独到的道德伦理担当。而作为一个自我意识极强的作家,李昌瑞毫不掩饰自己的意图,其元小说叙事彰显伦理责任感和道德正义感。正如文中所表示,亨利起先担心自己向妻子"说谎",可后来他终于将事情弄了个水落石出。其结果是该小说使美国读者对"少数族裔特务"和"少数族裔政客"的认识发生转变。更加重要的是,它担负起拷问谁是美国的"说母语者"这一重任。原来,这一称号是人为建构的,体现了对话语权的争夺。如克里斯坦.毛拉鲁(Christian Moraru)所说:"这就是康、亨利及李昌瑞作为后母语者和作家的最佳表演"(Moraru,83)。由于"说母语者"被抽空了实质内容,所以在当代美国政治文化语境中,我们可以将所有人称为"说母语者",因为事实上每个历尽艰辛进入美国领土的欧裔或者其他移民都对美国的发展做出了贡献,而真正的美国"本土人"只是印第安土著人[①]。虽然他们

[①] 关于美国白人的无知和傲慢,从英语中的 gook 一词可见一斑。邱蒂·金认为,该词是朝鲜语"Mee Gook"的一部分,原先是朝鲜人在朝鲜战争中对"美国(军人)"的称呼,而美国大兵却以为是他们在用蹩脚英语称呼自己,意为"我是 gook",因而将其套用于他们身上。后来它进入美国英语词汇表,意为"黄皮肤人"(亚洲人)。关于该词来源的另外几个版本,详见 Jodi Kim. From Meegookto Gook: The Cold War and Racialized Undocumented Capital in Chang-rae Lee's Native Speaker. MKLUS,2009,34(1):39;Daniel Kim. Do, I, Too, Sing America?: Vernacular Representations and Chang-rae Lee's Native Speaker[J]. Journal of Asian American Studies,2003,6(3):232.

说的英语带着各种各样的口音或腔调,甚至语法错误,但他们是美国的建设者,都应该被欢迎进入美国,逐渐成为"说母语者"。在美国政治生活中,有色人种的"隐身"是不争的事实,因此只有如丹尼尔·金(Daniel Y.Kim)所说,"唯有在文学创作中得以弥补"(Kim,232)。总之,探讨该小说中的道德伦理困境有利于我们认清作者的意图,意识到不受任何民族—国家控制的大型跨国公司才是故事中杀死两位无辜移民的真凶,而美国政府机构虽然责无旁贷,但只是全球化进程中的一分子而已。有鉴于此,我们无法找出看得见、摸得着的罪人,只能对苍天发怒,但如果该小说能够帮助人们看清美国白人文化霸权的真面目,看清移民为了文化同化所付出的惨痛代价,从而减缓种族主义或者排外主义的蔓延,那么其贡献将不可被抹杀,因为它解构了"说母语者"这一称号。

参考文献

[1]聂珍钊.文学伦理学批评:基本理论与术语[J].外国文学研究 2010,(1).

[2]聂珍钊.关于文学伦理学批评[J].外国文学研究 2005:(1).

[3]徐贲.文化批评往何处去:八十年代末后的中国文化讨论[M].长春:吉林出版集团有限公司,2011.

[4]Bow,Leslie.Betrayal and Other Acts of Subversion:Feminism,Sexual Politics[M].Asian American Women's Literature.Princeton,NJ:Princeton University Press,2001.

[5]Chen,Tina.Double Agency:Acts of Impersonation in Asian American Literature and Culture[M].Stanford:Stanford University Press,2005.

[6]Cheung,King-kok.Three Korean American Dreams:Performing the Model Minority in Chang-rae Lee's Native Speaker[J].Journal of the Humanities,2006(3).

[7]Corley,Liam.Just Another Ethnic Pol:Literary Citizenship in Chang-rae Lee's Native Speaker[J].Studies in the Literary Imagination,2004(1).

[8]Engels,Tim.Visions of Me in the Whitest Raw Light:Assimilation and Doxic Whiteness in Chang-rae Lee's Native Speaker[J].Hitting Critical Mass:A Journal of Asian American Cultural Studies,1997,4(2).

[9]Kim,Daniel.Do,I,Too,Sing America? Vernacular Representations and Chang-rae Lee's Native Speaker[J].Journal of Asian American Studies,2003(3).

[10]Lee,Chang-rae.Native Speaker[M].New York:River-head,1995.

[11]Liu,David Palumbo.Asian/American:Historical Crossings of a Racial Frontier[M].Stanford:Stanford University Press,1999.

[12]Moraru,Christian.Speakers and Sleepers:Chang-rae Lee's Native Speaker,Whit-

man and the Performance of Americanness[J].College Literature,2009(3).

[13]Parikh,Crystal.Ethnic America Under Cover:The Intellectual and Minority Discourse[J].Contemporary Literature,2002(2).

[14]Rhe,Michelle Young-Mee.Greater Lore:Metafiction in Chang-rae Lee's Native Speaker[J]. MELUS,2011,Spring.

[原发表于《苏州科技学院学报(社会科学版)》,2014年11月,第31卷第6期]

李昌来小说《投降者》的创伤叙事

潘敏芳*

(广东工业大学外国语学院)

摘　要：韩裔美国作家李昌来的小说《投降者》讲述了朝鲜战争给菊恩一家人带来的伤害和创伤。通过不断地转换叙事技巧，李昌来巧妙地将过去不同时间的片段串联起来，再现了战争创伤对于菊恩一家人的影响，并探寻了其创伤的救赎之路。

关键词：李昌来；《投降者》；战争；创伤

韩裔美国作家李昌来（Chang-rae Lee, 1965—　）是当代美国作家，现为普林斯顿大学教授，普林斯顿大学创作项目的主任。

李昌来出生于韩国，三岁时随父母移居美国。早在《投降者》(*The Surrendered*, 2010)之前，他已通过自己的第一部小说《母语使用者》(*Native Speaker*, 1995)获得海明威基金会奖、美国图书奖等多项文学奖。随后他又创作了小说《生活的姿态》(*A Gesture Life*, 1999)，获亚裔美国文学奖。《母语使用者》和《生活的姿态》以韩裔移民为叙述者，凸显亚洲移民的身份问题。小说《在高处》(*Aloft*, 2004)以白人为主要叙事者，获亚裔/泛太平洋美国文学奖。

2011年，他创作的小说《投降者》获普利策文学奖提名入围。《纽约时报》称这是"李先生在他卓著的创作生涯中最有野心最引人注目的一部小说"。在这部小说中，作者突破了自己的族裔身份，进行了一种普世性的文学创作。同时，他的小说秉承了一贯作风，文笔优雅，用词精妙，构思巧妙，引人入胜。

《投降者》以三位主角的人生为主线，阐释了创伤对于他们人生的影响，并探寻了创伤的救赎之路。故事以两条线索展开：一条是五十年代朝

---

* 作者简介：潘敏芳，副教授，研究方向为美国文学。

鲜战争之后,菊恩、赫克托耳和西尔维娅在孤儿院的生活;另一条是八十年代菊恩的寻子之旅。在李的多维叙事中,现实和过去交替出现,交相辉映。小说的开篇,1950年,菊恩正在逃亡的路上。那时朝鲜战争刚刚开战几个月,她已经经历了自己父母亲和姐姐的死亡以及哥哥的失踪。而在逃亡路上,她很快遭遇了自己双胞胎弟弟妹妹的惨死,菊恩则得以逃生。这些事件在短暂的时间里对她的心灵造成了很大的刺激,促使她的生命蜕化成"硬壳",并使她以冷血的态度对待生活。小说的第二章,1986年的美国,四十七岁的菊恩已患上胃癌,且时日不多。首先她要找到已离家出走八年的儿子尼古拉斯,因为自己的健康状况,她需要儿子的生父赫克托耳的帮助,同时也使他们父子团聚。

赫克托耳是小说中的另一主角,以希腊神话中的英雄命名,赫克托耳的父亲杰基希望儿子只是儿子,而不是英雄。杰基是个反战人士,总是教育自己的儿子不要参战。可在1945年,十五岁的赫克托耳跑去和二战士兵的妻子偷欢,醉醺醺的杰基因无人随同而溺死河中。赫克托耳背负着愧疚,来到了五十年代的朝鲜战场,而战场上见到的一个朝鲜普通号兵的死深深震撼了他。带着历史和战争留给他的伤痛,带着路上偶遇的孤儿菊恩,在朝鲜战争即将结束的时候,他们来到了位于朝鲜龙仁一家名叫"新希望"的孤儿院。

随后,一对美国牧师夫妇埃姆斯和西尔维娅·坦纳也来到了孤儿院。时间回溯到1934年中国东北日伪建立的满洲国,西尔维娅和父母还有其他五人享受着简陋但温馨的晚餐,这时日本兵进来了,要调查前段时间在长春发生的暗杀日本军官的事件,这一调查使整个事情急转直下。西尔维娅深爱着的中国青年居然是国民党特务、爱国人士。在审讯中,西尔维娅目睹了自己深爱的父母、中国青年还有几个无辜的人的惨死。而她如何逃离日军的魔爪则成为一处隐笔。这一可怕经历在她的生命里留下烙印,并彻底影响了她以后的生活。

三位主角在战争中遭受的创伤时刻存在,并影响着他们的生活。菊恩在孤儿院是个叛逆的孩子,赫克托耳也是少言寡语,只顾拼命干活。如果说建立与外部世界的联系是治愈创伤的基础,赫克托耳和菊恩都勇敢地迈出了这一步。赫克托耳爱上了因沉溺于伤痛而放纵于毒品的西尔维娅,因为他在她身上找到了自己脆弱、自私、不安的影子。菊恩则像依恋自己的母亲和情人般依恋着西尔维娅,他们两个在经历了战争的种种残酷后,追切渴望着一个母亲、一个情人和一个孩子。在他们看来,西尔维娅正是这三位一体的化身。

西尔维娅的身上则体现着多重外力的综合影响:她无法走出个人的创伤历史、她青春的欲望因为战争永远无法得到满足、她父母对于受苦难的人类的深切的爱深深影响着她。这一切的后果使她在成年后不能正常地爱,并沉溺于吸食毒品。她践行"爱的仁慈",希望自己的肉身能帮助别人,同时拯救自己。她爱自己的丈夫、爱赫克托耳、爱菊恩,也爱孤儿院的孤儿们,她是"爱的娼妓"。她与赫克托耳、菊恩的不伦恋最终导致了她的死亡。她的死像一场人道主义灾难,它把活下来的人投入了更深的绝望,一种苟且偷生的人生。赫克托耳从此把自己定义为"永远的失败者、世界级的自哀自怜者、男人们不倦的施虐者、女人们的灾星"。菊恩则继续以"硬壳"的生存状态对抗着生活。他们更多是为西尔维娅的回忆而活。

战争所造成的创伤的影响仍在继续,并在菊恩和赫克托耳的儿子尼古拉斯身上重演。西尔维娅死后,赫克托耳以娶菊恩之名将她带离了朝鲜,带到了美国。然后二人分道扬镳,再无联系。菊恩在美国为自己谋得了一席之地,但因忙于生存,无法给予儿子更多的母爱,而早年在逆境中存活的经历也使她少了一份柔情。尼古拉斯有着一个不能也拒绝言说自己历史的母亲,一个从未听说或了解的父亲。母亲的秘密成为一道无生命的裂缝,令他深陷其中;父亲的缺席则使他无法确定自己的身份。尼古拉斯从小敏感、沉默寡言、爱小偷小摸,而且是为偷而偷,十八岁的那年,和母亲告别后,他们便没有再见过面。

李昌来在小说中不仅讲述了创伤,而且讲述了治愈创伤的办法。他认为"在这个孤单的世界里,爱才是人类的庇护所"。只有爱才能帮助人们治愈创伤,而这也是小说的主旨所在。患癌症的菊恩在最后的时光里得以正视自己的历史,以及自己的生存哲学对儿子造成的伤害。她希望找到儿子,让他知道他不是一个人孤单地活在这个世界上,他还有个父亲,她要为父子俩架起一座桥梁,让他们自己选择是否跨越。相比儿子已经客死他乡的结果,寻找的过程更为重要。在同赫克托耳一起寻找儿子的过程中,他们开始正视孤儿院的那段历史。在西尔维娅丧生的那场火灾中,他俩都难辞其咎。最后他们都选择了宽恕,选择了西尔维娅曾经奉行的爱的策略作为自己走下去的力量源泉。这一力量让菊恩能坦然面对自己的死亡和永生。

二十世纪是一个饱经战争伤痛的世纪。李昌来站在人性的高度,拷问战争对个体生命的摧残。他笔下的人物经历过大大小小各种战争,更触及了美国文学较少写到的朝鲜战争,对其进行了浓墨重彩的描写,以及它对个体生命无情的伤害,对朝鲜人民的全方位的伤害。李昌来善于运用叙事技巧,以两条线索并行叙事,将过去不同时间的片段串起,并处处埋下伏笔。他不停转换叙事角度,从不同维度向读者展示了一个伤痕累累的故事:战争如何摧毁人们的生活,人们该怎样才能从战争的阴影中走出。小说的标题"投降者"有多重含义,surrender 在小说行文中以动词出现,向谁投降?向什么投降?投降的对象首先是饥渴感,包括对食物的饥渴和对性爱的饥渴;其次是死神,在战争中,这些人都与死神擦肩而过,或正面遭遇,他们看淡了生与死,无所畏惧地向死神投降;再次是战争和无常的命运,渺小的个体对如此强大的外力无法掌控,除了投降别无选择。小说中的人物是一群投降者,他们的肉体会投降,但精神里却残留着爱的痕迹,这就是人类能够得到救赎的火花。

(原发表于《外国文学动态》2014 年第 1 期)

空间与身份
——论美籍韩裔作家佩蒂·金的《"可靠的"的士》

洪雪花[*]

（延边大学外国语学院）

摘　要：美籍韩裔作家佩蒂·金的小说《"可靠的"的士》中以移民美国的一个韩国家庭的故事展现了新一代美籍韩裔所面临的身份的尴尬处境。这部作品的主要特征在于主人公对空间的感知及其矛盾的身份。作品讲述的是主人公在目睹了母亲出走后，借由对"可靠的"的士的寻找而开始的对自我身份的探求的心路历程。将空间理论和身份认同理论结合起来解读美籍韩裔作品《"可靠的"的士》，可以较好地探讨空间与身份的关系。

关键词：佩蒂·金；《"可靠的"的士》；空间；身份

佩蒂·金1970年出生于韩国釜山，1974年随父母移民到美国。她的处女作《"可靠的"的士》（以下简称《的士》）于1997年出版并获图森大学文学奖。小说以移民美国的一个韩国家庭的故事展现新一代美籍韩裔所面临的身份的尴尬处境。作品讲述的是主人公"安珠"在目睹了母亲出走后，借由对"可靠的"的士的寻找而开始的对自我身份的探求过程。本文将空间理论和后殖民主义理论结合起来，解读美籍韩裔作家作品《的士》，以探讨空间与身份的关系。

一、空间的变化与身份的焦虑

物理空间的游移导致了主人公身份的焦虑。主人公"安珠"一家从韩国的釜山移民到美国。其住所与其就读的舍伍德小学只有两个街区远。

---

[*] 作者简介：洪雪花，教授，研究方向为英美文学与比较文学。

然而对只有小学三年级学历的主人公来说,在这个完全陌生的国度,寻找回家的路却让她非常不安。母亲警告她,如果迷了路就永远找不到家了。"她说这地方可是没一处像釜山"(Kim,1)。空间上的一次大跨越和母亲的警告增添了她的不安情绪。这种前后移动的空间差异,以及对移动后现状的不适,都是引发主人公身份焦虑的原因。

母亲的出走使主人公陷入精神上的漂泊。因不满于移民生活的窘境和不求上进的丈夫,母亲带着弟弟,坐上一辆"可靠的"的士匆匆离开,从此杳无音信。母亲的离去改变了原本完整的家庭,因而主人公可以从家庭这个社会单位中获取的归属感缺失了。离开母国和母亲的离开使主人公经历了双重的脱离母体的痛苦,这加深了她的焦虑。

主人公的父亲所经营的面包车也是一个流动的空间。安珠后来随同父亲搬家到华盛顿,这体现了父女俩漂浮不定的生活状态,也是他们在美国的主流文化中找不到归属感的象征。不间断的"旅行"——空间的变换,是其身份焦虑与不安的根源。

二、空间与身份的不确定性

政治权力存在于社会的各个角落,家庭以一种无形的力量控制着每一个成员的思想意识和行为规范,福柯认为"每一个个体都被投入到了各种权力和包围之中"(Foucault,8)。对于主人公来说,家庭和学校的空间都是权力场,这种无形的权力束缚着主人公,使她一步步被家庭和学校边缘化,她的身份也变得更加不确定。换而言之,主人公成为主流文化之外的边缘人。无论是在家庭的空间,还是在社会的空间,主人公始终找不到真正的归属感,在身份上是流离失所的人。

在家庭的空间中,主人公作为性别的"他者",是个边缘人。母亲一直宠着弟弟,经常谩骂她,和弟弟相比,她永远都不受重视。男孩天生的优越感增加了她的困惑,她希望自己是个男孩子,享受同样的待遇。但在外面有人误认为她是男孩子时,她却开始辩解,别人又不屑一顾或者根本不相信,于是她就努力留长发,努力变成一个美国女人。主人公在性别问题上是矛盾的,她既希望可以像男孩子那样在家里得到更多的关注,又希望自己能变成真正的美国女人,这种矛盾性也使主人公的身份变得不确定。

在学校这一社会空间中,主人公作为亚裔人,是被排在主流之外的边缘人。名字是每个人身份的表征,然而主人公的名字经常被老师叫错。美国老师叫她 Ann,但实际上她的名字是 Ahn Joo,主人公说:"如果我的年龄稍微大点,我就会很礼貌地告诉她,我的名字不叫 Ann。"主人公无法纠正老师的错误,只能忍气吞声,因为她还没有话语权。

她的身份是破碎的,且充满矛盾性,成为美国社会构建出来的"他者"。当督学说班里面只有一个人不讲卫生时,大家就会不约而同地想到她。主人公在班级里是不合群的,不被其他的同学所接受。而最让主人公愤怒的是常常有人误认为她是中国人或者日本人,对于那些白人来说,亚裔人在他们眼中是一样的,都是处于主流文化之外的边缘人。

空间对身份的建构有重要意义。小说的第七章,详尽地描写了白人女孩伊冯娜在班级过生日的场景。伊冯娜的位置在教室的中心,而主人公的位置却没有被提及,她以一个局外人的身份出现。在伊冯娜的父母面前,老师的态度也由严厉变成了温和。列斐伏尔在其著作《空间的生产》中提出"空间是一种社会生产"的著名观点。福柯则指出:"空间是任何公共生活形式的基础。空间是任何权力运作的基础。"(Foucault,1)在他看来,空间不再是几何学与传统地理学的物质概念,而是一个社会关系重组与社会秩序实践性建构的过程。作者不惜笔墨描写伊冯娜的中心位置及其父母的权威,由此也就渗透了这种空间布局中的权力关系。

三、身份的探寻和建构

母亲的缺场导致了主人公身份的焦虑和不安;在家庭和社会空间中的"他者"地位又导致主人公身份的不确定性。面对这样的困境,主人公开始了身份的探寻和建构。

首先是其探寻自我身份的过程。主人公看见母亲出走时所坐的蓝色的士车门上写着"RELIABLE"一词。英语中的"Reliable"意为诚信的、可靠的。母亲的缺场使主人公失去了依靠,加重了其身份的不确定性,她认为只有母亲回来,才能使她有安全感。于是她不断地寻找"可靠的"的士。她所做的一切努力都是白费的,因为的士作为移动的载体,本身存在不确定性。她自己寻找不到答案,就求助老师,她在一张纸上工工整整地写了大写的 RELIABLE(可靠的),问老师它在哪里。老师告诉她"名词指人、地方或东西。Reliable 是形容词,所以它不是一个人、地方或东西。"(Kim,20),这就意味着主人公永远也找不到那个"可靠的"的士。这时主人公对于可靠性的理解从简单字母符号转而上升到对可靠性身份的象征性追寻,希望不断寻找自己的身份。不知母亲去向的主人公,永无休止地寻找那辆"可靠的"的士。但对苦苦追寻"可靠的"的士的主人公来说,这样的举动本身就是毫无意义的。这是对"可靠性"的一种反讽。

其次是其融入主流社会的努力。家庭与学校之间遭受到的歧视和不公平对待,源于主流与边缘结构上的文化壁垒和刻板印象,促成了主人公寄予在"想象"空间中的一种新的"认同关系"。但这种认同也是一种建立在边缘上的认同。主人公唯一能够融入主流话语的行为就是看手相——编织谎言。她是在借助于看手相这一富有东方文化的行为试图摆脱失语的状况。

最后是建构族裔身份及其主体性,而她的"韩国性"是主人公建构自我身份的重要阶段。主人公选择"写作"的方式争取话语权。老师很喜欢她写的有关韩国的文章,因为她的文章中频频出现异国情调的东西,如韩国的木偶、鼓、草鞋、装饰品、老头乐、筷子和香港的丝绸花。其实香港的丝绸花不属于韩国,可老师并没有察觉出来。换而言之,老师喜欢这些东西并非是出自于她对异国文化的理解,而只是好奇心和个人爱好而已。在确定全校写作冠军的目标之后,安珠开始努力查找关于韩国的东西。她读字典的时候看到关于韩国的解释,才知道自己对韩国生活的理解与美国教科书上的解释有天壤之别。她从父亲那儿得知姑姑的故事之后便有了同病相怜的感觉。因为她们两个人在家里都没有地位,还被家里人抛弃。她试图解救姑姑,因此,把悲剧性的结局改成了圆满的结局。这故事最终没能得到老师的认可,因为老师觉得故事不切实际。相比之下,安珠的另一篇文章——《母亲的声音》获得了一等奖。由于这篇文章中主要讲述了妈妈的偏心、自身所遭受的冷落和妈妈的毒骂。老师以及同学们对这篇文章的回应,只有好奇和惊讶。这说明主流社会把安珠的痛苦当作一种另类的体验,并没有发自内心的同情和理解。

总之,《"可靠的"的士》中空间的变化与母亲的离去引发了主人公身份的焦虑,主人公试图在真实与想象的空间内,寻找可靠的身份。在经历了失败和创伤后,通过写作,她找到了自我言说的途径,从而再现了她的家族乃至美籍韩裔的特殊经历。

参考文献

[1]Foucault,Michel.Discipline and Punish:The Birth of Prison[M].Trans.Alan Sheridan.New York:Vintage,1977.

[2]Kim,Patti Kim.A Cab Called Reliable[M].New York:St Martins Press,1997.

（原发表于《山东女子学院学报》2015 年第 5 期）

姓名建构与美国韩裔身份认同
——诺拉·玉子·凯勒《慰安妇》之分析

李金实*

(延边大学外国语学院)

摘　要：美国韩裔女作家诺拉·玉子·凯勒的小说《慰安妇》以日本军队在第二次世界大战期间从亚洲各国招募从军慰安妇的历史事件为背景，用母女交互叙事的手法展现了美国韩裔在日本殖民时期的朝鲜以及移民美国后的生活经历。小说中，主要人物的姓名作为叙事符号，成为观照美国韩裔对族裔身份认同的重要参照。出生在重男轻女的封建儒教家庭，被卖给日本兵成为性奴"慰安妇"，此后被美国传教士娶为妻子的女主人公经历了从家庭中的无名女人到在日军慰安所被命名为"明子41号"，再到成为布莱德利夫人的身份转变。她的姓名变化正是女性和美国韩裔被朝鲜父权制、日本殖民主义和美国文化霸权"他者化"的隐喻。然而，"失名女人"通过语言、民俗、信仰等途径不断地争取朝鲜语姓名"金顺孝"，最终女主人公的名字成为明子·金顺孝·布莱德利。凯勒强调失而复得的朝鲜名字对美国韩裔的重要性，表明被压抑和消音的美国韩裔身份的核心正是其民族文化的存在样态。

关键词：《慰安妇》；姓名；身份认同；美国韩裔

诺拉·玉子·凯勒(Nora Okja Keller,1965—)是美国韩裔1.5代[①]女作家。她出生于韩国首尔，母亲是韩国人，父亲是德裔美国人。她3岁时移民夏威夷并定居。凯勒毕业于夏威夷大学，获心理学和英语双学士学位，做过《火奴鲁鲁星报》(*Honolulu Star-Bulletin*)的自由撰稿人。此后，

---

* 作者简介：李金实，副教授，研究方向为英美文学。

[①] 韩裔美国移民中成年后移民美国的韩裔被称为韩裔第一代，在美国出生的韩裔被称为第二代。那些在韩国出生，幼年时去美国的韩裔被称为韩资1.5代。诺拉·玉子·凯勒、李昌来(Chang-rae Lee)等作家都是韩裔1.5代。

她在加利福尼亚大学相继获得了英语硕士和博士学位,目前在夏威夷普纳荷(Punahou)学校教授英文课。

凯勒的两部长篇小说——《慰安妇》(*Comfort Woman*,1997)和《狐女》(*The Fox Girl*,2003),都是以韩裔历史为背景,以韩裔女性为主角的作品。她以女性的视角,大胆描写慰安妇事件,表现出一位有良知的作家对人性和历史的追问。她的作品因为融合了韩民族的宗教、民间故事、民谣等族裔因素,既具有独特性,也更有利于挖掘主题。《慰安妇》是一部不可多得的力作,一经出版就广受好评。《慰安妇》"不仅是关于韩国的小说……它还是关于普遍被压迫的女性身体的小说……不只是提高个别女性发出的声音,而且象征性地整合了这些声音以达到更为普遍的目标"(Kim,2013:203—223)。《慰安妇》因此获得1998年美国图书奖等奖项。在此之前,凯勒的短篇小说《母语》获得1995年手推车奖(Pushcart Prize),此短篇后来成为《慰安妇》的第二章。2003年,凯勒获得夏威夷文学奖(Hawaii Award for Literature)。

第二次世界大战期间的"慰安妇"(性奴)作为一个被"遗忘的"话题,不论是加害国日本,还是受害各国都对此长期保持沉默。直到20世纪90年代,韩国的亲历者勇敢地站出来作证,才逐渐揭开历史的黑幕,让有意回避历史的加害国、不忍再一次揭开伤疤的受害国,还有对此闻所未闻的年轻一代开始重新审视这段历史。各国文学家开始以文学形式重构这段历史,展示给更多的读者。亚裔作家,尤其是韩裔美国作家通过作品揭露和谴责了日本军国主义惨绝人寰的兽行。凯勒是最早用英语创作有关慰安妇历史的韩裔小说家。创作《慰安妇》的起因是她参加1993年在夏威夷大学举办的有关二战历史的学术会,听了当时一名叫作黄坚珠(音译,Keum Ju Hwang)的韩国慰安妇幸存者做的演讲,"亲证了历史事实,揭开了历史上的一个篇章"(Keller,5)。凯勒因此创作了长篇小说《慰安妇》。

《慰安妇》以一名被日军征为"慰安妇"的韩国女人与她的韩美混血女儿之间的交互叙事展开。母亲的日本名字为明子(Akikko),韩国名为金顺孝(Kim Soon Hyo),美国姓氏为布莱德利(Bradley),她的女儿叫百合(Beccah)。凯勒从女性的视角,以多重叙事和拼贴的手法,杂糅了韩国神话和民谣的独特叙事方法,用女性书写重构了女性身份和族裔历史,真实地展现了慰安妇的形象和作为移民者的韩裔被压迫、被殖民的"他者"为恢复主体地位的不懈斗争。

国内在亚裔美国文学研究的大框架下,没有停止过对韩裔美国文学的关注,但是对凯勒作品的研究才刚刚起步。据目前笔者所查到的资料显示共有4篇学术论文。①

　　本研究以《慰安妇》为中心,探讨美国韩裔作家小说中人物姓名的隐喻意义。小说共有18章,小说中人物的姓名与自身的身份认同和他人对其身份的定位有着密切的关系。其中几代女性人物缺失姓名、被强制命名、被符号化的姓名之殇是朝鲜父权制、日本殖民主义和美国文化霸权主义对异己者"他者化"的隐喻。

一、父权制下"无名女人"与"母亲"身份

　　姓名作为一个人的身份符号,它的所指相当丰富。姓名,由姓和名组成,也称名字。人的姓名是人类为区分个体而给每个个体的特定名称符号,是通过语言文字信息区别人群个体差异的标志。《慰安妇》中的女性人物虽然因为作者出色的人物刻画,每个人都具有鲜明的个性特征,但是从隐喻的意义来看,她们却都是"无名女人。"

　　"无名女人"是亚裔美国小说中女性的常态。例如,美国华裔女作家汤婷婷的《女勇士》(*The Woman Warrior*, *Memoirs of a Girlhood Among Ghosts*, 1976)中第一部分的题目就是"无名女人"("No Name Woman")。韩国是一个信奉儒教文化的国家。《慰安妇》的创作背景为20世纪初期到20世纪中后期,这一时期,身份地位观念明显地体现在女性的姓名上。在父权制社会里,女性因为其在社会、家庭中地位的低下,身份无足轻重,很多人根本没有名字。就算是有名字,也只是以女儿、母亲、妻子之名,成为父母、子女和丈夫的附属物。《慰安妇》中,顺孝的母亲及本人在封建父权制社会的朝鲜成为"无名女人。"

　　在父权制社会,由于女性成员没有延续家族谱系的功能,因此没必要

---

① 李平、胡蕊.解析诺娜·凯勒《慰安妇》中女性的身份丧失与构建.思想战线,2013(S2):232—236.胡蕊、李平.从哥特主义视角解析《慰安妇》中女性的创伤和身份构建.云南大学学报(社会科学版),2014(4):52—57.胡蕊.应用创伤理论解读诺拉·凯勒的《慰安妇》.学园,2014(14):6—8.张丽、李鹏飞.战胜性别与创伤:解析诺拉·凯勒的《慰安妇》.北京工业大学学报(社会科学版),2013(4):64—68.

有姓名。"女人只不过是功能性的、从属于男性的客体;她只拥有躯体、性、生殖的物质特征"(罗婷,122)。顺孝(Soon Hyo)的妈妈虽然受过高等教育,但她一旦嫁人,就不是一个独立的主体,而永远地失去了自己的名字,成了他的"妻子"(anae),成了"金氏"(Kim Uk),成了"女儿的妈"(omcmi)(180)。女性嫁为人妇,成为人母,其存在是作为男性的附属的客体而存在的。顺孝身为金家第四个女儿,卑贱到父亲根本不会想到要给她起一个俗名来保佑她。"也许父母已经没有装作高兴的必要了。也许也没有必要起一个能够起保护作用的名字了,例如:狗粪、草包、石头脑袋等。在门外悬挂的松枝和碳棒①已经使外人都知道这家又生了一个女儿"(117)。父亲希望她能给家里带来一个儿子,所以给她起名"顺孝"。

然而,这些"无名女人"却以自己的言行不断言说和建构自己的名字,在家族史上书写着不可抹消的痕迹。这些建构行为发生在母女之间的相互命名上。母亲以深情厚爱,用身心给女儿命名。顺孝的妈妈因为女儿长了跟她一样的又圆又硬的头,给她起了一个充满期待和爱的昵称"石头脑袋",希望她能够像石头一样坚强,人生圆满顺利。顺孝的丈夫给女儿起个英语名瑞贝卡(Rebacca),但是顺孝给女儿起了一个韩国名字百合(Bekhap),意思是"盛开在韩国和美国,生与死之间的孩子。她使我超越这片土地并扎根于这片土地"(116—117)。她以自己的方式称呼女儿,把她的英语名字和朝鲜语名字相结合,叫她百合(Beccah)。母亲用自己的语言不断地在女儿的心中刻写她们永远不会失去的名字"妈妈"。

虽然从传统意义上看,男性的姓名书写了家族谱系,但是真正的家谱是由女性来传承的。由于在家庭空间里女性话语行为占据了主导地位,因此成为对抗菲勒斯—逻各斯中心主义(phall-ogocentrism)的重要话语场。在朝鲜的父权制家庭里,在日常生活和子女的成长体验中父亲是缺席的。顺孝的父亲常年在外走村串户贩牛,即使是在家里的短暂时间里,"他吃完饭后就到后屋里抽烟睡觉了"(68)。最后甚至死在外边。相对于男性而言,女性在家庭生活、子女的教育,甚至民族文化传承上则起到至关重要的作用。《慰安妇》中的女性人物用"女性话语"书写了与男性谱系相对应的

---

① 按照朝鲜的习俗,刚生了孩子的人家会在自家的门外用草绳悬挂一些象征性的物品,说明家中孩子的性别。如果是生了男孩,就悬挂辣椒;如果是女孩,就挂松枝和碳棒。

女性家族谱系。"女性话语是女性主体意识的反映,重建女性话语意味着打破男权文化传统和语言秩序的束缚,恢复女性的想象自由,把女性对生活的体验写进历史"(张玫玫,77—83)。以姓名为例,男性的命名用的是可视的文字语言,而女性的命名则是非文字话语。母亲"用我认为是真实的语言去补偿(丈夫的语言)给她"(21)。不知道母亲具体姓名的顺孝姐妹在妈妈的棺木上写上"妈妈"两个字。顺孝死后,女儿百合虽然不清楚母亲的真实姓名,可是她知道妈妈就在自己的身体里,她会唱妈妈唱过的歌,记得妈妈讲过的故事。"妈妈(Omo-ni)"这个称呼是女性最永恒的姓名。这名字是非文字式的命名。与男性语言相对固定的象征界面相比,女性语言是"流动的、无中心和开放的"(张玫玫,77—83)。她们用女性的话语方式相互命名,不断传承。女性用"白色的墨水",①书写了亘古不变的名字"母亲"。女性身上总是存在某种母性的品质,"滋养生命,抗争分离,维系女性纽带,把个体的女性同整个女性历史结合起来"(刘岩,88—97)。处在父权文化中的被压抑、被消音的女性,从未放弃反抗和发出自己的声音。女性虽然成为没有名字的存在,但是她们实际上以"母亲"和"女儿"的身份刻写的家族史就像一条涓涓细流汇集的大河,吟唱着经久不息的历史和身份之《江水之歌》。②

二、日本殖民者的强制命名与"慰安妇"的反抗

朝鲜人在日本殖民时期经历了不情愿的被动命名。1910年8月22日,日本政府通过一系列武力胁迫和政治欺诈,迫使大韩帝国签订《韩日合并条约》。自此,朝鲜半岛彻底沦为日本的殖民地,至1945年二战结束,日

---

① 埃莱娜·西苏鼓励女性拿起笔来,书写自己的世界。她将写作分为阴性书写(l'écriture féminine)和阳性书写(littérature)。女性要打破男性创造的二元对立的菲勒斯逻各斯体系,就要进行"阴性书写"。在西苏的眼中,女人用"白色墨水"书写,她们的文字将如河流般自由流淌,说出了一切未被言说的可能性。女性通过写作,在思想领域为自己创造出一个相对独立的空间,并以此为跳板逐渐走向自由王国。西苏并不否认她借用了男性的语言,因为别无选择,她只能借用这种她想摧毁的语言。

② 《江水之歌》是《慰安妇》中母亲顺孝经常给女儿百合唱的朝鲜语歌曲,歌词以江水为意象,用川流不息的江水指涉人类历史的变迁,隐喻地表达韩民族审美意识中"恨"的情结。

本共殖民朝鲜半岛 36 年。在此期间,日本殖民者进行了灭文灭种的残酷统治。他们不只是烧毁朝鲜书籍、取消朝鲜语课程,甚至还强迫朝鲜人"创氏改姓",以切断朝鲜民众与民族传统的最后联系。姓是种族血脉延续的标志,因此这是灭绝种族的一种野蛮行径。

美国韩裔作家金恩国(Richard Kim,1932—2009)的短篇小说《遗失的名字》(Lost Names,1970)就是有关日本殖民时期朝鲜人被迫"创氏改姓"的作品。《慰安妇》也提及了此段历史。"日本人入侵后,一切都变了,学校的老师被抓起来,人们被迫使用一种新的语言,新的名字,新的世界。妈妈也不得不隐藏真正的自己"(151)。那个时候,她的命运改变了。不过日本殖民统治一结束,那些曾经改用日本姓名的朝鲜人所做的第一件事情,就是"纷纷把姓名改回朝鲜的姓氏:金、朴、李等"(100)。

《慰安妇》中的女人比朝鲜男人更为被动。朝鲜男人虽然是被迫更改姓名,但是他们毕竟还可以自己挑选姓名,可朝鲜女人却失去了所有的自主权。她们在日本殖民时期不但失去家园,身体受到日军的蹂躏,而且被禁止使用自己的语言和名字。在日军慰安所,这些正值花季的朝鲜女人依据她们的长相和到来的顺序被叫作"花子 38"(Hanako 38)、"美代子 52"(Miyoko 52)、"贵美子 3"(Kimi-ko 3)、"明子 40"(Akiko 40)。名字后面的数字代表她们是第几个使用那个名字的"慰安妇"。小说的主要叙述者明子(Akiko)是因为朝鲜名字为仁德的"明子 40"(Akiko 40)不服从日本兵的蹂躏,而被杀害后,14 岁的顺孝被换上 Akiko 40 的衣服,成为 Akiko 41。

日本人对"慰安妇"的强制命名是蓄意的犯罪,是对女人的商品化、物化的非人道行为,也象征着日本对"大韩民国"国家自主权的剥夺。日本军人剥夺了"慰安妇"的本族语、个人的姓名以及身体。她们衣服上绣着日本名字和数字,就像《红字》中的海斯特在胸前不得不佩戴表示犯了通奸罪的红色刺绣"A"字母一样。在日本人眼里,"慰安妇"不是人,只是他们的一种军备物资。所以他们甚至只用一个朝鲜语中代表阴道的"P"(poji)来称呼这些无辜的朝鲜女人。他们对"明子 41"这个新的"P"很感兴趣,"她的第一次被竞拍给出价最高的士兵,此后,她就是免费的了"(21)。如果有人得了性病或者怀孕不能为日本兵服务,就会像垃圾一样被扔掉或焚烧。顺孝亲历的"慰安妇"经历给她留下了创伤。当她到美国后看见自动贩卖机里的商品,不断地被人消费,又不断地被新的商品填充的时候,感到不能忍受。"这么便宜,这么轻松就被重新填补上,让我感到很不安"(109)。这正是"慰安妇"被无情消费的类比。

"慰安妇"被强制命名是朝鲜被日本殖民的隐喻。姓名是用语言标记的人的身份，具有文化内涵。因此这些女性人物被迫使用日语名字，丧失自己的语言和民族文化身份。"日本人说朝鲜人天生就有学习语言的天赋，这证明朝鲜人天生应该被殖民，他们被统治的命运是不可避免的"（16）。在日本军营里，这些女人被禁止使用朝鲜语交流，她们被迫学习简单的日语，如坐下、吃饭、睡觉。日本人只要她们听懂"张开嘴"、"分开腿"就行了。被强制命名就是被殖民的隐喻。日本殖民者通过强制命名将"他者"内化为自己的消费品，消耗、摧毁、灭迹，最终抹消朝鲜的基因。

这些"慰安妇"被命名和编号是殖民者对"他者"进行规训以便消费的手段。日军还通过空间封闭和分隔来加强对她们的监督和消费。这些"慰安妇"被安置在一个挨着一个的隔间（stall）。平时严禁她们外出，除了看医生和每周一次到河边洗澡外，她们只能分别待在隔间里，甚至大小便也只能用便盆在隔间里解决。这样就完全断绝了她们与外界的交流。慰安妇不仅是慰安妇肉体，甚至情感交流都是被限制的。"有多少需要分散的实体或因素，规训空间也往往分隔成多少段……这是一种制止开小差、制止流浪、消除集结的策略。其目的是确定在场者和缺席者……建立有用的联系，打断其他联系，以便每时每刻监督每个人的表现"（福柯，162）。那些得了性病、怀孕而不能为日本兵服务的女人被分隔在另外的隔间内。他们甚至开枪射杀没有用的"慰安妇"，为了避免被传染而焚烧她们的隔间。对于殖民者来说，被殖民者只是在为他们服务、被他们消费时才具有存在价值，其个性和主体性已荡然无存。

这些朝鲜"慰安妇"从未放弃对自己身份的言说。她们以个人的、女性姐妹间特有的言说方式，坚定而巧妙地记录、传递着个人的姓名。这种姓名的言说和书写是反抗日本殖民主义统治的斗争方式。其中仁德（Induk），也就是Akiko40，用最直接的方式不断地重复着自己的名字。日军的蹂躏和暴力没能阻止她说"我是朝鲜人。我是女人，我活着。我十七岁，我有跟你们一样的家人。我是一个女儿，我是一个姐妹"（20）。她甚至用朝鲜语背诵族谱、背诵妈妈的菜谱。她用语言作为武器，激怒了日军，借他们之手结束了自己的生命。她的名字被牢牢地刻在了顺孝的脑中，后来成为她入神时最需要的神灵。慰安妇被禁止用一切语言进行交流，但她们具有学习语言的天赋，且具有创造力，会用眼神、身体语言、头的摆动来交流。

"在集中营里,日本兵随意出入慰安妇的小屋子,肆意进出女人的身体,而我们的心灵却保守自我,坚守个人的独立性"(68)。

在朝鲜正史上很少有女性的名字,然而却有无数"无名女人"参加了抗日斗争。《慰安妇》等韩裔美国作家的小说则将这些"无名女人"的民族主义精神和不屈的斗争精神写入朝鲜民族史中。顺孝的妈妈还是梨花大学学生的时候,就参加了1919年"三·一运动"。这段历史是顺孝从妈妈珍藏在首饰盒里的报纸剪纸资料中看到的。1919年6月的《大同日报》报道了这次反日斗争被日本军队血腥镇压的事件。"四万六千八百四十七名民族主义者被捕,一万五千九百六十一人受伤,七千五百零九人死亡"(179)。这里并没有标记出女性民族主义者参与抗日斗争的事实。然而,这些被埋没的女性对民族独立做出的努力,通过女性话语进入了历史。通过女性首饰盒里的资料,通过女儿对母亲的追忆,这些历史刻在女人的心中,代代相传。顺孝要告诉女儿,她的姥姥是一个公主,是个学生,是个革命家。没有什么记录会比书写在心中的历史更深刻。

与曾经参加过学生抗日运动的妈妈相比,顺孝这样的"无名和无力的性奴慰安妇被排除在抗日历史话语外"(Masami,255-283),在父权制和殖民者的双重压迫下的"无名"女性在民族话语和殖民话语体系中是最为无关轻重的存在。"当朝鲜女性的身体受到外族男性的性强暴时,朝鲜父权制的体系认为这些女性不是战争时期性犯罪的受害者,而认为她们是背叛了自己男人、种族、家庭和国家的人"(Masami,255-283)。然而,施加在被征服的肉体的过剩权力也可造成另外一个复制物,即马布利所说的"非肉体灵魂"(福柯,31)。事实上,这些在历史上曾经一度"不存在"的"慰安妇"过去是现在仍然是反对"殖民主义"斗争的践行者。慰安妇尽管身体惨遭蹂躏,但是仍然没有放弃自己的语言和民族精神。顺孝从来没有真正屈服于日军的淫威,虽然她的身体死了,可是她没有出卖灵魂。她以仁德为榜样,为不失去自己的语言和自我主体性而不懈地抗争着。

三、西方人眼中的东方女性姓名与韩裔身份

在美国韩裔作家的小说中,韩裔人物的姓名被西方人随意命名是非常常见的现象。佩蒂·金《可信赖的出租车》(*A Cab Called Relieable*,1998)

中的女主人公安朱(AnhJoo)在美国上小学二年级的时候,美国白人班主任就叫她安(Ann)。安朱心想"如果我那时候没有那么小的话,我一定会礼貌地告诉她我的名字不是'安'而是'安朱'"(Kim,1997:2)。西方人在读东方人名字的时候会根据自己使用的便利而随意地改变他人的姓名,完全不顾本人的意愿。

在西方传教士眼中,顺孝是无法表述自己的,她必须被别人表述。这个表述的"光荣使命"就落在了他们身上,他们为她们命名,替她们言说。被人送到美国传教士在平壤的基督教会所的 15 岁的顺孝激发了这些西方人的想象和欲望。从日军集中营到基督教会所,顺孝只是转移了空间,但是其被控制、规训、消费的处境并没有任何改变。她再一次失语。"他们朝鲜语、日语、汉语问我从哪儿来,我家人是谁。但是我发不出声音,呆呆地站着"(Keller,16)。那里的人无从知道她的姓名,因此根据她衣服上绣着的 Akiko 41,以为她是个日本孤儿,就叫她明子(Akiko)了。"她可能是狮子养大的野孩子。身体是人的身体,可是语言是动物的语言"(16)。在他们眼里,对于一个动物一般的人,他们有权利随意命名。

在西方人眼中,东方人和他们的姓名是一个浪漫的符号。西方人的自我优越感使他们认为"东方是非理性的、堕落的、幼稚的、'不正常'的。欧洲(西方)则是理性的、贞洁的、成熟的、'正常的'"(萨义德,48)。美国传教士理查德·布莱德利看明子/顺孝的眼中充满了欲望。他甚至把顺孝的受难经历美化为上帝考验的荣耀,说她就像《圣经》中的约伯一样。他为她的名字而着迷,"我能叫你明子吗?理克(Rick)①和明子(Akiko),我们的名字很般配呀"(Keller,93)。外人是无法发觉两个人的名字的相配之处在什么地方。在西方人眼里,西方和东方形成一个完美的二元对立结构。西方与东方相对应的二元结构是文明与落后、光明与黑暗、男与女的权利不对等关系。理查德眼中西方白人和东方幼女之关系满足了他的东方主义思维模式。所以,他一眼就认定他和她之间是那么般配。

在白人男子眼中,东方女性是充满诱惑和可以消费的身体。对女性身体的消费和殖民是西方文化霸权主义的隐喻。西方人所秉持的东方学观念是以"进行描述、教授、殖民、统治等方式来处理东方的一种机制"(萨义德,4)。在理查德看来,明子是等待他教育、殖民和拯救的东方对象。理查

---

① 理克(Rick)是他的全名理查德(Richard)的昵称。

德对"慰安妇"的事实有所了解。他听说有一些女人被送到鸭绿江北岸,充当了从军"慰安妇"。他认为这是受上帝恩宠的最好方式,认为上帝偏爱那些有罪而堕落的女人。不过他意淫地把这些"慰安妇"等同于《圣经》的妓女抹大拉的玛利亚,他对明子说:"身体所犯的罪过可以用羔羊的血洗清的。神的身体将成为你的身体、你的肉。把你自己交给他吧"(Keller,94)。他殊不知,"慰安妇"并不是妓女,她们是被日军强制征用的性奴。此外,明子曾经可能有过的性体验让理查德对她的身体更感兴趣。他说"明子,欢迎你迎接上帝——和我,我们张开双臂等待着你"(94)。1945 年 8 月 15 日,朝鲜光复后,传教所不得不解散。理查德止不住对明子燃起的性幻想,"我为你燃烧。你有一种独特的地方让我欲火焚身,你看起来是那么的单纯,但是行动起来又是那么的老练"(106)。他以方便带明子去美国为借口,不是领养而是娶了她。在他们从平壤一路南下前往釜山的路上,理查德就迫不及待地占有了她。明子没有像美国传教士所说的那样"获得重生",而是再一次沦为了性奴。她知道从此她的身体永远地被禁锢在慰安所的小隔间里,固定在了数不清的男人身体之下。

《慰安妇》中传教士理查德·布莱德利自认为是光明的使者,是能够拯救明子于贫困、战乱和痛苦的救世主;而明子是那个等待着强者救赎的可怜的羔羊。他自作主张地称呼她为"明子",并娶她为妻,而后移民到美国。他随意地控制和设计东方的她,试图把她规训成"屋子里的天使"(桑德拉,22)。她的姓名、衣着、举止,都成了西方猎奇者观赏、评价的对象。到了美国,丈夫把她当成西方宗教成功拯救东方的最好例证。让她穿着韩国服装静静地站在身边,听他给教友做题为《传播光明:我在昏暗东方的经历》的布道。在没有演讲的日子,就让她穿上藏蓝色的裙子和白色的衬衫,把头发梳成发髻,成为一个标准的牧师夫人。在夜里,他希望她看起来像个小女孩儿,他要她把长发编成发辫,在亲热的时候要她背诵祈祷文。外族的形象是虚构的,正如法国学者布吕奈尔等人所言:"形象是加入了文化和情感的、客观的和主观的因素的个人的或集体的表现。任何一个外国人对一个国家永远也看不到像当地人希望他看见的那样。这就是说情感因素胜过客观因素"(孟华,114)。异国形象是社会集体想象物。丈夫要顺孝以他想象的东方女人那样生活。布莱德利与顺孝间的互动关系,映射了西方与东方的关系。西方以男性作为隐喻的霸权力量强奸了东方的话语和主体性。

布莱德利想象中的顺孝是一个充满异域风情的"屋子里的天使",然而,顺孝通过杀死那个丈夫想象出来的"东方天使","杀死"了美国丈夫。顺孝直言真相,让丈夫感到无地自容,直戳他一直掩饰的对她肉体的欲望和西方对东方的控制欲念。顺孝因为被嫁给了美国传教士,教会的人给她穿上既象征是新娘又象征是虔诚的白色大褂,给她做了洗礼,可是她从未真正信仰过丈夫的信仰。因为她很清楚,丈夫虽然名义上是个牧师,可是他罪恶的心灵是不可救赎的。有一天,她终于爆发了。"我的名字叫顺孝……我曾经躺在上百个男人的身下,每个人都是死神派来的士兵,他们一遍又一遍,直到我死去。"(195)。丈夫虽知道妻子是"慰安妇",可是他回避这个事实。他担心别人知道自己的妻子曾经是被无数的男人蹂躏过的女人,他怕教友们听到妻子的话。他也不想女儿知道,"百合听到你这么说怎么办?你想想她知道自己的妈妈曾经是个妓女的话,该做何感想"(196)。美国丈夫虽然在朝鲜半岛亲历了二战的残酷,但是他从来也没有真正理解过顺孝的经历和创伤,也就是说他从来没有真正理解朝鲜的问题。他甚至把从军"慰安妇"叫作妓女,但这两者之间是有本质区别的。他以西方思维把朝鲜和朝鲜妇女想象成一种服从和被动的"套话"。他希望这个东方好能够用自己的"沉默"来免除"羞耻"。"套话是以隐含的方式提出了一种恒定的等级标准,一种对世界和一切文化的真正二分法"(孟华,127)。然而,顺孝发出与他的期待不同的声音,做出了不同的行动,当这个沉默、顺从的"东方的天使"走出屋子,大声哭喊出真相时,打倒了美国牧师丈夫的"上帝",打碎了西方塑造的"套话"。

　　顺孝的朝鲜土俗宗教巫术不仅使她能够与丈夫的西方宗教相抗衡,而且使她获得令人尊敬的名字"老师"。经历了作为"慰安妇"的痛苦后的顺孝,常常入神,成为一个能够沟通过去和现在,往来于鬼神界与人界的朝鲜式萨满"巫堂"。她通过巫术与鬼神交流,也与逝去的"慰安妇"前辈仁德交流,缓解过去痛苦记忆的创伤。她为很多背井离乡到美国寻梦的移民化解对家乡、父母、先祖的爱恨情仇。"明子老师"成为指导人们克服异地生活,勇敢面对过去和现在的导师。顺孝找到了适合自己的身份,成为能够叙述不可叙之事,把流散的个人历史写入整个族裔历史中的代言人。

四、结语

凯勒非常注重人物姓名的意义。她的短篇小说《钻石的光辉》("The Brilliance of Diamonds",1999)借一个韩裔单亲母亲之口,强调了名字的重要性:"名字能够决定你的人生,你是谁。名字中的每一个字母都有特定的力量,根据星座,每个人都有一个特别的名字。如果你能发现你的名字的秘密,那么你就解开了宇宙之谜"(123—129)。

《慰安妇》中的人物经历了从没有姓名、被强制命名到找回姓名的过程。一个人物,尤其是族裔小说中的女性人物的姓名之殇,是历史、社会、文化语境对她们身份的书写,也是女性对自我身份认识过程的体现。一个人今天的身份很显然来自于他昨天的经历。小说的结尾,百合找到官方文件,发现妈妈被称为"明子·金顺孝·布莱德利夫人"。姓名的组成部分正是其过去经历对身份的建构。其中最为重要的就是居于中间的朝鲜语姓名。在有生之年一直被人称为"明子"的她,终于恢复了本来的身份。朝鲜人被强制使用日本名字是殖民主义"民族灭绝"野心的具体实践。《慰安妇》中"明子"们的叙事是对日本殖民主义历史的控诉。"慰安妇"事件是"不愿被叙述的事件",经半个世纪的沉默后,才进入叙事。《慰安妇》叙述了明子、花子等被日本殖民者命名的东方性奴身上刻写着殖民者的兽欲和征服欲。"有关对妇女的性虐待与性暴力的女性主义文学、自传和回忆录、妇女的口头历史,以及移民与奴役的性别政治,解释了记忆的重建和传播"(徐颖果,44)。这些女性寻求发现和恢复自己本族语姓名的努力,正是恢复、发现和展示被忽视、被埋没的身份,也是朝鲜争取民族独立的一部分。

朝鲜名字和美国名字之间的冲突意味着持续的身份斗争。顺孝嫁给了美国牧师,获得了"布莱德利夫人"的称谓。她成为丈夫的附属物,成了西方观看和教化的对象,成为西方文明成功征服东方的"实例"。顺孝虽然肉体上被丈夫占有,但是她的精神和灵魂一直都保持着自主。她虽然被丈夫称为"明子",但是她在首饰盒中留给女儿的磁带里,告知了女儿自己的朝鲜语姓名,说明她从来也没有忘记自己的民族身份。另外,她虽然让丈夫给女儿起了英文名字,但是她巧妙地把女儿的英文名字"瑞贝卡"的爱称"贝卡"与朝鲜语结合起来,称呼她为"百合"。"母亲给亚裔美国女儿起的朝鲜名字在故事中就是韩裔女性的身份和自尊的象征"(Usui,255—283)。这里不只是性别身份,更是族裔身份的传承。

诺拉·玉子·凯勒在自己的姓名中有意地保留了朝鲜语名字"玉子(Okja)",由此可见她对姓名与身份构成关系的重视。《慰安妇》的女性人物姓名建构可视为女性、族裔和历史身份建构的隐喻。凯勒从追述明子·金顺孝·布莱德利,以及母亲和女儿的姓名隐喻,旨在展现这些主体与其他社群之间的权力关系。强调无处不在的强制性男权文化和殖民霸权对底层人的压制。同时重现了过去一直被忽视了的"日常"斗争——"那些为了平等、生存和文化自主权而进行的微妙而平凡的斗争"(生安锋,85)。这些女性书写的"小历史",正是底层人民为了保存本族文化和作为主体免于灭绝的重要手段。

族裔一直没有停止给自己寻找合适的名字。如果说名字是一个符号,那么寻找这个符号的过程,就是身份认同的过程,因为"符号的科学是关于主体如何历史地建构的科学"(Hutner,454)。以诺拉·玉子·凯勒为例的美国韩裔作家不断地创作是为了发出美国韩裔自己的声音,是建构美国韩裔的族裔身份的不懈努力。

参考文献

[1]爱德华·W.赛义德.东方学[M].王宇根,译.北京:生活·读书·新知三联书店,1999.

[2]罗婷.克里斯特瓦的诗学研究[M].北京:中国社会科学出版社,2004.

[3]刘岩.女性书写[J].外国文学,2012(6).

[4]孟华主编.比较文学形象学[M].北京:北京大学出版社,2001.

[5]米歇尔·福柯.规训与惩罚[M].刘北成、杨远婴,译,北京:生活·读书·新知三联书店,2007.

[6]桑德拉·吉尔伯特,苏珊·古芭.阁楼上的疯女人:女性作家与19世纪文学想象[M].杨莉馨,译.上海:世纪出版集团/上海人民出版社,2015.

[7]生安锋.霍米·巴巴的后殖民理论研究[M].北京:北京大学出版社,2011.

[8]徐颖果主编.离散族裔文学批评读本:理论研究与文本分析[M].天津:南开大学出版社,2012.

[9]张玫玫.身体/语言:西苏与威蒂格的女性话语重建[J].外国文学,2008(3).

[10]Hutner, Gorden. American Literature, American Culture[M]. New York: Oxford University Press, 1999.

[11]Keller, Nora Okja. Introduction: Comfort Woman[M]. New York: Penguin Books,

1997.

[12]—.The Brilliance of Diamonds[G]//Eds.Eric Chock and Darrel Lum.The Best of Honolulu Fiction:Stories from the Honolulu Magazine Fiction Contest.Honolulu:Bamboo Bridge,1999.

[13]Kim,Min Hoe.Transnational Memory of a Comfort Woman and Ethnical Identity in Nora Okja Keller's *Comfort Woman and Fox Girl*[J].American Fiction Studies,2013(1):203-223.

[14]Kim,Petti.A Cab Called Reliable[M].NewYork:St.Martin's Griffin,1997.

[15]Usui,Masami.Sexual Colonialism in Korea/Japan/America Spheres in Nora Okja Keller's *Comfort Woman and Fox Girl*[J].Journal of American Studies,2004,Spring:255-283.

[原发表于《延边大学学报(社会科学版)》,2016年1月,第49卷,第1期]

论《手势人生》中的音乐叙事与"他者"政治[*]

张 磊[**]

(中国政法大学)

摘 要: 作为当今美国中生代的韩裔作家,李昌来以多部获奖小说蜚声文坛。他的作品几乎无一不在深刻地探索着少数族裔群体与白人主流社会之间复杂的互动关系,这也使得他在相当一段时间内颇受文学批评家,尤其是后殖民主义批评家的广泛关注。其中,《手势人生》以老年男性富兰克林·秦为叙述视角,集中展示了他身上兼有的韩、日、美三重身份之间极为脆弱的张力,为批评家们提供了尤为广阔的阐释空间。然而,大多数批评家往往都忽视了小说中一个非常重要的方面,那就是西方古典音乐在多处颇为微妙的在场。事实上,正是在聆听、演奏这些充满丰富叙事性的音乐时,小说男主人公隐藏、压抑的真实身份才与他现在建构的各种人格面具产生了一系列激烈、深刻的对抗与对话,并最终促使他完成从"他者"到"自我"的精神成长之旅。

关键词:《手势人生》;李昌来;古典音乐;他者;自我

作为当今美国中生代的韩裔作家,李昌来(Chang-Rae Lee,1965—)笔耕不辍,以《说母语的人》、《手势人生》、《投降》等多部获奖小说蜚声文坛。他的作品几乎无一不在深刻地探索着少数族裔群体与白人主流社会之间复杂的互动关系,这也使得他在相当一段时间内颇受文学批评家,尤其是后殖民主义批评家的广泛关注。其中,《手势人生》以老年男性富兰克

---

[*] 基金项目:北京市社会科学基金项目"新世纪英美音乐小说研究"(项目编号:15WYC067)、中国政法大学校级人文社会科学研究项目"审美政治的悖论——英美现当代音乐小说中的声音话语与意识形态研究"(项目编号:12ZFQ750001)。

[**] 作者简介:张磊,副教授,研究方向为外国文学与音乐跨文化。

林·秦为叙述视角，集中展示了他身上兼有的韩、日、美三重身份之间极为脆弱的张力，这无疑为批评家们提供了尤为广阔的阐释空间。然而，不论是从"生存伦理"（Cheng, 553）来解释男主人公的伪装行为，还是以心理分析与创伤理论探究造成男主人公融合困境的创伤的"个人"性与"社会"性（Motuz, 412），抑或是用亚洲移民面临文化冲突时独特的"认同逻辑"（Lee, 2011: 98）来阐释男主人公参与美国国族身份建构的缺席，大多数批评家往往都忽视了小说中一个非常重要的方面，那就是西方古典音乐在多处颇为微妙的在场。事实上，正是在聆听、演奏这些充满丰富叙事性的音乐时，小说男主人公隐藏、压抑的真实身份才与他现在建构的各种人格面具产生了一系列激烈、深刻的对抗与对话，并最终促使他完成从"他者"到"自我"的精神成长之旅。

一、三角钢琴：文化身份冲突的场域与隐喻

从十九世纪开始，作为一种高级商品，钢琴，尤其是三角钢琴迅速、大量地占据欧美白人中产阶级的室内空间，其在场或缺席可以被看成是中产阶级"社会地位攀升、稳固或失去的标志"（Burgan, 51）。而这些家庭内的妇女，不论是妻子，还是女儿，纷纷被要求在客厅内为到访的来宾演奏各种业余、娱乐性的钢琴曲目。这不仅可以外化女性被父权社会建构的、室内天使式的女性气质，更能够彰显中产阶级家庭的"文化"标签。到了二十世纪，由于钢琴的进一步普及与流行，一些少数族裔家庭亦把占有、演奏钢琴视作一种重要的文化资本，看成是帮助自己成功融入西方主流社会的重要途径。

对于富兰克林·秦来说，他一直根据主流社会的标准，努力将自己塑造成一个"理想"的美国公民。具体来说，即是以一个家住上等地段、职业是中上等阶级商人、在白人邻居们眼中是熟人、被叫作"好好医生"的全新身份自居。他甚至经常幻想自己就是住的这个街区本身。他精心地装饰自己都铎式风格的房子，极力强调自己的欧式品位。在他看来，家中最为充分、最为明显地体现"西方性"的家具便是他专门购置的、颇为昂贵的三角钢琴。似乎只有用它来装饰房间，才能使之看起来更"像"是个美国家庭，也使得身居其中的富兰克林更"像"是个美国人。确实，外人从他家窗

外能够看到的第一件物品便是这架钢琴。另外,除了仅仅将钢琴作为自己室内的装饰品,富兰克林也要求自己的韩裔养女姗妮苦练钢琴(不管她是否真正喜欢)。在很大程度上,演奏钢琴的女性和乐器共同构成了一幅供富兰克林·秦消费、意淫的"景观",让他能够有一种自我满足式的掌控感,似乎他已经在文化上完成了自己的"西方性"。另外,在他看来,当周围的白人邻居看到姗妮娴熟的钢琴表演时,能对试图融入主流社会的他有更强烈的认同感。

吊诡的是,恰恰由于钢琴这种乐器被西方人视作具有天然的"西方性",所以即使是东方人将其占有,也往往被看成是他们文化上"被征服"(而不是"征服")的表征。因此,钢琴非但不能像富兰克林·秦所期待的那样成为建构他"美国性"的手段,反而更强化了他的"他者"身份,使他引以为傲的房子成为与他严重疏离的存在。不论是他的白人邻居,还是他的养女姗妮,都在以自己的方式促使他逐渐认清这一"自欺欺人"(Carroll,592)的行为。譬如,邻居丽芙·克劳福看似与他交往密切,无话不谈,然而两个人在骨子里其实完全不了解彼此。她之所以一直都在鼓动富兰克林把他都铎式风格的房子卖掉,甚至在没有得到他允许的前提下就带房客过来看房,就是因为她无法在他这样一个"外来人"与古欧洲文化之间做出任何有意义的联系。而她之所以特别强调他客厅内的那架三角钢琴已经老掉牙,更是为了强调它与富兰克林·秦族裔身份之间的格格不入。言外之意,他家里有这件家具并不合适。同样,姗妮也对这所欧洲风格的古宅和那架旧钢琴表现出极大的反感。她不止一次提到自己恨这所房子,恨它不能给自己带来任何安全感、庇佑感,反而让自己时时有种被威胁、被压抑的感觉。她尤其恨那架钢琴,恨它即使不发声时也在以"无声"的方式发出规训指令。因此,她不止一次请求养父卖掉它。

在邻居和养女的强烈质疑下,富兰克林·秦借助西方式房屋,尤其是室内钢琴来努力建构的、脆弱的主体性变得愈来愈问题化,他之前就有的压抑的疏离感、不适感变得愈来愈被强化。他甚至在与邻居谈话的过程中,险些让客厅(正是钢琴所在的房间)被火炉里冒出的火烧掉。在一些批评家看来,这种险烧客厅、险烧钢琴的行为虽看似偶然,却有着"更高的哲学(或精神)维度"(Lee,2009:592)。在笔者看来,它其实暗示着富兰克林内心对西方文化符号极为矛盾的态度——既希望它帮助自己完成主体性的转换(从东方性到美国性),又无奈地意识到这种转换的徒劳。

二、肖邦夜曲:悖论的美学形式

在所有为钢琴所做的古典音乐曲目中,肖邦的作品无疑是非常特别的存在。一方面,他终其一生创作的所有作品都与钢琴有关;另一方面,他的钢琴作品不论是音乐叙事的深度,还是音乐情感的丰富性,都是许多作曲家遥不可及的。尤其是他著名的二十四首夜曲,每一首都能成功地营造出极为梦幻、唯美、隔世的情绪或氛围。有趣的是,这些情绪或氛围又不能被以缩减式或统一性的方式加以解读,而是首首都有微妙的差异。因此,在很大程度上,肖邦几乎成了"夜曲"的代名词。在全部夜曲曲目中,第三十二号第一首尤为复杂、神秘。事实上,与乐评家们更为热衷于分析的、充满着各种"非常规姿态"(Kallbeng,238)的第十五号第三首相比,这一首也毫不逊色,自始至终都充满着各种模糊性的因素。譬如,整首曲子的音乐情绪变化是最多的,而且充满着大量的"声音"与"无声"之间的张力。对于包括肖邦在内的许多作曲家来说,"无声"不仅不是"声音"的简单对立,恰恰是"尤其重要的、具有高度表现力的场域"(Margulis,485)。同样,这首乐曲的结尾也是反常规的,不但没有回到最初的主调、回到"家园"上来,反而是有一种在外继续流浪、到别处去的趋势。这样的处理除了在音乐形式上可以产生一种陌生化的效果之外,还具有深刻的、音乐之外的潜文本,即成功地折射出作曲家本人对于波兰(或者说作为归属感场域的祖国)的矛盾心理。一方面,肖邦对于自己的故国,是充满着热爱的,而对于那些曾经、正在蹂躏自己国土的侵略者,他无疑是仇恨的。然而,作为一个在异国(法国)居住多年的离散之人,他对这个带给他成功、名望、爱情的环境也同样产生了强烈的归属感,让他开始在无意识中试图擦除自己的波兰身份。

对于富兰克林·秦来说,他最喜欢的钢琴曲目便是肖邦的第三十二号第一首夜曲。他之所以对它如此钟爱,在很大程度上也正是因为这首曲目独特的、充满悖论的美学形式与他自己内心隐秘的情感形成了某种呼应,成为他真实自我的画像。譬如,乐曲中那些"抒情的、饱含情感的冥思"(Lee,1999:29)无疑使他一直压抑的情绪得到了很好的宣泄,而乐曲中那些神秘、迷人的、"难以置信的停顿"(Lee,1999:29),"那种好像演奏者突然决定停止一切,不再继续,甚至消失一般、近乎无声的状态"(Lee,1999:

29),更是微妙地表达了他长期采取伪装机制、深感内心疲惫之后的逃离冲动——逃离自己一直在努力、辛苦构建的虚假生活、虚假自我(不论是美国人,还是日裔美国人),回归原本、最初的自我(韩裔)。当然,因为他不可能、也不可以真正回头,还是不得不继续维持现在的面具人生,所以他才在乐曲中又听到了这样的信息——"似乎钢琴家正要停止的那一瞬间,美丽的音符又回来了。"(Lee,1999:29)这种音乐与内心的特殊呼应既足够清楚(对他来说)又足够隐晦(对他人来说),因此成为他自我表达最为合适、也最为安全的方式。

三、聆听:令人不安的启示

不论是钢琴还是音乐作品本身,都是充满着复杂内涵和指涉的社会符号。然而,它们绝非静止、固定的符号,而是每次都需要演奏家的积极参与才能够最终完成。乐谱虽一般会对演奏的强弱、快慢等技术层面有比较明确的说明,但并不会对一些具体、微妙的层面加以限定,需要甚至鼓励每一个演奏者根据自己的理解来对音乐进行诠释,在这一过程中赋予音乐新的生命。因此演奏家,尤其是对音乐内涵有独到见解的演奏家每一次的演奏都会使音乐作品呈现出新的可能性,这必然会对听者产生启发。如果听者对乐声足够敏感,其内心被激起的互动、共鸣感便显得更为强烈。

在小说中,富兰克林·秦原本期待,甚至是要求姗妮以精湛的琴艺来彰显自己满心憧憬、精心建构的"美国性"。然而,姗妮每次的演奏(尤其在公共场合)不仅没有给他带来成就感,反而经常会让他有一种无法承受,却又无法言说、无处言说的失落感。这并不是因为她的演奏技巧不够成熟,也不是因为她不熟悉所演奏的音乐。相反,姗妮恰恰是"挪用"了自己高超的琴艺,借以表达她某种决绝的,与养父、与这个环境都格格不入的自我。更重要的是,她在以一种颠覆性的演奏方式将音乐本身解构,并解构养父试图通过各种方式(包括音乐)为自己、为她强制建构的人格面具。

姗妮这种解构式的钢琴演奏最为集中地出现在富兰克林·秦与玛丽·彭斯交往时。从某种程度上来讲,富兰克林迷恋玛丽的一个重要原因恰恰是她美国白人的"正宗"身份。在深陷内部殖民情结的他看来,与她交往无疑可以提升自己的地位,缩小或者弱化他与周围邻居之间的心理差异。他甚至认为玛丽的身体都具有开放性的特征,她的四肢也比自己的强劲有力。换句话说,作为亚裔男性的富兰克林在白人女性玛丽面前,反而显得"女性化"。敏感的姗妮虽然将这一切都看在眼里,却无法用直接、实际的行动对养父这种奴化的行为加以干涉或阻止。于是,她借助音乐演奏这一别种的方式来做出与之对立的声明。每次玛丽在她家里,或者是即将来她家的时候,她总会把肖邦的音乐演奏得更为强烈、更为感伤。可以想象,姗妮在故意改变音乐的节奏(演奏得极慢)和力度(没有转调)。她试图以这种极为个人化的演绎方式向玛丽与养父传递自己内心的强烈不满。不无讽刺的是,玛丽每次听到姗妮演奏时,总会在富兰克林面前夸赞她精湛的琴艺,认为他教女有方。很明显,玛丽虽然土生土长在古典音乐起源的西方世界,却并不是很高级的聆听者,并未真正理解姗妮琴声所承载的信息。相反,身为韩裔少女的姗妮倒是掌握了这一话语权力。与浑然不觉的玛丽不同,富兰克林清楚地"听出"了姗妮通过音乐所表达的东西——她是在"批判,而不是在探索"(Lee,1999:71)肖邦的音乐,进而批判他的行为、他这个人本身。他甚至深切地感受到这琴声对他的羞辱。此时,他情不自禁地联想到与姗妮极为相似的另一个人——自己在二战参军时认识的、从朝鲜殖民地强征来的慰安妇 K。之所以联想到她,一方面是因为她和姗妮都是韩裔,而他当初收养姗妮为女儿正是要"重复他与 K 之间的关系"(Jerng,52)。另一方面,则是因为她们都以自己特殊的方式在他面前大胆操演过自己的身份,并迫使他正视自己的真实身份。就像姗妮将富兰克林自以为熟悉的肖邦音乐演奏得令他极为不安一样,K 亦曾以非常刺耳、尖厉的声音一针见血地指出,伪装成日军医护人员的富兰克林其实是朝族人。当时,他为了保护自己、掩盖自己韩裔的身份,在拒绝就范的 K 杀死小野长官之后,没有像她请求的那样开枪将其杀死(这样可以让她免遭之后更大的痛苦),反而容许 K 最后被其他日军残忍地杀害、分尸。虽然后来身在美国的富兰克林看似忘却了这一记忆,但事实上此事已经给他的内心造成巨大的创伤。在姗妮控诉的琴声中,这一创伤记忆终于再现。这一次,他没有像上次那样选择被动、沉默与合谋,而是终于明白,K 与姗妮重写主流叙事(不管是日本殖民主义还是西方音乐性)的尝试虽然面临着巨大的危险,也很难真正颠覆主流文化权威,然而她们却摆脱了与他一样可悲的命运——在看似正常的自我规约行为中失去自我。

四、即兴演奏：身份的突围

如果说细心的听者可以在"合适"的音乐中听出自己被压抑的历史、欲望与身份的话，那么当他/她在亲自演奏"合适"的音乐时，便有可能从自身的困境中突围，将这被压抑的一切更为直接、彻底地表达出来，达到一种宣泄（carthasis）的效果，也让自己真正的主体性得以重构。

在小说中，在众人面前，富兰克林·秦经常宣称自己不通音律，更不用说演奏了。然而，邻居丽芙·克劳福在一次闲谈中却意外地揭示出富兰克林不为人知的另一面——作为钢琴演奏家的一面。原来，富兰克林曾经在一次聚会时，为来宾们演奏过一首根据圣诞颂歌改编的钢琴曲。这首曲子本身难度并不大，属于一般性的加演曲目。然而，有趣的是，富兰克林的处理方式却是相当有难度的，那就是对这首曲子作了不小的改编，并即兴演奏出来。可想而知，富兰克林在音乐方面的素养是非常高的，否则他很难对一首耳熟能详的作品做出这样个性化、充满创造性的全新诠释。在很大程度上，这次演奏的经历为他之后能更加直接地面对自我、实现身份的突围起到了很好的铺垫作用。

确实，当小说临近尾声之时，富兰克林同样以类似于之前即兴式音乐演奏的方式做出了一个重要宣告——他要背负自己的骨血与肉身，离开这个只有靠伪装、只有靠消解自我才能生存的地方，去远方重新开始自己真正的生活。而且，一旦到达那里，他会一直"环绕"（Lee，1999：356）在那个"几乎像家"（Lee，1999：356）一样的地方。在这里，"环绕"一词确实够微妙，不仅使人产生一种即兴演奏式的眩晕感，而且让人感觉到一种坚定的、近乎偏执的执着。换句话说，一直以来，富兰克林努力操演的身份虽然让他人（甚至是自己）曾经眩晕、困惑，但是这一次，他对自己最终操演的真实身份终于做到了深信不疑。也正是因为这一次与之前音乐表演有很大不同质性的身份操演，才让读者明白，他已经最终卸下了用于伪装的人格面具，走向了自己真正的"自我"。

五、结语

不论是作为文化身份冲突场域与隐喻的三角钢琴、充满美学悖论的肖邦夜曲,还是积极聆听中获得的不安启示,抑或是即兴演奏中预告的自我突围,都是小说男主人公富兰克林·秦隐藏、压抑的真实身份与他现在建构的各种人格面具进行的一系列激烈、深刻博弈的重要体现。正是在这一对抗与对话的进程中,富兰克林逐渐完成了从"他者"到"自我"的精神成长之旅。也正是由于这些西方古典音乐元素在文本中微妙的在场,《手势人生》成为一部成功通过音乐叙事来深入探讨复杂"他者"政治的经典亚裔美国人小说。

参考文献

[1] Burgan, M. Heroines at the Piano: Women and Music in Nineteenth-century Fiction[J]. Victorian Studies, 1986, 30(1): 51—76.

[2] Carroll, H. Traumatic Patriarchy: Reading Gendered Nationalisms in Chang-Rae Lee's A Gesture Life[J]. MFS Modern Fiction Studies, 2005, 51(3): 592—616.

[3] Cheng, A A. Passing, Natural Selection, and Love's Failure: Ethics of Survival from Chang-Rae Lee to Jacques Lacan[J]. American Literary History, 2005, 17(3): 553—574.

[4] Jerng, M C. Recognizing the Transracial Adoptee: Adoption Life Stories and Chang-Rae Lee's A Gesture Life[J]. Melus, 2006, 31(2): 41—67.

[5] Kallberg, J. The Rhetoric of Genre: Chopin's Nocturne in G Minor[J]. 19th-Century Music, 1988, 11(3): 238—261

[6] Lee, C. Form-giving and the Remains of Identity in A Gesture Life[J]. Journal of Asian American Studies, 2011, 14(1): 95—116.

[7] Lee, C R. A Gesture Life[M]. New York: Riverhead Books, 1999.

[8] Lee, Y O. Transcending Ethnicity: Diasporicity in A Gesture Life[J]. Journal of Asian American Studies, 2009, 12(1): 65—81.

[9] Margulis, E H. Silences in Music are Musical not Silent: An Exploratory Study of Context Effects on the Experience of Musical Pauses[J]. Music Perception: An Interdisciplinary Journal, 2007, 24(5): 485—506.

[10] Motuz, A. Before Speech: An Interrogation of Trauma in Chang-Rae Lee's *A Gesture Life*[J]. Canadian Review of American Studies, 2013, 43(3): 411—432.

(原发表于《外国语言文学》,2017 年第 1 期)

印度裔

变幻莫测的"卡莉女神"
——解读芭拉蒂·穆克尔吉的《詹丝敏》

黄 芝[*]

(苏州大学外国语学院)

摘 要:芭拉蒂·穆克尔吉是继奈保尔和拉什迪之后又一位在英美文坛上熠熠生辉的印度裔英语作家。其代表作《詹丝敏》体现了穆克尔吉崭新的第三世界女性流散诗学特征。正如印度教中的毁灭女神——卡莉女神一样,小说女主人公詹丝敏通过不断变幻的方式来颠覆"属下"阶层女性的本质化身份,反击殖民主义、男权和资产阶级剥削等文化霸权。詹丝敏的族裔身份、女性意识和阶级观念密不可分,折射出她逆境求生的心灵轨迹。穆克尔吉倡导的新流散诗学虽然有一定的局限性,但为"属下"阶层女性流散者提供了有效的反话语策略。

关键词:芭拉蒂·穆克尔吉;第三世界女性流散者;詹丝敏;卡莉女神

芭拉蒂·穆克尔吉(Bharati Mukherjee,1940—)是继奈保尔和拉什迪之后又一位在英美文坛上熠熠生辉的印度裔英语作家。但是,至今为止,除了《英语后殖民文学研究》一书中的寥寥几笔外,国内学术界并未对这位美国印度裔女作家进行过介绍和论述。穆克尔吉 1940 年生于印度加尔各答市,1969 年获得美国爱荷华大学英语与比较文学博士学位并定居美国。自 1971 年出版第一部小说《老虎的女儿》(*The Tiger's Daughter*)以来,穆克尔吉致力于创作"新移民文学"(new immigrant literature)。1988 年,她凭借短篇小说集《中间人》(*The Middleman and Other Stories*)成为美国第一位获得"国家图书评论界奖"的流散作家。

《詹丝敏》是穆克尔吉的代表作之一,但是,国内外学术界对它的介绍和解读具有牵强附会之嫌。在《英语后殖民文学研究》一书中,任一鸣和瞿

---

[*] 作者简介:黄芝,博士研究生,主要研究方向为当代英美文学、英语后殖民文学。

世镜两位学者只强调小说女主人公詹丝敏的无根和"林勃"状态——詹丝敏"始终行走在一个圆上……处在这个圆周上的人便不可避免地落入了文化的困境"(任一鸣,150),并未梳理女主人公的多次流散经历以及其中蕴涵的反话语策略。

美国学术界对穆克尔吉的评论和接受分为两派。印度裔批评家从印度民族主义出发,谴责穆克尔吉对印度文化传统的消极描写,以及对殖民话语的妥协。而美国一些主流批评家也对《詹丝敏》颇有微词。他们从美国多元文化主义出发,认为穆克尔吉在塑造美国移民传奇时,应把第三世界移民的种族、文化等纳入美国身份政治中,为美国的多元文化主义政策服务。这两种看似矛盾的评论却有着共同点:流散者的主体性是建立在极端的文化差异基础之上的。在本质化主体性观点的影响下,大部分学者没有认识到:对于许多流散作家,特别是"新流散"一代来说,主体性是一个不断变化和流动的概念。

事实上,《詹丝敏》体现了穆克尔吉崭新的第三世界女性流散诗学的特点。从印度的"乔蒂"和"詹丝敏"到美国的"简",再到永无止境的以"J"为首字母的新名字,小说女主人公詹丝敏试图挣脱印度"属下"阶级女性的本质化身份,并呐喊出通过不断变化的方式来反击殖民主义、男权主义和资产阶级剥削的反话语。她是流散中的"卡莉女神"[①],以鲜血来毁灭各种权力话语强加的僵化身份。詹丝敏的族裔身份、女性意识和阶级观念三者交织在一起,构成了她在困境中寻找变化的身份的政治诉求。本文拟从这三个方面来剖析詹丝敏逆境求生的心灵轨迹,并论证穆克尔吉倡导的新流散诗学虽然有一定的局限性,但为其他"属下"阶层女性流散者提供了有效的斗争策略。

一

流散理论(diaspora theory)以其对当下移民现象的关注在20世纪文

[①] 卡莉女神(Kali)是印度教中湿婆神的配偶,是毁灭的象征。卡莉女神变幻莫测,时而形态优美,时而变化成具有黑色身体、四只手臂、吐着血淋淋舌头以驱除恶魔的女神。穆克尔吉曾说道:"詹丝敏就是卡莉神,毁灭女神"。

化批评理论中占据着重要的地位。流散理论中最关键的概念是"根"（root）和"路径"（route）。"前流散者"操民族主义话语，深切关注民族身份或"根"。但是，这种族裔身份政治具有明显的局限性。首先，过分强调族裔身份会忽略流散者的性别、阶级、性取向等具有决定作用的因素。其次，过分强调族裔身份有重建西方/东方、宗主国殖民地等二元对立之嫌。再次，族裔身份政治把身份等同于静止、僵化的概念。最后，他们未意识到流散者身处的主流文化本身并不是一个同质的文化。流散理论家维杰·米什拉和詹姆斯·克里夫等认为，"新流散者"强调"路径"以及身份的非线性和流动性，并以此来摆脱主流文化强加于他们的"他者"身份。同时，他们以非暴力的方式对宗主国的身份政治提出了挑战。

穆克尔吉的流散诗学也反映了"新流散者"打破地域束缚，摆脱僵化族裔身份的美学理想。她认为，流散主体性的变化是一个从"无家"到"重铸家园"的过程，涉及"脱离出生地的文化"并"在新的文化中重新扎根"（Hancock，39）。她强调："在这个流散时代，人的生物学意义上的身份并非他的唯一身份，破坏、成长与迁徙是如影随形的"（Mukherjee，4）。詹丝敏在从印度到纽约，再到爱荷华州的迁徙和移居中，颠覆了印度族裔身份和印度民族宗教的束缚，反击了虚伪的美国多元文化主义及其强加的少数族裔身份，追求在不断流散中重新塑造自我的理想。

宗教信仰是印度民族身份的最好体现。詹丝敏出生于虔诚的印度教家庭，她的身份即是一位笃信印度教的乡村姑娘。但是，印度教的某些腐朽教条和繁文缛节以及与其他宗教派别如锡克教的宿世矛盾却制约着詹丝敏的身心发展，导致詹丝敏放弃宗教信仰和印度国籍，走上了"重铸家园"的流亡旅程。印度教是印度最主要的宗教，并已成为印度人的生活方式。印度教施行种姓制度，把人分为从高到低的四等，并宣扬避世论、因果报应论等。这些落后的教条严重制约着印度的发展。詹丝敏一出生就笼罩在"寡妇和流亡……我什么都不是，只是太阳系中的一块斑点"（1）的印度教预言中。她必须尊重并实践占星家的预言；她必须随家人离开拉浩村以让给更高一层种姓的人居住；她必须为自己的嫁妆烦恼，因为印度教中女方嫁妆的多少直接决定着她在丈夫家中的地位等。

锡克教是印度年轻的宗教，因崇尚宗教保护而经常与其他宗教发生流血斗争。锡克教在与印度教的斗争中提倡纯洁宗教，惩罚印度教徒。这些宗教矛盾给詹丝敏的生活带来了破坏性的影响，但也是她宗教身份觉醒的契机。锡克教徒为了给放弃"肮脏和邪神崇拜"的教徒建立"纯洁之地",要禁止像詹丝敏等"妓女一般的女人"上街,因为"所有的女人都是妓女","纱丽是妓女的标志"(58)。结果,詹丝敏的丈夫在一次宗教流血斗争中被本来要丢向詹丝敏的炸弹炸死,使她成为象征着厄运和罪孽的寡妇。詹丝敏意识到封建宗教的危害,她诅咒道:"我要放弃神明。我要向神吐口水"(87)。宗教上的觉醒标志着詹丝敏摆脱印度宗教的束缚、弃绝印度国籍的决心。

詹丝敏初到美国的第一个身份是纽约福拉新(Flushing)印度移民聚集区法德哈拉家的借住者,美国政府虚伪的多元文化主义政策又使她在异国他乡保持印度性的梦想彻底破灭。法德哈拉先生曾是詹丝敏丈夫的老师,美国多元文化主义的本质——民族差异和分裂使他无法踏上美国大学的讲坛。他为了养家糊口而背着家人做起了贩卖头发的买卖(头发属于人身体的废弃物,贩卖头发在印度教中被认为是贱民"不可接触者"的职业)。而法德哈拉夫人整天沉溺于有关印度的幻想中,生活在"天堂的小角落里"(127),例如,她不断租借印度电影,在印度电影的浪漫世界中寻找慰藉。这种"林勃状态"——身在美国,心在印度的"古老世界的忠实"几乎使詹丝敏窒息。美国多元文化主义的实质是要把少数族裔流散者限制在为他们划定的"文化飞地"(cultural enclave)中。穆克尔吉也对多元文化主义进行了无情的控诉:"多元文化主义强调种族传统的差异。对于差异的强调也常常导致差异双方的非人性化。非人性化会导致歧视,而歧视最后会导致屠杀"(Mukherjee,1994)。

经历了泰勒家的保姆、银行家巴德的妻子等身份之后,詹丝敏虽然过着衣食不愁的生活并怀上了巴德的孩子,却毅然选择与泰勒先生到加州,寻找新的身份和生活。她想"重新创造自己成千上万次"。她发誓:"我对盘腿飘浮在我家厨房火炉上的占星家低声地说:看我可以重新摆放星星"(214)。

詹丝敏对印度宗教文化的舍弃及其印度性的不断褪色和消减暗示了穆克尔吉流散诗学的局限性,即忽略了作为民族文化记忆的印度性对詹丝敏反击殖民话语的重要作用。但是,在蒙昧的宗教教条和虚伪的美国多元文化主义的重重包围中,追求族裔身份的流动性是一种无奈但行之有效的策略。詹丝敏自由身份的不断变化和显现彰显出"新流散者"以变化身份来反抗权力话语的魄力和雄心。

二

后殖民主义和女权主义因对"边缘"人群的共同关注而渐渐相互借鉴和影响,二者矛盾和融合的焦点是"第三世界妇女"。众多后殖民女性主义批评家强调,"第三世界妇女"是"毫无疑问的受害者——帝国意识和本土、外来男权主义的被忘却的遇难者"。而以莎拉·苏蕾莉为代表的理论家认为,"第三世界妇女"这一术语使这些女性陷入"对边缘性'的伤感和投机性的迷恋中"①。这种"新东方主义"话语把第三世界女性描写成无知、贫穷、蒙昧以及墨守传统的家庭妇女形象,具有浓厚的殖民主义色彩。因为它忽略了现实中第三世界女性的物质和历史差异,同时陷入了西方妇女将第三世界女性他者化和奇景化的殖民视野中。

第三世界女性为了摆脱本质化身份的束缚必须"说话"。后殖民女性主义的代表人物 C.T.莫汉蒂在其后殖民批评经典《西方的注视下:女性主义学识与殖民话语》(1984)中不仅对西方妇女的女性帝国主义进行了无情的批判,同时还描绘了第三世界女性的"抗争版图",以"流散版图"说明女性流散者身处帝国中心的尴尬位置,鼓励第三世界妇女应结成政治联盟,从阶级、宗教及性别的层面考察女性问题,打破"第三世界妇女"的刻板形象。詹丝敏通过挑战印度教极端男权和西方帝国主义男权,挣脱"受害者"的女性身份,努力解除制约女性自由生活的障碍,追求"属下"阶层女性的解放。她的"说话"是反抗东西方男权主义的最强音。

詹丝敏的女权主义意识在印度早已觉醒,她已经踏上了改变自己身份——没有嫁妆的印度教乡村女孩的道路。她英文出色,并常常代她的哥哥写信,掌握了为男性所垄断的表征能力(是隐喻性的男性生殖器)。她勇于追求理想:"我想要成为一名医生,并在大城镇里设立自己的诊所"(45)。她放弃"殉夫"习俗(印度教妇女在丈夫的葬礼上自杀以显示其贞洁)标志着她反抗印度教男权主义、追求女性解放的勇气。除此之外,詹丝敏婚后还与其他家庭主妇加入推销洗衣粉的行列,有了一些积蓄。她追求女性解

---

① 莎拉·苏蕾莉在其专著 *The Rhetoric of English India* 中的原话。摘引自莉拉·甘地.Postcolonial Theory: A Critical Introduction[M],1998:83—84.

放和经济独立的斗争正好与西方女权主义者需要"一个自己的房间"的宣言不谋而合。

"属下"阶层妇女不仅是本民族男权主义的受害者,还是西方帝国主义男权的牺牲品。詹丝敏杀死强奸她的船长"半脸"标志着她拒绝"受害者"的角色,颠覆西方帝国主义和男权的双重压迫,同时也是她女性身份转换中的最关键步骤。她没有因失身而自杀并屈从于女性受害者的身份政治,而是使用刀(象征男性生殖器)刺入船长的身体。这标志着詹丝敏从懵懂走向醒悟,是一种逆转性、策略性的反抗。詹丝敏即是印度教中的毁灭女神——"卡莉女神","她"展开我的舌头,在上面划了一道口子"(105)。"卡莉女神"詹丝敏的破坏和重组力量彰显了一种革命性的女性政治——对男权的反抗需要积极摆脱本质化的女性身份,并转换性地挪用曾为男性中心主义服务的武器来反击。

在美国这个西方女权主义的发源地和战场,詹丝敏从女权主义的支持者成长为一名真正的女权主义者。泰勒先生的妻子薇丽离开泰勒先生,与她的真爱斯图亚特到巴黎生活。这使曾在泰勒先生家做过保姆的詹丝敏充分理解了女性追求自由的权利。在经历她的另一种身份——银行家巴德的妻子时,她把这种权利发挥得淋漓尽致。她虽怀着巴德的孩子,却拒绝嫁给他。在小说的结尾处,她接受了泰勒先生的爱,并和他一起走上了通往加州的路。詹丝敏的决定并不是仓促的,相反,过去的经历和对女性身份的崭新理解使她充满信心:"我并不是在男人中选择……我并不感到耻辱,而是解放"(214)。

虽然穆克尔吉对詹丝敏的塑造一味强调女性的解放,忽略了女性在社会和家庭中应承担的义务,以及后女权主义者提倡的男女互补性。但是,詹丝敏确实为第三世界妇女提供了女性解放的可行模式。她们再不是"白人父亲"眼中温顺、贞洁的"殉夫"女,也不是"白人母亲"眼中无知、守旧的家庭妇女。第三世界妇女要获得女性自由,必须借鉴西方女权主义的思想精髓,通过不断摆脱女性僵化身份的途径达到对东西方父权制和西方帝国主义男权的解构。

三

第三世界女性的经济压迫和阶级地位常常与种族和性别一起决定着她们的文化身份。印度裔后殖民理论家加亚特里·斯皮瓦克认为,在巨大经济利益的诱惑下,许多国际跨国公司把工厂开在具有原材料和廉价劳动力的第三世界。这种经济剥削引起了国际劳动分工的不合理,而其最严重的受害者恰恰是妇女。以印度"属下"阶层妇女为例,她们不仅是印度统治阶级的剥削对象,更是当代全球资本主义经济的受害者。

斯皮瓦克借鉴德里达的解构主义重新阅读马克思的理论,认为他在批判资本主义的时候忽略了第三世界殖民地臣民的困境。作为"属下"阶层的殖民地女性,必须通过颠覆和积极改变霸权意识——在资本主义统治下抹杀人的真正物质、经济状况的"错误意识",采取激进的破坏活动,才能彻底改变第三世界无产阶级妇女的命运。詹丝敏的阶级地位经历了从农家女儿、无产者的妻子、社会底层的流散者、白人的保姆到美国大学的印度语言教员和银行家巴德的妻子的过程。从第三世界无产阶级妇女到美国中产阶级们的精神支柱,詹丝敏的改变颠覆了充斥着殖民色彩的资本主义经济伦理,打破了传统国际劳动分工的局限。

作为印度的农家女儿和无产者妻子的詹丝敏虽无法摆脱天生的阶级地位,但她不囿于自己传统阶级的决心已经初见端倪。帝国主义对印度的殖民,首先是从改革农村的土地田赋制度着手,改变印度农村古老而稳定的村社制度,掠夺财富,使印度农民愈加贫困,加剧了印度农村的贫富分化。家庭贫穷的詹丝敏必须每天做繁重的家务,生活条件与家有私人厕所和电灯的朋友相差千倍。她甚至没有印度教中决定女方地位的嫁妆。但詹丝敏改变自己阶级地位的决心没有停止;她想要成为一名医生;她想与丈夫建立属于自己的"维杰 & 妻子"商店;她在丈夫死后发誓"不再爬回哈斯那普尔和封建主义。那个乔蒂已经死了"(87)。逆境中的詹丝敏已经建立了弃绝农家女儿和无产者妻子的阶级身份的决心。

在泰勒家做保姆是詹丝敏(改名为嘉斯)阶级意识的转型期。在主流社会资本主义的包围下,她开始意识到"属下"阶层妇女与美国资产阶级应是平等的:"乔蒂会积蓄钱财。但乔蒂现在是殉夫女神;她已经在佛罗里达州一个用栅栏围起的汽车旅馆后面的葬礼柴堆上自焚了。詹丝敏只为未来，为了'维杰&妻子'而活。嘉斯上电影院并为今天而活"(156)。她称自己是"白天的妈妈"而不是保姆；她凭自己的意愿挥霍浪费或积蓄钱财；她想要成为一个"幽默、聪明、文雅、柔情"(151)的人，即与白人资产阶级平等的公民。詹丝敏的改变不是对白人资产阶级的刻意模仿或崇拜，并使自己成为他们的一员，而是为摧毁白人眼中的"属下"阶层刻板形象所做的努力。

作为美国大学的印度语言教员和银行家巴德的妻子的詹丝敏在反抗的道路上又跨进了一步。进入美国资产阶级心脏的她解构了第一世界资产阶级和第三世界无产阶级的二元对立，突显出美国资产阶级对第三世界无产阶级的依赖性。詹丝敏在哥伦比亚大学印度语言系兼职教授印度旁遮普语时，甚至有一位拥有福特基金、研究旁遮普地形变化的人找她担任导师。在银行家巴德的家里，詹丝敏扮演着巴德夫人的角色，但拒绝嫁给他。而当巴德双腿残废，生活不能自理时，詹丝敏又成了他的支柱和依赖。詹丝敏进入以银行家巴德为代表的美国资产阶级的生活，并逆转性地成为他们的导师和精神支柱，标志着詹丝敏彻底打破了第三世界无产阶级女性的陈旧形象，是对美国资产阶级的嘲讽和重重一击。

虽然詹丝敏阶级身份的改变具有模仿资产阶级生活方式，渴望成为美国资产阶级一员之嫌。但是，詹丝敏最终放弃了衣食无忧的生活，体现了少数族裔女性不愿与具有剥削本质的资产阶级同流合污的正直品质。在"美国的希望与古老世界的责任"(214)之间，詹丝敏选择了后者，即改变第三世界无产阶级女性"受害者"，反击美国资产阶级的剥削和压迫。

在近40年的批评和创作生涯中，穆克尔吉一直致力于重新界定第三世界女性流散者的形象。她们的生命是"不平凡并且常常是英雄式的……虽然她们受到新生活或职业的挫折和伤害，但她们并没有放弃。她们为了解决问题而甘冒在古老而舒适的世界中从未冒过的险。当她们转变国籍以后，获得了重生"(Mukherjee, 1988)。在族裔、性别和阶级等因素交织的权力网络中，穆克尔吉把詹丝敏这一典型的第三世界女性流散者塑造成为"斗士和改革者"(40)。她坚持着破坏即创造的理想："世上没有无害而温柔的重塑自我的方法。我们杀死曾经的自我，以梦幻的意象获得重生"(25)。

虽然在穆克尔吉新流散诗学观照下的女主人公流露出浓厚的个人主

义的色彩,即一味强调个人自由,忽略了第三世界女性应承担的责任和义务。但是,在殖民主义、男权主义和资产阶级剥削等重重包围中,变化是一种无奈却有效的反话语策略。"卡莉女神"詹丝敏打破了第三世界女性守旧、无知和贫穷的刻板形象,并以不断变化的文化身份神灵显现来反击文化霸权(恶魔)。她的毁灭即重生的生存哲学无疑为众多"全世界受苦的人",特别是流散女性,提供了一条可行的路径。

参考文献

[1] 任一鸣,瞿世镜.英语后殖民文学研究[M].上海:上海译文出版社,2003.

[2] Chen,Tina & S.X.Goudie.Holders of the Word:An Interview with Bharati Mukherjee[EB/OL].(1997)[2006-12-28].http://152.1.96.5/jonvert/vi/bharat hm.

[3] Gandhi,Leela.Postcoionia Theory:A Critical Introduction[M].New York:Columbia University Press,1998.

[4] Hancock,Geoffrey.An Interview with Bharati Mukherjee[J].Canadian Fiction Magazine,1987,59(5):30—44.

[5] Koike,Rie."Tornado[s]" with the Initial "J":the Meaning of Chaos Theory in Mukherjee's Jasnine[EB/OL][2006-12-28].http://www.lang.nagoyau.ac.jp/~nagaharay/an litchubu/koike.hml.

[6] Leard,Abha Prakash.Mukherjee's Novel Jasnine[J].Explicaor,1997,55(2):114—118.

[7] Mishra,Vijay.The Diasporic Imaginary:Theorizing the Indian Diaspora[J].Texural Practice,1996,10(3):421—447.

[8] Mukherjee,Bharati.An Interview with Bharati Mukherjee[J].The Iowa Review,1990,20(3):7—32.

[9] —.American Dreamer. Mother Jones Magazine[J],1997,Jan/Feb:1—6.

[10] —.Beyond Multiculuralsn[J].Des Moines Register,1994,Oct2,1C+.

[11] —.Interview[J].The Massachusets Review,1988,29(4):645—654.

[12] —.Jasmine[M].New York:Fawcett Crest 1989.

[13] Ruppel F.Tinothy.Re-inventing Ourselves a Million Times:Narrative,Desine Identity and Bharti Mukherjee's Jsmine[J].College Literature,1995,22(1):181—192.

(原发表于《解放军外国语学院学报》2007 年 5 月第 30 卷第 3 期)

芭拉蒂·穆克吉的跨文化书写及其对奈保尔的模仿超越[*]

尹锡南[**]

(四川大学985工程"南亚与中国藏区研究社科创新基地")

摘 要：印裔美国后殖民作家芭拉蒂·穆克吉的创作可以分为三个时期，即从探索第三世界自我流放者的流亡意识，到考察其向移民定居意识的转变过渡，再到探索这种定居意识的扎根，亦即完成自我身份的"文化翻译"和文化定位。某种程度上，穆克吉的跨文化三期书写可以视为对后殖民作家奈保尔的模仿与超越。

关键词：芭拉蒂·穆克吉；V.S.奈保尔；霍米·巴巴；后殖民文学

在当代英美后殖民文学领域里，芭拉蒂·穆克吉（Bharati Mukherjee）是略晚于奈保尔进行文学创作的印裔美国著名作家。她于1940年生于印度，1969年获得美国爱荷华大学英语与比较文学博士学位。经过印度、加拿大和美国三地不断辗转，穆克吉1980年最终定居美国。1988年，她以短篇小说集《中间人》获得美国"全国图书评论界奖"。穆克吉已经被大家"公认为表达流亡与移居意识的代言人"(Kumar，14)。穆克吉的创作可以分为三个时期进行研究：从1971年出版处女作长篇小说《老虎的女儿》到1979年为自动流亡期；从1980年到1988年为自动流亡到移民定居的过渡期；1989年到1997年出版长篇小说《留给我》为移居期。本文试图对穆克吉三个时期的跨文化书写进行简单分析，并就她对奈保尔的模仿超越作一说明。

---

[*] 项目信息：四川大学哲学社会科学青年学术人才基金和第二批中国博士后科学基金特别资助。

[**] 作者简介：尹锡南，副教授，研究方向为比较文学与世界文学。

一

在第一个时期即自动流亡或曰自我流放期里,穆克吉创作了长篇小说《老虎的女儿》、《妻子》,并与丈夫合作出版了印度游记《加尔各答的日日夜夜》。这些作品典型地体现了穆克吉在自我流放心态中对自我文化身份的追问以及对印度和西方文明的观察感受。

《逆写帝国》的作者认为,"后殖民文学的主要特征是对地理方位和空间置换的关注。这就形成了特殊的后殖民身份认同危机"(Ashcroft,8—9)。后殖民文学中的空间置换本质上涉及跨文化书写的后殖民作家在东西文化场域间的审美思维转换,这一转换不可避免地影响了穆克吉关于东方文化(此处指印度文化)的认识,这以文化身份认同的焦虑困惑表现出来。

穆克吉在游记中承认:"我的印度性很脆弱"(Blaise,170)。穆克吉这里指的是她在北美期间的生活经历对其"印度性"的削弱,这使她对印度文化的认同发生了一些微妙的变化。她认为自己是受美国生活与小说影响的第一代印度作家。她的审美情趣综合了印度教想象和美国化的小说技艺。她坦率地承认,作为孟加拉婆罗门种姓的后裔,自己几乎丧失了印度教徒的直觉。这些都使她身上的印度性变得越来越脆弱。穆克吉在游记中也常常以局外人的口吻描述印度人、特别是印度妇女的所言所思,居高临下地探讨印度妇女的解放问题。穆克吉给自己的标签是北美的"第三世界女作家"(Blaise,253)。这样,穆克吉在美国作家和第三世界作家的两种标签上进行"文化骑墙"。

严格说来,在表达与印度的"文化疏离"方面,穆克吉带有自传特色的小说《老虎的女儿》更加典型。小说主人公塔拉年轻时被父亲送到美国接受高等教育,在那里忍受了乡愁的折磨,但她同时也试图调整心态迎接西方生活的挑战。七年后,塔拉带着美国丈夫大卫回到印度探亲。她发现自己仿佛是一个非印非美的陌生客人。在印度这片曾经熟悉的土地上,她感到困惑迷惘,进入"文化疏离"的痛苦状态。已经美国化的塔拉经历西方教育的文化"洗脑"后,很难找回自己的印度性,也就很难达成对印度的文化认同。这可视为解开她笔下的塔拉在印度遭遇"文化休克"的一把心理钥匙,因为塔拉无疑是穆克吉自己的艺术化身。

　　1975年,穆克吉出版了第二部长篇小说《妻子》。塔拉在《老虎的女儿》中回到印度检测她的印度性的脆弱程度,而蒂姆波在《妻子》中陪同丈夫赴美检测印度妇女面对"文化休克"时的心理承受能力。两位印度女性跨越文化边界的心灵探索以这一东一西的逆向征程表现出来。在《妻子》中,来到美国的蒂姆波面临一种真实而冷酷的"文化两难"。虽然也有印度人聚居区,也有印度风俗的社交聚会,但蒂姆波仍然难以面对美国生活的巨大反差。由于无法战胜失眠和噩梦的袭扰,蒂姆波最后在梦游状态下杀死了自己的丈夫,一出跨文化生活体验的黑色悲剧就此闭幕。塔拉和蒂姆波天生是一对灵魂流浪的同胞姐妹。

二

　　后殖民作家近年来纷纷开始"逆写帝国",从被殖民者的视角看待东西方关系,并在他们的文学创作中表现出一种积极主动地建立自己的主体文化地位的大胆姿态。当然,正如霍米·巴巴指出的那样,后殖民作家的抵抗性"逆写"不一定是政治的全然对立,也并不意味着简单地否定和排斥另一种文化,而是要在殖民者的主流话语内部制造混乱,试图获取文化差异的目的。因此,巴巴提出了倡导文化多位性的"第三度空间"理论。这种"逆写帝国"以达到建立文化上的"第三度空间",反映到创作中,就是部分后殖民作家由关注流亡意识转向研究移民定居的文化策略。

　　穆克吉的创作第二个时期进入到自动流亡转向移民定居意识过渡的阶段,主要作品是两部短篇小说集《黑暗》(1985年)和《中间人》(1988年)。在《黑暗》的"引言"中,穆克吉将自己在美国的生活与心态变化称为"从流亡的孤独向移民的勃勃生机转变的一次运动"。她把自己身上的印度性视为"一种值得庆贺的流动身份"。"印度性现在只是一种隐喻而已"(Mukherjee,1985:3)。"引言"是穆克吉创作进入新阶段的标志。

　　《黑暗》共收录12个短篇小说,其中一些小说主要描写在北美自动流亡的南亚移民暗淡的生活境遇。当然,正从流亡心态转向移民心态的穆克吉没有一味沉浸在移民的辛酸之中。此时穆克吉已从加拿大迁徙到美国。她开始对移民问题作超越性的艺术思考。她的心态开始与拉什迪接近。

拉什迪强调第三世界移民主动向寄居国社会渗透和靠拢，创造自己的"新世界"，建立自己的主体文化身份，这与穆克吉的思想相一致。乡愁这时成为穆克吉嘲讽的对象。

霍米·巴巴认为："作为一种生存战略的文化既是跨国界的（transnational），也是翻译性的（transnational）。"在他看来，对移居者来说，不能主动"翻译"自己将危机重重，主动"翻译"自己则会迎来新生。这种"翻译"是混杂的、属于"第三度空间"的一种"新颖性"。有人评价说："穆克吉本人便是一个'被翻译过来的人'（translated person）。穆克吉在小说中对印度与西方文化进行互译"（Kumar，81）。与拉什迪一样进行跨界书写的穆克吉，也以一种"文化翻译"心态观察印度移民在北美的"身份翻译"。《黑暗》中的一些小说反映了穆克吉的"文化翻译"观。在《印度教徒》中，穆克吉揭示了印度移民丽拉在美国翻译自我文化身份的心路历程。丽拉嫁给了白人德里克，她声称："我否认近来与印度有任何联系。我在美国已经宾至如归多年了。我现在是一个美国公民"（Mukherjee，1985：133）。这样说来，丽拉在印度与美国之间的文化身份"翻译"是成功的。不过，仔细审视小说可以发现，丽拉的"流动身份"并未完全抹杀她的印度性。跨越地理边界容易，跨越历史和语言边界的"文化翻译"则难矣。

1988年出版的短篇小说集《中间人》探讨的主题更加广泛，涉及的移民背景更加复杂，他们分别来自印度、斯里兰卡、菲律宾、越南和特里尼达等第三世界国家。它将《黑暗》中没有解决的"文化翻译"问题引向深入。《中间人》的11个短篇小说中，有许多故事涉及女性移民主题，特别是她们在美国对自己的身份重新进行"文化定位"的尝试。如《房客》、《妻子的故事》和《嘉丝敏》等篇便是如此。与小说集题目相吻合，穆克吉本人是一个"中间人"，在东西文化之间进行沟通协商。她强调移民对寄居国文化地图主动积极的重描。她认为，将移民们的美国生活称为"熔炉"体验不如称为"融合"（fusion）更为贴切，因为，来到美国的移民并非被铸造成白人的模式。移居美国是一个双向互动的进程："白人和移民通过互动体验创造第三种东西"（Kumar，105）。所谓"第三种东西"暗示了穆克吉与巴巴"第三度空间"理论的共谋关系。

《黑暗》和《中间人》为我们艺术地揭示了一个存在于我们之间的新世界，一个从第三世界涌来的新面孔在西方经历脱胎换骨而创造出的新世界。这些新面孔在两种文化的矛盾张力中浮沉挣扎，以期创造赖以生存的

"第三度空间"。他们有乡愁,但他们更有治疗"怀乡病"的勃勃雄心。他们正在培养"文化变色龙"的基本功,正从流亡心态向移民意识过渡。不过,大多数时候,他们在异质文明语境中的"文化翻译"遇到了或多或少的挑战。他们有的人如同印度大史诗《罗摩衍那》中头朝下悬在新天空的陀哩商古,将自己的面貌"翻译"得古怪而畸形,并以这样的形状完成新的"文化定位",成为名副其实的"中间人"。这说明,穆克吉作品仍然处在流亡心态向移民意识转变的过程中等待着转型,这为她下一个创作阶段打下了基础。

三

以1989年出版的长篇小说《嘉丝敏》为标志,穆克吉的创作进入到第三阶段。她笔下的人物似乎已经开始适应异国文化氛围,克服了"文化休克"症状,在应对异国生活挑战时,显示出移民定居者的十足信心。《嘉丝敏》是对《中间人》里的同名短篇小说《嘉丝敏》的艺术翻新,添加了更为复杂的情节和更加乐观自信的基调,这充分反映了穆克吉此时对移民问题的新思考,也涉及她对加拿大和美国少数族裔政策的不同看法。在她看来,比起加拿大所谓的"多元文化主义"移民政策来,美国的移民法和生活方式更有助于第三世界的移民定居,给他们提供了一次"浪漫的再生机会"。她说:"由于有关于移民的熔炉理论,美国对印度移民的心态比加拿大更健康"(Mandal,Vol.2:73)。在《嘉丝敏》中,穆克吉试图利用女主人公嘉丝敏从印度到美国非法移民的冒险行为,松动跨文化生存时现实而复杂的"冻土层"。

《嘉丝敏》是穆克吉第三阶段创作中最有代表性的作品。这部小说继承了她此前的移民小说的诸多特色并力求创新。就叙事手段而言,时间的交错倒置和地理位置的不断变幻,构成了嘉丝敏在美国"翻译"自己文化身份的复杂背景。在某种意义上,这部小说是以嘉丝敏这个第三世界妇女的名字变化来统摄故事发展进程的。名字的变化显然象征了嘉丝敏为自己在古老旧世界和美好新世界进行"文化定位"的持续努力。嘉丝敏拥有这些名字的历程,就是她从第三世界向第一世界迁徙定居的段段传奇,是她主动地融入美国"大熔炉"的全部经历。

在穆克吉小说系列中,《嘉丝敏》之所以如此重要,是因为其中的女主人公嘉丝敏是对此前的塔拉、蒂姆波等移民女性形象的超越。故事的开头,占星士预言身为印度教徒的嘉丝敏将成为寡妇和流亡者。事情的发展正如他所预料的那样。不同的是,嘉丝敏勇敢地反抗加在她头上的诸种悲惨命运,最后幸存下来。用她自己的话来说就是:"在生存过程中,我已经变成了简,一个战士,一个适应者"(Mukherjee,1989:40)。在美国这个新世界里,嘉丝敏勇敢地抛弃了第三世界移民的乡愁情绪,带着美好希望奔向未来。《嘉丝敏》是后殖民时代典型的"成长小说"或曰"教育小说"。穆克吉在塑造处于"成长"和受"教育"阶段的第三世界移民形象方面取得了丰硕的成果。

以 C.T.莫汉蒂和斯皮瓦克等人为代表的后殖民女性主义理论家发现,西方的女性主义研究有忽略第三世界女性境遇的学术倾向。如果说第三世界在第一世界视界中的"被看"发生了历史变形的话,那么,第三世界妇女则在这种"变形"中沉入了历史地表之下。莫汉蒂鼓励第三世界妇女结为政治联盟,争取"说话"的权利。嘉丝敏等人在美国奋力发声"说话"就是挣脱种族、阶级和性别强权话语的束缚、从而冲出封冻的"历史地表"的最佳例证。嘉丝敏毫无畏惧地加快了融入美国社会的步伐。她借鉴了女权主义思想,通过反复的"文化定位",在第一世界获得了生存的空间和希望。嘉丝敏塑造初步完成了穆克吉探讨流亡与移民主题的艺术旨趣。

1993 年,穆克吉出版了长篇小说《世界拥有者》。实际上,这部小说涉及莫卧儿帝国时期西方人在东方进行身份认证的问题。这反映了穆克吉对移民心态进行继续追踪探索的艺术匠心。和嘉丝敏一样,主人公汉娜主动而愉快地融入东方,完成了在印度的"文化定位",成为一个特殊的"世界拥有者"。嘉丝敏和汉娜在东西方跨越时空的"文化定位"中形成有趣的对比。

从 1971 年出版处女作《老虎的女儿》到 1993 年出版《世界拥有者》,穆克吉从探索第三世界自我流放者的流亡意识,转向对移民定居意识的考察,再到完成自我身份的"文化翻译",寻求移民生存的"第三度空间",走过了一条艰辛的个人体验和艺术探索相结合的道路。三个时期的跨文化书写清晰地展现出穆克吉对第三世界移民、对东西方文化冲突和融合的思考。值得注意的是,她 1997 年出版的作品《留给我》再次回溯到移民的寻根意识,这种关于身份主题的"轮回"叙事似乎意味着穆克吉对移民问题的新思考。

四

与"殖民文学之父"R.吉卜林影响了一大批殖民文学作家相似,V.S.奈保尔的后殖民创作对于一些后殖民作家也产生了深刻影响。在穆克吉的创作道路上,奈保尔是一个挥之不去的影子。她声称,进行文学创作时,奈保尔是她"心目中的榜样"(Mukherjee,1985:2)。她还说:"我在自己身上隐隐约约地发现了奈保尔的影响痕迹"(Blaise,287)。晚于奈保尔进行创作的穆克吉对大她八岁的奈保尔不仅只有文学技法上的模仿,还有艺术思想方面的超越。

同为印度后裔,奈保尔和穆克吉在作品中不可能回避印度。相反,印度成为他们艺术描写的重要对象,成为他们的作品在英语世界走俏的东方元素。客观来看,他们在对印度文明的观察和思考上存在一些相似之处。这种思考本身带有前后相因的成分,体现了穆克吉对奈保尔的自觉模仿。

奈保尔曾三次去印度寻根,并出版了"印度三部曲"。西方文化的批判思维和立场使奈保尔在面对印度的现实时,采取了直言不讳的辛辣讥讽姿态。奈保尔自己也认为,他的书不是写给印度人看的,是写给西方人看的。这当然会招致部分印度学者的批判。印度旁遮普大学迈尼教授认为,"奈保尔笔下的印度不是我们的印度。"奈保尔的《黑暗地带》是"奈保尔式的《黑暗之心》"(Amur,101)。他将奈保尔比作描写非洲"黑暗"世界的英国殖民作家约瑟夫·康拉德。

穆克吉虽然在某些方面继承和模仿奈保尔,但在某些地方还是有所区别。例如,奈保尔在20纪90年代后,明显改变了对印度的刻板印象,发现了印度富于活力的一面,对甘地也以印度人的内部视角进行客观正面评价。但在穆克吉那里,很难看到对印度文明的赞美。这似乎与他们书写印度文明的艺术动机有关。在"无根人"奈保尔那里,印度是他的寻根之地,他一再走近印度的怀抱,其心态会随着时间推移和印度的积极变化而阴转多云;而文化灵魂西化的穆克吉则纯粹只将印度作为一个文学道具,作为她探索第三世界移民如何为第一世界接纳同化的主题的引子而已。换句话说,穆克吉对奈保尔的继承模仿本身就蕴藏了超越变异的因素。这在穆克吉对自己文化身份的思考和第三世界移民问题的观察中表现得尤其明显。

奈保尔既是一个"内在流亡者",没有自己的精神归宿,也是一个"现实流亡者",没有自己的祖国。就奈保尔而言,流亡和家园是同一枚硬币的两面。奈保尔的印度书写本质上是对自己的文化身份进行追问。奈保尔所经历的是"无家无根者在无国无宗教也无赖以生息的价值信仰的情况下的痛苦体验"(Naraimhaiah,108－109)。同为印裔作家,穆克吉对奈保尔的模仿也体现在对自我文化身份的追问上。这显示出奈保尔对于穆克吉文学创作的示范价值。穆克吉在美国作家和第三世界作家的两个标签上进行"文化骑墙"。穆克吉与印度的文化疏离虽然没有奈保尔那么严重,但她从心灵深处认同印度文化的可能微乎其微。这便体现了她在早期创作中欣赏并师承奈保尔的心理动因。穆克吉曾将自己视为一个流亡者。她说:"像我心目中的榜样奈保尔那样,我试图探究流亡这一艺术的状态。和奈保尔一样,我用尖刻自卫的反讽描写我笔下角色的痛苦"(Mukherjee,1985:2)。运用尖刻自卫的反讽将使作者描写后殖民知识分子的处境更加游刃有余。她除了以游记直接表现对印度文明的认同与否外,还以小说的形式进行艺术追问。这些小说里主人公与印度文明非亲即疏或若即若离的心理状态,艺术地折射了穆克吉对于自我文化身份的思考。事实上,奈保尔对第三世界自我流放者向前殖民国家即西方寄居国"流亡"的痛苦的描写,在穆克吉第一期创作中表现得最为充分。

穆克吉的第三期创作以1977年出版的印度游记为标志,开始进入由流亡意识转向移民定居意识的过渡阶段。这标志着她开始批判性地超越"心目中的榜样"奈保尔。她说:"和奈保尔一样,我也是来自第三世界的作家,但不同的是,我是自愿从印度来到美国定居。我已经把这个国家当作自己的家。我将自己看成一个美国作家"(Kumar,92)。这暗示她已经超越奈保尔的写作立场,进而向拉什迪的移民写作心态靠拢。事实上,穆克吉从关注流亡境况过渡到关注移民定居,与她对奈保尔和拉什迪创作心态差异的清醒认识不无关系。她认为:"拉什迪最吸引人的观念(希望这不是没有理由的恭维)是,尽管伴随失落困惑和彻底的荒诞,移居仍是一种纯粹的盈利行为,是一种与奈保尔的失落和模仿相对应的精神升华"(Mandal,Vol.3:33)。拉什迪认为移民是一种"赢利行为",是移民者的一种"精神升华",这对穆克吉关于第三世界移民问题的思考带来了深刻的启示。

穆克吉进入创作第三阶段时,她笔下的人物在应对异国生活挑战时显示出对移民定居者的十足信心。在嘉丝敏那里,乡愁已经没有多少立足之地。嘉丝敏通过自我身份反复的"文化定位",在第一世界获得了生存的空间和希望,积极加入到再建美国社会的阵营中,与奈保尔在《抵达之谜》等作品中体现的灰色心态形成强烈反差。正是在这里,我们发现了穆克吉对奈保尔跨文化书写姿态的有力反拨和积极升华。可以说,从奈保尔到穆克吉,浓缩了几十年来后殖民作家关于东西方关系和跨文化生存战略诸多思考的变化轨迹。

参考文献

[1] Amur, G.S. & S.K. Desai. Colonial Consciousness in Commonwealth Literature[M]. Delhi: Somaiya Publications, 1984.

[2] Ashcroft, Bill, Gareth Griffith & Helen Tiffin. The Empire Writes Back: Theory and Practice in Post Colonial Literatures[M]. London and New York: Routledge, 1989.

[3] Blaise, Clark, Bharati Mukherjee. Days and Night in Calcutta[M]. New York: Doubleday & Company, 1977.

[4] Kumar, Nagendra. The Fiction of Bharati Mukherjee: A Cultural Perspective[M]. Delhi: Atlantic Publishers and Distributors, 2001.

[5] Mandal, Somdatta. Asian American Writing, Vol.2: Fiction[M]. Delhi: Prestige Press, 2000.

[6] —. Asian American Writing, Vol.3: Theory, Poetry & the Performing Arts[M]. Delhi: Prestige Press, 2000.

[7] Mukherjee, Bharati. Darkness[M]. Ontario: Penguin Books, 1985.

[8] —. Jasmine[M]. New York: Grove Weidenfeld, 1989.

[9] Narasimhaiah, C.D. The Indian Critical Scene: Controversial Essays[M]. Delhi: Sterling Publishers, 1990.

(原发表于《国外文学》2010年第1期)

讲故事的艺术：朱帕·拉西里
及其《疾病讲解员》

王丽亚*

（北京师范大学外国语言文学学院）

摘　要：自20世纪80年代开始，美国文学评论界对短篇故事题材和理论的研究呈现出升温趋势。这一现象固然与小说理论界对传统类型研究的反思有关，但更为重要的原因在于当代短篇故事作家们的贡献，印度裔美国作家朱帕·拉西里就是其中之一。本文介绍她的故事集《疾病讲解员》，并以收录其中的同名故事《疾病讲解员》为例，对其题材、结构以及隐喻运用进行阐述，揭示这则关于普通人生活困境的小故事所蕴含的普遍意义。

关键词：朱帕·拉西里；《疾病讲解员》；短篇故事；疾病隐喻；简约主义

一、关于短篇故事的引言

相较于人们对长篇小说的重视，短篇故事一直被视为小说艺术的附属品而缺少关注。用普拉特（Mary Louise Pratt）的话来说，只要对小说艺术有所了解，就知道短篇故事是怎么回事，但反之则不然，因为"小说能全方位展现生活，而短篇故事只能讲述生活片断"（Pratt, 96）。的确，生活片断常常是短篇故事作家的首选内容（或者说只能如此）。不过，这并不意味着短篇故事不能揭示生活中某些普遍现象或意义，这一观点在英美小说理论史上早有共识。例如，詹姆斯（Henry James）在《女士画像》序言中指出，故

---

*　作者简介：王丽亚，教授，主要研究方向为英美文学。

事题材对于小说艺术至关重要,良好的题材来自作者对生活的直接感受和观察,而对于题材的处理方式是否到位则直接影响能否将生活感受准确传递给读者(James,45)。换言之,若以篇幅长短、题材大小而论,短篇故事可能不及长篇小说;倘若从艺术处理角度来看,短篇故事未必不如长篇小说。

就美国短篇故事历史而言,学界通常追溯到19世纪上半叶以欧文(Washington Irving)、坡(Edgar Allan Poe)、霍桑(Nathaniel Hawthorne)为主要代表的创作实践,并由此提炼出注重故事结构和强调读者反应的基本共识(Hallett,24)。用坡的话来说,短篇故事能够满足读者"坐下来就能读完"的愿望,能够让读者即刻进入虚构世界,实现作家"预先设定的某种效果"(Poe,950)。

进入20世纪,伴随着大量期刊的产生,短篇故事一直是普通读者通过虚构世界了解生活经验的一个重要途径。此外,短篇故事创作还培育了一大批重要作家,如海明威、奥康纳(Flannery O'Connor)、威尔蒂(Eudora Welty)、塞林格、欧·亨利、波特(Katherine Anne Porter)、卡佛(Raymond Carver)、安德森(Sherwood Anderson)等。其间出现的大量短篇故事在内容和叙述方式上呈现出很大差异,但人们日常生活中的小事件依然是作家们普遍关注的题材(Macgowan,6)。就创作方式而言,短篇故事依然以个人生活片断为聚焦对象,讲述某个时刻的生活经验。然而,不同于19世纪短篇故事注重片断生活经验自身的完整性,这个时期的短篇故事集中展现生活经验的零星、破碎、偶然、失望,甚至幻灭。卡佛在谈到自己的创作时曾这样说:与现实生活一样,短篇故事揭示的世界是这样的:"跑进去,然后跑出来。别逗留。继续走"(May,273)。卡佛将短篇故事的类型特点与当代生活特点进行类比,这种联想并不新鲜。早在1920年卢卡契就指出,短篇故事以毫不掩饰的手法叙述生活中的无意义,"将无意义的生活赤裸裸地摆在读者眼前",而当这种无意义被赋予短篇故事这种形式之后,无意义的生活得到了超越,"在艺术世界里获得了永恒与救赎"。因此,卢卡契认为短篇故事是"纯粹的叙事艺术"(Lukacs,51—52)。值得一提的是,卢卡契从文化结构角度对短篇故事形式的象征理解在21世纪依然适用。有学者指出,新近美国读书市场上持续升温的短篇故事热说明,当代美国人比以往任何时候都深切感受到了生活之短暂与不真实(Winther,14,24)。事实上,从上个世纪末开始,英美文学评论界开始重新关注短篇故事形式与主题研究,并且认为短篇故事形式上的简短特点与内容层面的"丰富性"具有时代意义,表现了当代生活的平庸特点或单调生活对浪漫情怀的渴望(Beevers,11)。在主题方面,主要讲述当代生活中普通人的生活内容,其中以人际关系中的不如意最为集中,如卡佛、海佩尔(Amy Hempel)、罗比森(Mary Robison)的作品。在叙述形式方面,当代美国短篇故事在继承现实主义手法的同时提倡"简约风格"(简约主义),即最大限度减少来自故事外叙述者对事件和人物的分析与评判,尽可能将人物经验直接呈现给读者(Hallett,2)。

从以上概述中我们可以粗略看出,短篇故事虽然尚无用于解释自身艺术成就的理论体系,但却一直以"短小"的故事和形式展现、传递不同时代的生活经验。也就是说,短篇故事以"短"制胜,向读者传递富有时代特点的生活经验。这与本雅明认为现代生活有可能破坏故事艺术的观点形成反差。

本雅明在论述讲故事与社会变化的关系时指出,随着工业化、城市化进程的加速,人们的生活经验大大贬值。作为交流经验的重要方式,短篇小说取代了口口相传的故事,把讲故事这种能力进行了成功的裁减微缩。用他的话来说,"短篇小说从口头叙述传统中剥离出来,不再容许透明薄片款款的层层叠加,而正是这徐缓的叠加过程,最恰当地描绘了经由多层多样的重述而揭示出的完美的叙述"(本雅明,104)。本雅明在原文语境中阐述的重点在于神话与历史、记忆与经验的关系,但是,他对平庸的现代生活导致生活经验以及故事内容平面化的洞察有利于我们理解当代短篇故事的某些独特性。与短暂然而深刻的印象吻合,短篇故事篇幅之短以及与之相应的片断内容或许恰好成为捕捉、记录现代人生活感受的叙述形式。本雅明所说的那个时代离我们似乎已经很遥远,然而,他强调的那种短暂印象与梦幻感依然是当代人生活中的共同故事。在各种各样难以完整叙述的生活经验中,琐碎生活中的平庸以及渴望逃离的冲动仍然是人类普遍理解的共同感受。或许正是因为这种情感和审美范畴的通感,短篇故事无需向读者事无巨细地描述故事世界里的人与事;环境和事件可能各有差异,但是,小故事展示的失望、痛苦、无奈、渴望,却是当代读者共享的感受。

在当代美国短篇故事作家中,印度裔美国作家朱帕·拉西里(Jhumpa Lahiri,1967—)就是这样一位擅长讲述"小故事"的代表作家。

二、拉西里及其"小故事"

拉西里出生在伦敦，父母亲都是印度裔，而她本人接受的高等教育都是在美国大学完成的，目前生活在纽约。她擅长创作短篇故事，故事集《疾病讲解员》获得 2000 年普利策小说奖，引起美国文坛关注。华裔作家谭安梅（Amy Tan）在读完这部故事集后说，"可以这样描述朱帕·拉西里的作品：你读过她的作品后就会向身边的朋友推荐！"刊登在《纽约时报》上的一则述评这样写道："一位非同寻常的作家，很有文采……文字流畅，叙述从容，难以相信，作品出自一位年轻作家，而且是第一部作品。"[1]类似的赞扬还出现在美国其他重要报纸的书评栏中，如《新闻周刊》、《纽约时报书评》、《华尔街杂志》、《旧金山记事报》、《波士顿杂志》、《洛杉矶书评》等。在兰诺（Erik V.R.Rangno）主编的《当代美国文学：1945 年以后》中，拉西里被列为美国当代后殖民文学中的代表作家之一（2006：67）。

故事集《疾病讲解员》一共收录了九个短篇，大部分故事的主人公都是生活在美国的印度人，多数故事以当代美国为背景，也有一些以当代印度为环境，集中展示印度裔美国人的日常生活小事。在这些故事中，我们很难看到涉及殖民或后殖民问题的政治主题，也极少看到宗教、文化差异的身份政治冲突。反复出现的情节都是日常生活中的"小事件"，其中家庭生活问题尤其集中。比如《临时停电》讲述了一对年轻夫妇的情感危机：苏克马和苏波婚后不久便出现了情感危机，最后发展到了把家当作旅馆，即便夫妻二人都在家的时候，也习惯避免共处一室。就情节表面而言，夫妻失和始于妻子的流产，然而，叙述者就事论事的简单叙述使读者感到冷淡而礼貌的夫妻关系是一个生活事实、一种常态。没有争吵，没有交流，只有彼此间小心翼翼维持的礼貌与平等。故事从大雪导致的停电通知开始，叙述者概述了夫妻俩连续五个晚上只能用蜡烛照明的生活场景。没有电视节目可看，也无法独坐电脑前撰写学术论文，生活突然变得让二人感到有些不知所措。妻子提议做一个游戏，轮换说出此前从未告诉对方的某些秘

---

[1] 引文出自该书封面介绍，见参考文献所列该作家条目。文内引文均出自同一版本，为避免烦琐，以下只视需要出注。

密。在这种游戏状态中,"当房子里一片漆黑时,情况有了变化。他们之间有了交流"(19)。不过,当停电故障消除以后,游戏也就结束了,双方重新回到原先的状态。不仅如此,妻子突然告诉丈夫,她决定搬出去独自生活,并且已经找好了公寓。听到这个决定,丈夫才意识到,连续五个夜晚的浪漫仅仅是带有表演性质的临时状态,难以沟通导致的孤独已经是无可改变的生活现实。

作为印度裔美国作家,拉西里自然关注美国印度人的生活状态,这一点在《森太太》中尤其明显。因为母亲下班晚,又因为无钱请人到家里照看十一岁的儿子艾略特,母亲只得让孩子每天放学后去印度夫妇森家等待自己下班后一起回家。故事采用艾略特的视角讲述森家夫妇充满印度文化特点的家庭生活。森太太喜欢做印度菜,每天临近傍晚时分就开始准备晚饭。但她经常抱怨美国的超市里买不到像样的食物。例如,她告诉艾略特,超市里的鱼根本不能叫作鱼,因为它们无头无尾,只是一些碎片:"在加尔各答,人们早饭、中饭、晚饭都吃鱼",那儿的鱼"有头有尾",从来都是"完整的鱼"。美国人在电话里彬彬有礼地聊天,但是遇到困难时却没人理会;在印度因为不是人人都有电话,所以你可以大声喊叫,表述你的喜怒哀乐;遇到困难,只要你喊一声,邻居们都会来帮忙。让艾略特感到格外高兴的是,森太太并没有把自己当外人,她带着他外出,就像自己的孩子。相比之下,艾略特觉得自己的家不像家:"母亲在离家五十公里外的一个公司上班,父亲独自生活在两千英里外的西部"(113)。母亲也不像森太太那样每天做饭:她每天傍晚回家后先给自己倒一杯牛奶和一杯酒,然后从冰箱里拿出面包和奶酪,一边吃一边问艾略特这一天在学校过得怎样。艾略特隐约感到母亲也很孤独。几个月前,母亲邀请办公室里的一位男人来家中做客,这个男人当晚在他母亲房间里过夜,此后再没来过。

从以上两则故事中我们可以看出,家庭生活在拉西里的作品中占据重要位置。选取家庭生活片断,采用不同人物视角,展示个人对家的渴望与失望,这是拉西里作品中的重要主题。需要指出的是,家庭在她的作品中既是与个人现实生活密切相关的社会单元,也是心理层面的归属感,还是文化身份的迷茫感。也正是这种围绕家庭生活展开的多层意义描述,使得她的作品在不同读者群中赢得了喜爱与关注。这种多层面的意义在收入《疾病讲解员》的同名故事中尤为突出。

印度裔美国夫妇达斯先生带着妻子米娜和三个孩子来到印度,在印度东部一带观光旅游。故事并没有从旅游者的角度和眼光描述异域风光,而是采用印度导游卡巴西的视角描写这位土著居民眼中的"印度美国人"。从一开始,他就注意到"这家人的相貌是印度人,但装束却不是印度风格"。在接下来的观察中,卡巴西发现,这对印度裔夫妇身上几乎没有任何印度文化痕迹。例如,他自我介绍后双手合掌以示欢迎,但达斯先生却像美国人那样和他握手回应。达斯先生的自我解释更加明确了他们对自己文化身份的确定感:"我和米娜都出生在美国","在美国出生,在美国长大"。他甚至不无骄傲地告诉卡巴西,他们的女儿蒂娜是第一次来印度。并不奇怪,当一些人在旁边哼唱情歌时,妻子米娜并无尴尬或害羞,因为她根本听不懂歌词。然而,卡巴西并没有因为从这对夫妇身上看不到印度文化痕迹而感到失望,他对这种现象已经十分熟悉,"他们与美国电视节目中的人没有差别"。相比之下,卡巴西觉得自己的生活毫无趣味。只是因为懂点英语,他才成了一名导游,同时,由于这个地区的医生不懂古吉拉特语(Gujarati),他在一家医院做翻译,替病人向医生讲述病情。卡巴西觉得自己的工作并不体面,他妻子更是不以为然。可是,当米娜得知卡巴西在医院做疾病讲解员后却称赞其"浪漫",这让卡巴西感到十分安慰,并由此对她产生了强烈的好感与好奇。为了能够与米娜多待一会儿,他劝他们去科纳拉克观赏那里的一座神庙,同时把写有自己通讯地址的一张小纸片递给了米娜,希望与她保持联系。然而,故事结尾出现了情节逆转:米娜从手提包中掏出梳子时,那张写着卡巴西地址的小纸片悄然落地。除了卡巴西,谁也没有注意到。

　　然而,结尾处的情节急转实际上开始于米娜向卡巴西透露自己的一个秘密之时。她八岁的儿子鲍彼是个私生子,而丈夫对此毫无察觉。米娜说,鲍彼的亲生父亲是一位印度朋友,有一天这位朋友因为求职面试在他们家留宿,"鲍彼就是在那天下午怀上的,在一个散乱着敞牙咧嘴的橡胶玩具的沙发上,在那位朋友得知他已经被伦敦一家制药公司录用后,当时,罗尼吵着要从玩耍护栏里解放出来,号啕大哭……"这位不知姓名的朋友在整个过程中"动作敏捷,一言不发,那种娴熟她从未见过"。事后,这位朋友去了英国,如今早已成家;两家人现在是好朋友,每年互相邮寄圣诞卡和家庭照片,而米娜也没有把鲍彼的身世告诉任何人。在这段叙述中,我们看不到任何来自当事人或叙述者对此事的评论与解释,而这种空缺实际上是留给读者的空间,令人想象的同时也引人思索。凌乱的家庭环境、无人照看的幼儿、连名字都不知道的男人,与人们通常赋予身体、家庭、母亲、爱情、婚姻等主题的美好想象形成了巨大反差。或许正是因为达斯夫人的这种态度,故事的聆听者卡巴西突然觉得受到了污辱,因为这个女人竟然"要他帮自己解释她那平常琐碎的秘密"。还没有等到他说什么,米娜又向他解释这个秘密事件的前因后果:她和丈夫是高中同学、大学同学,大学没有毕业就结婚了。总之,她的生活悲剧源于"过早地结婚,过快地怀上孩子,然后抚养孩子,无休止地温牛奶"。在卡巴西听来,米娜关于婚姻的叙述几乎就是他自己的翻版。此前,他就怀疑这对夫妇婚姻有问题,他甚至觉得他们的情况和自己一样,除了三个孩子和近十年的共同生活之外别无留恋,最后发展到"争吵不断,漠不关心,互不理解"。不过,让卡巴西感到困惑的是,这对夫妇虽然带了三个孩子出来旅游,但是对孩子们毫不在意,根本看不出为人父母的样子,"倒像是替人临时照看孩子的保姆"。一路上,任凭孩子们如何叫喊、打闹,做母亲的不是低头修理指甲,就是从手提包里掏出爆米花自个儿吃;做父亲的也是不闻不问,完全把自己当作游客,只顾摆弄挂在胸前的照相机。故事通过卡巴西的观察与想象,除了展示这对美国夫妇的婚姻问题,同时也揭示了婚姻生活中的普遍问题。很显然,家庭、婚姻已经不再是人们倾诉情感、寄托希望的社会单元。也正因为如此,当卡巴西听到米娜用"浪漫"一词形容他在医院给人解释疾病的差事时,他感到莫大的安慰,并因此开始想入非非。卡巴西心中生起淡淡且又美妙的喜悦,"这种感觉他似曾相识,那是很久以前他借助词典做了好几个月的翻译时,突然读到一部法国小说中的一段,或者一首意大利商籁体诗……"。然而,当米娜把一个埋藏了八年的秘密告诉卡巴西时,他感到沮丧。这个秘密不仅打碎了他的梦想,把他拉回到平庸的生活,更为重要的是,卡巴西看到这样一个事实:"一个还不到三十岁的女人,既不爱自己的丈夫又不爱孩子,早已厌倦了生活。"或者说,卡巴西早已熟悉这类生活经验。为了谋生,他得做两份活儿:英语导游和疾病翻译。可是他觉得工作本身毫无意义,家庭生活更是索然无味。第一个儿子九岁那年突发高烧病逝,此后他与妻子之间的交流方式几乎与达斯夫妇一样,仅限于应付日常生活琐碎之事。卡巴西的理想是成为外交官,为要人做翻译,解决不同民族和人民之间的冲突,与他目前的生活形成极大反差。为了实现理想,他刻苦学习多种外语,熟练掌握了英语、法语、俄语、葡萄牙语、意大利语、印地语、孟加拉语、奥里雅语和古吉特拉语。令他感到有些无奈的是,即便是在目前琐碎的工作中，他也用不上这么多外语。岁月如梭，他很快发现，英语已经是印度人生活中用得最多的外语，而人们对于英语的掌握程度一点也不亚于自己，就连周围的孩子们也可以通过收看英文电视节目就学会英文。

不难看出，故事从卡巴西的角度描写米娜的故事，这一方法突出了两个人物所经历的失望在心理结构上的相似性。无论是米娜的婚姻故事还是卡巴西的职业故事，都凸现了人物内心巨大的失落与无助。所不同的是，当米娜讲述过去时，卡巴西正开始编织与米娜的浪漫之梦，根本原因实际上只有一个：米娜有兴趣听他讲述在医院里替病人解释疾病。在卡巴西看来，这表明米娜对他有兴趣，而这种关注在他的生活中绝无仅有。从这个角度看卡巴西最后的失望，我们就会感到，虽然卡巴西觉得米娜的"秘密"仅仅是生活中的"平常琐碎事"，但是他的生活，以及他内心对米娜的渴望，又何尝不是呢？无论是曾经辉煌的爱情，还是远大的职业理想，当时过境迁之后回首瞭望，哪一样不是让人如此失望呢？与米娜不同，卡巴西并没有将宏伟理想与平庸现实的落差与失望告诉米娜，因此当米娜要求卡巴西为她的痛苦做些解释时，他立刻拒绝并提醒米娜要从道德角度审视内心。卡巴西突然改变的立场表明，为平庸生活所困的人们守着各自的烦恼与痛苦，只能彼此遥望而无法给予同情。这一点实际上也点明了故事标题中的一个隐喻：疾病。

三、疾病的隐喻

前面提到，《疾病讲解员》的故事情节虽然围绕着达斯一家在印度的旅游展开，但叙述者并没有将异国风光作为主要内容，而是重点讲述卡巴西和米娜之间的交流，而这两个人物都以不同的方式与"疾病"有关。卡巴西只有在周五、周六做导游，其余时候都在医院里翻译、解释各种疾病。"他吃力地翻译各种症状，有很多骨头肿大，不计其数的腹肠绞痛，还有人手掌上起了斑点，改变了手掌的颜色、形状和大小"。在驱车前往旅游景点的路上，感动于米娜对他这份职业表示的尊敬，卡巴西不停地讲述各类病人，如一位觉得脊椎里有雨滴的女子、一位胎记上开始长毛的男子。让他感到欣慰的是，米娜饶有兴趣地听着并不时提问，甚至要求他接着讲。然而，米娜有所不知，疾病不仅与卡巴西的工作相关，也是他个人生活中的一部分。

他的大儿子七岁那年患了伤寒,救治无效不幸身亡。卡巴西在医院做疾病讲解员的工作也是在这个过程中获得的。在他看来,疾病是指身体健康层面的问题。正如他所说,他打交道的那些病人个个"目光呆滞,愁眉苦脸,他们要么无法安稳地入眠,要么无法顺畅地呼吸,要么无法顺利地小便……"。更为重要的是,这些病人根本无法描述自己的病痛。然而米娜认为自己是病人,她之所以把深藏八年的秘密告诉卡巴西,主要因为他是疾病讲解员。至于疾病,米娜显然认为除了指身体的问题,同样包括精神、情感方面的痛苦。她告诉卡巴西,自己已经在痛苦中煎熬了八年,希望卡巴西能够帮助她,"说些对症的话"减轻她的痛苦。看得出,米娜对卡巴西十分信任,用她自己的话来说,"在某种程度上,他们对你的依赖甚至超过了对医生的依赖。"所以说,疾病讲解员具有极大的责任心。毫无疑问,两个人物是站在不同的理解层面谈论疾病。卡巴西就事论事地关注与生命相关的健康问题,米娜则关注疾病一词的隐含意义。这种理解差异实际上揭示了两个人物不同的生存环境。卡巴西做疾病讲解员是为了养家糊口,支付日益上涨的医疗费,包括支付大儿子的丧葬费;而米娜的痛苦,包括导致痛苦的秘密,却是作为家庭主妇在琐碎生活中的无聊与烦闷。即便是被诱奸之后,她有的并非良知的谴责,而仍然是抱怨;和她发生关系的男人在激情过后没有像丈夫那样报以温柔言语和微笑。从这个角度讲,米娜半推半就的性行为使她处于一种病态的心理状态:她没有断然拒绝,这表明她并不接受婚姻对妻子身份的道德规定(忠诚的伴侣、负责的母亲);但同时,她连对方的名字都不知道就和对方发生性关系,怀孕生子。米娜在叙述整个过程中表现的不动情(包括对待私生子鲍彼)实际上表明了她对身体、生命的冷漠,这与卡巴西痛失儿子的痛苦形成巨大反差。颇有些反讽的是,卡巴西因为贫穷无法挽救儿子的生命,而米娜却在无动于衷的过程中迎来了新生命的诞生。然而即便如此,米娜也没有因为生命本身而有所感动。用她自己的话来说,八年来,她一直有一种要扔东西的冲动,经常想把拥有的一切从窗户扔出去,电视机、孩子、所有的东西。的确,如她意识到的,这种冲动很变态,是一种疾病。

我们知道,文化史上关于疾病的描述从来都不单单指向疾病本身,而是强化了人们赋予疾病的各种意义。为了还疾病以疾病的本来面目,摆脱文化附加在疾病上的隐喻成分,桑塔格在《疾病的隐喻》一书中对结核病、癌症、艾滋病的文化含义进行了深入探讨。在她看来,为了挣脱疾病的文化含义,应该首先抵制关于疾病的隐喻思维方式,而最有效的方式不是靠回避关于疾病的文化描述,而是揭露、批判、细究和穷尽(桑塔格,161)。不过,与桑塔格的目标和路径不同,文学家依靠曲折传义的比喻手法,借用疾病一词的医学意义描述人类生存的内部和外部环境。就近而言,如法国作家加缪在他的《鼠疫》中以无法控制的鼠疫作为比喻,讲述奥兰城瘟疫肆虐的景象,揭示法西斯主义对人类生存的威胁;俄罗斯作家索尔仁尼琴在他的《癌症楼》中用癌症比喻社会体制对人性的致命危害以及维护精神健康之艰难。这种比喻手法,目的不是为了使得某种疾病的文化含义发生增值,而是为了以想象的方式探究人类总体生活中的不健康现象。

在《疾病讲解员》中,叙述者虽然并没有明确何种疾病困扰着故事人物,但是卡巴西和米娜对疾病讲解的兴趣引发了两个人物对自己生活的审视,从而引出一则关于疾病及其解释的故事。站在卡巴西的角度看,疾病就是疾病,如果与身体无关,便是道德和良知的不健全。因此,当米娜要求他说些什么对症的话缓解她的痛苦时,他感到困惑。在他眼里,眼前这个病人"与来医生办公室的病人并不是一类",他甚至怀疑米娜所谓的痛苦都不存在,所以,他才问她:"你是真的感觉痛苦呢,还是感到内疚?"卡巴西对疾病的简单理解也揭示了他内心的冲动与诱惑的作用。当他想到米娜不久就要回到美国时,"他有一股不可抗拒的冲动要去抱住她,与她一起冻僵,在他最喜爱的苏利耶的见证下拥抱她,哪怕只有一瞬"。对于这些发生在内心的非身体行为,卡巴西显然没有内疚,更谈不上痛苦。与此相反,米娜在与那位不知名的朋友发生性行为时,她并没有感到内疚,但是八年来她一直因为内心的冲动而感到痛苦。卡巴西将疾病理解为与身体相关的痛苦,对他而言,这种认识有利于他在平庸的现实生活中想象不可企及的他乡故事。当米娜道出秘密之前,卡巴西沉浸在今后互通书信的甜美想象中:"他会给她讲解印度的事情,而她会给他解释美国的趣闻。这样的通信会以它独特的方式成就他成为沟通不同民族之间译者的梦想。"然而,当他从米娜的秘密中了解到印度美国人家庭生活竟然如此荒诞不经时,他的梦想落空了。这显然不是卡巴西此前以为的那样,没有疾病、死亡和日常开支账单以后就能实现宏大理想。而这一点恰恰是讲故事的人希望读者看到的真相。

参考文献

[1]本雅明.启迪本雅明文选[M].张旭东,等译。北京:三联书店,2008.

[2]桑塔格.疾病的隐喻[M].程巍,译。上海:上海译文出版社,2003.

[3]Beevers,John.The Short Story:What Is It Exactly,What Do We Want to Do with It,and How Do We Intend to Do It? [M]//Ed.Ailsa Cox.The Short Story.Cambridge: Cambridge Scholars,2009.

[4]Hallett,Cynthia Whitney.Minimalism and the Short Story:Raymond Carver,Amy Hampel,and Mary Robison[M].Lewiston:Edwin Mellen,1999.

[5]James Henry.The Art of the Novel:Critical Prefaces[M].Ed.R.P.Blackmur.Boston:Northeastern University Press,1984.

[6]Lahiri,Jhumpa.Interpreter of Maladies[M].New York:Houghton Mifflin,1999.

[7]Lukacs,Georg.The Theory of the Novel[M].Trans.Anna Rostock.London:Merlin, 1971.

[8]Macgowan,Christopher.The Twentieth-Century American Fiction Handbook[M]. Malden:Wiley-Black-well,2011.

[9]May,Charles E.(ed.).The New Short Story Theories[M].Athens:Ohio University Press,1994.

[10]Poe,Edgar Allan.The Review of Twice Told Tales[G]//Eds.Arthur Hobson Quinn and Edward H.O'Neill.The Complete Tales and Poems of Edgar Allan Poe with Selection from His Critical Writings.New York:Dorset,1989.

[11]Pratt,Mary Louise.The Short Story:The Long and the Short of It[G]//Ed.May, Charles E.The New Short Story Theories.Athens:Ohio University Press,1994.

[12]Rangno,Erik V.R.(ed.).Contemporary American Literature:1945-Present[M]. New York:DWJ Books,2006.

[13]Simpson,Mona.The Art of Fiction LXXVI:[Interview with]Raymond Carver[J]. Paris Review,1983(88):193—221.

[14]Winther,Pers,et al.The Art of Brevity:Excursions in Short Fiction Theory and Analysis[M].Columbia:University of South Carolina Press,2004.

(原发表于《外国文学》2013年3月,第2期)

殖民阴霾下女性意识觉醒之路[*]
——解读芭拉蒂·穆克尔吉的《树新娘》

吴京京　孙　妮[**]

（安徽师范大学）

摘　要:《树新娘》是著名美籍印度裔移民女作家芭拉蒂·穆克尔吉小说创作的成熟之作。小说通过主人公塔拉的寻根之旅,再现了殖民霸权、父权制度及阶级压迫对女性,特别是第三世界女性的摧残与迫害,探讨了殖民阴霾下女性意识觉醒之路,表达了作者强烈的女性主义意识。从后殖民女性主义批评视角出发,分析小说中殖民时期以及后殖民时期几位典型女性的形象,反思其殖民背景下重建自我身份的历程,揭示其回归精神家园的强烈愿望。

关键词:芭拉蒂·穆克尔吉;《树新娘》;女性主义意识;自我身份;精神家园

　　芭拉蒂·穆克尔吉是继奈保尔和拉什迪之后又一位在英美文坛享有盛誉的印度裔英语作家,在其近三十年的创作生涯中获得多项殊荣。自1971年出版处女作长篇小说《老虎的女儿》(The Tiger's Daughter)后,穆克尔吉笔耕不辍,创作文体涉及小说、游记、政论等。1988年,她以短篇小说集《中间人》(The Middleman and Other Stories)获得美国"国家图书评论奖",跻身美国精英作家之列,成为美国第一位获得该奖项的移民作家。作为一位生于印度加尔各答的美籍印度裔女性作家,穆克尔吉一向关注女性命运,其小说多以生活在东西文化冲突中的印度裔女性移民为主人公。穆克尔吉从女性的视角描写殖民主义对印度女性的深刻影响,为第三世界

---

[*]　项目信息:本文是2012年度国家社会科学基金项目(12BWW050)研究的阶段性成果。

[**]　作者简介:孙妮,教授,主要研究方向为英美文学;吴京京,助教,主要研究方向为英美文学、比较文学。

女性发出了属于自己的声音。《树新娘》是她创作成熟期的作品,穆克尔吉称其为自己"最富有印度色彩的一部作品"(Edward,48)。小说以全球化时代的印度与美国为主要背景,通过印度裔美国移民塔拉·卡特吉的"寻根"故事,描写了印度人民独立前后的生存状态,深入探讨了后殖民时代第三世界女性的文化身份认同之路,体现了作者"世界公民"身份构建意识的形成过程。本文从后殖民女性主义视角出发,结合文本细读,揭示作者于小说中蕴含的强烈的女性主义意识。

一、殖民时期备受压迫的女性

穆克尔吉的作品从女性体验的角度对印度、移居进行思索。印度裔女性移民是她作品中频繁出现的主人公形象。其作品中充满了印度移民女性对自我身份的探究。正如有学者指出"对于穆克尔吉来说,在西方社会她不是一个旁观者,在印度她就更不可能做一个旁观者了——这里有她的童年,她的亲人、朋友,她的爱和恨……因此,她对印度文化的考察更注重个人的情感——穆克尔吉主要聚焦于印度女性的生活和情感"(任一鸣,149)。穆克尔吉是拥有印度传统底蕴的美国公民(如她自己所认为那样),她笔下的移民问题是"对主体性的性别与种族含义的探讨"(Dascalu,3)。对殖民时期女性压迫的历史、社会原因的分析是通向理解第三世界女性受压迫之根源的途径。殖民主义压迫下的女性,由于其种族、阶级的差异,所受到的压迫程度也不尽相同。"后殖民主义女性主义批评有时又称为第三世界女性主义批评'……其结合女性主义思考与对殖民体制的批判,否认父权制是压迫妇女的唯一因素,即将性别问题放在国家、种族、地理界域、帝国主义、资本主义跨国公司、殖民与被殖民的各种因素中去探讨"(林树明,196—197)。在《树新娘》中,穆克尔吉通过对殖民时期三类不同女性形象的刻画,忠实地再现了殖民压迫、父权制度及阶级压迫对该时期女性造成的不同程度的摧残与迫害。

小说通过叙述者塔拉之口首先刻画的是印度民族独立斗士树新娘。出生于印度婆罗门家庭、受过良好教育的树新娘五岁的时候按照印度传统方式被包办给邻村一个十二岁男孩,男孩在来举行婚礼的路上被眼镜蛇咬到,中毒身亡,但是婚礼依然照常举行。权宜起见,她的父亲将她嫁给森林深处一棵高大的树,将丰厚的嫁妆埋在树下,并折取了树上的树枝,插在家中院子里,作为她与树丈夫的孩子。从此,树新娘一直生活在自己家中。作者对印度传统文化的弊病毫不掩饰,对于树新娘的一生充满了同情。她借叙述者塔拉之口,充满怜悯地嘲弄道:"婚礼依旧要举行,婚姻比其参与者更重要"(Mukherjee 32)。与树新娘一样命运的印度传统女性还有很多。印度童婚盛行,"其他的女孩面临相似的命运,她们被嫁给了石头或者鳄鱼"(33)。树新娘的丈夫在途中遇难,这使树新娘沦为寡妇。在印度,女人一旦成为寡妇,就等于失去了做人的权利,被视为不祥之物。尽管如此,树新娘却自力更生、博学多识,她自学孟加拉语、英语、波斯语,教育村中的孩子们学习语言、文字,从卑微的被世人诅咒的"不祥之物"到成为印度民众心目中的女神;她支持民族独立运动,为甘地的食盐进军贡献自己全部的嫁妆与财宝,直至最终献出了自己宝贵的生命。树新娘代表着印度殖民时期民族意识开始觉醒的上层社会知识女性。穆克尔吉在作品中使用极其简练的语言叙述树新娘自强、独立、奉献的一生,甚至借助白人殖民者的口吻表达出对树新娘的敬佩与赞赏之情:"她留着短发,但我想她不是为了时尚。那是因为实用,因为她不必取悦丈夫,她可以按照自己方便来想怎么就怎么……她是一个俊俏的女人,但不是一下就能以女性的方式来吸引人的那种。她的表情太过坚强,她的双眉太过强势。她自学阅读和书写非常有力的英语,这对于那个时间和地方的女人来说太不寻常了"(207—208)。对树新娘形象的塑造,体现了穆克尔吉对受父权压迫深重的传统印度女性抗争不公命运的歌颂,肯定了印度反殖民主义独立斗争中女性所发挥的历史作用及女性自身拥有的巨大潜能。在《树新娘》中,穆克尔吉反复以她的故事作为副歌,体现出其对女性力量的尊崇,表达了作家本身强烈的女性主义意识。

  第二类是"失语"的印度中下层妇女。相比树新娘,殖民时期印度下层妇女的命运更加悲惨,她们不仅仅要承受殖民者的压迫、本民族传统习俗下父权制的重重束缚,还要承受来自本民族内部种姓制度的压迫。正如斯皮瓦克在其重要论文《属下能说话吗?》中所宣称的:"作为殖民地的下层妇女(属下妇女)的'他者','受到双重的掩盖'"(罗刚,125)。印度低种姓妇女对由于自己卑微的种姓地位所受到的深重压迫,已经毫无怨言,几千年的深重压迫,往往使得她们将其视为理所当然。在小说中,很多低种姓妇女视婆罗门阶层出生的树新娘为女神,"每天都会有一群妇女坐在她的门外向'塔拉孅孅'祈祷。求神赐(她们)孩子,如果你能相信的话,(她们)求子,求健康的儿子,求丈夫,求稳重的丈夫——而她本人对丈夫和孩子一无所知"(212)。小说中的下层妇女处于沉默的边缘状态,是叙述者塔拉话语中的"他者";塔拉寻遍了有关家族、民族的历史,其中罕见下层妇女的记录,这恰恰证实了整体的民族记忆对下层妇女存在的淡化、对下层妇女地位的不屑一顾。她们只是愚昧、迷信、落后的代名词。她们没有名字,是一个个空洞的、没有表情的人物,在他人的叙述中走完自己卑微的一生。

白人殖民者的印度情妇也是"沉默的他者",她们由于自身特殊的身份而被进一步地边缘化。她们同前殖民地的下层妇女一样属于"属下妇女",不被尊重,深受迫害,甚至被包括普通属下妇女在内的印度人排斥。她们更无法进入白人的世界,即使有了白人殖民者的孩子,也不能使她们像"人"一样地活着。白人殖民者可以同时拥有很多印度情妇,但这些印度情妇们连同她们所生的混血孩子,都不为白人殖民者承认。例如,小说中东印度公司主管托德·纽金特本性残暴。他居住的豪宅按照印度风俗及印度风格装修建造,他没有妻子,却有被称为"bibi"的印度女人给他生养孩子。由于英国人的印度化受到英国政府严格限制,他从未对外公开过这个印度女人及他们的孩子。而是在英国本国找了一个"优雅'有教养'、'会唱歌'、'能让人开心'"的年轻家庭教师奥莉薇做未婚妻。白人殖民者对印度女性的压迫表现在对其印度情妇的占有上。

在殖民主义的话语中,殖民者/西方常被描述成"阳性的侵略的""统治的",而被殖民者/东方常被描述为"阴性的""被占据的""屈从的"。正如小说中英国水手老汤姆所说:"伦敦太富裕了。像我们这样的穷人什么都没有。但是乔治城和香港就不同了,每个人都穷,所以像我这张脸在那里会有机会……我这张老脸,能得手威利国王都得不到的女孩子们"(80)。对于老汤姆来说,"去东方"就意味着征服、机遇、财富与女人。在老汤姆之类的英国人眼中,东方如同虚弱的少女,在那里可以收获颇丰。

最后,失去身份的奥莉薇。奥莉薇是《树新娘》中一个极具有戏剧化命运的女性人物。她本是英国小镇亚尔马的一个纯真、善良的家庭教师。她个性直率,总能给人们带来欢乐。在兄长的介绍与安排下,她坐船从英国去印度与其未婚夫,即当时东印度公司督查托德·纽金特结婚。在海上,她的船遭遇海盗。作为船上唯一一名女性乘客,她不幸被海盗团伙轮奸并作为妓女几经倒卖。海盗事件彻底改变了她的命运,数年之后,辗转到达印度的她已经面目全非："那个女人蹲在他面前，来来回回猛烈地摇头，她的头发蓬乱半遮着脸，双眼狂野还充着血……嘴巴已经塌陷，牙齿也掉光了，她的下巴和鼻子勾在了一起"(130)。尽管如此，她却抱着最后一线希望：证实自己的身份。然而，海盗事件使她失去了一切，她的纯真、梦想、贞操、应有的地位，还有最根本的自我认知的身份。她由一个有教养的清教徒变成了妓女，她的自我身份永远地消失了。她的未婚夫不但不接受这样一个她，还想方设法将其毁灭。来自白人父权社会的专横压制，以血腥、暴力的方式剥夺了最后属于奥莉薇的身份，奥莉薇只能继续去做低下的妓女，被认为是一个谎称自己是纽金特未婚妻的高明骗子。

奥莉薇坎坷多舛的命运显示：殖民时期的白人妇女一旦失去了其"高高在上"的身份，便和前殖民地女性一样遭受殖民主义和夫权制度的双重压迫。伴随着帝国的扩张，前宗主国大英帝国内部阶级矛盾也日趋激化。处于下层社会的白人到印度去是由于他们在英国无以为生，帝国的繁荣只属于富人。海盗事件中幸存的船员，他们原本有机会救奥莉薇，可当他们想到她是压榨他们的英国上层社会富人的未婚妻，想到她曾与极为严苛的船长关系甚好，便眼睁睁地看着她被海盗掠走。来自非洲海岸的海盗团体掠走奥莉薇，对她实施强暴，更多是出于对白人殖民者洗劫他们家园、掠夺他们财富、使他们流离失所，以及对他们在非洲贩卖黑奴等行径的泄愤与报复。英国东印度公司直接参与了殖民侵略、贩卖奴隶等种种罪恶行径，纽金特代表着殖民时期处于社会高层的白人殖民统治者，他才是这群非洲海盗真正想要报复的对象，奥莉薇不幸地充当了替罪羊。奥莉薇是父权制的牺牲品，是大英帝国内部阶级斗争的牺牲品，也是殖民主义全球扩张的牺牲品。

二、后殖民时期开始觉醒的女性

对于后殖民时期的印度裔女性移民来说，殖民主义仍旧影响她们的生活。如萨义德所说："他们之中大多数都是后殖民化时代和帝国主义斗争的副产品……只要这些人在新与旧的交替中，在旧帝国和新国家的夹缝中存在，他们的状况就在帝国主义时代的文化版图重叠的地域中表现出紧张、不安定和矛盾"（萨义德，403）。一方面，在前宗主国殖民教育的影响下,她们疏离本民族文化,希望在异国他乡找到心灵的寄托;另一方面,由于其本民族的文化根基难以动摇,她们又很难与新移入国家的文化习俗相融合。穆克尔吉的作品大多反映了不同文化之间的交融和冲突以及生活在这种多元文化环境中的个人如何冲破不同文化之间的障碍,在文化的差异性中生存。在《树新娘》中,她一边反思过去,一边介入现实。她把对后殖民时期女性的思考,置于一种全球化的视野中。穆克尔吉在她的作品中表达了"一种强烈的欲望,一种被人认同、被人看见的欲望,一种被当作人而不是被当作少数异类的要求"(任一鸣,147)。

第一,重建自我身份的塔拉。塔拉在《树新娘》中自白"我来自高度宗教化的正统印度婆罗门家庭,但是如果你了解在加州的我,你绝对猜不出来(这点)。我和我的姐妹们接受的教育是典型的加尔各答上、中层所接受的修道院学校英语教育,但是我们都不信那套文化说教"(43)。尽管塔拉与姐妹们自幼接受西方教育,但印度教正统思想对她们的影响却无处不在,歧视女性的文化仍旧在她们的心灵深处扎下了根。此外,修道院学校对女性教育所设立的目标并不是鼓励她们去实现自我价值,而仅是使其成为一个合格的妻子,一个成功男性渴望的妻子。"那些老师相信'常识',她们认为的'常识'是如果我们了解欧洲及美国的现状,能说出联合国官员、美国影星和戴维斯杯运动员的名字的话,我们就能成为那些雄心勃勃在跨国公司工作的新郎们所向往的妻子"(37)。正因此,叙述者塔拉顺从父亲之意嫁给比西·卡特吉。比西是与塔拉属于印度同一阶层的成功男性,他们的婚姻符合印度传统的婚姻方式。在婚姻的初期,她并没有感到有什么不妥。"在二十一岁之前,我对自己祖传的职责相当满意。我结婚了,有一个儿子,物质上安逸,有一个受人崇拜的丈夫,还缺什么呢?八年后,我感到自己是封闭式社区内的一名特权囚犯,我听到周围所有的声音,电视上、杂志上的所有故事都在抱怨,我做出了加州式的事情,自己出去闯生活"(16)。

美国式的自由激发了塔拉去重新构建自我身份的愿望,她的女性意识由模糊变得清晰。"我想知道是否'妻子'是我能有的唯一的角色,我能否在这个国家里拥有我自己的身份"(19)。她开始渴望走出家庭,成为拥有社会角色的独立的人,而不仅仅是受男性支配(婚前由父亲支配,婚后由丈夫支配)的"他者"。几年之后的塔拉描述自己:"以我的步态,我太过于美国化。过去裹着纱丽的我不曾那么自信地走过路。我已经几年没有裹纱丽了"(58)。纱丽是印度女性的传统服饰,它象征着印度的深闺制。摆脱纱丽包裹之后的塔拉感到了独立人格所带来的"自信";拒绝纱丽象征着塔拉对印度文化将女性视为生育工具、男性附庸这一身份的否定与抗争。

  穆克尔吉在塔拉的故事中融入了自己的生活经历以及对婚姻的思考。她曾告诉迈克尔·克拉斯尼说,"比西是她想象之中她的父母将会给她选择的新郎"(Edward,xviii)。"穆克尔吉强调移民对寄居国文化地图主动积极的重描。她认为,将移民们的美国生活称为熔炉体验不如称为融合更为贴切,因为,来到美国的移民并非被铸造成白人的模式"(尹锡男,150)。在《树新娘》这部小说中,塔拉已经三十六岁,经历了东西方的文化冲击、两次恐怖袭击,她开始重新审视自己与生俱来的印度文化身份,并发现自己其实一直深受印度文化的影响而不自知。自幼接受的西方教育及其婚后所受的美国文化影响,一度使她认为美国式的自由及生活方式是她应该追求的目标;她曾以为自己了解西方,了解自己。然而,美国式的自由并没有给她带来想要的生活。婚后在美国的生活经历让她改变了自我认同,几经波折后,她最终选择了以本民族的文化身份主动融入新移入国家的文化,而非按照"白人的模式"生活。尽管塔拉选择生活在美国加州,她不再模仿白人,而是选择了以印度的文化身份积极融合到美国的多元文化生活中。印度裔美国移民的塔拉,其独立人格的最终获得是其自我女性主义意识觉醒的充分表达。

  第二,回归精神家园的维多利亚。维多利亚是塔拉在第一次遭受恐怖袭击之后选择的妇科医生。她在小说中出现不多,却代表了后殖民时期游离在本土与帝国之间的精神流浪者。在美国,她拥有自己成功的事业,但却无从了解自己的身世。维多利亚的父亲是印度殖民时期白人殖民者沃地与一个印度妓女所生的私生子。与殖民时期印度的很多混血儿童一样,她的父亲从未被白人祖父承认过。因此,维多利亚的父亲对自己的身世避而不谈。这导致了维多利亚生前大多数时间对自己的身世毫不知情。在塔拉第二次遭受恐怖袭击之时,维多利亚不幸遇难。临终前,她才得知自己的身世"我是印度人!她自言自语,又像是在对某个远方的朋友说话"(242)。

  尽管她承认自己是印度人,她仍选择暂时不将全部身世告诉丈夫,对于自己是英国人与印度下等女人的后代,她仍感到难以启齿。与父亲不同的是,她在情感上认可了自己的印度身份,"就在两个小时前,她表达出对印度强烈的柔情。我回忆她的遗言'五个小印度人。'比西和我,亚西和她,还有宝宝构成五个。最终,她感到自己属于印度人"(244)。维多利亚死后按照印度风俗举行了葬礼,尽管她生前大部分时间不知道自己的印度身份,死后,她终于找到了属于自己的精神归宿。穆克尔吉通过维多利亚的故事再次表达了自我强烈的女性主义意识,并暗示女性自我意识的觉醒是建立在民族意识觉醒的基础上的。《树新娘》控诉了殖民主义在殖民时期、后殖民时期给女性带来的不可估量的灾难,特别是给第三世界女性带去的巨大伤痛。

三、结语

作为一位拥有印度婆罗门家庭背景、自幼接受西方殖民教育、经历过印度独立并在北美生活多年的印度裔美国作家,穆克尔吉拥有世界视野并深谙印度传统文化,对印度文化乃至孟加拉文化的内质有着深刻的理解。穆克尔吉的《树新娘》的创作就是基于她自己全球化生活状态,对东西文化碰撞产生的思考。她曾和塔拉一样去过孟加拉地区去做"美国式的寻根之旅",并坦然承认"如果我一直待在印度,可能我永远不会迫切想要写《好女儿》与《树新娘》。"(Edwards,144)通过《树新娘》,作者寄寓了对女性自我解放道路的追求以及对美好精神家园的向往。《树新娘》虽然具有强烈的民族特色,但其探讨的问题同样值得当代中国学者思考:面对强势异域文化的冲击,需要以本民族的文化身份积极融合到异域文化中;重建本民族文化身份是通向自我身份认同的必要途径与有效手段,只有这样,才能在全球化流变的身份环境中,寻找到属于自己的精神家园。

参考文献

[1]罗刚,刘象愚.后殖民文化理论[M].北京:中国社会科学出版社,1999。
[2]任一鸣,瞿世镜.英语后殖民文学研究[M].上海:上海译文出版,2003。
[3]萨义德.文化与帝国主义[M].李琨,译.北京:生活·读书·新知三联书店,2003。
[4]林树明.多维视野中的女性主义文学批评[M].北京:中国社会科学出版社,2004。
[5]尹锡南.芭拉蒂·穆克尔吉的跨文化书写及其对奈保尔的模仿与超越[J].国外文学,2010(1):148－153。
[6]Dascalu,Cristina Emanuela.Imaginary Homelands of Writers[M]//Exile:Salman

Rushdie,Bharati Mukherjee,and V.S.Naipaul.New York:Cambridge Press,2007.

[7]Edwards,Bradley C.Conversations with Bharati Mukher-jee[M].Jackson:University Press of Mississippi,2009.

[8]Mukherjee,Bharati.The Tree Bride[M].New York:Hyperion Books,2004.

[原发表于《安徽理工大学学报(社会科学版)》2014年11月,第16卷第6期]

女性、流散与后殖民

——写在美国印度裔作家巴拉蒂·穆克吉去世之际

周 怡*

(上海外国语大学跨文化研究中心)

摘 要：作为美国印度裔作家的代表人物,巴拉蒂·穆克吉虽然对于女性独立、移民生存、文化冲突、身份认同、种族关系等问题极度敏感,但她在写作后期所表现出来的"印度性"的削弱与"美国性"的增强也受后殖民批评家的争议。事实上,穆克吉写作的三个关键词:女性、流散、后殖民,与其自我身份定位从流亡侨居作家到移民定居作家的转变路径密不可分,具有强烈的文化翻译意图。在穆克吉去世之际,重审她的艺术成就,或许对女性作家研究、流散作家研究与后殖民作家研究都能起到很好的补充。

关键词：穆克吉;移民文学;女性主义;流散文学;后殖民文学

巴拉蒂·穆克吉(Bharati Mukherjee,1940—2017)是当代美国印度裔流散作家群中极具影响力与代表性的领军人物。2017年1月28日,穆克吉因病逝世于曼哈顿,享年七十六岁。穆克吉在半个多世纪的创作生涯中共出版了八部长篇小说、四部短篇小说集、三部非虚构类作品、一部与丈夫克拉克·布莱茨②(Clark Blaise,1940—)合著的回忆录。穆克吉的创作对于女性独立、移民生存、文化冲突、身份认同、种族关系、宗主国与前殖民地关系等问题都高度敏感。她的女性书写,勇敢地反抗殖民霸权、父权制度及阶级压迫对于女性的三重压迫;她的移民小说,记录了流散人群"失家、无根"的百年孤寂,被公认为"表达流亡与移居意识的代言人"(Kumar,

---

* 作者简介:周怡,副研究员,研究方向为当代美加文学与文化。

② 克拉克·布莱茨,美国与加拿大双重国籍作家。2002年起担任美国短篇小说研究协会主任,2003年获得美国艺术文学院颁发的文学院奖。2009年加拿大政府授予"加拿大官员荣誉勋章",以表彰其"作为作家、评论家、教育家……为加拿大文学作出的重大贡献"。

14);然而她在写作后期所表现出来的"印度性"的削弱与"美国性"的增强也遭受后殖民批评家的争议。长期以来,穆克吉在国内学界受到的关注甚少。今天,在穆克吉去世之际,回顾她的文学生涯,重审她的艺术成就,或许对女性作家研究、流散作家研究与后殖民作家研究都能起到很好的补充。作为奈保尔(V.S Naipaul,1932—   )和拉什迪(Salman Rushdie,1947—   )之后在英美文坛最为重要的印度裔英语作家,穆克吉独特的声音将持续引发回响。

一、女性艺术家成长小说

作为女性作家,穆克吉显然对于"女性艺术家成长小说"模式情有独钟。她笔下的作品往往以女性的视角,将女性独特的成长经历、情感体验与人生感悟表现得丝丝入扣。穆克吉的女性主人公在家庭和社会中觉察到一种秘而不宣的压迫模式,于是她们一路逃离,最终达成完整的身份建构,是典型的成长小说类型。但穆克吉的故事也不同于传统的女性艺术家成长小说,她所探讨的女性身份问题,往往与流散和后殖民背景交织在一起:讲述来自以印度为代表的第三世界的被侮辱被歧视的女性,如何经历了文化"西进之路",最终在新的土地上获得女性主体的自治。因此,穆克吉的女性故事,不仅与移民文学的流散经验紧密相连,具有强烈的文化翻译意识,更因为对新大陆的歌颂而成为"非典型性"的后殖民主义书写,容易在后殖民批评领域引发争论。值得注意的是,穆克吉早期的很多作品都有极强的自传性,作家自己也正是那个离开印度奔向新美洲寻梦的女性艺术家。要想深刻理解穆克吉笔下的女性形象与意义指涉,就必须先了解作者母国的性别文化背景。

在穆克吉出生与成长的母国印度,由于受到宗教与历史传统影响,整个社会对女性始终存在歧视。印度百分之九十四的人口信奉印度教与伊斯兰教,两种宗教都歧视女性。早期印度教的经典《爱达罗氏梵书》认为,儿子是父亲的救生船,在儿子身上有无瑕的天堂世界,而女儿是悲伤的源泉。《摩奴法典》更是以宗教的名义和法律的形式,确立了妇女的低下地位:女性必须幼年从父、成年从夫、夫死从子,女性从不享有自主地位①。除了宗教禁锢,印度社会古老的种姓制度亦是印度女性遭受厄运的又一重要肇因。古代印度人被分为四个种姓:婆罗门(祭司贵族)、刹帝利(军事贵族)、吠舍(普通劳动者)和首陀罗(奴隶)。这四个阶层之外的都属贱民,女性的地位与贱民相当。种姓制度的法律地位虽已被废除,但至今仍扮演着相当重要的角色。印度人婚配又奉行高种姓男性娶低种姓女性,导致高种姓女性和低种姓男性过剩,一夫多妻盛行和嫁妆丰厚现象普遍。高种姓女性为了找到地位相配的男人不得不陪以厚嫁;低种姓女子为了攀结高种姓男子也需要奉上丰厚嫁妆以博取夫家欢心。因此,印度家庭中的女孩子一生下来就被看作债务,在很多地区,杀女婴成为一种"正常行为"。滥杀女婴导致印度社会性别极度失衡,缺少新娘问题严重,反过来又使得强奸罪率居高不下,成为印度之耻。

与普通印度妇女相比,穆克吉无疑是幸运的。穆克吉1940年出生于印度加尔各答的上流家庭。在种姓制度等级森严的印度社会里,穆克吉是最高种姓等级婆罗门的后裔,同时她富裕开明的家庭也比较西化。穆克吉自小受到英国传统贵族教育的熏陶,幼年与家人在英国度过了一段短暂的时光②,并就读于爱尔兰女隐修会学校。但这样的家庭保护伞并不能长久地为穆克吉屏蔽印度性别歧视的现实。穆克吉曾在一次访谈中谈道:"我成长在一个极度传统的社会,重视男性,或者说对女性歧视极为严重的社会。我还是个小姑娘的时候,女性能享受的权力很少。女性不能继承遗产,不能提出离婚,因此社会等级制极其森严,性别歧视问题严重。我自孩童时就目睹了许多恶行,夫家因为嫌弃媳妇陪嫁不够多而毒打妻子、虐待妇女的行为。我能体会女性——比如说我母亲——的愤怒。虚构小说成为了我表达情感的一种方式……是女性所受到的种种压迫和局限性,是她们共同的情感、愤怒和愿景造就了作为作家的我"③。天资聪慧的穆克吉很早就对写作表现出了惊人的天赋。十几岁的时候,她就开始发表短篇作

---

① 详见李珉.浅论印度教对印度妇女的影响[J].南亚研究季刊,2004(1):61—67.
② 1948年至1951年期间。
③ Bharati Mukherjee and Beverley Byers-Pevitts.An Interview with Bharati Mukherjee[G/OL]//Anja Barnard, ed., Short Story Criticism, vol.38, Cengage Gale,2000. http://go.galegroup.com/ps/i.do? p＝LitRC&sw＝w&u＝shisu&v＝2.1&id＝GALE｜H1420032632&it＝r&asid＝ded98c79009c17d32a47cf31cfa9044f.[2017-02-20]

品,但彼时穆克吉的取材完全是跳脱印度文化背景的。她依赖西方历史传统,其创作显然是一种"言他"的表达。1961年穆克吉在印度加尔各答大学获得了英语和印度古代文化硕士学位后,旋即赴加拿大艾奥瓦大学参加创作班学习,并于1969年获得了该校英语和比较文学博士学位。70年代起,穆克吉先后在加拿大麦基尔大学与美国加利福尼亚大学伯克利分校等学校担任教职。与少女时期不同,穆克吉成年后的作品几乎都是立足于印度的文化背景,从女性的视角,描写在母国备受性别歧视的女性艺术家的"文化西进"之路。其中的代表作是《贾思敏》(*Jasmine*, 1989)。

在《贾思敏》中,女主人公在刚出生时便背负了印度女性的悲惨命运。她是家中的第五个女儿。母亲因为担心她日后因为嫁妆不足而成为受虐待的妻子,或者结不了婚到不了天堂,差一点要亲手掐死这个刚出生的女孩。这样的情节读来与托妮·莫里森(Toni Morrison)1987年出版的《宠儿》(*Beloved*)有异曲同工之妙。但穆克吉的小女婴最终活了下来,并成为一个斗士。七岁的时候,曾经有算命师在印度无花果树下对女孩说,你的一生都将"守寡和流亡"(Mukherjee, 1989: 3)。倔强的女孩故意摔伤了自己,破了原本的面相:前额留下了一块星形的伤痕,女孩将它看成"我的第三只眼"(5)。这是她和命运宣战的第一步。成年后的女人幸运地遇见了一位具有现代开明思想的印度男人。丈夫帕拉喀什并不认为妻子得遵循印度传统服侍家人,生儿育女,传宗接代。他觉得"现代印度不应该再有封建思想"(76),并决定移民美国去寻找"真正的生活"。但帕拉喀什意外地被印度锡克教的分裂主义者炸死了,女人真的如预言所言成为寡妇。随后她一个人偷渡去美国,却惨遭信任的人强奸,后又遇见了一系列形形色色的男人,不断地离开、变换住址,不断地更改自己的名字,追寻着自我。

在穆克吉的笔下,这个女人名字的变迁隐喻了女性反抗命运并最终获得独立身份的艰难过程。《贾思敏》的书名取自女人在小说中后期的名字"Jasmine",即"茉莉"的意思。茉莉是原产于印度的代表性常绿灌木,茉莉花制成的茉莉香水具有浓郁的印度风情,代表着作品的印度文化背景。而女孩刚出生的时候取名"乔藕蒂"(Jyoti),是一个典型的印度女孩名,代表着完完全全的印度身份。婚后具有西方开明思想的印度丈夫为她改名为"贾思敏",此时女人的印度身份仅在隐喻层面存在了。到了纽约后,她的雇主,也是未来的情人,替她改名为"贾丝"(Jase),一个更为简化的"贾思敏",其间的印度指征也更微弱了。小说最后以现在时为读者呈现了一个新的女人"简"(Jane)。她已经怀孕了，和当地银行家丈夫一起居住在爱荷华州的中产社区。"简"这个极其常见的美国女性名字宣告了穆克吉的女性主人公已经完全美国化：她成为一个真正的美国女人。小说中以"J"为首字母的名字的不断替换，记录了女主人公从"文化离家"到"在新的文化中重新扎根"的坚持。"我的祖母为我取名乔藕蒂，印度语中光明之意，但是因为我的劫后余生，我生下来就是简了"(40)。祖母原本准备让她十一岁就结婚，像其他的印度女人那样，但她却选择用自己的方式去追求光明。每一次改名，女人都离"美国梦"更近一步，在不断的迁徙和移居中，颠覆原有的印度族裔身份和印度宗教的束缚。从女性主义批评的角度看，《贾思敏》表达了穆克吉对于印度传统性别文化的批判，传递出女性作家明确的自我意识和鲜明的政治立场。同时，穆克吉对于女性独立的文学探索也与第三世界移民经验紧密相连，具有与众不同的"流散"的文化视阈。

二、动态的身份建构与流散写作

作为在主流英语文学中熠熠生辉的印度裔作家，文化身份与文化交融问题一直是穆克吉最重要的哲学关怀。她书写的第三世界女性的身份建构，都是在不断的流散中完成的，她们追寻自我独立与文化身份的路径，代表了20世纪中后期北美印度裔的流散历史。因此，穆克吉的作品属于流散文学的范畴。"diaspora"（流散）这个词源于希腊语"diaspeiro"，原意是"违背神的意愿，必将面临放逐的危险"(Dufoix,4)。"流散"在不同的历史阶段都有对特殊目标移民群体的关怀。在语义外扩的同时，也在不断更改文化内涵。1931年，历史学家西蒙·杜布诺夫(Simon Dubnov)为《社会科学百科全书》撰写了"流散"词条，将其定义为"一个民族或民族中的一部分与自己的国家与领土相分离，散布至其他民族当中，但却延续着自身的民族文化"(Dubnov,126)。而在今天的流散文学研究中，"流散"虽依然指寓居异域又与故乡保持密切联系的族群，但重点已从过去强调"放逐"、"散布"、"边缘化"与"文化夹缝"转移为现在的"寓居"、"流动"与"文化融合"。罗宾·科恩(Robin Cohen)在《全球化流散》中写道："流散位于民族国家与'旅行文化'之间，他们身体居于某一国家，精神却超越民族国家的时空"(Cohen,135—136)。詹姆斯·克利福德(James Clifford)认为，"流散是一种既生活在这里,又与那里相连的意识,完全是冲突与对话中的文化与历史产物……而流散的主体则是现代、跨国、文化互动的特殊形式"①。在后现代语境之下,"流散"的意涵往往与流动、多元、异质、含混、杂糅、去中心及重构等元素交织在一起。②

穆克吉逾半个世纪的写作实践,恰好见证了"流散"的定义从"文化边缘"到"文化融合"的转变。1961年,穆克吉以学生身份第一次进入北美时,身边印度裔的知识女性凤毛麟角。穆克吉的早期写作主要以她熟悉的印度经历为素材,却很难找到有兴趣的北美编辑和读者群。虽然印度裔移民通常在语言上相对有优势,但是离根失乡、客居异地的痛苦使他们更加眷恋印度母国的文化与宗教③。穆克吉在尚未奉行多元文化政策的加拿大社会求学生活时,更是察觉到周围环境对移民的敌意而倍感孤独。此时她的文化定位明显是倾向流亡的侨居作家(expatriate writer)。而移居美国后,穆克吉的事业渐入正轨,她逐渐融入美国主流文化圈,对美国的喜爱与日俱增,她最后将自己的身份定位为"印度裔美国人",成为移民定居作家(immigrate writer)。这种文化情感的变化脉络清晰,在穆克吉的写作中一览无遗④。

穆克吉的早期作品,尤其是在加拿大完成的作品,聚焦于千里之外的母国,笔下人物在充满敌意的新环境里,哀叹着自身的失根、无家,心理时间停留在了过去,从内心深处抗拒新身份的建构。长篇小说《老虎的女儿》(*The Tiger's Daughter*,1972)、《妻子》(*Wife*,1975),以及与丈夫合写的回忆录《加尔各答的日日夜夜》(*Days and Nights in Calcutta*,1977),均体现了这种流亡心境。在《老虎的女儿》和《妻子》中,两位女主人公塔拉和丁普尔都渴望挣脱传统印度令人窒息的社会环境和文化氛围,但在新环境中她们的自由却带来挥之不去的负罪感和孤独感。她们很难融入当地社区,无法成为真正的美国人,又再也回不到印度。被两个世界挤压的压抑在这两

---

① Clifford James.Diasporas[J].Cultural Anthropology,1994,9(3).
② 参见段颖.Diaspora(离散):概念演变与理论解析[J].民族研究,2013(2):14-25.
③ 印度在历史上一共有四次大的移民潮,共有两亿多人口分布在一百多个国家。
④ 参见尹锡南.芭拉蒂·穆克吉:跨文化书写及其对奈保尔的模仿超越[J].国外文学,2010(1):148-153.尹在文中将穆克吉的创作分为三个时期:1971年出版处女作《老虎的女儿》到1979年为自动流亡期;从1980年到1988年为自动流亡到移民定居的过渡期;1989年到1997年出版长篇小说《留给我》为移居期。是为另一种可供参考的分类。

部小说中被刻画得入木三分。尤其是丁普尔,她刻意与纽约的印度小社区保持距离,并想通过收看美国电视剧来学习英语和美国文化,努力成为一个真正的美国人。结果她被电视中光怪陆离的美国给吓住了,她发现自己原有的人生观道德观完全崩塌。新环境带给她的疏离感与日俱增,她的内心愈来愈荒芜。这样的精神幻灭是前所未有的:"她的现在比过去差得太多太多,她更孤独了,她与艾米特更生疏了,她与印度越来越远;更不用说那些借来的伪装,她觉得自己就是一片麻木的阴影"(Mukherjee,1975:200)。

穆克吉举家搬迁美国后创作的中后期作品,移民定居的文化定位则日渐强烈。1985 年,穆克吉出版了自己第一部短篇小说集《黑暗》(*Darkness*)。在《引言》中,穆克吉将自己在美国的生活与心态变化称为"从流亡的孤独向移民的勃勃生机转变的一次运动"。她把自己身上的印度性视为"一系列值得庆贺的流动身份",而不仅是"一个脆弱的为了抵抗遗忘的身份"(Mukherjee,1985:3)。《引言》标志着穆克吉的创作进入了新阶段。1988 年,穆克吉再次推出短篇小说集《中间人与其他故事集》(*The Middleman and Other Stories*)。这两部作品都不再局限于女性的视角,譬如短篇《想象中的暗杀》("The Imaginary Assassin")和《丹尼的女孩》("Danny's Girls")都采用了男性视角。《中间人》突破了穆克吉原本局限于印度移民经验的单一视阈,转而对不同文化背景的移民给予了广泛的人文主义关怀:印度裔、斯里兰卡裔、菲律宾裔、越南裔和特里尼达裔……这些来自第三世界国家的移民不再是一味地悲怀过去,而是积极地融入新的环境、社区和文化。穆克吉尤其强调了身份建构中"流动"和"改变"的积极作用。"中间人"的概念不再指两种文化对主体的挤压,而更强调"文化翻译"。穆克吉认为:移民们的美国生活是一种"融合"(fusion),是一种双向互动的过程。移民在美国文化中汲取力量发生改变,同时他们也影响了周围的环境,"白人和移民通过互动体验创造第三种东西"(Kumar,105)。穆克吉所言的"第三种东西"与霍米·巴巴(Homi Bhabha)的"第三空间"颇为类似。出版《中间人》的次年,穆克吉又将该短篇小说集中的一个作品《贾思敏》进行艺术翻新,推出了同名长篇小说《贾思敏》,这也是她最重要的代表作。日后,作者在《我的美国作家生涯》一文中坦言,在创作《中间人》和《贾思敏》两部作品时,"'脱胎换骨'这个主题已使我摆脱了羁绊,从深处挖掘截然不同的人物和背景。我此时关心的是双向的变化:在美国土生土长的后代子孙有时痛苦地发现,他们自身的识别特征已经被这些新的'外来'移民改变;同时这些来自次大陆、中东、拉丁美洲、菲律宾和东南亚的新移民也因为受到美国的影响发生了前所未有的蜕变"①。

三、超越后殖民主义文学

同为印度裔流散作家,穆克吉进入文坛的时间比奈保尔略晚,她一度将奈保尔视为精神榜样。在《加尔各答的日日夜夜》中,穆克吉写道:"我在自己身上觉察到一个微弱的,尚不成熟的奈保尔的影子;他如此细致入微地刻画出了艺术与流亡的痛苦和荒谬,刻画出了'第三世界'的艺术是如何艰难地在曾经的殖民者们中间流亡生存;别人作为主人客套的容忍和实质的不理解,自己想要有个家却永远都不能真正实现……"(Blaise,287)。穆克吉显然与奈保尔一样,具有前殖民地经验的切身体会,也有用艺术表达的强烈主动性和自觉性。加拿大著名文评家琳达·哈钦曾提出:受到男权压制的女性经验往往与后殖民经验之间具有某种共同的身份诉求(Hutcheon,6)。穆克吉具有印度文化背景的女性主义作品也一直被归类为后殖民视阈下的性别写作。但在当代英美后殖民文学领域,穆克吉的名字却比奈保尔有争议得多。事实上,后殖民主义评论家对于穆克吉的评论和接受呈现出两极分化的现象。批评者(尤其是具有相同第三世界背景的批评家)谴责穆克吉对于母国印度文化的背叛以及对于殖民文化的投靠。以小说《贾思敏》为代表,穆克吉中后期的创作确实越来越显示出一种对定居国(美国)的文化归属感。她笔下的人物似乎已经克服了"文化休克"的症状,怀揣着做"美国人"的强烈渴望,信心十足地走在通往"美国梦"的大道上。在一次访谈中,有人指出了"不够后殖民"这个尖锐的问题:"作为一名移民文学作家,你的目标是建构美国性的新叙述结构,这和后殖民主义作家有着很大区别。后者更着意于为后殖民国家建构新神话体系。"而穆克吉直面了这个问题,回答道:"确实如此。我一直说我自己是一个美国作

---

① Bharati Mukherjee.On Being an American Writer[M/OL]//Writers on America. U.S.Department of State Publication,2008.[2017-02-20]. https://www.americancorner.org.tw/zh/mukherjee.htm.

家。如果我将自己定义为'后殖民'作家的话,我就还会在一直写印度——英国关系的故事"①。穆克吉的态度表明,她并不认为"后殖民作家"的身份代表着一种"政治正确性",相反,穆克吉认为只有摒弃历史偏见,一个作家的视野才会更开放更具人文主义关怀,文化融合是大势所趋。

从侨民作家到移民作家文化定位的转变,关键正是穆克吉对于自身身份认同的改变。一方面,穆克吉对于母国文化,即印度文化开始逐渐疏离。穆克吉特殊的家庭背景、教育经历和成长环境以及印度社会根深蒂固的性别歧视文化,使得身为女性的穆克吉对于印度文化的态度一直很矛盾。在《加尔各答的日日夜夜》一书中,穆克吉坦言"我的印度性很脆弱"(Blaise,170)。这部回忆录主要记录了1973年至1974年间,穆克吉陪同丈夫重回印度的所见所闻所感。"在印度的那一年迫使我自己以一个(西方)移民,而非(印度)放逐者的身份来重新审视自身。"(Blaise,284)这样的顿悟同样被穆克吉以虚构文学的形式记录下来。在《老虎的女儿》中,塔拉也是印度的"局外人",一心想离开印度,也同样移居北美最终嫁了非主流美国人。多年以后塔拉重返印度,她发现童年记忆中的印度消失了,她自己不可避免地以西方人的视角审视故乡加尔各答,在曾经的亲友的包围中间,心底的陌生与疏离感无处可逃。最后她只有通过频繁地造访卡特里洲际酒店来躲避加尔各答的人情纷杂。塔拉最终成为故乡的一个"游客"。"回印度的那一年使我明白,我并不需要为了保留自己印度身份的虚弱的影子而抛弃自己一直所接受的西方文化教育。"(Blaise,284)穆克吉就此认识到自身作为第三世界"流亡侨居作家"的局限性,也正是在那以后,穆克吉开始更主动地将自己的文化身份定位为西方世界的"移民定居作家"。穆克吉与曾经的榜样奈保尔渐行渐远,转而选择了美国犹太移民作家伯纳德·穆哈默德②(Bernard Malamud,1914—1986)为新的偶像。

另一方面,定居美国的穆克吉逐渐克服了移民初期的跨文化休克,开始在美国文化这一新的文化土壤里开枝散叶。穆克吉的第一部重要的作品,长篇小说《老虎的女儿》,因找不到感兴趣的加拿大出版社,最后由美国的霍顿·米夫林公司出版。如果说加拿大时期的穆克吉还会感觉自己是

---

① Bharati Mukherjee and Beverley Byers-Pevitts. An Interview with Bharati Mukherjee.

② 伯纳德·穆哈默德,美国小说家,曾获美国国家图书奖和普利策奖,与索尔·贝娄、菲利普·罗斯并称为美国20世纪最重要的三位犹太作家。

北美土地"精神上的被放逐者",那么移居美国后的穆克吉,则发现周围的环境突然变得宽容开放了。在美国,穆克吉的印度故事受到了读者的热烈欢迎。80年代,穆克吉先后推出了两部短篇小说集《黑暗》与《中间人》,都受到了主流评论界的好评,尤其是《中间人》还获得当年的美国国家图书评论奖,使她成为美国流散作家中获得该奖项的第一人。此外,她还获得了古根海姆奖、美国国家文艺基金奖、伍德罗威尔逊奖等各类奖项。最终,穆克吉成为载入史册的"美国作家",她将自己的身份定义完全地从流亡侨居作家更改为移民定居作家。其创作重点也不再集中于移民的精神创伤,而是庆祝新国家发生的现在。

以小说《贾思敏》为例,可以很好地证明穆克吉与后殖民主义作家与评论家们的分歧。穆克吉曾在访谈中这样说:

> 后殖民主义批评家,比如说斯皮瓦克和她的信徒们希望我更多地参与到一种性别写作中去,譬如说女性主人公被视为被压迫的人群。在《贾思敏》中,女主人公完全知道她自己要什么,她在新世界的多文化氛围的社会中成长——她清楚自己将牺牲个人的舒适追求自己的目标,因此,在故事的结尾,当她在火炉前的地毯上和她的白人雇主一起做爱的时候,美国的女性批评家就会说:"看啊,穆克吉又在展示第三世界的女性是如何被美国白人男性剥削的了。"而事实上我想表达的却是:贾思敏远比她们想象的要强壮和聪明。她想得到什么,就会努力争取。她也许会被误导,但却始终目的明确。后殖民主义的批评家希望我把左右的美国白人都描写成恶棍和压迫者,所有的非白人人物都是被压迫的受害者。我拒绝那样做,因为我的人物并不是那样对待生活境遇的,那也不是我身边的人在那种情境下做的事情①。

事实上,穆克吉让她的女主人公一路从印度到美国,最后从纽约向加利福尼亚的"西进"之路,与美国早期开拓者们的西进路线不谋而合,这种安排隐喻了贾思敏最终继承了"美国精神",成长为一名真正的"美国人"。

---

① Bharati Mukherjee and Sharmani Patricia Gabriel.Routes of Identity:In Conversation with Bharati Mukherjee[G/OL]//Ed.Jeffery W.Hunter..Contemporary Literary Criticism,vol.235,Cenage Gale,2007.

在穆克吉的笔下,美国确实代表了一种相对印度而言更为平等的社会环境,具有可贵的对杂糅文化的包容性,能够帮助像贾思敏这样在狭隘的性别文化制度中备受压迫与侮辱的女性获得新生。穆克吉并不认为作为后殖民作家就一定要批评与隔离。她坦言:"我对于美国的爱正是出于我对于英国殖民主义的反抗。这是脱离了结构制约的解放。因为印度和美国之间并没有直接的历史联系,而印度和英国之间却是无法回避的"①。歌颂美国的穆克吉旨在构建一种新的美国性,而不是像一般后殖民主义作家那样,一味强调意识形态即后殖民的国家认同感。准确地说,穆克吉歌颂的并不仅是美国这一国别实体,而是美国这一文化意象所代表的新大陆文化的杂糅性。

穆克吉的后期作品包括长篇小说《坐拥世界》(*The Holder of the World*,1993)、《由我做主》(*Leave It to Me*,1997)、《称心的女儿》(*Desirable Daughters*,2002)、《树新娘》(*The Tree Bride*,2004)和《新印度小姐》(*Miss New India*,2011)。此外,穆克吉也是美国当代活跃的民权运动家,写下了大量的反抗种族歧视的文章,还创作了一些时政类非虚构类作品,包括与丈夫布莱茨合著的《悲情与恐怖:印度航空公司惨案遗事》(*The Sorrow and the Terror: The Haunting Legacy of the Air India Tragedy*,1987),独著《印度的政治文化与领导权》(*Political Culture and Leadership in India*,1991)与《印度视阈下的地域主义》(*Regionalism in Indian Perspective*,1992)。2016年8月,穆克吉与丈夫布莱茨曾携手参加了在中国上海举办的第十四届世界英语短篇小说大会,并围绕着"短篇小说中的影响与汇合:西方与东方"的大会主题,与两百多位中外知名作家与学者展开交流。在艺术上愈加成熟的穆克吉始终将自己的视野定位在"东西文化翻译"。穆克吉的去世是当代美国文学界的重要损失。在多元文化背景的移民社会中,穆克吉显然不认为身份建构必须是单一排他性的。必须要在做印度人还是美国人中间做出选择吗?穆克吉的创作为文化的复义性与杂糅性做出了可贵的探索。

---

① Bharati Mukherjee and Beverley Byers-Pevitts. An Interview with Bharati Mukherjee.

参考文献

[1] Blaise, Clark and Bharati Mukherjee. Days and Nights in Calcutta[M]. New York: Doubleday Company, 1977.

[2] Cohen, Robin. Global Diasporas: An Introduction[M]. Stanford, Calif: Stanford University Press, 1990.

[3] Dubnov, Simon. Diaspora[Z]. Encyclopedia of the Social Science, vol. 4. New York: MacMillan, 1931.

[4] Dufoix, Stephane. Diaspora. Trans., William Rodarmor[M]. Berkeley: University of California Press, 2008.

[5] Hucheon, Linda. The Canadian Postmodern: A Study of Contemporary English Canadian Fiction[M]. Toronto: Oxford University Press, 1991.

[6] Kumar, Nagendra. The Fiction of Bharati Mukherjee: A Cultural Perspective[M]. Delhi: Atlantic Publishers and Distributors, 2001.

[7] Mukherjee, Bharati. Jasmine[M]. New York: Grove Press, 1989.

[8] —. Wife[M]. New York: Houghton Mifflin, 1975.

[9] —. Darkness[M]. Ontario: Penguin Books, 1985.

（原发表于《外国文学动态研究》2017年第5期）

菲律宾裔

《美国在心中》的三维事实

薛玉凤[*]

（河南大学外语学院）

摘　要：《美国在心中》是菲律宾裔美国多产作家卡洛斯·布洛桑的代表作，也是亚裔美国文学中的经典作品。在这部自传中，传记事实与历史事实随处可见，极其丰富具体。它们与自传事实水乳交融，三位一体，构成了《美国在心中》里事实的三维性。

关键词：《美国在心中》；自传事实；传记事实；历史事实

《美国在心中》(*America Is in the Heart: A Personal History*, 1946)是自学成材的菲律宾裔美国多产作家卡洛斯·布洛桑(Carlos Bulosan, 1913—1956)的自传及其代表作，亚裔美国文学中的经典，该作品曾被《展望》杂志称赞为美国最重要的50本作品之一(Kim, 45)。

"自传的内核是自传事实"(赵白生, 32)，但在布洛桑的自传中，传记事实与历史事实随处可见，极其丰富具体。它们与自传事实水乳交融，三位一体，构成了《美国在心中》事实的三维性。

一、自传事实：自我发展的轨迹

传记文学建基在事实之上，事实是传记文学的生命线。对自传来说，最重要的事实是自传事实，《美国在心中》也不例外。像大多数自传一样，布洛桑在自传中用第一人称叙事，描述了传主从5岁到29岁在菲律宾以及

---

[*] 作者简介：薛玉凤，副教授，北京外国语大学华裔美国文学研究中心客座研究员，研究方向为美国文学。

在美国西部各州做流动工人,并自学成材逐步成长为一个作家的坎坷经历。

贫穷、逃遁、勤奋是布洛桑书中最重要的自传事实。布洛桑出生在菲律宾北部吕宋岛的一个小村庄,因为家里贫困,布洛桑从五岁起便帮助父亲干农活与家务,实际上根本没有童年可言。13 岁时布洛桑就告别父母,独自离家出去闯荡。在一个欧美商人及菲律宾富翁云集的小山城,布洛桑试图找到一份工作,但许多天过去了,他只能偶尔打点零工,经常食不果腹,不得不在垃圾堆里找东西吃。后来一个偶然的机遇使布洛桑成了美国白人玛丽小姐的家仆。玛丽在图书馆工作,看到布洛桑喜欢看书,便让他到图书馆帮忙,从此布洛桑与书本结下不解之缘。两年后布洛桑回到家乡,发现老屋卖了,父亲病了,母亲带着两个年幼的妹妹撑着那个家,一家人住在镇上一间小屋里。布洛桑再次离开家乡,到海上去捕鱼。总之,布洛桑在菲律宾长到 17 岁,干过农活、卖过盐巴、修过公路、做过家仆、当过渔夫,贫穷与艰难始终伴随着他。经过四年的准备,布洛桑终于踏上了赴美的轮船。

美国并非菲律宾人所想象的那样自由、富裕、宛若天堂。在美国的十二年(1930—1942),贫穷与饥饿更是与布洛桑如影随形。洗碗、端盘子、摘水果、收菜、采花、清洁地毯、牛奶厂刷瓶子、罐头厂做苦工,布洛桑什么都干,但大部分时间,他还是处于失业状态。寒冷的冬日,无家可归的布洛桑又冷又饿,教堂的钟声是他唯一的安慰。在美国待了八年后,布洛桑发现自己只有一套旧西装、三件衬衣和一个廉价的破手提箱(Bulosan,256)。由于肺结核住院的两年时间里,布洛桑第一次知道什么是平静:在这里他总有东西吃,总有地方睡觉。

逃遁是布洛桑自传中又一个重要的自传事实。布洛桑在美国的生活经历,从某种程度上说就是一部逃亡史。为了找到一片宁静的生存之地,布洛桑总是试图逃避令人窒息的种族歧视,逃避唐人街的赌场与妓女,逃避菲律宾族人的自相残杀,逃避暴力与恐怖,逃避无所不在的罪恶。他从一个小镇逃到另一个小镇,从一个城市逃到另一个城市,从一个州逃到另一个州。所到之处,布洛桑见到了太多在菲律宾从未见过的无情与残暴,恶劣的生存环境使布洛桑变得勇敢,也使他对痛苦与善良无动于衷。布洛桑担心自己会像他的族人一样渐渐地变得残忍,变得没有人性,因此他选择逃避。

布洛桑试图逃避暴力与罪恶,但严酷的生存环境却迫使他一步步变得残忍与无情。为了生存，偷盗、抢劫、赌博，温文尔雅的布洛桑都曾做过。为了报复西雅图旅店老板当初对他的欺骗与讹诈，布洛桑后来再到这家旅店，故意把房间的床单偷出去卖掉。这是他平生第一次有意欺骗，过后丝毫没有觉得良心不安（152）。美国社会改变了他，残酷的生活扭曲了他的心灵。以眼还眼，以牙还牙，他这是在以恶还恶。后来，布洛桑曾经从打工的餐馆偷拿三明治给四哥吃，也曾经参与抢劫，甚至筹划抢银行，然后烧掉整个小城。出院后布洛桑仍然虚弱不堪，无法工作，偏巧供养他的三哥又积劳成疾，卧病不起，走投无路的布洛桑入室偷了人家的钻戒卖了给三哥看病，之后逃离洛杉矶，害怕自己会在犯罪的道路上越滑越远。

布洛桑后来还学会了赌博。走投无路之际，他用身上仅剩的 15 美分去赌博，赢了同胞差不多 500 美元（175）。在圣地亚哥，布洛桑曾把在场的十五六个菲律宾劳工的血汗钱赢个精光，即便听到其中一个同胞的妻子生病住在医院也无动于衷，现实已经把他的心肠变得坚硬（178）。布洛桑总是在逃亡，他试图告别野蛮与残暴，奔向希望，奔向那种能减轻他的恐惧与孤独，使他不再从早到晚逃亡的东西。但所到之处，除了暴力还是暴力，除了恐惧还是恐惧，除了孤独还是孤独，极力抗拒堕落的布洛桑还是时不时堕落起来。

刻苦与勤奋是布洛桑自传中另一个重要的自传事实，也是布洛桑从一个几乎没有受过正规学校教育的文盲成长为一个多产作家的根本原因。在洛杉矶医院治疗的两年时间里，布洛桑每天读一本书（245）。他在人类知识的海洋中尽情遨游，在伟人思想的滋养中迅速成长。读书的同时，布洛桑还写了不少诗歌、散文，并且开始写自传。

并没有完全康复的布洛桑出院后又回到了三哥他们居住的洛杉矶红灯区，这里到处是妓女、皮条客、赌徒，到处是犯罪。残酷的现实驱使布洛桑在神话世界中寻求安慰：格林童话、安徒生童话、伊索寓言……这些童话故事使布洛桑突然意识到家乡的民间传说竟然无人问津，而他必须把家乡的那些文化珍宝融入他们的自由之战（260）。除此以外，布洛桑大量阅读同时代作家的作品，学习几种语言。读书与写作成了布洛桑战斗的工具，也成了他与疾病和现实斗争的麻醉剂。布洛桑还利用自己所学到的知识唤醒族人。从一个小镇到另一个小镇，他创办工人学习班，给工人们讲解美国历史，讲述民主发展的历程，培训更多的族人接手这项工作。

《美国在心中》里的自传事实具有高度寓言化的特点。布洛桑通过自己经历的一系列事件来揭示自我发展的轨迹与自我变化的过程,展示传主的心路历程。除了因病住院的两年时间以外,布洛桑作为一个流动工人在美国的遭遇与其他菲律宾劳工相差无几,自传事实与传记事实有时很难区分开来。

二、传记事实:"我与别人的关系"

自传主要写自己,自传事实是其主干,但事实上真正属于自我的东西是微乎其微的,自我总是在他者的影响中才得以成型,因此自传作家的主要任务是呈现两种关系:我与别人的关系及我与时代的关系。在呈现这两种关系的过程中,作者不断地解释自我(赵白生,35)。而要描述他者的影响,呈现"我与别人的关系",就要增加传记事实的比重。

在布洛桑短暂的一生中,影响他的人不计其数,有家人,有同胞,也有白人,关于这些人的描述构成了《美国在心中》里丰富多彩的传记事实。在所有家庭成员中,对布洛桑影响最大的无疑是他的三哥与四哥。全家人节衣缩食,竭尽全力供养三哥读完高中的那段经历是布洛桑印象中最温馨难忘的日子,而布洛桑最初对书籍的热爱则来自酷爱读书但不得不辍学的四哥。

三哥马卡里奥是全家人的骄傲和希望。为了供他读完高中,全家人省吃俭用,辛苦劳作,视土地如生命的父亲甚至不惜抵押掉最后一公顷养活了布洛桑家几代人的土地。马卡里奥总算毕业了,全家人都松了口气。但不久,他因故不得不辞去教职,土地再也赎不回来了,全家人陷入绝境,失去土地的父亲从此一蹶不振。

三哥四哥后来都到了美国,兄弟三人在洛杉矶聚齐。布洛桑住院治疗前后,是三哥支持并帮助他抵抗病魔。与布洛桑一样,三哥是菲律宾劳工运动的领袖,他坚信旧世界会灭亡,新世界正在诞生,号召大家为新世界而奋斗。三哥与朋友一起创办了菲律宾移民在美国的第一份刊物《新潮》,旨在唤醒菲律宾移民的社会意识,帮助他们分析残酷的社会现实。由于缺乏资金,刊物很快就停刊了,然而它所代表的那种坚韧顽强的精神却并没有随之消失。三哥等创刊人宁愿饿着肚子,风餐露宿也要竭尽全力拯救刊物,那种艰苦奋斗与自我牺牲的精神极大地鼓舞了布洛桑。自传末尾,日本偷袭珍珠港,美国对日宣战,三哥四哥都报名参了军。关于三哥及其他家庭成员的传记事实使读者更好地了解布洛桑的成长经历,是布洛桑与他人关系的一个重要组成部分。

《美国在心中》里关于菲律宾劳工的传记事实更是数不胜数。在反映个人生活经历的同时,布洛桑以大量篇幅回顾了 20 世纪 30 年代菲律宾劳工在美国西部各州受歧视、受迫害的集体经历以及他们的英勇斗争史,表达了他们追求自由、民主和种族平等的强烈愿望(吴冰,4)。

在经济大萧条、种族主义横行的残酷背景下,为了生存,菲律宾劳工之间也曾互相欺骗,弱肉强食。布洛桑抵达美国的当晚,在西雅图的一家旅馆里,几个船友的所有盘缠都被几个菲律宾老移民所骗。第二天,他们又被旅店老板以每人五美元的价格卖到阿拉斯加一家罐头工厂做苦工,连行李都被店老板扣留。布洛桑在阿拉斯加苦干了一季,重新回到西雅图时只得到了 13 美元工资。这就是布洛桑在美国的第一段经历:接连被族人所骗。

布洛桑等菲律宾劳工在一个果园摘苹果的经历也是触目惊心。眼看苹果快摘完了,却想不到工头带着大伙的工资逃跑了,正在大家垂头丧气的时候,又遭到仇视菲律宾人的当地白人突袭。白人放火烧了他们的住地,趁夜色朝着毫无思想准备的菲律宾劳工开枪射击。布洛桑在老练的朱利奥的带领下,总算逃出枪战现场,捡回一条小命。在布洛桑脑海中,朱利奥是友谊、善良、信任的象征,是残酷生存环境中一缕温暖的阳光。

在菲律宾劳工中女人非常稀少,再加上当时的美国法律禁止菲律宾人与白人通婚,因此菲律宾劳工大多是单身汉。得不到家庭温暖又经常失业的菲律宾劳工闲来无事,赌博、嫖娼、跳舞就成了他们主要的休闲娱乐方式,由此引发了诸多罪恶。他们经常为女人大打出手,自相残杀。布洛桑在阿拉斯加罐头厂认识的一个工友回到西雅图当晚就为抢夺一个舞女被打死。在西雅图的一个华人赌场,一个输得精光的老菲律宾人开枪向在场的华人射击,出门后拿着刀在人行道上逢人便捅,彻底失去了理智。警察抓住他之前,他已杀了八个人,伤了十六人(176)。

在菲律宾劳工中也有一两个作家,他们是布洛桑学习的榜样。艾斯特万是布洛桑认识的第一个作家,他写过一些以家乡菲律宾农村为背景的故事,还有一些散文,虽都未曾发表,但他立志成为那个时代最伟大的作家。然而两天后,他终于忍受不住饥饿的煎熬,从房间窗户跳了下去。布洛桑从他的箱子里找到一些遗稿,其中几篇描写菲律宾吕宋岛农村小镇的故事跟了布洛桑很多年,它使布洛桑重新认识了自己的家乡及养育滋润了他 17 年的文化之根。

布洛桑只是当时在美国的 10 万名菲律宾劳工中的一员,不管愿意与否,他与自己的同胞都有着难以分割的联系。他试图逃避族人的暴力与无情,但在种族主义盛行的美国,离开族人的小圈子他更是无法生存。每逃到一个新地方,布洛桑首先都会去找唐人街的华人赌场,因为他知道在那里准能找到自己的族人。从族人那里,他学会了赌博,学会了暴力,学会了残忍,但从族人那里,布洛桑也曾得到过不少帮助。

《美国在心中》的大量传记事实中,也有一些是关于美国白人,特别是关于下层阶级白人的叙述。一个来自俄克拉荷马州的白人女子与一个菲律宾劳工结了婚,婚后她与前夫的两个孩子、她的母亲、她的两个姐姐和一个弟弟住在一起。丈夫每月 60 美元的工资难以养活这么一大家人,于是他干两个人的活,慢慢地身体垮了,得了肺结核。他的白人妻子为他生下一个女孩后弃他而去,与人私奔了。后来他被一个菲律宾赌客捅死,留下三个无父无母的孩子孤苦伶仃,不得不送入孤儿院。

好莱坞青年女作家艾丽丝·欧代尔也是穷苦人家出身,她主动约见布洛桑,引导他读书,并在生活上照顾他。离开洛杉矶后,艾丽丝又把布洛桑托付给她的妹妹艾琳。艾琳是个教师,像姐姐一样有良好的文学修养,并且对布洛桑充满同情。在接下来的三年中,艾琳几乎每周都去看望病中的布洛桑,每次都带给他一些书籍和水果食物。布洛桑如饥似渴地阅读这些文学与政治书籍,并写了大量的读书心得。在阅读与写作中,布洛桑的知识水平迅速提高。欧代尔姐妹对布洛桑的学习与写作影响很大,她们代表的是美国善的一面:善良、真诚、富于人性。

从内容丰富的传记事实来看,《美国在心中》既是布洛桑的自传,也是别传。在作品中,布洛桑有意识地"反映在美国的菲律宾人群体"(Kim,43),代表当时在美国的 10 万名无声的菲律宾流动工人发声。在布洛桑看来,这些菲律宾劳工都是美国人,都应该享受美国的民主与自由,并为完善这种民主与自由而奋斗。只有实现了这个梦想,美国才是他理想中的国家。"近代的传记,目的不在颂扬任何人,而在表达人生,表达特定时代、特定环境里的人生"(杨国政,89)。《美国在心中》正是如此,布洛桑在作品中把"我"等同于"我们",把自我置换为民族政治寓言,表达了大萧条期间菲律宾劳工的集体人生。

三、历史事实:"我与时代的关系"

《美国在心中》里的历史事实异常丰富:美国对菲律宾的殖民统治,菲律宾的封建制度,美国的大萧条与种族歧视,菲律宾流动工人在美国西部各州的生活经历,日本偷袭珍珠港及美国加入二战等等。这些历史事实为布洛桑的个人史提供了广阔的历史背景,也为我们阐释布洛桑的个人命运提供了前提。由于篇幅所限,在此我们重点讨论美国对菲律宾的殖民统治与美国大萧条期间的种族歧视等历史事实。

菲律宾人民历史上久经殖民统治,历尽坎坷。1565年,西班牙侵占菲律宾,自此统治菲律宾300余年。1899年美西战争后,美国占领菲律宾。1942年,菲律宾被日本占领。二战后,菲律宾重新沦为美国殖民地。1946年7月4日,美国被迫同意菲律宾独立。美国在菲律宾将近半个世纪的殖民统治宣告结束。

《美国在心中》描写的1918到1942年期间,正是菲律宾被美国殖民的时代,殖民统治的痕迹随处可见。首先,当时的菲律宾军队是美国军队的一个分支,两次世界大战期间,菲律宾军人像美国军人一样,以美国军队的名义在欧洲战场服役。布洛桑的大哥就曾在欧洲战场服役,二哥也服过三年兵役。在美国,布洛桑也遇到过一些曾在一战中服役的菲律宾劳工,但他们代表美国参战的经历并不意味着会获得美国人的认同。他们既没有因此获得美国国籍,也无权在加州购买土地(272)。故事末尾,日本偷袭珍珠港之后,布洛桑的两个哥哥及他们身边的许多朋友都主动报名参军。原本孤独而又疾病缠身的布洛桑更加孤独。其次,尽管美国在菲律宾实施美国式的教育制度,但直到《美国在心中》开头所描写的1918年,菲律宾的普通农民还是与正规的学校教育无缘。布洛桑兄弟姐妹七人,只有三哥读完高中。大萧条之前,在美国的大多数菲律宾移民仍然是文盲(Kim,24)。再次,布洛桑童年时,菲律宾正面临着急剧的社会变迁,受"虚假的美国理想和生活方式的影响"(5),年轻人躁动不安,试图反叛旧的社会习俗与传统,那些不堪忍受现存制度的年轻人冒险移民美国,急于拥抱美国的自由、民主与平等。布洛桑与他的两个哥哥就是其中的代表。遗憾的是在美国十几年，布洛桑体会到的是贫穷与孤独，看到的是暴力与不公，而归根结底是种族主义在作祟。

美国的种族歧视由来已久，根深蒂固。从早期欧洲新移民对印第安土著的驱逐与屠杀，到对黑人的奴役，从19世纪后半期的排华潮，到后来的"黄祸论"殃及整个亚洲移民，"白人优越论"愈演愈烈，种族歧视无所不在。布洛桑1930年到达美国后，适逢美国的经济大萧条，大萧条带来大量失业，高失业率导致白人种族主义猖獗，菲律宾人的生存环境更加恶劣。

在白人种族主义者眼中，菲律宾人根本不是人，而是"猴子"，是"棕猴"。布洛桑在美国二十多年，所到之处仿佛总能听到很多个愤怒的声音在咆哮："为什么不把这些猴子送回他们的老家？"（99）。对白人种族主义者来说，菲律宾人都是罪犯，不论他们犯罪与否。"菲律宾人待在加州，这本身就是犯罪……我觉得自己像个逃犯，试图逃避自己根本不曾犯下的罪行。这罪行就是我是个待在美国的菲律宾人"（121）。这就是布洛桑在美国的切身体会。

由于种族主义盛行，菲律宾劳工经常无故遭袭，营地常常被烧，枪杀菲律宾人就像捏死一只只蚂蚁。在圣地亚哥，布洛桑试图找份工作，几次被餐馆与酒店老板毒打。"你被解雇了！"这话布洛桑在美国听了无数遍，老板无缘无故炒了他无数次鱿鱼。布洛桑后来终于"明白这是个种族问题，因为不管我走到哪里，都能看见白人袭击菲律宾人。因此很自然，我对白人又恨又怕"（146）。警察无缘无故袭击菲律宾人的事件更是家常便饭。在洛杉矶一个菲律宾人聚集的弹子房，两个警探突然闯进来，朝一个小个子菲律宾人开枪射击，之后把尸体拖了出去，一切都仿佛很自然，杀人好像是他们工作的一部分。"警察经常这样无缘无故地袭击菲律宾人，有时他们是酒后找乐子，来到这儿逢人便拳打脚踢。……如果你与他们理论，结论总会是我们攻击了他们，然后他们变得更加残暴"（129）。在美国，"菲律宾人的性命比狗都贱"（143）。

在白人种族主义者看来，菲律宾人不是皮条客，就是强奸犯。在美国大街上，菲律宾人没有自由可言，巡警会无缘无故地拦截菲律宾人车辆，盘查所有与白人妇女在一起的菲律宾人，因为"他们认为每个菲律宾人都是皮条客"（121）。实际上，由于少数族裔女性稀少，在白人看来，菲律宾人、黑人或者华人都一样，都是见了白种女人就不要命的强奸犯。而菲律宾人与其他少数民族移民不同的是，由于菲律宾是美国的殖民地，菲律宾移民的地位更加尴尬。他们既不是美国人,也不是外国人;他们在菲律宾接受的美国式教育告诉他们人人平等,但到了美国却发现自己根本不被当人看,这种心理落差使他们更加无所适从。

由于种族主义盛行,当时在加州的菲律宾人面临十大困境——无权购买或租赁不动产、无权在政府服务部门工作、无权在加州结婚、无权与白种女人结婚、无权从事法律工作、无权入美国籍、被救济机构歧视、无法阻止警察像对待罪犯一样对待他们、无法改善住房条件、无权享用公共娱乐设施(269)。菲律宾劳工的生存条件极其恶劣。

在惨无人道的种族主义者面前,菲律宾劳工不愿再像被宰杀的羔羊,他们组织了各种各样的工会组织,竭尽全力保护自己的正当权益。但由于种种原因,菲律宾劳工争取自己权利的斗争并不顺利,白人种族主义者也不会甘心交出他们自认为应该拥有的特权。为了破坏菲律宾劳工的维权运动,白人爱国社团甚至培养了一批职业罢工破坏者,深入菲律宾劳工工会领袖内部,破坏罢工活动。海伦就是其中之一。海伦与工会领袖荷西同居并窃取消息,几次导致罢工失败,工会领袖与工人被捕。后来,海伦又跑到洛杉矶与布洛桑的三哥同居,好在很快被赶来的荷西发现。原形毕露的海伦恶狠狠地说:"我憎恨菲律宾人,就像我憎恨你们的工会!你们都是野人,你们没有资格待在这个国家!"(202)

时代对人的影响是巨大的,政治局势的重大变动对那个时代的人无疑有着非常重要的影响。布洛桑在自传里写了他所处的时代,叙述了他在这个世界上的希冀、挣扎与奋斗(Takaki,344)。他向往真善美,但生活中唯有暴力与仇恨,饥饿与贫穷。在描述历史事实的同时,作者在重温心灵的震撼,阐释"我与时代的关系",展示历史事件在他成长过程中的印迹。

参考文献

[1]吴冰.《亚裔美国文学:作品及社会背景介绍》导读[G]//Ed. Elaine H. Kim. Asian American Literature. Beijing: Foreign Language Teaching and Research Press, 2006.

[2]杨国政、赵白生.欧美文学研究第四辑:传记文学研究[M].北京:人民文学出版社,2005.

[3]赵白生.传记文学理论[M].北京:北京大学出版社,2003.

[4]Bulosan, Carlos. America is in the Heart[M]. Seattle: University of Washington Press, 1973.

[5]Kim, Elaine H. Asian American Literature: An Introduction to the Writings and

Their Social Context[M]. Beijing: Foreign Language Teaching and Research Press, 2006.

[6] Takaki, Ronald. Strangers from a Different Shore: A History of Asian Americans [M]. New York: Penguin Books, 1990.

(原发表于《荆门职业技术学院学报》2008年第8期)

论《美国在心中》的殖民者与
被殖民者的双向模拟策略*

张亚丽[1]　陈世丹[2]**

（1.山西师范大学外国语学院；2.中国人民大学外国语学院）

摘　要：霍米·巴巴的模拟既是一种统治策略，更是一种抵抗策略，它体现了一个权力运作的过程。在菲律宾裔美国作家卡洛斯·布洛桑的重要作品《美国在心中》里，殖民者一方面以美国例外论思想激发菲律宾被殖民者的认同意识并模仿殖民者，同时也用本体劣等性思想和使被殖民者宠物化的模拟策略保持与被殖民者的距离并维持其统治的霸权。从被殖民者角度来说，模拟既让他们发现了殖民话语的内在矛盾，又使得他们通过挪用与改写殖民话语而产生出的混杂变体，实现了对殖民话语的消解和颠覆。

关键词：卡洛斯·布洛桑；《美国在心中》；霍米·巴巴；模拟；策略

卡洛斯·布洛桑是20世纪40年代最著名的菲律宾裔美国作家，其代表作《美国在心中》出版于1946年，曾被《瞭望》杂志票选为50部最重要的作品之一（Koshy，92）。该作品细腻地描写了主人公卡洛斯一家在历经西班牙和美国的殖民统治的菲律宾家乡竭力挣扎却始终无法摆脱贫穷的梦魇，他们在困境中对美国的现代文明及民主自由理想的向往以及他们来到美国以后遭受的种种不公正遭遇。一直以来，国内的亚美文学研究集中于华美和日美作家，对菲美作家关注甚少，就《美国在心中》而言，迄今有限的探讨倾向于由作品副标题《一部个人历史》及主人公卡洛斯与作者的同名

---

* 项目信息：本文系山西省回国留学基金（项目批号：20101466）和山西师范大学哲学社会科学项目（项目批号：YS1233）的阶段性成果。

** 作者简介：张亚丽，讲师，主要研究方向为英美文学；陈世丹，教授，主要研究方向为英美文学、西方文论、西方文化。

所提示的传记性阅读①。然而用传记中再现的个人经验或族裔经验去还原历史的真实远不是作者创作的初衷,布洛桑曾言,该作品"是为了让分布在美国本土、夏威夷及阿拉斯加的十万沉默的菲律宾人发出声音"(Kim,44)。作品横跨20世纪20到40年代,这一时期内菲律宾为美国殖民地,彼时以赛义德的《东方主义》的出版为正式缘起的西方后殖民理论话语尚未形成,然而作为被殖民者一分子的布洛桑已经在作品中"反省和表达由帝国语言与本土经验竞争有力的混合所带来的紧张"(Ashcroft,Griffiths and Tiffin,1)。结合史实,细读文本,我们会发现《美国在心中》体现了美国殖民者与菲律宾被殖民者之间具策略性的双向博弈,这种策略前瞻性地呼应了霍米·巴巴的模拟,它见证了一个权力运作的过程,并最终帮助沉默的菲律宾人发出了那一声反抗的"哎咿"。

一、反对西方文化霸权的模拟书写

模拟,也译为模仿、拟仿等,是霍米·巴巴在法国精神分析学家雅克·拉康有关主体构成的"自恋"与"侵略"性理论和后现代主义大师雅克·德里达"差异的重复"观念的启发下生发出的运用于后殖民主义文学和文化批评的概念。巴巴认为,模拟是建构权力的一个过程。在殖民者一方,模拟首先常常是帝国主义政策的一项公开的目标。殖民者要求被殖民者采纳其外在形式并内化其价值,在这种意义上,模拟体现了通过让被殖民文化拷贝或'重复'殖民者的文化来实现教化的使命。模拟的运作是发生在情感和意识形态领域内的,它与赤裸裸的镇压杀戮有所不同。模拟构成了巴巴所谓的"殖民权力和知识最难以把握也是最有效的策略之一"(Bhabha,85)。但殖民者是既具自恋性,又具侵略性的,他们运用模拟策略并不是为了使得被殖民者成为与殖民者完全一样的人,如果那样的话,双方就成为平等的兄弟姐妹,谁还会称殖民者为主子呢,所以"殖民话语一方面鼓励引导被殖民主体自我改进并逐渐接近殖民者的优雅文明,但另一方面则用本体论的种族差异和劣等性概念对这种改进与接近进行否定和抵制"(生安锋,107)。从实质上看,模拟策略总是要求属民与殖民者保持足够的

---

① 薛玉凤.《美国在心中》的三维事实[J].荆门职业技术学院学报,2008(8)。

差异,以便继续有臣民可以统治压迫,从而维持其霸权。从被殖民的一方来看,模拟利用仿制来介入殖民支配的暧昧空间,并在这个不稳定且高度混杂的第三空间里,发现殖民话语的矛盾性,并通过对殖民者的风俗习惯和价值观念的挪用与改写,产生出某种杂糅的,介于与原体的相似和不似之间的"他体","几乎相同却又不完全一样"(Bhabha,86),以此来瓦解帝国主义和殖民主义话语提出其优越性声明的基础本身,动摇和打断其权威性,从这个意义上讲,模拟其实不是一种实实在在的抵抗形式,它"酷似在战争中使用的伪装"(Bhabha,85),在保护自己的同时,潜在地、策略性地实现其反叛的目的。

巴巴的模拟超越了赛义德文本中衍生出的殖民者与被殖民者间的二元对立,摧毁了殖民话语一统天下的局面,使两者都成为一种既吸引又排拒的矛盾主体,从而给弱者对强势的抵制留下空间,使柔性的迂回抵抗成为可能。模拟概念对"第三世界批评家反对西方文化霸权的努力有着巨大的启迪作用"(王宁,27)。《美国在心中》中的模拟书写即可看作这种努力之一。

二、殖民者的统治模拟策略

殖民者采用的统治模拟策略不仅会激发被殖民者的认同意识,而且将被殖民者宠物化。

《美国在心中》共分四部。第一部写的是主角卡洛斯在菲律宾家乡的生活,后三部写的是卡洛斯从 1920 年代末经济大恐慌中移民美国到第二次世界大战爆发这一时期的生活。与中、日等其他亚裔移民美国的历史有所区别的是"菲律宾人之所以移民美国是有美国人来到菲律宾在先"(Espiritu,25)。正是"由于美国的影响,美国的一切都被认为是最好的。就像如果你到了美国,就等于你进入了天堂"(Espiritu,23)。对菲律宾人产生如此巨大影响的即是美国梦背后的美国例外论思想,也就是认为美国与其他国家不同并优越于其他国家的思想。这种思想的产生可以追溯到美国建国前的殖民地时代,最早来到新英格兰的移民们认为他们是上帝的选民,肩负着将世界从专制和黑暗中拯救出来的神圣使命,为了完成这种使命,他们要在美洲建立一个可以给全世界充当典范,可以让全世界受到宗教或者政治迫害的人们藉以避难的理想国度。这种典范和救世的思想渗透到此后美国各个时期的政治活动当中,一方面美国竭力鼓吹自己的国家是一个富足、民主、自由、平等、无阶级和种族差别的新世界,另一方面,在对外事务中,美国宣扬利他主义的高尚动机,他们认为"全能的上帝赋予美国以独一无二的美德和高尚的品质,使美国免除了主宰其他所有国家的那些自私动机"(Schlesinger,10)。特别是他们将美国在 19 世纪以后的领土扩张解释为"美国攫取海外领土并不是帝国主义,因为美国的目的是无私的,美国将以善良的方式照顾这些不幸者"(Whitcomb,23)。

正是带着这种美国国内民主富足,美国在国际事务中清白无辜并乐善好施的说教,美国人通过西美战争和菲美战争于 1902 年开始了在菲律宾的殖民统治,直到 1946 年菲律宾独立为止。西班牙从 16 世纪开始对菲律宾有过长达 300 年的殖民统治,其松散放任的殖民方式让随着军队来到菲律宾的西班牙教会势力和菲律宾少数地方士绅阶级结合,联手垄断土地和财富,使得社会最底层的农民阶层辛劳终年,却颗粒无收。1898 年美国打败西班牙,意图吞并菲律宾,菲律宾人民为了摆脱刚出狼窝、又入虎口的厄运,奋起反抗,历经 3 年(1899—1902),终于不敌,以过百万的死伤又沦为美国殖民地。长枪短炮打开菲律宾的大门之后,美国开始运用相对隐蔽的殖民策略。一方面着重从经济上控制菲律宾,不允许殖民地有任何形式的工业发展,只允许资源性产品如糖类和矿物等的出口,其余则全部依赖进口,这种方式使得殖民地成了宗主国廉价的原材料供应地和稳定的成品市场,而菲律宾国内的人民却在贫穷的深渊里挣扎;另一方面,殖民者深知稳定殖民地人民情绪并掩盖殖民本质的重要性,而他们的典范和救世的说教正发挥了这样的作用。具体地讲,1898 年,美国总统麦金利提出针对菲律宾的亲善同化政策,宣称"美国当以温情的怀抱来收养和保护那些刚脱离了西班牙又被其他欧洲列强觊觎的太平洋沿岸的孤儿们"(Rafael,185),使美国表现为一个无私而博爱的楷模父亲的形象。作为亲善政策的宣扬者,美属各类公司,美式学校等机构或美国记者、艺术家、教师、学者、游客等个人出现在菲律宾各地,在他们与本地人直接或间接的接触中,美国典范和救世思想中包含的那些看似美好的愿景就成功地吸引了挣扎在饥饿边缘的菲律宾民众,于是被殖民者的模仿行为开始了。

公立学校教育是美国亲善殖民的方式之一,这些学校的通用语言为英语,机构和课程设置都仿效美式教育,菲律宾学生在这里被灌输的不仅是美国的语言，更是美国优越于其他一切社会的意识。以上世纪20年代生活在菲律宾吕宋岛比纳罗南的卡洛斯一家为例，作为农民，他们的生活非常穷苦，但他们相信如果能够让三哥马卡里奥接受美式学校教育，从而毕业后在殖民教育机构内谋得一份教职，那他就是"我们的骄傲和我们所有的希望之星"（Bulosan,12）。① 为此，一家人倾尽所能拼凑高昂的学费，老父亲卖掉仅有的土地，老母亲到各村落兜售咸鱼，剩下的三兄弟则到处打零工，当苦力赚钱。如果说马卡里奥入读美国人的学校是一种直接的模仿行为，那么卡洛斯全家的鼎力相助则是间接模仿的体现。

学校教育并不是亲善殖民的唯一途径。由于到处打工，卡洛斯有机会直接或间接地跟一些美国白人打交道。一次他偶遇一个来自菲北部伊格洛特的同龄男孩，名叫达尔马修。达尔马修在一名美国女教师家里作用人，同时也从主人那里学知识。他告诉卡洛斯他很快就会去美国，所以他一直在努力学英语，他认为英语是"最好的武器"，学会了英语，去了美国就"不会迷路"。接着他又说如果卡洛斯愿意偶尔帮他干点活，他可以教卡洛斯学英语。

> 他把一本（英语）书放在我手里，就开始大声地读给我听。
> "跟我读"，他说，"不要吞音，像美国人那样把音发出来"。
> 我跟着他读，一边读着那些陌生的单词，一边想象着美国的样子。我们读的是一个叫作亚伯拉罕·林肯的人的故事。
> "这个亚伯拉罕·林肯是个什么人"？我问达尔马修。
> "他是个穷人家的孩子，但是他后来成了美国总统，"他说，"他家住在一个小木棚里，为了能够更多地了解他的国家，他经常会走好远的路去借书读。"
> 一个穷人家的孩子成为美国总统！
> 我心里的什么东西被触动了，……我迷上了这个出生在木棚里却成了美国总统的小男孩。（69）

白人的调教使得达尔马修忽略了自己的佣人身份，他专心地学英语并

---

① Carlos Bulosan.America is in the Heart:A Personal History[M].Seattle and London:University of Washington Press,1973.以下引文标出页码，不再一一说明。

且准备去美国,这显然是在模仿殖民者,同时,他也不经意地将他所接受的殖民者的意识传输给了自己的同胞卡洛斯。听完达尔马修关于林肯身份的解释,卡洛斯不自觉地重复了一遍"一个穷人家的孩子成为美国总统"。显然如他自己所说,这个故事让他心里的什么东西被触动了,林肯成为这两个菲律宾孩子心目中共同的理想自我;更准确地说,他们所着迷的并不是故事中那个还是孩子的林肯,而是日后成为美国总统的林肯;从本质上看,他们也不单单是崇拜林肯这一个体,而是强烈地认同那个可以让一个穷孩子当上总统的理想国度。

如萨拉·艾哈迈德所言:"认同就包含着通过让自己与被认同者相似的方式来接近被认同者的愿望"(Ahmed,126)。而卡洛斯就近能够找到的一种接近方式就是去给另一个白人家庭当用人,这家的女主人名叫玛丽,是一名来自爱荷华州的艺术家,在一家图书馆工作,有一个耐人寻味的身份:她父亲曾在菲美战争中战死。作为殖民者的女儿,玛丽很快发现了卡洛斯已经被激发出的认同意识,于是她在自己工作的图书馆给卡洛斯找了一份零工,这让卡洛斯非常高兴,因为他心目中的理想自我——林肯当年也曾步行很远去借书,图书馆的工作似乎拉近了卡洛斯与林肯的距离,与成就林肯的那个国度的距离。

除此之外,殖民策略将被殖民者宠物化。被殖民者从思想和行动上对殖民者的接近满足了殖民者的自恋,然而殖民者的侵略性又决定了他们总是要求与属民保持足够的差异,以便继续有臣民可以压迫,所以在模拟策略中,殖民者"既是当地人的父亲又是压迫者"(赵稀方,105)。

如前述,马卡里奥是全家唯一受过学校教育的人,他"不负众望"地成为殖民意识的传声筒。当了老师以后,他教弟弟卡洛斯阅读《鲁滨孙漂流记》。众所周知,该书是殖民文本的经典,马卡里奥此举是要告诉弟弟在美洲这块应许之地即使孤身奋斗,依然可以像鲁滨孙一般打造出属于自己的一片天空,实现美国梦。马卡里奥对美国人人机会均等神话的深信不疑正体现了他对美国优越意识的模仿。但作者布洛桑提及这个殖民文本似有另一层意图,且看原文:"'你必须记住鲁滨孙的好榜样',我哥哥说,'也许有一天你会孤孤单单一个人在世上的某处,那时你就不得不依靠自己的灵巧。'然后他指了指那幅插图,画面上一个孤单的人和他那只忠实的狗并排坐在一片无名的沙滩上"(32)。马卡里奥让弟弟记住的是鲁滨孙,但这个殖民文本希望两兄弟共同内化的却似乎是鲁滨孙身边那只忠实的狗。在原著中,鲁滨孙确实曾有过一只狗——"一个可靠的仆从"(Defoe,56),帮他狩猎,看管猎物,直到死去,随后这个仆从的角色由星期五这个人来代替。有趣的是布洛桑在自己的作品中将这个经典文本做了一个颇具策略的颠覆,如果说鲁滨孙极端的生存状况决定了他需要星期五这个能干的人来代替那只劳动力有限的狗的话,亲善同化政策却意图使菲律宾人降格为宠物狗一般的模仿者。纵观人类的宠物豢养史,从早期人类对某些挑选出的动物的豢养,到殖民和种族语境中,强权阶层对弱势族群的豢养,这种行为虽不表现为对被豢养者在身体或物质上的剥削压榨,却是豢养者通过施舍温情,从被豢养者的驯服恭顺,唯命是从中获得自恋性的精神满足并维护其权威的一种方式。最典型的例证莫过于 18 世纪欧洲上流社会的贵妇们对非裔儿童的宠爱,她们精心装扮这些孩子,只为了这些孩子能够温顺地服侍在她们身边,感念她们的"仁慈",而那些肤色极黑的孩子尤其受欢迎,因为越黑的孩子越可以让贵妇们对自己的白皙沾沾自喜。段义孚形象地将豢养双方的关系描述为在人眼里"狗最有魅力的时候是它们模仿人那样直起身并且向人乞怜的时候"(Tuan,82)。布洛桑很好地运用这个经典文本引出了殖民者运用模仿策略的实质,即他们绝不是真正希望产生出与自己完全相同的被殖民者,而是试图用本体劣等性思想,这里表现为将人宠物化的思想,来保持其与被殖民者的距离,从而达到稳固统治的目的。

卡洛斯与卢西亚诺的经历则让被殖民者在模仿中被宠物化的情形明朗化。受到很多美属公司在菲律宾筑路、开矿,大笔捞钱的启发(事实上是美国掠夺菲律宾资源的举措),兄弟俩决定在一条公路旁开一家小杂货铺,来吸引路过的欧美游客。他们的本金来自之前兜售鹦鹉等热带鸟的少量积蓄。布洛桑详细描写了兄弟俩抓鸟的过程:他们先训练一只鹦鹉学人声,然后把它装在笼子里挂起来作为诱饵,其他的鸟听到这只鹦鹉的叫声就会飞扑过来,他们就可以趁机抓到更多的鸟。这个过程显示了一条有趣的模仿链:其他鸟模仿那只鹦鹉,那只鹦鹉则模仿人。这些作为模仿者的鸟被兄弟俩当作名副其实的宠物,布洛桑写道,"它们很听话……它们倒不一定能有什么用途,只是看着它们可以给人带来一种审美方面的乐趣"(52—53)。颇具讽刺意味的是,兄弟俩也许没有意识到他们模仿美国公司开的以换取微薄收入为目的的小铺子却会使得他们自己的同胞沦为鹦鹉一般的宠物,因为"那些从比纳罗南去碧昂的美国游客会来铺子里买点吃喝,但更主要的是停下来拍当地人的照片"(54)。游客们会用少量的钱作为交换,竭力要求镜头前的当地妇女袒胸露乳,或者当地男性仅穿近乎露出生殖器官的兜裆裤。镜头在这里成为一种权力工具,镜头中当地人近乎宠物般的原始状态是殖民者监管的目光强加给被殖民者的身份,如赛义德所说:"东方主义并不是原本就存在的事实,而是人们创造出来的事实"(185)。殖民者需要从这种创造出来的"野蛮"事实中获得一种审丑乐趣(如果鹦鹉带来的是审美乐趣的话),以证明自身的文明与优越,从而保持他们所需要的当地人和殖民者之间的差异。

三、被殖民者的抵抗模拟策略

与此同时,被殖民者也展开了抵抗模拟策略,包括移民模拟和对殖民者话语的模拟。

移民模拟主要指发现准殖民地。1920 年代末,被林肯的故事鼓舞着的卡洛斯在家乡的生活实在无着落的情况下,跟当时的很多菲律宾人一样,选择了奔向心目中那个成就了一个穷孩子的总统梦的理想国度。在美国的菲律宾人互称皮诺依。① 位移使他们的身份由原先的被殖民者转变为主流社会中的少数族。而巴巴认为杜波依斯的"准殖民地"概念一针见血地指出了这两种身份之间千丝万缕的联系,"我们必须将 19 世纪和 20 世纪的殖民地看成是伦敦、巴黎和纽约当地问题的一部分。在美国,在组织完好并占据主宰地位的国家内,有'这样一些具有准殖民地地位的群体:居住在大城市贫民窟里的劳工、美国的黑人群体,不但他们的身体被隔离,而且他们在法律和风俗方面也受到精神上的歧视……所有这些人占据着真正的殖民地地位,构成了少数族问题的核心和本质'"(转引自霍米•巴巴等,176)。

具体到菲律宾,到 20 年代末,大约有 30 000 卡洛斯式的菲律宾劳工进入美国,其中 93% 为男性,且大都在 16 岁到 30 岁之间(Koshy,96)。显而易见的性别失衡是因为美国引进劳工的目的是用最小额的衣食住支出换

---

① 皮诺依即 Pinoy,由 Filipino 最后四个字母加上一个表意"小"的 y 组成,系 20 世纪 20 年代散居美国的菲律宾人臆造出来的字,用于族群间的亲昵称呼。

取最大限度的经济利益,因此他们需要的只是最具劳动能力的壮年男性,这些人即使已婚,也不可以带妻室进入美国。对于卡洛斯而言,来到美国是他之前的模仿行为的延续,这种延续使他得以深入殖民话语内部,撕开其裂缝,发现其弱点与矛盾,从而打断其权威性。

皮诺依在美国的身份为"美国侨民"(American Nationals)。① 他们持有美国护照,但这仅仅意味着他们可以自由地出入美国境内外。如果说在菲律宾,殖民者还因为顾及其亲善形象而有所收敛的话,在这块"准殖民地",准殖民者的"空间种族化和种族空间化"(Mills,48)意识则展露无遗。准殖民者认为,皮诺依是来自丛林的野蛮种族,那么菲律宾这个地理空间就是一个野蛮空间,而一个野蛮种族即使离开所属的野蛮空间而进入文明空间,也依然无法抹去其野蛮特征,反而会给文明空间带来威胁。因此,一旦他们越界,文明国家就应当用相应的种族隔离政策来泾渭分明地区别"我们"和"他们"。因此当时的美国,很多公共场所如公园、餐馆等都明令禁止皮诺依劳工入内。而暗地里,白人对于皮诺依的突袭迫害则无处不在,卡洛斯就曾数次险些死于非命。历数卡洛斯曾短暂栖身过的美国地方,达六十处之多(Wong,133),而且毫无方向可言,完全是为了躲避白人袭击的本能逃亡。公开向皮诺依开放的只有舞厅、妓院等"不良"场所,成为他们在繁重的体力劳动之余排遣疲劳和苦闷的地方。然而他们在这里的片刻消遣至少会花去整整一个星期的劳动所得,而且他们出没在这里的身影招致白人的更多非议,皮诺依被丑化为没有任何高级官能,只受最原始的生理欲望支配的下流种族。更有甚者,1933年,加利福尼亚州专门通过了针对皮诺依的反种族通婚法,禁止他们与白人女子结婚,而任何与皮诺依结合的白人女子都将失去美国公民权。随后又有其他八个州也通过类似法律(Koshy,98)。因此,小说中一名皮诺依因为带着白人女性进入餐厅而被驱逐;他转而想给自己饥饿的孩子买牛奶时,却遭到怒骂:"你这该死的棕猴子,竟敢娶我们的女人";他稍有反抗,即被两名白人以棍棒相加,打得不省人事(144—145)。凡此种种,可想而知,皮诺依更谈不上拥有选举权、任公职权和购买土地权等。

巴巴认为,"最真的眼睛是属于移民,属于少数族的,因为他们有着'移

---

① 1934年,《泰丁斯—麦克杜菲法案》(*The Tydings-McDuffe Act of* 1934)又剥夺了菲律宾人的侨民身份。

民的双重视界'"(转引自生安锋,124)。对卡洛斯来说,移民是一种模仿,这种模仿让他进入了殖民话语内部,在这里,他"逐渐知道,就许多方面而言,出现于加州的菲律宾人是一项罪行"(121)。一如布洛桑在小说出版前两年的一封信中所写"是的,我觉得像是罪犯,逃离自己没有犯下的罪行。而那项罪行就是:我是在美国的菲律宾人"(Bulosan,144)。美国在菲律宾宣扬的那个成全了一个穷孩子的总统梦的国度原来只对美国白人敞开,对包括皮诺依在内的少数族则永远是一张画饼,看上去很美,却求之而不得。卡洛斯的梦想与现实的梦魇之间的巨大落差揭开了殖民者冠冕堂皇的普世性说教的内部矛盾,使得殖民帝国语言具有了不确定性。

此外,模拟作为一种策略,其反抗性也不仅仅体现为揭开矛盾,更在于通过挪用和改写,实现对权威的讥讽、消解和颠覆。

在菲律宾的家乡时,大写的英语 English 这种殖民者的语言灌输给卡洛斯一家的是去菲律宾化和美国化,正是这种语言及其背后的意识形态吸引着卡洛斯等来到美国,然而在美国种种不公正的遭遇使卡洛斯终于身染重病不得不住进医院。但倒下的是身体,卡洛斯的精神仍站立着。他利用医院这个相对安静的环境(虽然连医院的女社工也歧视他),通过大量阅读提升自我,思虑未来。他尤喜理查德·赖特、哈特·克莱恩、高尔基甚至鲁迅等社会写实作家,他们的作品让卡洛斯意识到"尊严与人性"的重要性。特别是当他阅读一位曾定居美国,曾同样贫病交加的菲律宾作家埃斯特万的大量未出版的遗稿时,他"开始重新发现我的故土,那里孕育了我的文化之根,让我迫不及待地想要认同族人的社会觉醒"(139)。广泛的阅读和深切的自身体验促使卡洛斯开始提笔写作,他首次尝到写作之乐是在给哥哥写信时,发现自己也可以用英语写作,他欣喜异常,"写完长信时——这封信其实是我的生平故事——我一跃而起,眼中泛着泪光高呼:'他们不能再让我沉默了!我要告诉全世界他们对我做了什么!'"(180)。显然,一个觉醒了的卡洛斯从此要打破被强加的沉默,而他用英语进行的写作必将是一种发声、匡正和奋战。此后的卡洛斯联合志同道合者,创办一系列进步杂志,以此为平台,积极写稿。他们的写作涉及范围甚广,最直接的是在皮诺依间散播进步的理念,提升皮诺依劳工反对种族压迫,争取平等与自由的社会意识。此外,在美国的经历让卡洛斯深刻地理解西班牙和美国的殖民统治正是造成菲律宾常年贫困的主要原因,所以他不仅要努力为同胞们在美国找到栖身之地,同时也一再表达希望成功之后回到菲律宾,帮助家乡的农民脱离贫穷与无知的心愿。不仅如此,他与同志们的视野也越过本族,在美国的其他少数族裔的处境,甚至西班牙人民的反法西斯斗争都是他们写作中关心的话题,而唤起这些目标人群的觉醒,鼓励他们为改变现状进行斗争成为卡洛斯作为一个作家终生奋斗的目标。

齐诺瓦·阿契贝曾将非洲文学归纳为民族文学和种族文学,他认为以作为通用语言的英语进行的书写是民族文学,而用本土语言进行的书写则是种族文学。纯本土语言的写作固然是一种彻底的去殖民化的表现,但是本土语言有限的读者群难免只能让种族文学游离在殖民话语的外围而孤掌难鸣,而用殖民者的语言即英语进行的写作反而会因为英语作为世界语的功能而可以在更广大的范围内产生反响(姚峰,122)。这一观念与巴巴的模拟有着相通之处。卡洛斯或者布洛桑都是在用英语写作,这固然是一种对殖民语言的模拟,但也正是因为殖民语言的普遍交流功能使得他们的文字能够跨越国族,涉及和影响到最广大范围的被压迫者。更重要的是,他们笔下的英语已不再是那个大写的 English,他们言说的不再是殖民者为了掩盖其扩张野心而标榜的那个地理疆域意义上的美国的典范与优越,而是对于这种思想的挪用和改写,挪用的是其中宣扬的民主、平等与自由的精髓,但是当他们深入殖民话语内部时发现了其中的矛盾,所以他们将其改写为一种既能直面存在于美国社会的种种现实问题,又对一个终将完善的美国抱有坚定信念的新的话语,如卡洛斯所言,"我对于美国的信念……来自于我在这片广袤的土地上寻找归宿时的挣扎,来自于我在美国的同胞兄弟和我在菲律宾的家人所付出的牺牲和所忍受的孤独,来自于我渴望了解美国并对她的终极实现做出贡献的强烈愿望"(327)。卡洛斯所热切憧憬的是一个摈弃了种族、肤色、国籍、信仰、文明程度等差异,有着一视同仁的包容与接纳的"崭新、明媚并充满希望"的理想国度(324),这样的理想尚未实现,这样的时代却终将来临。这种混杂了被殖民和殖民语言的合金式的变体使得殖民语言变得面目不清,这种讽刺性的模拟动摇了殖民语言权威的稳定性,由此,模拟作为一种反抗策略的功能实现了。

在《美国在心中》中,卡洛斯·布洛桑以一个被殖民作家的洞察力昭示出模拟是殖民者的统治策略,他们以美国例外论说教激发出被殖民者的认同意识,而面对被殖民者的模仿时,又以本体劣等性思想保持其与被殖民者的距离,从而维持其霸权;布洛桑也以一个被殖民作家的责任感和信念表述出模拟更是被殖民者的抵抗策略,他们通过模拟进入殖民话语内部，发现其矛盾，并且以挪用与改写产生出的变体消解其权威，发出了被殖民者自己的声音，实践着布洛桑的写作初衷："什么激励我写作？答案是我有关人类平等和全民自由的大梦"（Kim，44）。能够实现这样的梦想的美国才是小说题目所指的布洛桑心中的美国，也是巴巴理想中的世界主义。

参考文献

[1] 爱德华·赛义德. 爱德华·赛义德自选集[M]. 谢少波等，译. 北京：中国社会科学出版社，1999.

[2] 霍米·巴巴等. 黑人学者与印度公主[J]. 生安锋，译. 文学评论，2002(5)：170-176.

[3] 生安锋. 霍米·巴巴的后殖民理论研究[M]. 北京：北京大学出版社，2011.

[4] 王宁. 全球化时代的后殖民理论批评[J]. 文艺研究，2003(5)：19-27.

[5] 姚峰. 阿契贝的后殖民思想与非洲文学身份的重构[J]. 外国文学研究，2011(3)：118-126.

[6] 赵稀方. 后殖民理论[M]. 北京：北京大学出版社，2009.

[7] Ahmed, S. The Cultural Politics of Emotion[M]. New York: Routledge, 2004.

[8] Ashcroft, Bill, Gareth Griffths, and Helen Tiffn. The Post-Colonial Studies Reader[M]. London: Routledge, 1995.

[9] Bhabha, Homi. The Location of Culture[M]. London and New York: Routledge, 1994.

[10] Bulosan, Carlos. Selected Letters of Carlos Bulosan: 1937—1955[J]. Amerasia Journal, 1979, 6, 1: 143-154.

[11] Defoe, Daniel. Robinson Crusoe. 1719[G]. Ed. Thomas Keymer. Oxford: Oxford University Press, 2007.

[12] Espiritu, Yen Le. Home Bound: Filipino American Lives across Cultures, Communities and Countries[M]. Los Angeles: University of California Press, 2003.

[13] Kim, Elaine. Asian American Literature: An Introduction to the Writings and Their Social Context[M]. Philadelphia: Temple University Press, 1988.

[14] Koshy, Susan. Sexual Naturalization: Asian American Miscegenation[M]. Stanford: Stanford University Press, 2004.

[15] Mills, Charles. The Racial Contract[M]. Ithaca, NY: Cornell University Press, 1997.

[16] Rafael, V. L. White love: Surveillance and Nationalist Resistance in the U.S. Colonization of the Philippines[M]//Eds. A. Kaplan and D. E. Pease. Durham. Cultures of United States Imperialism. NC: Duke University Press, 1993.

[17] Schlesinger, Arthur M. Jr. The Cycles of American History[M]. New York: Houghton Mifflin Company,1986.

[18]Tuan, Yi-Fu.Dominance and Affection:The Making of Pets[M].New Haven:Yale University Press,1984.

[19]Whitcomb, Roger S. The American Approach to Foreign Affairs: An Uncertain Tradition[M].Westport,CT:Praeger Press,1988.

[20]Wong, Sau-Ling C.Reading Asian American Literature:From Necessity to Extravagance[M].Princeton:Princeton University Press,1993.

(原发表于《外国文学研究》2013 年第 1 期)

伪饰和神经质人格
——《食狗人》中的新殖民女性形象

胡可清[*]

(江苏师范大学外国语学院)

摘 要:菲裔美国作家杰西卡·海杰顿的小说《食狗人》在美国学术界被评为最受欢迎的菲律宾小说。采用心理分析法来解读这部作品,能有效揭示制作品所欲表现的新殖民主义对女性的压迫和控制、新殖民体制下女性畸变的心理症状——伪饰和神经质人格,揭示上流社会女性和底层社会女性真实的生存境遇以及新殖民主义统治下在政治、经济的宏观层面菲律宾社会面对的诸多矛盾和问题。

关键词:食狗人;伪饰人格;神经质人格;新殖民主义

菲裔美国作家杰西卡·海杰顿(Jessica Hagedorn)作于1990年的小说《食狗人》在美国学术界被评为最受欢迎的菲律宾小说,并列入美国大学文学课程。《食狗人》以美国前殖民地为背景,万花筒般的多元叙述和作者的菲裔美国人身份促进了后殖民理论和后现代理论、美国研究、亚洲美国研究和跨国理论的融合。"读者认识到在政治、经济的宏观层面新殖民主义统治下的菲律宾社会面对的诸多矛盾和问题"(Abel,34)。

笔者采用心理分析的解读方法来解读《食狗人》,揭示新殖民主义对女性的压迫和控制,在人物主体层面分析新殖民体制下女性畸变的心理症状,揭露上流社会女性和底层社会女性真实的生存境遇。《食狗人》凸显了两种形式的女性行为——伪饰和神经质,上流社会女性的伪饰行为掩盖了女性对于权力的追求,掩盖了新殖民父权制下的重重矛盾,"神经质女性行为凸显了父权制下的对抗和敌对"(Butler,56)。女性心理分析中的伪饰和神经质理论最初针对欧洲和美国的中产阶级家庭,本文采用这种理论解

---

[*] 作者简介:胡可清,讲师,主要研究方向为英美文学。

读全球资本和新殖民关系产生的女性心理症状,"伪饰和神经质是女性特征的极端表现形式,指向女性的两个极端——上流社会女性和底层女性"(Bascara,95)。在小说中,多种霸权的汇聚产生了反差强烈的女性生存状态,伪饰和神经质代表特权阶层中的商品化女性形象,像其他商品一样以华丽的外表取悦人;妓女则奈达代表了另一极端的底层女性,父权制矛盾将理想女性和堕落女性、富足女性和贫困女性一分为二。拉塞尔分析了殖民体制对菲律宾妇女的矛盾性需求,"国民经济的发展和全球资本要求她们在家庭付出劳动,然而相互依赖的民族家庭和家庭民族概念要求菲律宾妇女作为女性照料者留在家庭空间"(Parrenas,2)。妇女的家庭属性使剥削女性劳动和对男性养家者的从属地位合理化,女性领取比男性更低的工资,在家中屈从于男性的统治。母亲到处找工作引起的家务分担危机又迫使国家重新巩固父权家庭观念。殖民经济和父权国家之间既统一又矛盾,最终的解决办法是将矛盾转嫁到菲律宾妇女身上,使跨国资本和民族国家的联盟成为可能。在菲律宾这样的新殖民国家中,全球资本的产生依靠女性劳工的无产化,无产化和家庭里的合法女性截然不同,无产化女性被经济交换和资本剥削扭曲,最终离经叛道,失去纯真。妓女则奈达是底层女性的代表,代表了非法的、被否定的劳动力形象,揭示了新殖民仁慈和友爱的虚伪性,折射了新殖民主义资本入侵和剥削的强烈欲望。海杰顿探索了在个体和国家层面新殖民制度的形成及其对女性行为的影响。

一、伪饰和神经质人格

作为国家男性首脑的总统在小说中极少露面,对第一夫人浓墨重彩的描绘突出了第一夫人作为国家脸面的重要性。文森特·拉菲尔指出,总统竞选和马科思夫妇的统治开启了以娱乐为基础的新型政治模式,娱乐为殖民统治提供了虚幻表象。在《食狗人》当中,第一夫人和脱口秀节目主持人考拉等上层女性为服务政治而制造繁荣假象,这些女性通过优雅的形象和得体的行为充当国家的伪饰,在社会大舞台上的表演为父权制认可,并极力取悦父权社会。与考拉和第一夫人光彩照人的伪饰形象形成鲜明对比的是以贝贝和列奥诺为代表的神经质形象。贝贝是强势的塞维若和高傲、优雅的伊萨贝尔的女儿,在成长过程中,贝贝出现了各种各样的毛病:咬铁钉、大量出汗、长水疱、出疹子，贝贝不得不幽居卧室之内。列奥诺被迫与军事将领尼加西奥成婚，婚后过着极度禁欲的生活——祈祷、斋戒、独卧，宗教的献身和克己禁欲是为丈夫的军事入侵赎罪，莱德斯玛将军非常乐意接受这种生活方式。列奥诺苛严清苦的生活起居是对丈夫的斥责，极端的美德似乎可以为将军的残酷赎罪，实际上精神上的圣洁反而支撑了将军的暴力政权，与一个纯洁、虔诚的女人联姻让将军感到自己的罪行被抵消了。列奥诺神经质的神秘主义自相矛盾地既批判又支撑了父权制的国家暴力，列奥诺和贝贝代表父权思想体系中畸形的女性行为模式。

　　伊萨贝尔代表了女性伪饰人格。伊萨贝尔是富商塞维若的妻子，贝贝是他们唯一的女儿，塞维若是菲律宾商界精英中位高权重的首领，为了继续拥有巨大的财富以实现与新殖民国家和跨国资本合作，"被殖民的国家受到富国或国际机构的剥削，但剥削不仅仅来自外部力量，还有内部的精英分子在剥削自己国家的过程中与外来势力合谋"（生安锋，57）。塞维若拥有《地铁日报》、《名人周报》、马尼拉电台、蒙特高尔夫球场、乡村俱乐部的主要股份，而且在马卡蒂郊区设计建造了"未来主义风格的百货商店"（Hagedorn，18）。媒体和社交元素在小说世界中发挥关键性作用，将信息、娱乐、图像传播到菲律宾社会。蒙特乡村俱乐部名流荟萃，商人、政客、军官觥筹交错，谈笑风生，显示了商界、政界和军管政权的联盟。尽管塞维若不是官场的政客，但在菲律宾，国家政治和军事行动的正常运转完全取决于他发放的工资，也取决于其控制的媒体所传播的话语和图像，伊萨贝尔是他叱咤商界的奖品，为他的社会霸权地位装点门庭。"她是夜总会的女主持，她赢得选美比赛，她是电影公司的签约明星……她努力保持身材苗条，世故老练，高傲冰冷，在任何社交场合都是丈夫的宠物。她四十出头，皮肤紧致，亭亭玉立，颧骨非常迷人"（20）。和伊萨贝尔的优雅形成强烈反差，贝贝象征了上流社会女性特征的缺失，"她没有被赐予母亲的优雅和猫一样的魅力，她羞怯、软弱、体丰、矮小……她的脸上布满了粉刺留下的斑点，窄腰宽臀和身体的其他部位失去比例，双腿粗壮，'农民腿'，母亲经常说"（25）。伊萨贝尔的美丽优雅掩饰了灯红酒绿之下的国家暴力本质，他们的女儿则通过神经质的身体症状使暴力伤疤欲盖而弥章。"还是孩子的时候，仆人在她的指甲里涂了碘，她每次咬指甲的时候，嘴就被灼烧一下。后来她开始出汗。几个月后，贝贝的手指和脚趾出现了奇痒的湿疹，湿疹发展成可怕的水疱和伤口，脚浮肿而变形，用绷带包扎……"（27）。

身体的传统功能是代表封闭的、自给自足的主体，上层女性的责任就是践行经典身体。作者将伊萨贝尔描绘成冰美人，突出了她排斥外部世界的传统女性特征。对比之下，贝贝出现不断地分泌体液的男性特征，神经质的身体坚持矛盾性，否定任何解决问题的可能性。神经质怪诞身体拒绝当代主体性的规范形态，揭示了父权制、民族国家、资本汇聚碰撞时的伤痕，伊萨贝尔作为上流社会优美的伪饰遮掩了这些伤痕，贝贝的抽搐和畸形标志着各种霸权形态博弈中被压迫者的伤残。

二、矛盾的上流社会女性

伪饰和神经质女性将自己变成外表华丽的商品，掩盖了生产商品的底层劳动，与此同时，上流社会女性支持父权制国家统治的这一行为，也暴露了社会、政治、经济层面的深刻矛盾。伪饰行为揭示了这一事实：父权制国家和全球资本必须依靠得体的女性行为装点才能正常运转，而神经质的矛盾人格则揭示了国家和资本剥削的严重后果。洛丽塔·卢娜是《食狗人》中典型的矛盾女性形象，作为电影明星，洛丽塔是性感美的偶像，和用经典身体掩饰社会矛盾的优雅高贵的女性不同，洛丽塔的行为打破了得体的女性行为模式。洛丽塔影射纳博科夫小说里非法的性爱，暗示了行为的偏离常轨，卢娜暗指在月亮影响下的女性情绪周期循环的非理性。乔伊叙述了洛丽塔进入舞蹈俱乐部的戏剧性场面，"人们兴奋地尖叫着，洛丽塔在喧哗声中走进俱乐部，可口可乐的身材在紧身的短裙里线条分明，她穿着高跟凉鞋，由于喝醉了酒摇摇晃晃，颓然欲倾。她是拥挤房间里的唯一女性，所有的人都转身看她"(136)。乔伊使用喧哗这个词，不仅形容俱乐部环境的嘈杂，还指洛丽塔给人的视觉印象。可口可乐的身材，紧身服装，穿高跟鞋一步三摇的姿态，都紧紧抓住了人们的眼球，刺激性的视觉画面令人头晕目眩，宛若嘈杂之声。姣好的身材把裙子绷得紧紧的，过大的压力可以导致可口可乐那样的气体物质发生爆炸，紧紧包裹身体的衣服仿佛也要爆炸了。作者将洛丽塔可乐瓶状的身体比作美国软饮料公司的商品，身体成为消费的欲望客体。

在夜总会的一幕和与莱德斯玛将军在一起的场景中，我们发现洛丽塔既让上层着迷又让他们气恼。在将军付费的房间里，洛丽塔摆弄着昂贵的立体声音响（另一个极权人物塞维若的礼物），音响声音高得快要爆炸了。

洛丽塔喜欢激怒将军，自鸣得意地提到一个英国银行家，几年前让她怀上了孩子。将军憎恶她目中无人的样子，在房间里到处走动，蔑视他的存在。神经质人格既满足又挑衅了父权欲望，洛丽塔象征父权统治体系中的矛盾存在。和莱德斯玛将军在一起时，洛丽塔时不时地炫耀其他情人，她明白将军和她交往只是为了满足欲望，不会明媒正娶，因为将军有义务维护合法婚姻中的男人形象。神经质人格颇具戏剧性，洛丽塔的身份是大众影星并非偶然，电影及其图像在许多情节中处于中心地位，小说提供了大量第三世界国家的图景以满足读者偷窥的快乐，小说人物、情景、语调的戏剧性表明小说文本的神经质特点。

戴茜·阿维拉是另一个神经质人格的代表，戴茜拒绝为国家政权服务，在公众场合中扮演伪饰角色，在获得选美比赛胜利后突然退出公众视线，患上了神秘的哭泣症。在获得菲律宾选美女王的称号后，神经质般地执意代表国家的哀伤和悲痛。第一夫人替代了戴茜的位置，并让戴茜难堪。"当戴茜的皇冠和头衔被拿走时，第一夫人的眼睛里立刻充满了泪水，她抑制住了眼泪，抽出了手帕，轻轻地拍着眼角，议员看着第一夫人痛苦的脸，皱起了眉头说，'戴茜让我感到羞耻，侮辱了我们热爱的国家'，话音没落，第一夫人开始哭泣了，擤了擤鼻子"(107)。当主持人建议惩罚戴茜时，第一夫人又哭出来，显示了伪饰人格的表演性，哭泣的表演符号是为了显示女性的幼稚和多愁善感，为国家默许的对女性身体的规训提供了借口。和戴茜形成鲜明对比，第一夫人将自己视为国家一道亮丽的风景线，她的美似乎象征了国家标准。在一个美国记者的采访中，第一夫人回应了腐败指控，为炫耀自己的文化资本，她首先讨论道德楷模——美国电影《巴黎圣母院》中的敲钟人，接着又提到另一部电影证明她的道德生活，"如果我腐败，我不会是现在这个样子，如果我腐败，丑陋会显现于我的外表，我会像那部电影里的道雷·格雷一样因生活中的劣迹而越变越丑。"(220)。第一夫人试图用美来证明丈夫统治中的善，第一夫人代表的菲律宾在本质上是西方欲望的调情者。

伪饰往往引发悲剧事件，第一夫人决定为国际电影节建造大型剧场，以吸引国际名流、国外公众和跨国资本。工程以疯狂的速度推进，导致建筑垮塌，几名工人身亡，疯狂的建造导致的坍塌是新殖民现代化建设的神经质表象。新殖民主义要求发展中国家飞快发展，为了按期完成电影节工程，工人的尸体被匆匆地埋在剧场下面，劳工之死被淹没在商品经济和豪华场面之中，第一夫人的哀悼就像化妆品掩盖面部瑕疵一样掩盖了神经质的负面事件。作为国际视野关注并吸收跨国资本的世界舞台,菲律宾要不断地伪饰自身形象。第一夫人下命令将贫民窟粉刷一新,市容美化工程塑造了第一夫人殷勤好客的形象,使菲律宾成为寻欢作乐的象征,以吸引重要的资本国。在夜总会的一次聚会中,作者借人物之口揭示了菲律宾金玉其外、败絮其中的悲剧现实,伪饰无法抚慰死者的亡灵。

三、底层社会女性

底层女性指小说中的非法女性劳工,妓女则奈达在死后才被别人记起,小说结尾一个空旷凄凉的声音似乎没有任何归属。小说底层女性的幽灵形象暗示主体身份的虚幻,反映了全球资本和父权制国家的深刻矛盾。对国家和跨国资本的发展而言,对女性劳工的剥削是极其必要的,被新殖民统治贬抑甚至迫害至死的下层女性通过幽灵的超自然存在获得身份。在情节和人物层面,小说细描了各种各样的人物:精英、普通人和边缘人物,洛丽塔和第一夫人等新殖民女性是上流社会装点门面的工具,隐而未现的是下层社会承受新殖民国家种种矛盾的女性,其中的代表是乔伊的母亲。孤儿乔伊被一个他叫作"叔叔"的男人抚养长大,"叔叔"教会他如何拉皮条,如何伪装和如何控制女人,尽管乔伊的性伙伴大部分是男人。作为拉皮条者、男妓、迪斯科舞厅主持人,乔伊的生活本来可以有声有色地继续下去,他甚至控制了毒瘾。然而,天有不测风云,偶然目睹了对议员阿维拉的暗杀摧毁了乔伊的生活,目击者的身份使他成为追杀对象,被迫过着东躲西藏的生活。如果乔伊代表菲律宾民族,那么暗杀代表国家的神经质症状,新殖民政权表面上否定菲律宾对美国的依附性,却在暗地里支持美国的帝国欲望,神经质事件暴露了新殖民政权的暴力本质。乔伊的母亲则奈达不仅非法地生殖,还生殖非法的人,她是妓女的女儿,也是男妓的母亲,则奈达的性劳动是堕落的标志,她的生殖行为被父权政治视为非法,然而正是被否定的生殖为菲律宾军事、旅游工业提供了性劳力。在目睹暗杀的刺痛之后,乔伊又经历了"叔叔"背叛的痛苦,"叔叔"将母亲杀死取代了她的位置,叔叔代表皮条客国家。作为皮条商人,国家必须利用多余的人制造新鲜的快乐以吸引强大的国际客户,作为国民父母的国家必须压制对新殖民统治不利的父母形象。则奈达溺水而亡使"叔叔"能给乔伊拉皮条,使乔伊和代表跨国资本的嫖客玩钱色交易。直到最后，乔伊都必须把卖淫所得交给"叔叔"，因为"叔叔"操办了母亲的葬礼，乔伊永远欠"叔叔"的情。即使菲律宾已经获得独立，处在政治的成熟阶段，菲律宾依然欠美国跨国资本的人情债，只得依靠女性劳力来吸引跨国资本，减少债务。

四、结语

新殖民主义的全球资本造成了女性地位的天壤之别，不同女性在不同阶层对抗着统治体系。贝贝和洛丽塔不是传统意义上的反抗者，但神经质行为使她们无法归入新民命名体系；和戴茜一样，尽管地位优越却无法完全适应新殖民统治秩序。在文章的结尾，海杰顿否定了新殖民婚姻家庭的当代主体模式，在新殖民依附中，菲律宾这样的民族很难发展独立的主体性。有的学者将亚洲研究视为没有主体的话语，斯皮瓦克认为，"庶民不能说话的意思是，即使百姓能够说话，也没人能够听到"（赵稀方，85）。下层女性的声音不仅在个体主体之外，而且被排斥在历史领域之外，死魂灵的虚无瓦解了底层女性主体性，成为上流社会阴魂不散的幽灵。

参考文献

[1]生安峰.后殖民主义、身份认同和少数人化[J].外国文学,2002(6).
[2]赵稀方.后殖民理论[M].北京:北京大学出版社,2009.
[3]Abel,Elizabeth.Female Subjects in Black and White:Race,Psychoanalysis,Feminism[M].Berkeley University of California,2001.
[4]Bascara,Victor.A Vaudeville Against Coconut Trees:Colonialism,Contradictions[M].Philadelphia:Temple University Press,1998.University of California,1997.
[5]Butler,Judith.Gender Trouble:Feminism and the Subversion of Identity[M].New York:Routledge,1990.
[6]Hagedorn,Jessica.Dogeaters[M].New York:Penguin.1990.
[7]Parrenas,Rhacel.Breaking the Code:Women,Migration,and the 1987 Family Code of the Republic of The Philippines.Association for Asian American Studies Conference[J].Toronto.2001,31(3).

（原发表于《淮北职业技术学院学报》2014年4月第13卷第2期）

从女性角度析《美国在心中》中菲裔美国人的寻梦三部曲*

王增红 张旭东**

(厦门大学外文学院;厦门大学东南亚研究中心)

摘 要:菲律宾裔美国作家布洛桑的《美国在心中》是菲裔美国文学的扛鼎之作,作品通过自传体形式叙述了早期菲裔劳工的离散经验。本文聚焦于作品中相对零星、却具有较强隐喻性的女性书写,通过分析殖民地菲律宾女性、菲裔社区的妓女和理想化的白人女性 3 类女性群体,试图证明女性既像一面镜子一样,浓缩并再现了菲裔劳工从家乡到美国的苦难与辛酸,也像一盏明灯一样,指引着他们在黑暗与孤独中,在重重剥削与压迫中奋力前行追寻梦想。在这部书写菲裔男性的书中,零星的女性叙事不是孤立的存在,而是理解与构建菲裔离散经验特殊性与复杂性不可或缺的重要途径。

关键词:《美国在心中》;女性;菲裔劳工;隐喻性

菲律宾裔美国作家卡洛斯·布洛桑(Carlos Bulosan,1913—1956)《美国在心中:一部个人历史》(*America Is in the Heart:A Personal History*)是菲裔美国文学的扛鼎之作,也是亚裔美国文学中的经典之作。该作品曾被《展望》杂志称赞为美国最重要的 50 本作品之一(Kim,45)。它是最早的也是最好的用英语记录 20 世纪 30—40 年代菲律宾人在美国加州和其他州的经历的作品(Bulosan,1973:viii)。这部作品以自传的手法

---

* 项目信息:本文系国家社科项目"冷战以来东南亚国家的'中国观'演变研究"(12BGJ00T)的阶段性成果。

** 作者简介:王增红,副教授,研究方向为美国文学;张旭东,副教授,研究方向为东南亚国际关系。

细腻地描绘了以叙述者卡洛斯为代表的菲律宾劳工（Pinoy）①从穷得无以维生的菲律宾来到美国后又反复经历着饥饿、寒冷以及白人主流社会的歧视与压迫，但是无论经历怎样的迫害与排挤，他们仍然坚持对美国的想象，执着地认同于美国的民主理想。

对于《美国在心中》呈现的菲裔劳工从菲律宾到美国寻梦的生命历程，批评家们多从自传的真实性、族裔和阶级的角度等进行解读。譬如：美国学者金伊莲（Elaine Kim）在质疑作品作为自传的真实性的基础上，指出社会种族平等、人人互助友爱的美国梦具有乌托邦性（1982:58）；同样地，艾尔奎左拉（Marilyn Alquizola）从叙述者的虚构性（fictiveness）入手，揭示了文本对美国种族主义的控诉，指出坚守美国信念是靠不住的（Alquizola, 1989）；桑朱安（E.San Juan Jr.）则认同布洛桑运用自传的手法，将自己的生命历程转译为《美国在心中》的文本，勾勒出菲裔劳工在美国危险、孤独和没有灵魂的生活轮廓（San Juan, 1998）。此外，台湾学者傅士珍从传记自我书写的角度考察了《美国在心中》对菲裔劳工命运的呈现，并着力探求文本的政治诉求（443—472）；单德兴则认为文本再现的个人与集体的历史体验更多地突出了族裔和阶级的问题（323—362）。相对于美国与台湾较为完善的研究，中国国内亚裔美国文学研究领域对卡洛斯·布洛桑和他的作品的关注度远远不够，鲜有学术成果出现②。

本文的研究关注《美国在心中》所刻画的菲裔劳工从菲律宾到美国的离散经验（diasporic experience），借助隐喻的理论，透过文本刻画的各类女性来剖析菲裔劳工寻梦的各个阶段及其内外原因。本文认为，《美国在心中》正是一个具有隐喻符号的文本系统，书中充当隐喻本体的是菲裔劳工，他们饥寒交迫、颠沛流离的离散经验是全书关注的核心；充当载体的是伴随菲裔劳工流散于各处而出现的各类女性。众所周知，隐喻具有认知力，它给我们提供了一种认识世界的新方法，作为一种意义表达变体，反映了人们对现实世界的认知。《美国在心中》虽以书写菲裔劳工的个人与集体

---

① Pinoy 可音译为"皮诺依"，是 20 世纪 20 年代离散于美国的菲律宾人自己造出来的名字。他们将 Filipino 的最后四个字母，加上意表"晓"的字母"Y"组成这个单词来称呼自己，是这个族裔群体间表示亲近的昵称。

② 国内可查的学术论文是薛玉凤从自传事实的角度分析和唐晓雪从文化建构身份角度的解读。参见薛玉凤.《美国在心中》的三维事实[J].荆门职业技术学院学报,2008(8).唐晓雪.后殖民主义视域下解读《美国在心中》的文化身份建构[J].科技信息,2012(30).

经验为主体,书中关于女性的描写也并不多,但是透过女性这个隐喻,从另一种角度丰富了菲裔劳工的离散经验,我们可以管窥菲裔劳工从希望萌生到理想破碎再到自我调整继续寻梦的生命历程,也赋予了读者一个可以不断认知菲裔劳工的空间。

一、菲律宾殖民地女性:镜中的自我

作者卡洛斯来自菲律宾比纳洛南镇一个贫寒的农民家庭,在菲律宾度过了17年。当时的菲律宾群岛处于美国的殖民统治之下,以他家为代表的广大菲律宾农民遭受着封建和殖民的双重压迫。作者对菲律宾群岛的回忆充满了贫穷、落后、艰难和痛苦,这些通过卡洛斯的母亲和他的两个妹妹则可见一斑。

正如斯皮瓦克(Gayatri C.Spivak,1942—)在《属下能说话吗》(*Can the Subaltern Speak?* 1985)中所言,殖民地的女性处在帝国主义和父权社会的双重压迫之下,没有发言的机会,是无法开口说话的(朱刚,487)。文本中,母亲默默无闻,忙忙碌碌,从未真正发声。关于母亲的容貌与着装,也并没有着墨来描述。但是,母亲却承载了极强的含义,她的遭遇反映出女性(农民)在贫穷、落后的菲律宾社会中艰难的生存状态,也正是这种艰难处境引起了卡洛斯对未来生活的思考。事实证明,殖民行径产生的物质后果,往往是被殖民的人民遭受灾难和贫困,加上封建地主对农民的剥削,卡洛斯一家无论怎么努力都改变不了贫穷的命运。为了支应兄长读书所需,家乡的土地先后被典当。没有足够的土地耕种,卡洛斯便与母亲一道在集市上摆摊,或是徒步到附近村镇去兜售咸鱼和盐巴。

在巨大的生存压力下,母亲每日起早贪黑,从无怨言。母亲不仅勤劳而且善良。时值资本主义商业经济大繁荣时期,然而,严重的贫穷与物资短缺使母亲的小买卖变成了原始的物物交换。对于一些实在拿不出东西可换的农民,她甚至允许赊账,"母亲坚持把我们的东西送给有需要的农民"(33)。卡洛斯在菲律宾的日子,生存条件极其恶劣。跟着母亲一起做生意,回家的路上总离不开狂风暴雨、泥泞的土路和湍急的河流。弱小的母亲在凶恶的自然面前,显得极其无助。当满满一筐没有卖掉的粮食被湍急的河流冲走之后,母亲拼了命去追回来,"筐里只剩下了的一把豆子"

（39）。贫穷与疾病总是相伴而生，而对于母亲这样的殖民地女性来说，只能眼睁睁地看着自己的孩子被病痛折磨而束手无策。当时的医疗条件极差，生病的妹妹伊瑞恩，"安静地躺在草垫子上，眼巴巴地看着妈妈"（41）。母亲除了用点草药之外，没有半点办法。最后，一家人眼睁睁地看着妹妹疼痛而死。"很长一段时间，我总是听到母亲在她的垫子上低泣"（42）。

挣扎在一望无底的贫穷深渊中，母亲掩盖了自己爱美的天性。但是，当母亲用不少东西换回一个用红土做的漂亮的罐子时，卡洛斯才发现母亲也喜欢美的精致的东西，她只是没有闲暇来表达她这一美好的品质。回家的途中，母亲甚至为捡回这只被洪水卷走的罐子，不顾生命危险返回河中。爱美是女人的天性，无论贵贱。但是对于处于社会底层的母亲来说，爱美需要付出代价。当时的菲律宾社会等级森严，菲律宾中产阶级颇对农民充满歧视。爱美的母亲因为多看了几眼一个打扮漂亮、举止高雅的菲律宾中产阶级妇女，就被那妇女当众羞辱，还踢翻了母亲的筐子，豆子撒了一地，母亲跪在地上一边捡豆子一边说："没关系，没关系"（38）。爬在旁边帮母亲捡豆子的卡洛斯，第一次看到了菲律宾中产阶级对农民的傲慢与鄙视。这段对母亲遭遇的刻画凸显出世界体系中普遍存在的阶级压迫，也一点一滴积累了卡洛斯的阶级反抗意识。① 生活条件极端艰苦，母亲却能一贯坚强地面对，"母亲没有文化，不会写也不会读，但是她的实际判断力却要比大多数会读会写的人还明确、清晰"（36）。

综上所述，作者通过对以母亲和妹妹为代表的殖民地女性的描述，不仅呈现了菲律宾殖民地女性的不屈不挠、强大和坚持不懈，更加凸显出在封建与殖民的双重压迫下菲律宾村庄无望的赤贫和农民们艰难的生存困境。母亲与卡洛斯全家的不懈努力并没有帮助他们摆脱贫困，而只是反复验证了改变贫穷命运的无望。于是，家乡的极度贫穷和农民遭受的双重压迫与剥削，形成了巨大的推力；美国殖民者宣扬的美国民主、平等观念又成

---

① 布洛桑的《美国在心中》为所有无产者和无权者辩护。作者在文中，用较多的篇幅叙述了卡洛斯等菲裔小伙们如何发起并积极参与争取平等权利的工人运动。由于菲律宾受美国殖民文化影响，菲裔较早地接受了美国文化的精髓，即精神和思想的力量是重要的。相比日裔精湛的农业技术、华裔灵活的经商之道，菲裔小伙们一无所有，但是他们在思想上觉醒得要早。

为极富魅力的拉力。① 在推力和拉力的双重作用下,卡洛斯决定前往美国寻找出路。临行前,妹妹弗兰西斯卡把她一年的积蓄送给了卡洛斯并语重心长地说:"哥哥拿着吧,如果你在美国上了学,回到比纳洛南来教我和马索拉。这是我对你的期望,你走了,我们会和妈妈一起努力劳动"(88)。妹妹质朴的话语不仅映射出处于社会底层的人民对殖民地菲律宾的绝望,更道出了一个事实,那就是,殖民地人民对宗主国美国的想象具有很大的乌托邦性,这也是所有即将离开菲律宾前往美国寻梦的人的美国想象。看着家乡人陆陆续续前往美国实现梦想,受到林肯从一个穷小子到美国总统的鼓舞,回味着母亲的慈爱和妹妹语重心长的话语,卡洛斯和其他菲律宾青年一样,在帝国的监护托管(imperial tutelage)下开始前往美国去追求"成功梦",想要通过节俭、辛苦劳动,和不屈不挠的自我牺牲来实现民主、自由、理想、富裕的美国梦。

二、菲裔社区里的妓女:现实的镜子

菲律宾劳工在美国主要做流动农工,哪里有需要就去哪里做工。他们的生活方式是抱团式,成群结队地从一个地方流动到另一个地方。卡洛斯在美国的生命历程就是一连串在生存压力下漫无目标的逃窜,光一个加州他就辗转了无数地方。"我总是和流浪汉们挤货车,我想知道,除了没有目的地之外,我和他们之间还有什么共同点"(119)。正如黄秀玲(Sau-Ling Wong)所言,他们是在基本需求逼迫下永无止境、没有方向的流动(1993:133)。卡洛斯刚来美国之初,尽力避开赌场、妓院、酒吧、舞厅这些场所,希

---

① 美国殖民主要留给了菲律宾人民以下两点结果:第一,美国政府建立了以美国模式为基础的民主,为菲律宾最终向独立过渡创造了条件。美国也在菲律宾诸岛上铺路、建桥、修铁路,引进医疗项目来彻底消除热带病。第二,美国政府在菲律宾建立免费的公共教育体系,包括以英语作为教学语言。课堂对所有的菲律宾孩子开放,不仅仅对 illustrados(有大部分西班牙血统的菲律宾人)开放。这进一步促进了菲律宾人的西化。美国老师不仅教菲律宾学生菲律宾历史,而且还有美国历史、英雄和价值观。菲律宾的孩子每天早上朝着美国星条旗背诵效忠宣言。这些关于美国历史与民主的课程对菲律宾的未来产生了巨大的影响,因此也激励了第一批菲律宾人移民美国。See Cao, Lan, and Himilce Novas. Everything You Need to Know about Asian-American History[M]. New York: Plume/Penguin, 1996: 161.

望保持一份纯洁、善良。"赌博、妓女、鸦片并没有令我激动。我当心被这些带坏,离得远远的"(104)。然而,他的辛勤劳动总是得不到合理的报酬,"经过一个季节的煎熬,拿到少得可怜的工资"(124),他总是食不果腹,衣不蔽体。尽管如此,卡洛斯仍然相信,他所看到的"只是美国生活的一小部分,他一定能看到美国生活的好的方面"(123)。但是久而久之,随着他像流浪汉一样漫无目的地四处流荡,当他看到无论他搬去哪里住,都看到菲裔社区生活处境的肮脏、混乱和可怕,街道就是"一条悲剧的、吵闹的街道。在这里,妓女多得像天上的星星一样,数不清"(134)。他虽惊愕却也渐渐明白,这就是美国。在这里,即使有人很幸运有了女朋友或者老婆,但是贫穷、不安稳的生活也会使他们的女人最终离开他们而投奔更好的安乐窝。例如:玛瑞安诺(Mariano)的女朋友因无法忍受贫穷而最终堕落成了职业妓女;曼纽尔(Manuel)由于积劳成疾得了肺结核住院后,他的白人妻子抛弃了他,带着孩子先后投奔了两个男人,最后被一个菲律宾人捅死(135)。

　　菲裔社区里的妓女可以出现在不同的县市,不同的季节。但是相同的是,她们都是这群菲裔劳工们在经过一个季节的辛苦劳作后,挥霍少得可怜的报酬的对象。当卡洛斯顶着寒风,冒着生命危险,爬车到达路易斯奥比斯波市(Luis Obispo)后,一个菲律宾人带他来到了菲裔社区,"菲裔社区位于海边的一个小街区——这里充满了台球室和赌场,在一些小绿屋子里,妓女们在干着她们的营生。刚开始,我不知道这个小屋子是干吗的,但是我看见许多菲律宾人从附近的赌场进入到这些房子。然后,我就明白了,因为这样的房子在菲裔社区到处都是"(120)。我进到一个屋子里,坐在一个温暖的小客厅。看到"一些菲律宾人在等着轮到他们上楼。一个妓女笨拙地坐在男人的大腿上,有些面贴面地跳舞,挑逗性地扭着屁股。菲律宾人站在周围,用他们的方言贪婪地窃窃私语。有些女的穿的衣服遮不住什么身体,其中有一个裸着身子。裸体的女子用胳膊搂着我,开始淫荡地轻柔低语"(121)。甚至很多人为了寻欢,宁愿彻夜排队等候。那么,到底是什么原因造成这种现象的呢?首先,大多数来到美国寻梦的菲律宾人都是像卡洛斯一样的未婚男青年。与其他亚裔族群体相比,他们既没有像日裔一样掌握精湛的农业技术,也没有像华裔一样具有灵活的经商头脑,他们没文化没技能,更不像华裔和日裔一样节俭、遵纪守法,可以依托家庭和社团来解决自身的问题(viixxiv)。宾馆、咖啡吧、游泳池、理发店、公寓等许多休闲设施又明确规定"菲律宾人与狗不得入内"(269)。他们天真、容易上当,爱聚众闹事。其次,菲裔社区性别比例严重失衡①,菲律宾女性稀缺,投入菲律宾男人怀抱的只能是妓女还有路上无家可归的女人。试图与白人女子约会又会受到种族主义者的阻挠与迫害。例如:大学生阿伦佐,因为和一个离了婚的白人住在一起,被警察毒打一顿强行带到警局。警察言语刻薄恶毒,"听听这个棕猴子说什么呢,他认为他有权利接受教育呢,听听他那王八蛋英语,他是觉得自己是个白人呢,你是怎么让这个白人女人跟了你的,勾引吗?"(136)

在菲裔社区里,女人往往是骚乱、暴力的根源。男人之间为了争夺一个女人,男的对女的大打出手,男人之间诉诸暴力和刀枪。卡洛斯不能理解,皮特(Pete)在对麦尔(Mile)一顿拳打脚踢后,两人还能再度相互说出"我爱你"的柔情密语,更无法理解波克(Bork)竟然可以为了这个三心二意的麦尔开枪打死人。乔斯(Jose)趁卢兹(Luz)上厕所之际,偷偷溜进房间与卢兹的墨西哥女人苟且。后来卢兹在赌博中突然死亡,他的墨西哥女人就在黑人区的中央大街做起了妓女,最后死于梅毒。目睹了这一切,人与动物竟毫无差别,卡洛斯觉得"自己内心快要死了"(135)。在菲裔社区,女人做不到忠贞不贰,因为来找她们的男人早已为了满足欲望而超出了道德底线。这些妓女,或是专业妓女,或是无家可归的穷人,或是落魄的白人女子,虽然她们是这一幕幕荒诞剧里的配角,但是,足以告诉我们,菲裔劳工在美国的生活是怎样的混乱不堪。因为,"在美国,身为菲律宾人就是罪"(162)。这与法农(Frantz Fanon,1925—1961)所言"种族主义文化的定义就是不准黑人具有健康的心理"②有着惊人的相似。卡洛斯开始明白为什么"公共的街道对于我们这些人来说是不能走的,警觉的巡警们每次看到我们开车都会让我们停下。每次看到我们与白人女子在一起都会怀疑"(121)。

总而言之,没有社会和家庭的约束,当安全的承诺和子嗣的继承又成

---

① 从1920年到1929年,美国菲裔男性的数量是65618,女性是5286,每100个男性均不到7个女性。到了30年代,这个比例下降到了23:1。他们被与其他族裔隔离,只允许在他们的社区里进行赌博、嫖娼、庆祝宗教节日等娱乐。See San Juan,E.Jr..From Exile to Diaspora:Versions of the Filipino Experience in the United States[M]. Boulder,CO: Westview Press,1998:142.

② 法农指出,种族主义使殖民地人民丧失了自我意识,盲目地认同、臣服于白人的"普遍"标准,由此对黑人心理造成了严重的扭曲。参见朱刚编.二十世纪西方文论[M].北京:北京大学出版社,2006:479.

为泡影,这些年轻的菲律宾劳工们在美国这块荒原上,复原了曾经湮没的冲动:赌博、酗酒、闹事。随处可见的不良场所便成了他们在艰难的生活中少数可以让他们舒缓生存压力的选择。他们流连于妓院、赌场、舞厅,在这里几乎花光整个季节的劳动所得。因为在这里他们可以得到短暂的欢乐,忘记看不见未来的绝望黑暗。饥饿、孤独、不安、恐惧笼罩着像卡洛斯一样的人,他们"游走在酒鬼与罪犯之间,徘徊在各类被剥削的族裔当中,目睹着谋杀、私刑、袭击和无情的暴力,渐渐地他被低级的生活吓倒了"(Kim,58)。他的亲哥哥变成了小偷和诈骗者,"哥哥阿玛多(Armado)变了,我不再理解他了。他不再温柔、绅士、勤劳,干起了诈骗同胞的营生"(126);他自己也从纯真沦落到邪恶。从宾馆偷床单到抢劫再到赌博使诈,卡洛斯过着"无计划、无希望、无方向"的生活。他开始生活得像只受了惊吓的动物,睡觉时总要把刀放在枕头下,恐惧地看着自己堕入绝望和罪恶的深渊。这些与他第一次踏上美国领土时的那种美好感觉——"看上去,一切都是那么的美国,那么的有希望。就像结束了一次航程回到家一样"(99)。——形成了强烈的对比,他开始怀疑,"我应该从哪里开始我的美国朝圣之旅呢?"这里"到处都是暴力,我渴望宁静和平"(104,110)。渐渐地,他变得冷酷无情,他的人性快要被泯灭,"我变得最无情,我开始害怕我再也不会像个人一样"(104,178)。就这样,卡洛斯对未来的美好想象被美国残酷的现实生活击得粉碎。

三、白人女性:理想化的明灯

从美西战争后到二战结束,美国在菲律宾长期的殖民统治,使得菲律宾人在属性认同上有别于其他独立的亚洲国家,他们对美国文化更加熟悉,天真地认为自己有权成为美国人。他们是手拿美国护照以美国公民(nationals)或受监护对象(wards)的身份进入美国的,所以,在入关的时候并没有像其他亚裔一样遭受刁难。即使在1924年到1941年间,美国禁止一切亚裔进入美国,菲律宾人也可以从这些移民法案的歧视中豁免。另外,由于他们在菲律宾长期接受西方文化和学习英语,那些最早期敢于进入美国海岸的菲律宾人,比起华裔和日裔(他们对美国新世界几乎一无所知)来说经历了较少的文化冲突,他们过渡得更加平稳。

在这个背景下，为了寻求更好的生活，众多和卡洛斯一样的菲律宾青年也加入了这一队伍，他们被美国传奇式的承诺吸引，带着来自书本对美国社会的刻板知识，怀着很高的期望来到美国。然而，卡洛斯进入美国时正值大萧条时期，经济不景气，他们并没有获得和真正的美国公民一样的权利。和在美国的其他华裔、日裔外族人一样，菲律宾人没有权利选举，不能拥有土地，无权获得美国公民权利。不仅如此，他们还遭受了极为恶劣的侵扰和由来已久的种族歧视。一方面，美国的白人主流社会把菲律宾人当成是所有亚裔中最低等的[1]，对他们进行了极其野蛮、残忍的袭击和迫害。种族主义者们常常责备移民给他们带来的霉运。在他们眼中，菲律宾人是不公平竞争者。他们遣责菲律宾人偷了他们的工作，遣责菲律宾人以如此低的工资工作。"当地的白人经常夜里出来用枪猎杀菲律宾人"（144）。另一方面，其他的同类亚裔人也非常不友善。许多亚裔人认为菲律宾人是野蛮、肮脏的，他们习惯怪异，尤其是他们喜欢吃野草野菜，抽烟和斗鸡的嗜好，让他们觉得厌恶。亚裔们基本上认为所有的菲律宾人是手操弹簧刀，危害公共安全的家伙。这些负面的形象大大地阻碍了菲律宾人在美国的生活（Cao and Novas，162）。

在梦想与现实的极大冲突下，卡洛斯在美国亲身经历了针对菲律宾人的赤裸裸的种族主义和暴力，他的美国梦很快就变成了美国噩梦。在菲律宾，美国老师并没有告诉他们美国有反复无常的种族主义倾向。他并没有预见到美国种族主义者的残忍与暴行。他感觉被狠狠地欺骗了。"西方人自古认为东方人和有色人种是劣质的低级的。然而，可笑的是，菲律宾人却被教导要把美国人看成是我们的兄弟。坚守着美国理想，过着美国式的生活，这些形成了我们对于平等的理解。但是，在美国可怕的现实中，菲律宾人的平等博爱梦被粉碎了"（130）。

多重剥削[2]和种族主义击碎了卡洛斯的美国梦。但是，卡洛斯并没有

---

[1] 菲裔在美国遭受的反东方刻板的刁难，比起日裔和华裔来更甚一等。不像日本帝国可以站出来为在美日裔说话，菲律宾人没有一个独立的政府愿意为他们说话。所以他们的身份非常含糊，他们是"wards"或者叫"美国人 nationals"，既不是外来人也没有合法的公民权利。

[2] 在美国，菲裔劳工受到了多重剥削。他们不仅受到业已成型的华裔和日裔社团的剥削，更糟的是，他们还被自己的菲律宾包工头压低报酬，甚至诈骗酬劳一走了之。See Bulosan, Carlos. America Is in the Heart[M]. Seattle: University of Washington Press, 1973: 110.

放弃,他一再重申对美国的热爱。因为在美国,有一群人给了他力量与信念,让他坚信,蔓延在美国的针对菲律宾人的社会邪恶不是来自人的本性,对美好和理想的追求是永远停留在人的心中的。在布洛桑的笔下,20世纪30—40年代的美国是一个凶残与善良并存的悖论。疯狂的种族主义和对菲裔男性的性剥削让他感到害怕。同时,美国又是个充满怜悯、同情与爱的地方。这样的悖论常常使菲裔劳工们分辨不清到底美国是个怎样的社会。譬如,乔斯(Jose)的脚在一次躲避铁路警察的抓捕时严重受伤,却在白人医院做了截肢手术并得到了很好的治疗和照顾。一方面是白人种族主义者对菲律宾人疯狂、残忍的迫害,另一方面,美国人又善良热心地救助着那些需要帮助的菲律宾人。

文本中,最能象征和体现美国美好、理想一面的就是白人女性。当然并不是所有的白人女子都是美好美国的象征,也有类似海伦(Helen)一样,仇视菲律宾人,破坏工人斗争的。但是大多数白人女性,在卡洛斯眼中象征着他向往的美国。文本中,印象深刻的白人女性有3位,首先是被卡洛斯称为"我的黑暗时光之歌"的玛丽安(Marian)。玛丽安出现在某一次卡洛斯落难之时。有一回,无缘无故,仅仅因为是菲律宾人,卡洛斯等遭到了几个白人野蛮的、非人的毒打,他设法逃离那些施虐狂的魔掌后,玛丽安慨然救助了他。那一瞬间,卡洛斯"几乎哭了,这个地方到底是怎么了,刚刚我还被白人男子毒打,而现在,在这里另一位白人女子却又给我饭吃又让我休息"(209)。不仅如此,她还拿出一笔钱来资助卡洛斯去读大学。玛丽安证实了在美国是有爱与善良的。

另一位白人女子玛丽(Mary)在卡洛斯眼里就是天使,象征着美好与纯洁。她和卡洛斯等其他菲律宾人住在一起,过着柏拉图式的生活,她的"皮肤如奶般白皙","双眼深邃、蔚蓝、充满恐惧"(303),她的出现令这些菲律宾人着迷,"她是我们人人钟爱的精致的尤物。她是我们用干净的思想浇铸成的至纯的天使。当一个陌生人进到我们屋里,贪婪地看着她时,我可以看到我的同伴们一个个握紧了拳头。我们之间这种柏拉图式的关系,干净又健康,在一定程度上让我对自己有了新的信念"(235)。虽然最后玛丽离开了他们,就像一个转瞬即逝的梦一样消失了。然而,对于这群无家可归的、孤独的男人来说,她已经给予了极大的安慰。

白人女子不仅象征美好、善良与纯洁,还是智慧、友爱、平等的化身。欧代尔姐妹是另一对在卡洛斯处于生命最低谷时期用爱与关怀抚平他孤寂灵魂的白人女性。颠沛流离、忍饥挨饿、动辄被毒打一顿的卡洛斯病倒了,他得了肺结核,卧病期间卡洛斯尝试着进行文学创作。由此开始了他与当时比较出名的作家爱丽丝·欧代尔(Alice Odell)的友谊。爱丽丝用她的辛酸童年拉进了与卡洛斯的距离,平易近人的交谈让卡洛斯克服了对中产阶级天生的畏惧和无法逾越的陌生感。爱丽丝经常给卡洛斯带来书籍,让他在知识的海洋里汲取养分。爱丽丝的出现,让卡洛斯的人生有了质的飞跃,他不仅体会到了关爱与平等,更掌握了知识的力量。他沉浸在美国的诗学传统中,他广泛地猎读了哈特·克莱恩(Harte Crane)、马尔科姆·考利(Malcolm Cowley)、威廉姆·福克纳(William Faulkner)等。①爱丽丝走后,她的妹妹艾琳的母性关怀更激起了卡洛斯对人类美好情感的渴望,是知识和友爱让卡洛斯发自内心地振奋起来。他想要拥抱这个美好的美国:"我渴望艾琳和她代表的世界,毫无疑问,她就是我在那些恐惧与害怕的狂乱岁月里,在饥饿与孤独的敏感时光里苦苦寻找的美国。这个美国人性化,美好,并真实"(89)。非常奇特的是,卡洛斯遇见的白人女性往往与书和知识联系在一起,这对卡洛斯来说是极富魅力的。例证可以追溯到卡洛斯在菲律宾时遇到的那位善良的白人图书馆员,以及后来一位年轻的白人售货员邀请他去她的公寓,带着他参观时,他被她和她的书吸引了:"我慢慢地跟在她后面,在她的优雅中畅饮,她轻柔地挪动她婀娜的身姿。在客厅,沿着墙排放着各种大小和颜色的书籍。书,看到书时我陶醉了,我被它们毫无抵抗地吸引着"(89)。

综上所述,不难看出,作者布洛桑把白人女性理想化了。白人女性是美丽、善良、纯洁、友爱、智慧的象征。她们所代表的才是菲裔男性想要全心拥抱的美国。那么,为什么作者要理想化这些白人女性呢?首先,也是最主要的原因是,在这个异常凶残的美国社会中,像卡洛斯这样的菲裔劳工想要继续生存下去,他必须调整,找到一种慰藉和力量。而正是白人女性给了他这种继续寻梦的信念。由于美国缺少菲律宾女性,菲裔男性往往把白人女性当作是美国应许(American Promise)的象征。他们追求与白人女性间的关系。在他的信中,布洛桑道出了菲律宾男子与白人女子之间关系的魅力。菲律宾小伙对白人女子的感觉在很多方面是美好的。"他们

---

① 作者在此处还表达了他想要继承美国的文学传统,以此点燃启蒙的火把,重归菲律宾,帮助农民们从无知与贫穷中解放出来。

一直渴望能与白人女子建立联系。因为通过白人女性,他们可以结束这种社会和心理流放(exile)的孤独生活;通过白人女性,他们才能找到一种扎根美国社会和生活的方法"(Bulosan,1942)。思想简单的菲律宾小伙们不理解甚至拒绝去理解白人女性接近他们的真正原因。无名的白人女子成了菲律宾人存在的理由。就算这个女孩只对骗取他的钱财感兴趣,但爱她让他觉得自己是个人了,让他有去努力工作的目标对象,使他觉得自己的灵魂干净了。白人女子是个梦,是个理想。准确地讲,菲律宾男子对白人女子的兴趣不仅仅停留在性欲上,也许这种冲动也占很大一部分原因。但是,娶一个白人女子可以让他们从性压迫和性阉割中解放出来,给他们一个过上稳定家庭生活的可能性,至少可以部分地进入美国主流社会。其次,作为族裔作家,将白人女性理想化,成为美国的象征,是布洛桑的叙事策略。正如金伊莲所说,布洛桑在写《美国在心中》时,关注的目标读者群是主流白人读者,期望菲律宾人能在美国获得认可(Kim,58)。在回答是什么促使他写《美国在心中》时,布洛桑说:"答案就是我伟大的梦——实现众生平等与自由。给生活在美国、夏威夷和阿拉斯加的19万多失声的菲律宾人以文学声音(literate voice)。首当其冲的是,要把整个无论是在菲律宾还是在外国的菲律宾人的渴望与抱负翻译出来"(San Juan,1972:121-122)。因此,布洛桑的写作仍然归于早期亚裔亲善友好的写作传统(tradition of earlier Asian goodwill ambassador writers),他需要刻画美国美好的一面来进一步赢得生存空间。在这个问题上,批评家们是持相同意见的。① 由于理想化的白人女性给了他信念,所以无论在美国遭到何等的苛待、排挤,卡洛斯始终坚持着他对美国的想象。"我从窗子往外看去,再一次看着这片我如此梦想着的广阔土地,只诧异地发现美国大地就像颗巨大的心灵温暖地延展来接纳我"(326)。

---

① 艾尔奎左拉(M.Alquizola)说基于出版商的市场考量,布洛桑在书中植入对美国理想的赞美与认同,以获得白人主力读者的接受。桑朱安(E.San Juan)也同意,战争的阴影与出版商的销售策略或多或少迫使布洛桑在书中传递着美国民主的讯息。See Alquizola,M.The Fictive Narrator of America is in the Heart[G]//Ed.G.M.Nomura et al.Frontiers of Asian American Studies:Writing,Research,and Commentary.Pullman,WA:Washington State University Press,1989:211-217;San Juan,E.Jr.Introduction[G]//Ed.San Juan Jr.The Cry and the Dedication.Philadelphia,PA:Temple University Press,1995:ix-xxxvi.

四、结语

综上所述,如果说母亲和菲裔社区的妓女像一面镜子一样,呈现和刻画了以卡洛斯为代表的菲裔劳工从菲律宾殖民地到美国的苦难和辛酸的话,那么白人女性就像一盏导航的明灯一样,导引菲裔们在黑暗与孤独中,在重重障碍中奋力前行追寻梦想。通过回忆母亲等殖民地女性,我们不仅可以看到在殖民统治与封建剥削的双重压迫下,菲律宾村庄的赤贫与无望,更加看到正是母亲等人所遭受的贫穷与阶级压迫,激发了卡洛斯前往美国追求富裕、民主和平等的理想。然而,他们远渡重洋、满怀希望地来到美国后,却遭到种族主义的迫害与性剥削,仿佛从一个苦海跳到了另一个苦海,不但没有摆脱贫穷的梦魇,连曾经怀抱的希望与梦想也被残酷的现实击得粉碎,他们混迹于菲裔社区里形形色色的赌馆、妓院、酒吧和舞厅,放浪形骸,居无定所。但是最后,他们毅然选择挣扎在这块他们所期盼的"应许之地",因为美国的白人女性让他们看到希望,让他们在绝望的时刻重新点燃内心的美国民主理想。在菲裔劳工的眼中,白人女性是美国民主、进步、平等、美好的象征,虽然种族主义使得他们与白人女子建立关系的梦想变得遥不可及,但是这种乌托邦式的友爱是菲裔在美国努力生存的唯一理由。正如文本最后卡洛斯所言,"没有一个人可以摧毁我对美国的信念,这信念是我们所有人的希望和抱负"(327)。

因此,文本中零星的女性描写,是作者布洛桑巧妙的叙事手段之一,在一定程度上,发挥了重要的隐喻功能。作为载体,殖民地女性、菲裔社区的妓女和理想化的白人女性3类女性群体,承载了菲裔劳工特殊的离散经验的全部过程。在女性镜子和明灯这个隐喻空间里,菲裔劳工一方面完成了从殖民地到宗主国跨国流动的生命体验,另一方面也实现了从自我想象到自我觉醒再回到自我想象的特殊自我认知历程。

此外,值得注意的是,文本中对母亲和妹妹的回忆,也让我们看到了作者布洛桑后来虽身居美国,但是对故国家乡的怀念与眷恋,对母亲和妹妹所代表的菲律宾贫苦女性的关爱从未间断。这与当时很多其他亚裔群体对故国文化与传统的摒弃、鄙视甚至否定是恰恰相反的,这也说明了菲裔特殊的移民经验。对于许多菲律宾移民来说,在美国的生活伴随着一种离开家乡菲律宾的剥离感,这个家乡他们再也回不去了。然而,布洛桑关于家的回忆随着时光的流逝却越发清晰,滋养着他在美国追求自由。美国学者 San Juan 认为,这种思乡情怀是典型的菲律宾精神,"在所有的亚裔美国族群当中,菲律宾人可能是唯一一群痴迷于不可能实现的回家愿望的人群,无论是在现实还是在想象中"(San Juan,1972:121)。在一封写给菲律宾本土作家利奥波德(Leopoldo Yabes)的信中,布洛桑恳切地表达了他想要与菲律宾保持联系的愿望,"请和我谈谈,经常告诉我一下菲律宾的情况。但是,眼下我还没有回到菲律宾生活的渴望。在这里,我并没有过上令人向往的或是富足的生活,但是我感觉我必须在我决定做什么之前写更多的书"(Bulosan,1960:68)。布洛桑虽然最终没有回成菲律宾,但是很多后来的作品使他完成了文学回家(Literary homecoming)①,镜子与明灯始终是菲裔美国人生活中的体现。

参考文献

[1]傅士珍."卡洛斯"的美国梦:卜娄杉《美国在心中》的"自我"书写[J].(台北)欧美研究 2008(3):443-472.

[2]单德兴.阶级·族裔·再现——析论卜娄杉的《美国在我心》[J].(台北)欧美研究 2005(2):323-362.

[3]朱刚.二十世纪西方文论[M].北京:北京大学出版社,2006.

[4]Alquizola,M. The Fictive Narrator of America is in the Heart[G]//Ed.G.M.Nomura et al.Pullman.Frontiers of Asian American Studies:Writing,Research,and Commentary.WA:Washington State University Press,1989.

[5]Bulosan,Carlos.Letter from America[M].Prairie City,Ⅲ:Decker,1942.

[6]—.Sound of Falling Light:Letters in Exile[M]//Ed.Dolores Feria.Queen City,1960.

[7]—.America is in the Heart:A Personal History[M]. University of Washington Press,1973.

[8]Cao,Lan,and Himilce Novas.Everything You Need to Know about Asian-American History[M].New York:Plume/Penguin,1996.

[9]Kim,Elaine H.Asian American Literature:An Introduction to the Writings and

---

① 布洛桑的作品《美国在心中》和《父亲的笑声》(*The Laughter of My Father*)的第一部分都是写在菲律宾岛屿上发生的事情,描述是那样的清晰、形象,体现了布洛桑对家乡的关注,表达了他想要与菲律宾保持联系的愿望。

Their Social Context[M].Philadelphia:Temple University Press,1982.

[10]San Juan,E.Jr.From Exile to Diaspora:Versions of the Filipino Experience in the United States[M].Boulder,CO:Westview Press,1988.

[11]San Juan,Jr.E.Carlos Bulosan and the Imagination of the Class Struggle[M]. Queen City:University of the Philippines,1972.

[12]Wong,S.L.C.Reading Asian American Literature:From Necessity to Extravagance[M].Princeton.NJ:Princeton University Press,1993.

(原发表于《南洋问题研究》2014 年第 4 期)

"梦":《美国在心中》的伦理隐喻

1.张龙海 2.苏亚娟*

(1.厦门大学外文学院;2.厦门大学外文学院)

摘 要:在《美国在心中》中,卡洛斯·布洛桑刻画了第一代美国菲裔移民的经历和悲惨遭遇。"梦"作为布洛桑一生的缩影,具有丰富的内涵。以荣格的心理分析理论和文学伦理学批评理论相结合对其进行分析,能够更好地解读梦的多重功能及其象征寓意。"梦"不仅是一种回忆往事的小说修辞行为,也是布洛桑理性意识和伦理身份建构的象征性隐喻,更体现了美国菲裔群体的身份和自我追寻的历程。

关键词:卡洛斯·布洛桑;《美国在心中》;"梦";人格面具;伦理身份

作为20世纪四十年代最著名的美国菲律宾裔作家,卡洛斯·布洛桑在其代表作《美国在心中》这部自传体小说中,描绘了菲律宾移民远离故土,在异国他乡经历磨难追寻梦想的辛酸历程。通过对"菲律宾普通民众悲剧生活的幽默描写"(Espiritu,91),布洛桑一方面以辛辣的笔调再现了第一代菲律宾移民在遭受了殖民统治的困境之后,怀着民主、自由的美国梦踏上充满希望的美国大陆后饱受不公正待遇的悲惨生活;另一方面,其幽默的笔调也展现了美国菲裔的乐观品质。历经苦难的布洛桑并未向困境和不公正屈服,而是通过自己的坚强和努力,重塑希望和信念,带领着少数族裔人民奋起斗争,在美国赢得了一席之地。因此,该作品曾被美国的《展望》杂志选为美国最重要的50部作品之一(Kim,45)。

在小说中,布洛桑在公车上做的两个梦,其实可以看作一个中途因哭醒而中断的完整的梦。在荣格看来,"梦是无意识心灵的不偏不倚的、自然发生的产物……它们向我们展示了未加修饰的自然真理"(卡尔文,124)。

---

* 张龙海,教授、博导,研究方向为美国少数族裔文学;苏亚娟,博士生,研究方向为美国少数族裔文学。

由于大量的梦与人白天全神专注的事物有关,所以梦是做梦者当前精神世界的直接、自然的表达。在《美国在心中》中,布洛桑的梦境内容丰富,可视为一种修辞性隐喻。以荣格的心理分析理论和文学伦理学批评理论相结合对其进行分析,能够更好地解读梦的多重功能及其象征寓意。梦境不仅是布洛桑短暂一生的缩影,也体现了布洛桑对未来的憧憬,更折射出第一代美国菲裔在不同伦理环境中建构自我身份的复杂心路历程。

一、破裂的人格面具:家庭困境与伦理危机

在荣格看来,梦不仅仅反映了个体体验的个人无意识,还反映了继承而来的集体无意识。荣格认为个人无意识是基于个人经验的,但是集体无意识则是基于"更深的一个层次,这个层次既非源于个人经验,也非个人后天习得,而是与生俱来的"(荣格,2011:5)。集体无意识是潜在意象的贮藏之地,荣格常常称潜在意象为原始意象,即"一种本原的模型,其他相似的存在皆根据这种本原模型而形成。原始意象的同义词是原型"(卡尔文,35)。原型是集体无意识的内容。由于集体无意识是与生俱来的,并未存在于意识或经验之中,因此只能通过原型来认知。一些原型在塑造人格和行为方面有特别重要的作用,荣格对于这些原型尤为注意。这些原型是:人格面具、阿妮玛、阿尼姆斯、阴影以及无意识自我。其中人格面具和阴影在布洛桑的梦中有着突出的体现。

"人格面具"一词源于拉丁语,意为演员扮演特定角色时所戴的面具。后被荣格用于心理学理论,表示个人依照社会准则所扮演的角色,即个人在生活中所需要的社会面具。"人格面具是人在公众场所所展现的面具或者外观,其意在于呈现于己有利的形象,这样,社会就会悦纳他。我们也可把人格面具称为从众求同原型"(卡尔文,38)。人格面具一方面可以帮助个人在别人面前表现出特定的角色,另一方面也可以隐藏自我的真实本性。

在第一个梦中,布洛桑的人格面具首先是一位孝顺的儿子。他的一生都深受贫穷困扰,即使在梦中也无法逃离贫困。由于家里没有足够的食物来分给每个人,所以母亲总是忍饥挨饿把饭省下来给孩子吃。一到吃饭时,母亲总是找借口出去。这一举动很快被布洛桑猜透,因此,在吃饭时他

假装头晕,把自己的饭省给母亲吃。"母亲望着我,脸上闪过一副理解的表情"(281)①,母子情深溢于言表。布洛桑的孝顺儿子的人格面具正是由其伦理意识所致。"人类对血缘关系重要性的思考与认识,就是最初所产生的伦理意识"(聂珍钊,2014:13)。布洛桑理解母亲为家人所做的牺牲,从而也让自己变得更加体贴母亲。由于重视血缘关系的重要性,布洛桑从小就开始帮助父母分担家务。一家人辛苦工作来供哥哥马卡里奥读书,期望接受美式教育的他在毕业后能够在殖民地的教育机构中当上老师,从而缓解家庭负担。父亲甚至不顾母亲的强烈反对,坚决把养家糊口的土地卖掉来拼凑高昂的学费。"人类的理性越成熟,人类的伦理意识就越强烈,并形成相应的伦理观念。理性让人类思考如何认识自己,思考如何在生活中做出伦理选择"(聂珍钊,2014:14)。父亲卖地正是这一伦理选择的结果——即使家里再穷,也要供孩子读书。贫困导致家庭四分五裂,哥哥们相继离家谋生,但是布洛桑却选择留在家中帮助父母。为了帮助母亲做生意,布洛桑背着沉重的物品同母亲一起穿梭于不同的村落中。这不仅是在梦中发生的事情,在现实生活中也曾发生。然而这也成了布洛桑了解母亲的好机会。他发现,尽管生活困窘,母亲仍对美的物品有着特殊的喜好。也正因为同母亲有了亲密的接触,布洛桑才成为梦中唯一一个理解母亲为子女挨饿行为的人。

布洛桑作为孝顺儿子的人格面具还体现在做零工补贴家用方面,甚至他因此差点送命。一次,他在修筑公路的建筑队上打工。因为大雨,险些被河水冲走。冒着生命危险所挣的钱,他立刻交给父母。另一次是爬树摘椰子,他不幸从树上掉下,摔断了胳膊和腿。尽管还只是个孩子,布洛桑选择放弃自由快活的生活来帮助家中生计。人格面具除了一方面可以让个人受益,更好地适应社会生活;另一方面,"它所带来的物质奖励可被用来过一种更令人惬意、可能是更为自由自在的、更少受人打扰的生活"(卡尔文,1987:39)。虽然家中只有哥哥马卡里奥接受了较好的教育,但是母亲觉得布洛桑也应该有接受教育的权利。当母亲说要让他去上学时,布洛桑欣喜若狂。他觉得,"去上学的憧憬让整个夜晚变得这么迷人,让我忘掉了

---

① See Carlos Bulosan.America is in the Heart—A Personal Story[M].Washington:University of Washington Press,1946.本文相关引文均出自该书,以下只注明具体页码,不再一一加注。

正在流血的双手,去比那罗娜的那条路,尽管漫长劳累,如今也都不算什么了。是的,同父亲在村子里的辛苦劳作也都忘记了"(41)。上学可以让他暂时远离辛苦,过着自由充实的生活。他甚至还梦想成为医生来照顾亲戚朋友。但是家庭再次需要他时,他毅然放弃学业,再次扮演起了孝子的角色,选择在家照顾年幼的妹妹以减轻母亲的负担。基于血缘关系重要性的伦理观念,布洛桑一次次地进行着艰难的伦理选择,直到贫困最终迫使他离家谋生,生存的自我意识打破理性意志的束缚,使其无法再继续为父母帮忙分忧,其孝顺儿子的人格面具也随之破裂。

人格面具既是必须的,也是有用的。个人期望被社会认可,因此在不同的境况中也会扮演不同的角色。一个人可以不只有一副人格面具。在第二个梦中,布洛桑展现了第二副人格面具——拥有良好的礼貌教养。当别人问他问题时,他总是礼貌地来回答,就像他平时生活中所做的一样。当他第一次到达西雅图时,便展现了礼貌教养的人格面具。"'我们没有钱,先生',想让他感受到自己的礼貌"(100)。人格面具使人呈现对自己有利的形象,以此让社会接纳自己。社会也期望个人能够完美地扮演好所给定的社会角色,从而保证社会的和谐发展。因此人格面具是社会生活和团体生活的基础。虽然布洛桑并未受过许多良好教育,他却想以礼貌教养来获得旅馆店主的谅解。但是因为没钱付房租,店主竟把他当作廉价劳工卖到阿拉斯加的鱼罐头加工厂。虽然他坚持以礼待人,但是他的礼貌教养并没有被美国主流社会承认和接受。布洛桑希望在异国他乡努力营造和谐相处的伦理关系,但这一梦想很快被残酷的种族歧视打破。作为来自美国的殖民地的菲律宾人,他们进入美国时的身份同其他少数族裔有所不同。虽然他们不是作为移民进入美国,但是其身份也无法等同于美国公民。布洛桑同其他美国菲裔一样,认为在美国的菲律宾人应该与美国白人享有同等权利,两者应该建立和谐相处的伦理关系。但是,出乎意料的是,布洛桑在美国处处都可碰到种族歧视。"棕色猴子"已成为白人对菲律宾人的惯用称呼。除了这种羞辱性的话语,菲律宾人还得忍受各种各样的种族歧视。他们居无定所,为了谋生不得不到处流离,做着最艰苦的工作,有些人还经常受到当地白人的袭击。在美国,布洛桑的生活异常窘困,礼貌教养的人格面具并没有帮他树立起被社会认可的有利形象。各民族和谐相处的伦理秩序被无情地打破,布洛桑努力营造出的人格面具也被种族歧视残酷地撕裂,他从而一步步地走向人格面具的对立面。

二、爆发的阴影:欲望困惑与伦理失衡

在人格面具被撕裂后,人们会面临它的对立面——阴影。阴影是"我们自我无意识的黑暗面,人格中劣等、较不惹人喜爱的方面,是我们希望压制的一面"(Fordhan,499)。阴影中蕴含了基本的、原始的动物本能冲动,因为这种原型深深根植于进化的历史之中,因此可能是一切原型中能量最大的,潜在的最危险的原型。如果人们想被社会接受和认可,就必须抑制和驯化这种原始冲动。由于阴影中藏有人格黑暗和被压制的部分,比如我们尚未意识到的欲望和需求,"大多数的时候我们设法忽略它,但它却会以一种让人不舒服的方式提醒我们它的存在,特别是在我们的梦中"(Stevens,240)。人们抑制住自己的动物本能冲动,不是意味着邪恶的欲望就会消失;相反,它们在休眠,等待着自我变得脆弱时来掌控主权,从而使人们被无意识所掌控。

强有力的人格面具可以抑制阴影的种种显像,抵消阴影的能量,抑制人本性中的动物性一面,从而变成文明的人。在不同的伦理环境中进行选择时,布洛桑的理性意志和非理性意志之间不断地进行着伦理冲突,充分体现了斯芬克斯因子在布洛桑身上的不同组合和变化。文学伦理学批评理论中的"'斯芬克斯因子'由两部分组成:人性因子(human actor)与兽性因子(animal factor)。这两种因子有机地组合在一起,构成一个完整的人"(聂珍钊,2014:38)。只有当人性因子有效地控制兽性因子时,人才能成为有伦理意识的人。在第一个梦中,布洛桑身上的人性因子尚能有效地控制兽性因子,从而抑制阴影的出现。但是随着哥哥们的相继离家,家中的贫困日益加剧,布洛桑的伦理观念逐渐失衡,身上的兽性因子也逐渐吞噬理性意志。这具体表现在第二个梦中。"我跳下树来,开始逃离家庭。我想要逃开一切的贫困。我不想这么做,因为家中有依恋。但是我恨这种痛苦悲惨的生活"(281)。他作为孝顺儿子的人格面具使他紧紧地依附于家庭的关爱,从而也阻止了他对自由的向往。然而,他的欲望在书籍的影响下迸发出来。马卡里奥给他讲了鲁滨孙漂流记的故事,以此来鼓励他独立和勇敢。之后,在听到了林肯从一个贫穷孩子成为美国总统的故事后,布洛桑深受鼓舞,"内心深处的某些东西被触碰到了,迸发了出来"(69)。他对

林肯的崇拜导致其内心深处的美国梦不断膨胀，最终引领他登上了美国这片充满希望的大陆。梦中布洛桑听到的呼喊"快跑！不要回头！快跑"（281），其实也正是他内心的呐喊。在他决定离家去美国时，哥哥路斯阿洛对他说"即使你去偷窃，去杀人，也不要再回到这个该死的镇上，永远不要回来，弟弟"（89）。由于欲望困惑，布洛桑伦理意识也逐渐失衡，他已无法再忍受悲惨的生活，于是便选择逃离家乡父母和贫困痛苦。

在美国，虽然他想用自己的礼貌教养来获得认可，种族歧视却无情地撕裂了他的人格面具。阴影是倔强不屈的，"虽然我们并不想要它，但它却作为一股强大的动力存留着，无论我们走到哪里，我们都带着它，就像是一个隐秘的同伴，步步紧随着我们"（Stevens，40）。随着人格面具的破裂，布洛桑内心的阴影也随之活跃涌现。阴影的出现也在不断唤醒布洛桑身上的兽性因子。因为不能在异国他乡找到自己的归属，无法享有正常的伦理秩序，布洛桑身上的兽性因子逐渐控制人性因子，致使他做出一些违背伦理道德的错事。"兽性因子是人在进化过程中的动物本能的残留，是人身上存在的兽性部分。兽性因子是人的原欲驱动，其外在表现是自然意志及自由意志。自然意志是原欲（libido）的外在表现形式，自由意志是欲望（desire）的外在表现形式"（聂珍钊，2014：39）。在梦中，当警察盘问布洛桑时，他拒绝说出自己的名字。其中表面的原因是作为罢工组织的激进领导者，布洛桑是警察一直在追捕的人。但是最重要的原因则是因为在兽性因子的驱使下，布洛桑曾经为了生存的欲望而犯下种种罪行。由于没钱买车票，菲律宾人为了四处奔波谋生，通常会偷偷地爬上汽车或者火车。当铁路警察前来检查时，他们又不得不躲藏在周边的树丛中，布洛桑也是其中一员。贫穷迫使他脱下教养的人格面具，忘记道德的行为举止，变得残忍和冷酷。在西雅图，因为没钱吃饭，布洛桑偷了旅馆的床单来卖钱。如他所说，"这是我第一次有意的不诚实行为……我没有感到罪恶，我甚至还想过再一次去偷窃"（153）。为了生存，布洛桑做了一些错误的伦理选择，从而导致他在阴影的诱惑下犯下许多罪行——抢劫银行、偷窃和赌博等。生活的贫困给布洛桑带来巨大的恐怖感，对死亡的恐惧也让他更加的珍爱生命。因为拥有强烈的生存欲望，在内心强大阴影的推动下，他狂热地朝着自己的美国梦前进，甚至试图通过不法行为来达到目的。

阴影不仅是一切丑恶卑鄙的源泉，也是一切高尚优美的源泉。虽然强有力的人格面具可以压制阴影的显现，但是这样的代价却是降低和削弱了本能和创造力，以及强烈的激情和顿悟的能力。"没有阴影的生活趋向变得肤浅、缺乏生命的活力……阴影具有保持和表现那些可以证明是对个体有利的观念或意象的能力，通过其顽强的努力，阴影可以将个体投入更为令人舒心惬意的、更富有创造性的活动中去"（卡尔文，45）。尽管阴影带出了布洛桑身上一些坏的品质，同时也带出了他的激情和创造力。在经历了土地被剥夺后，布洛桑还得忍受文化身份的丧失。作为美国的殖民地，菲律宾丧失了主权。菲律宾人民也深受毒害，仰望着优越的美国身份和行为举止。作为世代以土地为生的农民来说，失去土地即意味着失去尊严。当布洛桑的父亲力图把土地争取回来时，法庭上的人跟只会本土语言的父亲讲西班牙语和英语。而代表着文化身份的本土语言已被忽略。虚幻的美国梦变成强烈的文化侵略，引导着菲律宾人盲目地追从美国典范。

至于在美国的菲律宾人，一方面，他们无法捍卫自己免受种族偏见和歧视；另一方面，他们渴望被白人接受，不惜在各方面使自己"美国化"。布洛桑在美国偶遇两位哥哥时，他们两个都喊他的教会名字卡洛斯，而不再用家中用的名字阿洛斯。并且他们都用英语同布洛桑交谈，而不再使用自己国家的语言。为了在美国生存，融入主流社会，他们必须全盘接受美国文化。他们认为在美国的菲律宾人应该享有同等的权利，但结果证明他们连讲英语的权利都没有，正如白人警察所说："听这棕色猴子讲话……他认为他有权利接受教育，听这个杂种在讲英语，他把自己当成白人了"（136）。因为种族歧视，菲律宾人在美国根本无法找到体面的工作。布洛桑发现，作为少数族裔的他只是一个被美国主流社会排挤在外的人，忍受着孤独和痛苦。他说，"我记起了鲁滨孙，把他同我的命运相比。但是我迷失的更深，因为我是在人群中感到孤独。这种孤独环绕着我的生活，包围着我的生活，模糊了我的视线，以至于我满心忧郁"（252）。由于文化身份的丧失，布洛桑在美国迷失了自己。种族歧视不仅使他丧失了尊严，也威胁到他的生命。他生病很严重时也无法享有疗养院的看护，因为他"进入美国时就属于边缘群体"（253）。

当在美国失去自身的文化身份后，布洛桑身份的变化同身处的伦理环境不断产生矛盾，因此，写作也就成为他反抗主流话语的有力工具。种族歧视唤起了布洛桑的激情和创作力，帮助他来挑战主流权威。在诺曼·费尔克拉夫看来，权力在语言/话语中得以行使和体现。意识形态斗争主要发生在语言上。因此语言本身在社会斗争中成了争夺对象和斗争场所。讲英语语言人口的存在使其与那些最主要、最有力的机构——文学、政府、法律、宗教及教育等——产生联系。结果，英语开始以政治和文化力量的语言身份而出现（Fairclough，33）。菲律宾人民的蹩脚英语成了他们融入主流社会的绊脚石，他们经常是被消声或边缘化的。因此，如果菲律宾人想变得强大，他们就要喊出声音、彰显存在，并且揭露在美国所遭受的种族歧视。当布洛桑发现自己能用英语给哥哥写信时感到异常兴奋："出乎意料的是我竟然能用读得懂的英语写信了，我顿时满心欢喜。我慢慢地写，大胆地写，停下笔时喝点酒，暗自地笑着、哭着。当这封讲述我人生经历的长信写完时，我跳了起来，流着泪大喊：'他们无法阻止我再沉默下去了！我要告诉全世界他们对我所做出的恶行'"（180）。阴影不但唤醒了布洛桑身上的兽性因子，使其伦理观念失衡，而且激发了布洛桑的创作力。他以写作为武器来反抗白人的主流话语，重塑族裔认同感。布洛桑不再选择沉默，他要喊出自己的声音。之后，当布洛桑从个人斗争走向引导少数族裔人民的斗争时，颠覆的力量变得更为强大。布洛桑同来自不同种族的劳动人民团结一致，用英语作为斗争武器，不断地挑战着美国的主流文化。

三、梦的功能：身份确认与理想追寻

人们会做各种各样的梦。在荣格看来，梦的材料可以来自外界环境，即做梦者日常生活中遇到的人和事；也可以来自个人的潜意识，即做梦者内心世界的具体化。梦有两个功能——补偿功能和预示未来。

"梦的补偿并不是简单的心灵对抗。从肯定到否定，都是梦对意识状态进行补偿的方式……有的梦是通过对做梦者意识态度加以夸大进行补偿的，还有一些梦则与意识情境有一点不太一致的方面，因此只提议做少量变动"（荣格，1971：41）。补偿常以想象性的愿望形态出现，它们试图补偿那些被有意识忽略和压抑的部分，从而试图推动至今尚未有的心灵平衡的产生。

在经历了家庭困境和伦理危机，欲望困惑和伦理失衡之后，布洛桑试图在追求梦想的道路上重建新的伦理秩序，构建新的文化身份。在第二个梦中,布洛桑遇到了一个美国警察,不仅给他食物,还好心地送他回家。事实上,布洛桑在美国遇到的警察与梦中的警察完全不同。梦中的警察是布洛桑内心期望的友善、和蔼的美国人形象。在现实生活中,布洛桑要经常躲避那些把菲律宾人当成罪犯的警察。布洛桑和同伴在路上开车时,都会被警察拦下检查车中是否有白人妇女。白人警察"认为每个菲律宾男人都是皮条客"(121)。就连美国的大街对菲律宾人都不是自由的,无论他们走到哪里都会有警察前来盘问。除了被监视和审查外,有些警察甚至还会射杀菲律宾人,好像"杀人是他们日常生活的一部分……有时他们正在喝酒,想找点乐子,他们就会来到我们的街区,踢打碰到的第一个菲律宾人"(129)。美国警察认为菲律宾人是可以随意践踏的贱民,"菲律宾人的生命连狗都不如"(143)。

梦补偿了布洛桑心中理想化美国人的形象,重塑了理想化的伦理秩序。"伦理的核心内容是人与人、人与社会以及人与自然之间形成的被接受和认可的伦理秩序,以及在这种秩序的基础上形成的道德观念和维护这种秩序的各种规范"(聂珍钊,2010:17)。基于这种伦理秩序,梦中的警察成为布洛桑潜意识中和蔼友善的美国人的化身。在梦中,布洛桑同美国警察之间形成了和谐相处的伦理关系。他无需四处躲避警察的追捕。相反,白人警察把他当作朋友般对待。梦不仅描绘了布洛桑的内心世界,还描绘了他同外部世界的联系。梦中的警察也能从现实生活中找到对立者——布洛桑在美国遇到的白人妇女。布洛桑和朋友到墨西哥街区策划罢工时,被白人逮捕并带到树林中毒打。在设法逃脱后,布洛桑被白人妇女玛丽安所救,并给他提供食物和避难所。美丽善良的玛丽安如梦中的警察一样,给深受伤害的布洛桑带来了心灵上的慰藉。就连同玛丽安吃饭都让他感到开心不已,"真是不敢想象我同一个白人女孩一起坐在这个有名的地方"(216)。布洛桑丧失的平等和尊严在玛丽安的身上得到了补偿。在了解了布洛桑的悲惨遭遇后,玛丽安决定送他去读书。为了赚足费用,她不惜牺牲自己去做妓女来帮助布洛桑。即使在患上梅毒即将死去时,她仍鼓励布洛桑要放下仇恨,勇敢去爱。"你的身体散发出一种光,能够感染别人。答应我让这光一直闪耀"(217)。玛丽安的友善和牺牲在某种程度上补偿了布洛桑由剥削和压迫所带来的内心创伤。

后来,布洛桑又遇到了一对白人姐妹,艾丽丝·奥黛尔和艾琳·奥黛尔,她们姐妹般的情谊和所提供的书籍帮助布洛桑在精神上变得更为强大。艾丽丝是一个拥有智慧的女人,过着优越的生活。因为她的社会地位,布洛桑并不想和她见面。但是艾丽丝以自己的友善和热情鼓励着布洛桑勇敢地同白人建立友谊。她给布洛桑带来的不仅仅是关心,还有许多能够给他希望的书。在艾丽丝的帮助下,布洛桑开始尝试写诗,从而打破了白人占据话语霸权的局面。与此同时,他也完成了自我的转变,从一个因为担心自己口音太重无法被听懂而选择写作交流的沉默者,到一个将自己的诗作赠予白人妇女的勇敢者。当艾丽丝离开后,她的妹妹艾琳前来照顾生病住院的布洛桑长达三年之久。艾琳和姐姐不同,她不善言辞,布洛桑同她保持一种内在交流,"当我感到不安时,我就会写信给她,每天字都会从我的笔下涌出……她是我在那些担惊受怕、到处逃窜的日子中,在那些忍饥挨饿、孤苦伶仃的时刻里最想找到的美国。这个美国是人性的、善良的、真实的"(235)。白人妇女不仅是布洛桑黑暗生活中的精神陪伴,引导着他走向光明和希望;同时也是梦中友善的警察在现实生活中的对应者。"梦的一般作用是尽可能凭着产生的梦材料,以微妙的方式重新形成整个心灵平静,然后恢复我们心理上的平衡"(荣格,1988:27)。在美国经历了各种不公正待遇后,布洛桑的内心逐渐失去了平衡。他曾在兽性因子的驱使下,做出很多违背伦理道德的错事,迷失了人性。"人一旦听凭原始本能的驱使,在理性基础上建立起来的各种道德规范就会被摧毁,人又将回到兽的时代,这不仅不是人性的解放,而是人性的迷失"(聂珍钊,2010:19)。但是白人警察和妇女补偿了残酷的种族歧视对他造成的心灵创伤,又逐渐唤醒了他身上被兽性因子压制的人性因子。白人警察和妇女向布洛桑展现了一种劝诫和教诲的力量,帮他重新找回理性意志。他们的友爱帮助布洛桑平复了伦理失衡,他身上的人性因子再次占据主导地位,促使他在不同的伦理环境中做出正确的选择。他们的关爱也让布洛桑重塑新的伦理身份——成为白人平等的朋友,从而重建了各民族和谐相处的伦理秩序。梦补偿了布洛桑内心中压抑的部分——被友善、和蔼的美国人所接受,从而使其内心的伦理失衡得到了平复。

除了友善的警察之外,梦还补偿了布洛桑回家的愿望。在现实生活中,布洛桑一直为不能回家而感到悔恨。他的回家愿望也一直被深埋心中。他不止一次地回忆自己生活的村庄,"我看到右边的高山,停了下来,想起来了我村庄里的山"(197)。当他听到父亲孤零零的病死在家乡时,布洛桑对于美国的信念彻底瓦解了。正常的父慈子孝的伦理秩序因为布洛桑的离家出走而破裂,虚幻的美国梦使他逃离家乡,来到这块陌生的土地,然而他并没有看到希望,反而生活在阴影中。他渴望回到家乡,却一直未能实现。在美国的飘荡使得布洛桑失去了对父母尽孝的道德义务,也让他尝到了在异国他乡颠沛流离的艰辛。梦补偿了他的遗憾,帮助他实现了回家的愿望——他被警察亲切地送回了家中,一家人其乐融融,共享天伦之乐。

梦可以沉浸在过去,复活古老的记忆,但是荣格认为更为重要的是,梦还可以指向未来,即梦的第二个功能——预期功能。"展望未来的机能……是无意识中的未来意识成就的预觉,它宛如初步的草稿或者略图,或者是预先勾画出来的计划。它的象征内容有时画出了冲突的解决方式"(卡尔文,126)。梦的预期功能是人在无意识中对未来实现目标的期望,是预先拟好的草图或计划,因此梦远远走在做梦者的意识前面。

在第二个梦即将结束时,布洛桑同家人有了一场幸福的重逢。父亲把他带进厨房,一家人都在等着他的归来。"你不要再逃走了,阿洛斯……我们有足够的食物了,儿子"(282)。这是父母对他所讲的话,一家人不必再为了食物而担忧,饥饿和贫穷都已消失不见。布洛桑在梦中构想了一个家庭团结和睦、不再忍饥挨饿的乌托邦。在那里种族歧视也都消失不见了,"所有来自美国的人都像他一样吗?所有在美国的人都像他一样吗?"(283)和蔼善良的警察成了乌托邦中的和平使者。通过梦境,布洛桑勾画出心中全世界人民和谐相处的幸福蓝图。他身上的理性重新恢复,其家庭身份,社会身份,甚至是文化身份都在逐步得以修复,在经历了正确的伦理选择之后,布洛桑离自己的梦想越来越近。

布洛桑流亡到美国的目的就是为了寻找一片理想大陆,摆脱贫困悲惨的生活。他的流亡经历也正是一个寻求乌托邦的辛苦历程。残酷的种族歧视打碎了布洛桑对于美国的信念。在经历了歧视、毒打、被主流文化排挤和自身文化身份的缺失后,布洛桑决心在美国建立一个乌托邦,并追寻一个新的文化身份。在历经了数年的斗争和追寻后,布洛桑终于认识到了"根"不是具体实在的东西,而是智慧和精神的东西,是一个超越国界的共同信念。最终,他团结各族受压迫人民,同种族歧视和压迫做斗争,鼓励大家遵守伦理规则、维护伦理秩序,建立和平相处的乌托邦。"社会的伦理规则是伦理秩序的保障,一个人要生活在这个社会里,就必然受到伦理规则的制约"(聂珍钊,2010:19)。在经历了伦理混乱后,布洛桑最终认识到了伦理秩序的重要性。他的执着和努力给受压迫者带来了希望，"他们的眼中洋溢着新的信念，他们带着深深的崇敬点头示意。这正是我在美国所要寻找的！让我们这类人通过自己的经历来了解这块广阔的土地"(312)。布洛桑的努力最终帮他在美国赢得了尊重和尊严。当他的诗集发表时，他似乎也已找到了新的文化身份。"我把自己的一些东西放了进去：昔日的痛苦和伤害、饥饿和恐惧；我的希望、愿望和渴望，我的一切都在这本诗集中，并且我不会再像以前那个我了"(320)。通过抛弃旧的自我，布洛桑重塑了新的自我，树立了新的信念，因为他知道没有人能够再摧毁那个激起希望和渴望的信念了。梦的最后预示了布洛桑的愿望：美国最终会变成一个乌托邦，各族人民都可以在没有种族歧视的状态下幸福的生活。

在这部自传体小说中，卡洛斯·布洛桑再现了第一代美国菲裔的移民经历和悲惨遭遇。作为连接现实和未来的媒介，梦将布洛桑的个人经历以及愿望生动地呈现出来。从他的人格面具破裂到阴影爆发乃至美好愿望的转变流逝，不仅展现其心智意识和身份建构上的日益成熟，也体现出他从家庭危机到伦理失衡再到理性复归的历程，更折射出第一代美国菲裔在跨文化环境和异质伦理语境中，融入美国文化、建构自我身份的复杂心路历程。以自身经历为主线，布洛桑创作出了这部经典著作，同时也呼喊出了自己的心声——希望建立各种族人民能够平等互待、和睦相处的伦理秩序。

参考文献

[1]安东尼·史蒂文斯.简析荣格[M].杨韶刚,译.北京:外语教学与研究出版,2007.
[2]卡尔文·S.霍尔、沃农·J.诺德拜.荣格心理学纲要[M].张月,译.郑州:黄河文艺出版社,1987.
[3]聂珍钊.文学伦理学批评导论[M].北京:北京大学出版社,2014.
[4]——.文学伦理学批评:基本理论与术语[J].外国文学研究,2010(1):12－22.
[5]荣格.原型与集体无意识[M].徐德林,译.北京:国际文化出版公司,2011.
[6]——.人类及其象征[M].张举文,荣文库,译.沈阳:辽宁教育出版社,1988.
[7]——.现代灵魂的自我拯救[M].黄奇铭,译.北京:工人出版社,1971.
[8]Espiritu,Augusto Fauni.Five Faces of Exile:The Nation and Filipino American Intellectuals[M].Stanford and California:Stanford University Press,2005.
[9]Fairclough,Norman.Language and Power[M].New York:Longman Inc,1989.
[10]Fordhan, Frieda. An Introduction to Jung's Psychology[M]. Baltimore: Penguin

Books,1966.

[11]Kim,Elaine H.Asian American Literature:An Introduction to the Writings and Their Social Context[M].Beijing:Foreign Language Teaching and Research Press,2006.

（原发表于《外国文学研究》2014 年第 6 期）

越南裔

越南裔美国文学研究述评

尹 姬

（广西师范大学）

摘　要：1975年随着西贡的陷落，超过1500万的越南人迁居到美国并一直在努力融入美国主流社会。近半个多世纪以来，越南裔美国人中出现了以英语写作并屡屡获得文学大奖的作家，涌现了渐成规模的越南裔美国文学作品。鉴于此，本文首先介绍了越南裔美国文学的特殊学术背景、界定，并在此基础上对越南裔美国文学的兴起、发展与国内外的研究状况进行了综述，旨在揭示越南裔美国作家以自身所具备的双重文化身份和存在状态为契机，以独特的族裔意识和生命体验关注并表现越裔族群在越美两个世界和两种文化碰撞中的生存以及对于命运的思考。

关键词：越南裔美国文学；族裔意识；文化身份

一、本文提出的学术背景

越南在历史上是一个饱经战乱和迁徙的国家。1975年越战结束，随着西贡的陷落，超过1500万的越南人迁居到美国，他们一直在努力地融入

---

*　项目信息：2012年度广西师范大学校级科研项目"族裔散居批评视角下越南裔美国作家的文化属性研究"（师政科技［2012］12号）；2012年度广西高等学校科研项目重点科研资助项目"东南亚裔美国作家研究"（201202ZD009）；广西人文社会科学发展研究中心2013年度青年专项立项项目"多元文化视野中越南裔美国作家的文化属性研究"（QNYB13019）；广西师范大学教育发展基金会第三期"教师成长基金"项目立项项目"越南裔美国作家的流散写作研究"（EDF2013009）

**　作者简介：尹姬，讲师，研究方向为英美文学。

美国主流社会,并在文化和教育等方面取得较大的成就。其中最引人注目的是形成了独具特色的越南裔美国文学,并使之成为多样性美国文学的重要组成部分。近半个多世纪以来,越南裔美国人中出现了越来越多以英语写作并屡屡获得文学大奖的作家,涌现了渐成规模的越南裔美国文学作品,这对于越南裔美国族群文化的呈现和认同具有至关重要的作用,对越南人融入美国主流社会的意义更是不可忽视。

二、越南裔美国文学的界定

1975 年前,大约有 15,000 名越南人居住在美国。这些人绝大多数是留学生和美国服役兵的妻子(Bouvier,285—301)。1975 年胡志明领导的越南共产党接管了越南共和国(即所谓"南越"),大批越南人流亡到美国。截止到 1980 年,在美国的越南人已有 250,000;截止到 1990 年,在美国的越南人增加到 500,000;截止 20 世纪 90 年代末,据统计,在美国的越南人大约有 1,000,000 万(Gordon,153—173)。据估计,截止 21 世纪初,越南人将是美国最大的亚洲群体之一,仅次于菲律宾人,中国人和亚裔印度人。不同于大多数的移民,越南难民不是自愿离开自己的祖国,而是由于生命受到威胁或是被强制驱逐而被迫离开自己的家园(Vo,303)。

1975 年,随着西贡的陷落,大批的越南人流亡到美国。他们的到来对于美国来说是继第二次世界大战犹太人移民之后最大的人口流动。越南裔美国人一般是指西贡陷落后逃亡到美国的越南难民。依据 Monique Thuy-Dung Truong 对于越南裔美国人的界定,这一术语是指具有越南血统的美国人,包括 1975 年之前已来到美国的越南移民;1975 年抵达美国的越南难民;1979 年始,通过《有序离开项目》(*Orderly Departure Program*)以移民身份来到美国的越南人;已在美国生活多年的越南人(Truong,28)。在此社会背景下,越南裔美国文学显现了。可见,越南裔美国作家创作素材的主要来源是其特殊的文化背景的记忆与故事。Michele Janette 在其文章 "Vietnamese American Literature in English,1963—1994"中将越南裔美国文学的界定与作家的族性和其文学创作形式有关(Janette,267)。因此,笔者认为,按照越南人在流亡或移民过程中所经历的不同发展阶段,可以将越南裔美国文学分为以下三种:

(1) 出生、成长、受教育、工作、生活均在美国的越南裔的作家用英文描写他(她)们在美国生活经历和体验的文学作品;

(2) 出生在越南(在越南的成长期或长或短),但受教育、工作、生活均在美国的越南裔的作家用英文描写他(她)们在美国生活经历和体验的文学作品;

(3) 出生在国外(既非越南又非美国),但受教育、工作、生活均在美国的越南裔的作家用英文描写他(她)们在美国生活经历和体验的文学作品。

三、越南裔美国文学研究在国外

近三十多年来,越南裔美国文学已经在国外文学界得到了一定程度的关注。1981 年,耶鲁大学东南亚研究委员会启动了《东南亚难民项目》。在该项目的资助下,越南裔美国作家 Huynh Sanh Thong 创办了以发表越南文学作品为主的刊物 *The Việt Nam Forum* 和 *The Lạc-Việt*。该刊物以尊重本民族历史,珍视和传承本民族文化传统为己任,旨在鼓励和扶持越南裔美国作家的文学创作,发现和培养文学创作的新生力量,从而发展和扩大越南裔美国文学的队伍。2011 年 1 月出版的 *This is All I Choose to Tell: History and Hybridity in Vietnamese American Literature* 是第一本由越裔美国人 Isabelle Thuy Pelaud 创作编辑出版的专著,主要研究越南裔美国文学中越裔美国人身份和政治的复杂性。同年 7 月,*My Việt: Vietnamese American Literature in English, 1962—Present* 是第一部由 Michele Janette 编辑出版的越南裔美国文学选集。选集中的作者大多是通晓越南语和英语两种语言、了解越南和美国两种文化的越南裔美国年轻人。这部文学选集的出版代表着越南裔美国作家在有关亚洲人和亚裔美国人的主流出版物中发出了越南人自己的声音,同时也反映了越南裔美国文学发展的速度以及越南裔美国作家对文字书写的需求。该选集反映了当代越南裔美国人的精神风貌和文化心态,折射出越南裔美国人在强调同质性的异域文化中所遭遇的尴尬、身份认同过程中产生的困惑以及移民家庭中不同代际之间的文化冲突。此外,一些关于越南裔美国文学作品的评述性报道在近年也不断散见于 *Amerasia Journal*、*Journal of the American Studies*、*New York Times* 等知名报刊中。

越南裔美国文学从20世纪70年代产生以来逐渐走向繁荣。不仅涌现出一大批用英语进行文学创作并屡屡获得文学大奖的作家,文学创作形式也逐渐多样化,出现了小说、诗歌、散文、纪实文学等体裁齐头并进的局面。

四、越南裔美国文学研究在中国

在中国,亚裔文学研究也是以华裔文学为中心来展开的,迄今在研究对象的定义、研究方法、具体的作家作品研究等方面均取得了可喜成果,而且逐渐与世界同步。在研究的过程中,中国学者十分注意突出中国特色,创新研究方法,许多学者虽然也是采用西方较为流行的后殖民主义、女权主义、文化研究、离散等批评方法,但却有着自己鲜明的中国立场。另外,中国学者更注重跨文化视野,注重中美之间的文化差异与互动。国内对于越南裔美国文学的研究仅有郝素玲的《诗情画意背后的那段历史——论越南裔美国作家黎世艳岁与她的〈我们都在寻找的那个土匪〉》(2011)一文,而对越南裔美国文学的系统性研究几乎还是空白。

笔者认为,越南人在移民过程中所经历的不同发展阶段、越南移民所经历的文化震动与"休克"、他们在美国社会各领域所取得的成就以及他们在全球化发展的今天面临的挑战与问题,对于研究越南裔美国文学的社会历史背景及生存空间的国内学者来说,都是关注点。越南裔美国作家"无论身居何处,总是徘徊在两种文化之间,在历尽艰辛之后,还难以找到属于自己的归属地"(郝素玲,98)。这些作家在作品中通过记忆、传说、想象等方式,讲述了越南传统文化的各种细节,展开了对家族之根、民族传统之根以及整个人类精神心灵之根的寻找,体现了执着的寻根意识和寻根思想。笔者认为,对越南裔美国作品中的家族谱系的追寻以及文本中的越南传统文化的描写进行剖析,探讨作品中所呈现的寻根情结及其对于越南裔美国人集体历史记忆传承和民族认同的意义是值得国内学者进一步研究的。

五、结语

从 20 世纪 70 年代始,越南裔美国文学研究在当代美国文学中作为一股新鲜的力量正在悄然兴起,已成为了美国文学的重要组成部分。在 20 世纪末 21 世纪初,已有一批优秀的越南裔美国作家活跃在美国文坛。就这些移民作家而言,"越界的经验给移民作家带来了广阔的事业和全新的体验,"不论他们身处何地,"都能把握好自己身处异乡的独特修饰,成功地把祖国文化与移居国文化结合起来,在不同文化间的边缘地带写出震撼人心的作品,给美国文学做出更大的贡献"(王腊宝,114)。

参考文献

[1]郝素玲.诗情画意背后的那段历史——论越南裔美国作家黎世艳岁与她的《我们都在寻找的那个土匪》[J].郑州大学学报(哲学社会科学版),2011(3):96-100.

[2]王腊宝.流亡、思乡与当代移民文学[J].外国文学评论,2005(1):107-115.

[3]Bouvier, Leon F., and Anthony J. Agresta. The Future Asian Population of the United States[G]// Eds.James T.Fawcett and Benjamin V.Carino.Pacific Bridges:The New Immigration from Asia and the Pacific Islands.Staten Island,N.Y.:Center for Migration Studies,1987:285-301.

[4]Gordon, Linda.Southeast Asian Refugee Migration to the United States[G]. Eds. James T.Fawcett and Benjamin V.Carino.Pacific Bridges:The New Immigration from Asia and the Pacific Islands.Staten Island,N.Y.:Center for Migration Studies,1987:153-173.

[5]Janette,Michele.Vietnamese American Literature in English,1963—1994[J]. Amerasia Journal,2003,29(1):267-286.

[6]Truong,Monique Thuy-Dung.The Emergence of Voices:Vietnamese American Literature[J]. Amerasia Journal,1993,19(3):27-50.

[7]Vo,Linda Trinh.Asian American Studies:A Reader[G].Ed.Jean Yu-Wen Shen Wu & Min Song.New Brunswick,N.J.:Rutgers University Press,2000:293-305.

[原发表于论文集《网络环境下大学英语教学改革理论与实践(三)》,2014 年 10 月]

诗情画意背后的那段历史
——论越南裔美国作家黎氏艳岁与她的《我们都在寻找的那个土匪》

郝素玲*

(郑州大学外语学院)

摘　要：黎氏艳岁是一位才华出众的美籍越南裔女作家和表演艺术家。她于 2003 年出版的处女作《我们都在寻找的那个土匪》，以充满诗情画意的语言、丰富的情感描绘了一个越南难民家庭在当代美国的生存状况。本文旨在介绍氏艳岁及其《我们都在寻找的那个土匪》，分析该小说中隐喻的运用，同时解读作者所赋予它们的深刻内涵。

关键词：黎氏艳岁；越南裔美国文学；隐喻

一

当代美国文学中，一股新鲜的力量正在悄然兴起，成为美国文学的重要组成部分，这便是日渐繁荣的越南裔美国文学。如果说，在 20 世纪的前八九十年中，在美国文学中还鲜有知名的越南裔作家出现的话，那么在近二三十年间，已经有一批优秀的作家活跃在美国文坛。这其中包括小说家陶·斯托姆（Dao Storm）和蒙妮卡·张（Monique Truong）等，还有几位摘得诗界桂冠的诗人如梦蓝（Mag-ln）、芭芭拉·陈（Pabara Tai）等。而黎氏艳岁（Ie Thi Diem Thuy）则是这批越南裔作家中一位比较年轻的女作家，但她的创作却不同凡响。

黎氏艳岁 1972 年 1 月 12 日出生于越南南部美丽的海滨藩切市（Phan Thiet）。她出生的时候，恰逢越南战争的后期。战争结束后，大约有超过 150 万的越南难民纷纷逃离满目疮痍的家乡。黎氏艳岁的家人就是随着

---

* 作者简介：郝素玲，副教授，研究方向为英美文学。

这些乘小船逃离、被称为"船民"的越南难民而逃往美国的。1978年,年仅六岁的黎氏艳岁随着父亲,从一个难民营乘船辗转来到了美国的南加州。在逃亡的混乱中,母亲被滞留在了越南。直到两年后,母亲才到达美国与他们团聚。这段经历在她心中留下深深的印记。

黎氏艳岁自幼喜好童话。她曾说,自己之所以愿意写作,就是因为热爱童话。1990年,她远离西部的加州来到美国东北地区的马萨诸塞州,上了汉普郡学院,学习文化研究和后殖民文学。1993年她到巴黎去研究法国殖民时期的明信片。除了自己的研究成果外,她在法国期间才真正意识到自己是一个美国人,从此,英语也成为她最喜欢运用的语言。

也正是从法国回到美国之后,黎氏艳岁开始了她的文学创作生涯,写作诗歌、散文等。大学毕业之后,她开始周游美国,作为表演艺术家到各地演出。1996年,她在《马萨诸塞评论》上刊登了一篇名为《我们都在寻找的那个土匪》的散文,该文被《哈珀杂志》转载后,引起了一位文学经纪人的注意,敦促她把它扩展成一部长篇小说。

1998年,在黎氏艳岁还在写作《我们都在寻找的那个土匪》(以下简称《土匪》)一书时,她在离开故国的20年后第一次回到了越南。这次返乡的旅程,使她真切地感受到并开始反思自己的父母在美国安家时的种种艰难境遇,也充分意识到了自己在美国的这个家庭,与越南那个村落中可能有200多人的大家庭之间难以割舍的联系。2003年,《土匪》一书出版,好评不断。2004年,黎氏艳岁获得古根海姆奖。

从一开始进行创作,黎氏艳岁的散文和诗歌就曾发表在《马萨诸塞评论》、《哈珀杂志》等美国著名的文学期刊上,并于1997年获得了美国最佳散文奖。其长篇小说《土匪》出版后可谓一鸣惊人。黎氏艳岁同时还是一位表演艺术家,身影活跃在纽约、马萨诸塞、得克萨斯等地,甚至登上了爱尔兰世界女戏剧家节日的舞台。她创作演出的剧目《火红的夏日》(*Red Fiery Summer*)和《我们之间的躯体》(*The Bodies Between Us*)也红遍了美国各地。

其实,黎氏艳岁的成名绝非偶然,在《土匪》这部小说问世之前的1998年,她就在纽约重要的文艺周报《乡村之声》(*Village Voice*)举办的"最有前途的作家"评选中,被选为"明日作家"。而该奖项的一个重要使命就是推出新人,奖励那些尚未出名却在文学创作方面崭露头角并且即将有新书问世的作家。当然,到目前为止,《土匪》无疑是作者最为出色的作品。

二

　　总括而言,黎氏艳岁的《土匪》一书是根据他们一家漂洋过海的艰难经历,用一个六岁小姑娘的视角,记述了一个越南家庭从难民营远渡重洋来到美国,以及在美国开始新生活的经历。

　　全书分为五章,每一章都是一个相对独立、不甚连贯的小故事。第一章"停"以父亲不标准的英语发音 stop 为标题,讲述了父亲带着女孩与四个同行的越南叔叔初抵美国时寄居在一个美国人家里、以替房东修补房屋而维持生计的故事。第二章"棕榈树"则是一家人在美国相对安定之后的生活写照。在艰苦的生活中,女孩习惯了父母的争吵,也享受着与小伙伴们游戏的快乐。第三章"我们都在寻找的那个土匪"回忆在越南时父母的爱情故事,以及父亲不光彩的过去。父亲年轻的时候曾吸食毒品,在黑市上贩卖香烟,所以被冠名为"土匪"。在第四章"鸟骨头"中,已经长大离开父母的女孩回顾了她和父亲离开越南前后的情景,讲述了父亲对女儿成长过程的影响。第五章"水"记录了父母在女儿离开后的生活状况的同时,又穿插着越南海岸上哥哥遇难的详细过程。而在小说的结尾,作者为读者呈现了一副象征着团圆的美轮美奂的海滩风景画。这些片断似的故事串联起了在美国的艰苦经历和在越南的难忘记忆,也尽现出新移民的悲伤辛酸和对故土的眷恋与思念。

　　小说题目中的"土匪"指的是女孩的父亲。说他是土匪,是因为他年轻时曾经吸食海洛因,贩卖黑烟,寻花问柳,所以母亲的父母一直因为他是一个"土匪"而反对他们之间的姻缘,以致最后断绝了同女儿的关系。婚姻的不愉快,生活的艰辛,使母亲感到委屈和无奈。以致后来,在接到父母从越南邮寄到美国的照片时,母亲掩面而泣。父亲试图去安慰母亲,母亲却哭着叫他拿开"土匪"的手。父亲勃然大怒,说"什么手?!什么手?!让我看看谁是土匪!让我看看他的手!"母亲的委屈,父亲的暴躁使这对夫妻争吵不断。虽然父亲坚强地承担起了家庭重任,但酗酒成性的他总是酒后制造祸端,他"砸碎电视机,在大街上追着别人跑,大白天挥舞斧头和刀子",甚至还"威胁要一枪杀死我们所有的人"。

　　那么,这样一个"土匪"一般的父亲,为什么又是"我们都在寻找"的那个人呢？在小说中，虽然父亲酒后容易滋生事端，但平时却也宽厚慈善。比如，在母亲因不太会开车，在把父亲的汽车开出去撞到了门上，反而抱怨说汽车太大不好开的时候，父亲一言不发，把车开走换了一辆小型汽车。再比如，对于女儿，他总是慈爱有加，是他带着女儿度过了初到美国时最艰苦的时光，是他在送女儿上学的路上，开心地看着女儿玩耍，在女儿打破了房东的物品而使他们被迫搬离的时候，对女儿没有半点责备。对于这样一个慈爱的父亲，女儿认为，如果说父亲是一个"土匪"，那么谁都愿意"寻找"这样的"土匪"作为父亲。

评论界一般都认为，黎氏艳岁的处女作小说风格一如她的形体艺术，清新淡雅，舒缓优美。既有诗歌的丰富内涵，也有散文的优雅和流畅。特别值得一提的是，该小说一经问世，就被美国许多大学选为文学教材。以华盛顿大学为例，笔者在该校英文系做访问学者时，其研究生的"高级研讨班"就一直把此书作为指定书目学习。史密斯学院也在 2004 年选定此书作为即将入校新生的夏季唯一必读图书。《周日纪事报》则称赞此书是"美国小说中一个令人赞叹的新鲜声音"。而在 2011 年新年伊始，在圣地亚哥城市公共图书馆举办的"年度最佳推荐读物"中，这本书被选为该市的唯一读物被推荐给读者，这也是圣地亚哥市 5 年来第一次挑选一本小说作为推荐书目。其中的原因，不仅是因为小说中的故事发生在这座城市，更重要的还是该小说有着无尽的魅力。

三

作为一部反映难民生活的小说，《土匪》展现的是从逃难到美国，到一次次的搬迁，再到不断打零工、换工种这样普普通通移民的生活轨迹。然而，同类主题的作品在美国文学中可谓层出不穷，黎氏艳岁这部不长的作品何以引起如此大的轰动？它的"新鲜"之处又在哪里？我们知道，作为美国文学的重要组成部分，亚裔美国文学若按主题来划分的话，大概可以分为传记、故乡故事和美国故事。在这三类作品中，有些作品着重记录亚裔在美国的艰苦奋斗史，有些则重在真实描绘生活在美国的亚裔遭遇的文化冲突，及其给他们的生活和家庭所带来的矛盾和困惑。而黎氏艳岁的这部作品巧妙地把这三种类型的作品特点糅合在了一起，其独特之处总体来说表现在以下三个方面：

首先，这部小说虽然带着个人故事的成分，但它没有把寻找身份和融入主流社会作为主题，因此便摆脱了一般离散文学中种族歧视、文化冲突所带来的羞辱与悲愤之情，也减轻了这些主题所带给读者的那种沉重和压抑的感觉，而更多着重描述的是个人成长过程中的所见所思所想。比如，《土匪》一书中曾这样真实地记录了他们逃离越南时的情景："父亲把我放在渔船上……回去寻找妈妈和家里的其他人。但据说是有人告知了警察，所以逃跑计划就陷入一片混乱中，他哪里也找不到妈妈。惊慌中，他返回渔船，希望妈妈能自己找到他们。结果等船驶离海岸后才意识到，妈妈可能就混在那群嘈乱的、呼叫的人群中。"《土匪》中像这样的描写举不胜举。

如果读一读越南裔美国作家阮碧铭同样描绘越南女孩在美国成长故事的《偷吃菩萨的晚餐》(*Stealing Buddha's Dinner*)、越南裔美国作家蒙妮卡·张(Monique Thruong)记述一个越南厨师在巴黎的《盐之书》(*The Book of Salt*)，还有日裔美国作家莫妮卡·曾根(Monica Sone)记述一个日裔妇女为了迎合美国文化而不断自我否定的《"二世"女儿》(*Nisei Daughter*)，我们就不难看出，这些移民无论身居何处，总是徘徊在两种文化之间，在历尽艰辛之后，还难以找到属于自己的归属地。而《土匪》则完全不同，它重在把故事局限在一个家庭里，讲述一个家庭中的故事，尽管家庭中争吵不断，但亲情和温暖缓解了许多外在的压力。

其次，这部小说摆脱了亚裔美国文学中以母女关系、父子关系反映中西文化冲突的惯例，而是着重阐述了父女关系，以及父亲在女儿成长过程中对她的影响。文化冲突在家庭中的显著表现，一般都是来自本土的第一代移民与生长在美国的第二代移民之间的矛盾。美国华裔作家谭恩美的《喜福会》就是用母女矛盾表现两代人之间和两种文化之间冲突的典型佳作。日裔美国作家 M.村山(Milton Murayama)的《我的身体唯我所求》(*All I Asking for Is My Body*)讲述的是第二代移民对父辈们的反抗，其中二儿子因为不满日本牺牲个人为家族奉献一生的传统，最后愤然离家出走。而在《土匪》中，父亲习惯性的暴怒，以及同母亲争吵后独自离家的习惯影响着女孩，她说："我长大的过程中，一直都在仔细地观察父亲，我确信，从他身上我看到了自己的将来。"当她看到父亲吵架后开车离开家的情景就想到："等我长大后，我也要做一个我们都在寻找的那个土匪。"在这样环境中长大的女儿秉承了父亲的一些性格特点：性格坚强，我行我素。因此，她长大后真的以离家出走的方式，摆脱了父母的争吵和家庭的束缚。

再次，小说运用了独特的叙事方式和视角。它没有程式化地按照时间顺序来安排故事，而是通过跳跃性、片段性的叙述方式，让故事在越南和美国中穿梭往返；通过这种电影画面式的闪回，读者可以更加清楚地捕捉到小说人物的情感。而这些片段不但没有影响故事的连续性，相反却更能激起读者的想象力。在《土匪》中，作者把新移民的家庭故事透过一个小姑娘的眼睛展现给读者，这个小姑娘有着一种"语言描绘的天才和一双能捕捉生活中的细节的慧眼，她的文字中不乏幽默、想象和随处可见的比喻"。这份天才和慧眼以及小女孩那种柔美、细腻、婉约的特质，形成了作者的行文风格，也使得该小说在充斥着战争、暴力、抑郁的当代文学作品中，带给读者一种耳目一新的清爽感觉。

四

隐晦的比喻是《土匪》一书最为显著的写作特点。所谓比喻，就是将两个对象进行比较，把抽象的东西具体化和形象化。在这部小说中，作者最为人所称道的，就是充分利用比喻的手法，把家乡的概念具体到平凡的事物之上，把日常生活中的水、照片等，都赋予特别的意义。而通过这些比喻，小说的主题也更加清晰明朗，小说中人物的内心世界也跃然纸上。下面，本文将着重分析作者所使用的一些比喻，从而来看看这些比喻是如何丰富了作者的创作主题，表现人物的精神世界的。

作品所使用的第一个比喻是"水"。黎氏艳岁在《土匪》的扉页上注明：在越南语中，"水"是多义词，不仅代表物质的水，同时还代表着"民族、国家和家乡"。因此，在这个移民家庭的故事里，"水"就是"家乡"，是"民族"和"祖国"的象征。在这个以"水"为主线串联起来的故事里，"水"承载了太多的个人情感寄托。无论是一望无际的大海，还是那租住楼前的一处小游泳池，都被作者赋予了特别的意义。

我们看到，小说里的"我"随同父亲一起来到美国的时候，与他们同行的还有四位越南叔叔。作者说，把父女二人同叔叔们的命运紧紧相连的并非血缘关系，而是"水"。在这里，"水"包含了两层意思：一是他们共同来自越南南部的水乡，"水"是他们祖国的代名词；二是他们一同逃往南中国海域,一同搭乘小船和美国海军船只漂洋过海,然后又一起来到同一个住处,居住在同一个房间。正是"水"使他们成为命运相连的亲人。

两年之后母亲的到来,使得一家人终于团聚了。但是,萦绕在母亲内心深处的"越南情结"却永远挥之不去。习惯了在水边生活的母亲把水当作了思乡情结的寄托。他们租住的楼前原本有一摊不大的池水,从女孩家里的窗户正好可以看到它。母亲非常喜欢。她说,这虽不是海,但是每天打开门就能看到水,已经让人心满意足了。但是,房东后来为了安全,把水池给掩埋了起来。当看到水池变成了石头水泥地面,妈妈满腹的怨气无处释放,对着父亲大喊大叫。她幽怨地说道:"我打开门,还有什么可看的呢?"对于母亲而言,看到这片水,就好像看到了越南,看到了家乡;相反,看不到水,生活好似失去了乐趣和思念,这一池飘落着残叶的水,恰好是母亲乡恋的依托。

对于小女孩儿来说,尽管越南的印记在她的脑海里并不深刻,但"水"同样对她的生活影响颇深。生活的压力和艰辛使得父母经常争吵不休。当父母吵架、摔打物品时,女孩儿便用自己独特的方式来逃避:躲进卫生间,把浴池放满水,自己躺进去,然后想象着自己是在酷热的夏天里在大海里畅游。随着"波涛"的起伏,女孩儿自己开始在意境中的海水里飘荡,父母争吵的声音也变得若隐若现。就这样,"水"变成了大海里的波浪,成为帮助她摆脱烦恼的最佳去处。

在小说中,"水"代表着思乡之情。透过水,他们可以看到越南,看到故乡。看到水,他们便会产生强烈的归属感。

作品中经常使用的第二个比喻是"照片"。我们知道,从某种程度上说,照片是历史,是记忆的尘封。而在《土匪》中,"照片"则代表着"亲人"和思念。留存着亲人的照片,就像留守在亲人的身边。母亲就是靠着这种信念坚强地生活着。

由于母亲早年违抗自己父母的意愿嫁给了父亲,外祖父母便同母亲断绝了关系。可是,血浓于水的亲情并没有随着时间的消逝而淡化,一张来自越南的年迈父母的照片,彻底勾出了母亲对亲人和故乡的思念。母亲望着照片,想到了自己的叛逆,想到了过去与父母的争执,而今终于得到父母的原谅,她不禁失声痛哭,反复地叫着"孩子"。母亲喊出的"孩子"指的是她自己。因为这是她母亲对她的称呼。我们可以想见,这一词中包含了多少对父母无尽的思念和对家乡的无限向往。而母亲的泪水,也似乎是在对父母倾诉自己多年来颠沛流离生活的委屈和无奈。母亲在为自己悲伤难过,不知道自己这个游子何时才能与父母团聚。后来,她小心翼翼地把照片藏到屋顶的小阁楼间,以此来安慰自己,让自己感觉父母就住在阁楼里,同他们生活在一起。

然而,由于被迫搬迁,匆忙中,照片被遗忘在了无法再进入的房子里。望着渐渐远去的旧居,妈妈歇斯底里地叫着:"让我回去,让我回去,我把父母遗忘了,他们会死的……"在绝望中,她反复哭喊:"孩子,孩子……",照片丢了,母亲感觉自己犹如一根断了线的风筝,越飘越远。

对于母亲来说,"照片"即是父母,是家。遗失了父母的照片,仿佛是再次离别了亲人。而与亲人团聚的希望,也似乎变得愈加渺茫。

作品中的第三个比喻是"海滩"。在小说中,我们看到,对于作者来说,越南南部的"海滩"是自己和父母的家乡,而美国的海滩,就是家乡的象征。

在母亲还没有到达美国的时候,父亲告诉过女孩儿,母亲就在海滩上,等待着与他们团聚。因此,无论何时何地,妈妈站在海滩的形象总出现在女孩的脑海里。看到一幅海滨城市圣地亚哥的招贴画,女孩就在想:妈妈就在那里啊。即便是与海滩没有任何联系的物品,女孩儿也会联想到海滩。孤独的女孩儿在房东家书桌上看到了一个漂亮的玻璃盘,里面镶嵌着玻璃蝴蝶。"我把玻璃盘当作望远镜举到眼前,透过蝴蝶的身体,我看到妈妈站在遥远的海滩。"这里的字里行间看不到对孤独的描述,但女孩儿的孤单与对母亲的思念却清晰可见。

海滩上不仅有母亲,还有永远被留在越南的哥哥。在对哥哥的回忆中,海滩更是承载了太多的悲伤。戏水时不慎跌入海中溺水身亡的哥哥时刻都会映现在女孩儿的记忆中。"入学第一天的课间,我站在操场边电器房的阴影处,想起了哥哥",想到了哥哥学校老师带着孩子们在海滩游戏的场景。在后来的小说情节中,凡有哥哥出现的地方,几乎都与海滩相关。而对于父亲来说,海滩是排解烦恼的好去处。当他无处排解自己的忧伤和痛苦的时候,他便"开车来到海滩,把车开向大海,使车轮在湿湿的沙滩上打转。天亮时分,他才开车回家,落低座椅,疲倦地倒头就睡"。

当然,海滩上有等待,有悲伤,同样也有希望。在小说的结尾处,作者描绘了一个美好的意境。一天夜里,父亲开车带着妻子和女儿来到海滩,"海滩到处是小银鱼,它们的身体发出奇异的光。鱼儿的身体裸露在月光下,朝我们慢慢游动"。"父亲转向妈妈和我,手指着鱼,开心地笑着,好像我们认识它们。""父亲记得抚摸母亲的面颊。母亲记得身穿父亲的外衣。

我记得自己甩掉拖鞋,把脚跟插进湿湿的沙土。""父母彼此依偎着站在海滩,我却撒欢儿地朝亮光跑去。"在这里,海滩梦幻般的美丽成为美好的记忆和团圆的象征。海滩是母亲,是亲人,是无尽的牵挂,更是永远的思念。

总体来看,生动的隐喻把家乡的概念具体化,给没有生命的物品赋予了无限的情感。通过对这些比喻的解析可以看出,无论是"水"还是"照片"抑或"海滩",都从不同角度代表着家乡和亲人。透过这些比喻,读者更能深刻体会故乡给移民家庭中留下的深深烙印以及他们那挥之不去的浓浓乡情。

虽然说黎氏艳岁的小说《土匪》没有完全摆脱移民文学中家庭故事的主题这一套路,但是,其创作风格却显示出了她才华独具的一面。一般来说,作为表现移民生活的小说,作品中自然会流露出移民生活的辛酸以及移民初期难以排解的孤独感,但黎氏艳岁独特的叙事方法和语言风格却深深地吸引了读者。其小说中间接的比喻,隐晦的表达,加之细腻的描写和流畅的语言,都让读者在阅读一个家庭辛酸往事的时候,并没有感到太多的悲伤,反而感受到了散文诗般语言所带来的优美。正如美国资深自由撰稿人米歇尔·桑托斯(Michele Chan Santos)的评论所说:"该小说在亚裔美国小说中占据着独特的地位。作者描述悲情却没有伤感,记叙家庭,却没有落入其乐融融的移民家庭的俗套。"毫无疑问,这正是黎氏艳岁在整个亚裔美国文学中脱颖而出的原因。

《旧金山纪事报》(San Francisco Chronicle)预言说,黎氏艳岁是位前途无量的作家。现在,她的第二本小说出版在即,我们完全有理由期待她会有更好的作品问世。

参考文献

[1] Baumann, Paul. Washing Time Away[J]. The New York Times, 2003(5).

[2] Lara, Adair. A Girl's Flight to a Bright, Harsh Land[J]. San Francisco Chronicle, 2003(5).

[3] Lê, Thi Diem Thúy. The Gangster We are all Looking for[M]. New York: Anchor books, a Division of Random House, Inc., 2003.

[4] Mehegan, David. Refuge in her Writing[J]. Boston Globe, 2003(6).

[5] Santos, Michele Chan. America, the Sorrowful[J]. Austin American-Statesman, 2003(5).

[原发表于《郑州大学学报(哲学社会科学版)》2011年第3期]

淤泥中盛开祥和之莲:高兰小说中的战争创伤与后战争记忆*

刘葵兰**

(北京外国语大学)

摘要: 20世纪90年代以来,越来越多的"1.5代"越裔美国作家开始创作,他们的作品从越裔移民的角度审视了越南战争对越裔族群的深刻影响,为美国文学提供了关于这场战争的另类历史和声音。越裔美国小说家高兰的《猴桥》和《莲与暴》以饱经战乱的越南为背景,主要人物都经历家破人亡之痛,流离失所之苦,移居美国后依然难以摆脱战争留下的创伤。本文分析两部小说中的战争创伤和后战争记忆,揭示越南战争在越裔族群中引起的创伤后综合征,探讨了叙说和书写以及佛教精神和教理对修复创伤的作用。

关键词: 高兰;《猴桥》;《莲与暴》;战争创伤;后战争记忆

美国对越战争结束以后,一开始压制有关越战经历的记载,后来逐渐解禁。迄今为止,关于越南战争的回忆录、小说、诗歌、书信和电影作品层出不穷。据记载,仅1990年以前就有七千多本书问世,其中绝大多数由美国越战老兵和战地记者撰写,而由越裔美国人撰写的仅仅只有十多本(Christopher,25)。这与1975年以来移民美国的越南难民人数远远不相称(Cao,207)[①],主要原因是第一代移民初到美国,还挣扎在生存线上,语言不通,用英语创作相当困难。其中黎丽·黑斯利普虽然是第一代移民,

---

* 项目信息:本文为教育部人文社会科学研究青年基金项目"世纪之交的亚裔美国文学研究"(13YJC752013)的阶段性成果。

** 作者简介:刘葵兰,教授,研究方向为美国文学。

① 据记载,1964年以前美国仅有603名越南人,大多数是学生、教师或外交官,而1975—1985年间,就有643,200名越南难民移居美国。

出版了《天翻地覆》和《战争之子,和平之母》,但这两部回忆录都是与人合作完成的。90 年代以来,越来越多的"1.5 代"①越裔作家开始创作,代表作有高兰的《猴桥》和《莲与暴》、黎氏艳岁的《我们都在寻找的那个土匪》、陶·斯托姆的《草屋顶,锡屋顶》、范广的《责任感:我的父亲,我的美国之旅》以及阮碧铭的《偷吃菩萨的晚餐》、《矮女》和《先锋女孩》等。这些作家生于越南,年幼即移民美国,接受了美国教育。他们既亲历过越战或从越裔社区听闻过很多越战故事,又熟谙英语和美国文化。他们的作品从越裔移民及其后代的角度审视了越南战争对越裔族群深刻的影响,为美国文学提供了关于这场战争的另类历史和声音。

高兰 1961 年出生于西贡(今胡志明市),1975 年西贡沦陷后移民美国,主要代表作有《猴桥》(1997)以及《莲与暴》(2014)两部小说。《猴桥》描写了越裔母亲清和女儿梅在越南和美国的经历。1978 年,清中风后半身不遂,依赖女儿和朋友照顾。梅那时刚被著名的曼荷莲女子学院录取,她既期盼大学生活,又担心母亲孤苦伶仃,无人照料。在医院时,她听到母亲在睡梦中呼喊外祖父"关爸爸",就想找到远在越南的外祖父,让他来美团聚,照顾母亲。然而,她发现母亲态度暧昧,并不热心寻找失散的外祖父。《莲与暴》的背景设在 2006 年,那时美国正深陷伊拉克战争泥潭。父亲铭曾是南越共和国伞兵部队上校,参加了大大小小很多战斗。西贡沦陷后,铭带着女儿梅移民美国,而妻子却滞留越南,最终丧生大海。2006 年,铭年岁已高,缠绵病榻,弥留之际,他频频回首越战时的戎马倥偬以及那个特殊年代他的恩怨情仇。女儿梅在越战期间历经磨难,移民美国后成绩优异,考上了法学院,毕业后在一家律师事务所工作。多年来,她对母亲当年遗弃自己和父亲耿耿于怀。如果说《猴桥》是一个寻找传奇父亲/外祖父的故事,那么《莲与暴》是一个寻找失散的妻子/母亲的故事。两部小说女主人公和叙述者都叫梅,都出生于西贡,在越战中成长,西贡沦陷后都作为难民移民美国。两人虽然有不少重合和承接之处,但她们的家庭出身和具体经历完全不同。两部小说都具有越裔美国文学的典型元素:以饱经战乱的越南为背景,主要人物都经历家破人亡之痛,流离失所之苦,移居美国后依

---

① "1.5 代"(1.5 generation)指不在美国出生但幼年时随父母移民到美国的群体。他们介于第一代移民和在美国出生的第二代之间,所以被称为"1.5 代"。他们通常在美国接受教育,在融入美国文化和社会方面也比成年移民要容易得多。

然难以摆脱战争留下的创伤。本文分析两部小说中的战争创伤和后战争记忆,揭示越南战争对越裔族群两代人深刻的影响。

对创伤经历的执着与回避

与很多战争题材作品一样,高兰的两部小说也从军人与平民、男人、女人以及儿童的角度描写了战争的惨烈和残酷,但作为后战争记忆,这两部小说更多地控诉了战争对人们造成的巨大而持久的精神创伤,以及探讨人们如何治愈这些精神创伤。战后多年,两代越裔移民虽已远离战火,然而安全的新环境并不能隔绝过去的恐怖记忆,他们普遍经历过重现、回避、警觉性提高等创伤后综合征,普遍感受过惊骇、恐惧、愤怒、抑郁、焦虑、麻木、茫然、无助、无望等消极情绪。①

越战是这两代人过去生活的核心事件,是他们最重要的经历。然而对待这段历史,他们表现的态度并不一样。有的很依恋过去,有的则竭力回避。《莲与暴》中铭在战争中失去了亲人和朋友,也丧失了信仰,战争给他造成难以愈合的精神创伤。他身上留有很多伤疤,而回忆过去就是不断揭开心灵的伤疤。在《精神分析引论》中,弗洛伊德分析了"创伤的执着"现象,他指出有些创伤病人执着于创伤经验,以至于"对现在和将来都不发生兴趣,而永远沉迷于回忆之中"(弗洛伊德,217)。作为败军之将,铭执着并沉迷于有关战争的回忆。他多次表示,在越南参加的战争才是他人生最重要的阶段,他不能遗忘也不愿遗忘。为这场战争他付出了青春和热血,而之后在美国的移民生活就像惨烈燃烧之后的余烬,寡淡无趣。他的回忆充满了挫折感,因为他对战争的失利耿耿于怀。他以局内人的角度描述当时

---

① 在《创伤后应激障碍》一书中,王学义、李凌江总结了创伤后应激障碍(创伤后综合征)的临床特点。重现:通过痛苦的回忆和反复发生的痛苦梦境,重新体验创伤性事件。重现也称闪回(flash back),此时患者仿佛完全身临创伤性事件发生时的情境,同时伴有明显的心理痛苦或心理反应;回避:患者试图尽可能地减少重现创伤性事件的刺激。这就导致患者回避与创伤相关的场景,并且扩大到回避以前比较喜欢的活动。此外,患者常主诉对将来的生活无助、无望,甚至麻木不仁;警觉性提高主要表现为失眠、噩梦、易激惹、愤怒、注意力不集中、过度警觉、易受惊吓。躯体不适表现为心悸、出汗等。详见王学义、李凌江.创伤后应激障碍[M].北京大学医学出版社,2012:9。

越南互相交织而又明争暗斗的政治势力以及错综复杂的国际环境;他指责美国撤军撤资给南越军队在编制、设备和资金方面造成的严重不足与短缺。① 他无奈而愤怒地感到南越遭到了美国的背弃:

> "美国人想来就来,想走就走。"我嘴里突然蹦出这些话……因为美国强大,他们进来和离开时都用他们重重的靴子直接踩到我们脸上,然后我们脚底下的地图就发生变化,边界得重新划分,城市得更换名称。
>
> 什么时候我们变得可有可无呢?还是一直以来我们就可有可无?(Cao,2014:224)②

与铭相比,清和很多越裔移民不是执着而是极力回避创伤的经历,想尽办法抹杀过去痛苦、不光彩甚至是暴力的历史,以图在新的国度重新开始。很多难民仓皇出逃时来不及携带证件和照片,有的即使带了也在移民局登记之前把证件烧掉,这样他们就有极大的自由切断过去,填写新的履历,创造新的身份。他们认为:"这就是越南版的美国梦。移民对未来的信仰由来已久,而这美国梦的新诠释,是越南人的诠释。在美国,我们不仅可以成为我们想成为的人,而且也可以改变原来在越南的身份。我们拥有了只有神灵才有的神力,让过去重生。"(Cao,1997:41)

清也有着极力想逃脱的过去,她回避创伤经历的方法不是改换身份,而是把历史装扮起来,美化起来。女儿梅对外祖父很好奇,清希望梅拥有值得骄傲的家族历史,因此用越语写了两篇长长的日记放到抽屉里等着梅去翻看。第一篇讲述清的身世以及她对佛法因缘的信仰。她详细记载了她父母的婚礼以及她的出生。父母婚后一年出生的清长着大大的"佛祖耳",家人认为这是吉祥的征兆。第二篇叙述清的童年和青年时代。父亲

---

① 据记载,1963 至 1968 年,美国在越南投入的兵力高达 54 万多人,炸弹高达 1450 万吨,大大超过了朝鲜战争投入的炸弹量,比二战时投到各个战场的总量还多好几倍。详见梁志明.越南战争:历史评述与启示[J].东南亚研究,2005(6):14.小说中铭记载,美国撤军撤资后,由于资金短缺,南越军队不得不削减 70% 的空军活动,停飞 200 架战机,从美国撤回 400 名正接受训练的飞行员,停运 600 艘船,减少 72% 的河上巡逻,而此时越共尚有 16 万军队之多驻扎在南越境内。可见当时美国撤军撤资对越南战场的影响。

② 后文出自同一著作的引文,将随文标出该著名称和引文出处页码,不再另注。

关从最富有的地主康那里租赁一公顷水田。清十岁时,没有子嗣的康收养清做女儿,并把她送到一所修道院寄宿学校,学习法语和法国文化。毕业后,清与哲学教授平也就是梅的父亲结了婚。在两篇日记里,清把故乡描绘成一个理想化的田园牧歌式的鱼米之乡,位于湄公河三角洲,绿油油的稻田一望无际,蓝色的河流在稻田间穿梭,两岸果树飘香,水牛在池塘里休憩。清还塑造了一位安居乐业、可亲可敬的父亲形象。关爸爸勤劳智慧,热爱土地;他耕种、浇水、施肥、收割,样样精通。在她的日记里,战争的气氛荡然无存,似乎这块土地不曾经历过战争。然而,美化历史正是清回避创伤经历、掩盖暴力家族历史的手段。她意识到她所创造的理想家园与梅记忆中战火笼罩的家园相去太远,所以在自杀前给女儿留下一封长信,推翻了自己精心打造的过去,出人意料地搬出另一版本的家族历史。原来关是一位越共党员。由于长期遭受炮火破坏,湄公河两岸田地荒芜,关长期欠租,而地主康冷酷无情,为了不被赶离家园,关让美貌的妻子去勾引康,并为康诞下私生女清。之后,尽管生活得到改善,但关对康怀有强烈的仇恨。后来,他终于等到复仇的机会,联合其他无地农民,以阶级斗争之名杀害了康,并抛尸河中。当时,清把母亲的遗体运回家乡安葬,正好在河边草丛里看到这惊人的一幕。他们准备离开时,突然枪炮声大作,清来不及埋葬母亲,仓皇逃跑,结果陷入一片火海,脸部被烧伤,昏迷了好几个月。之后她作为难民来到美国,而这段暴力、血腥的家族历史成了她深藏心头的秘密,也是沉重的负担。她深受其扰,时常噩梦连连,也因为没让母亲入土为安而良心备受折磨。为了回避和掩盖这段创伤经历,她在日记中打造了一个美好温情的过去,但最终没能骗过自己和女儿。

　　执着或刻意回避都是受创主体的主动所为,但有时创伤经历的重现不由人控制。在《猴桥》的开头,高兰通过时空交错的叙事方式生动说明血淋淋的战争记忆给梅留下了难以消除的创伤。梅在医院陪伴中风的母亲清,走廊里弥漫着酒精味,墙壁白森森一片,四周安静得让人打寒战,越战期间她在西贡一家医院做志愿者的经历不禁浮现脑海。当时是在一间安静的小手术室里,医生护士正准备给一位士兵手术取出他腹腔里的子弹,然而他腹腔内不是子弹,而是没有爆炸的榴弹。不知情的医生打开腹腔时引爆了榴弹,顷刻间手术室里的人被炸得血肉横飞。尽管梅不断提醒自己这是在美国弗吉尼亚的阿灵顿医院而不是西贡的战地医院,这是1978年而不是1968年,但血腥、恐怖的记忆还是会不由自主地反复闪现在脑海里,眼前任何一个不经意的细节都会让她重访她想遗忘的过去。小说在时态上没有区分过去和现在,而是让过去场景与现在场景互相交织,使读者与主人公一同感受那摆脱不掉的过去对现在的纠缠。

创伤引起的躯体化反应与精神分裂

在《莲与暴》中,高兰通过梅的经历淋漓尽致地描写了战争创伤对幸存者引起的躯体化反应以及精神分裂。一开始,梅在豪华宽敞的别墅里生活,有父母无微不至的关怀、姐姐庆形影不离的陪伴,战争仿佛离她很远。然而1967年一个夏日,一切突然改变了。那天,姐妹俩在家门口玩,父母正准备出门,突然飞来一颗流弹,击中庆的颈部。梅回忆:

>血从庆的脖子喷出来,她抬起胳膊去摸脖子。每当回想这个场景,我好像从来没有离开过那个地方,也从来没有离开过那一刻。我看见她抬起胳膊,去摸她的脖子。父母在尖叫。华人保姆在尖叫。詹姆斯在尖叫。母亲爬到后座,用手握着姐姐的脖子,她想用手指堵住伤口,先用一个手指,然后又用另一个手指。血从她的指间流出来,慢慢变成棕色。父亲把母亲推到一边,他找了一块布,包扎了伤口。(Lotus:106)

在这令人心碎的混乱时刻,梅看到庆呼吸急促,她张开口接住了庆的呼吸。创伤理论家范·德·科尔克认为创伤会导致人的躯体化反应:"一开始,创伤记忆趋向于以感觉碎片被感知,如视觉影像、嗅觉、听觉和动觉感觉"(Van Der Kolk,287)。即使已过去三十年,梅依然能通过躯体的感觉,如视觉、听觉、触觉和动觉来感受当时的情景,她依然感到"姐姐的气息在我体内。她的身体瘫倒在我身上,她的影子在我的影子上摇晃"(Lotus:106)。这形象地说明她对这段痛苦经历的记忆之深。除此之外,梅还出现了失语和抑郁等典型的创伤后综合征。当任何语言都不足以表达受创主体对创伤的感受时,语言变得空洞无力,受创主体就可能会失去表达的欲望和能力。庆的死使得家里气氛沉闷压抑,父母开始互相指责。年仅九岁的梅不知如何表达悲痛和失落,在之后的一段时间里,她失去了说话的能力。

几个月后就是1968年春节,那次震惊世界的"春节攻势"又一次给梅造成了巨大的创伤。在对"创伤"这一关键词的评述中,陶家俊提到:"为克服传统文化叙事的再现危机,创伤叙事突破传统叙事方法、技巧和类型,使用象征拟仿,打破时间线型结构,将多条情节重叠交缠。受创主体反复讲述灾难场景,打破现实与幻想、生命与死亡、记忆与遗忘、过去与现在的界限"(陶家俊,124)。在《莲与暴》中,高兰也打破了时间线型结构,运用了多条情节重叠交缠、反复讲述的创伤叙事。小说中铭和梅都回忆了这次事件,如果把这几重叙述拼接重叠,可以大致还原当时的情景。铭主要从军事的角度描述袭击的突然性、战斗的激烈以及清点战场时的惨烈恐怖情景。他还讲述当时情况混乱,战场离家很近,家人发现梅不见踪影,他最后在花园的角落里找到了失魂落魄的梅。

与铭的讲述相比,梅的讲述没有太多战争背景铺陈,一切显得突然和混乱。当时她在自家花园玩耍,突然传来刺耳的警报,紧接着枪炮声大作,玻璃被打碎,树枝被打断,空气中弥漫着呛人的火药味。她找不到母亲和保姆,吓得藏身在灌木丛下的小蓄水池里。军队正在激烈交火,这时美国大兵詹姆斯不顾战友的劝阻,走进花园来寻找梅。詹姆斯是庆的好友,梅的英文家庭教师。梅想跑出来,却因为害怕挪不动脚。突然,梅看到屋顶上有狙击手正在瞄准詹姆斯,她想大声警告,但极度恐惧中,她张开口却发不出声,而詹姆斯中弹倒在地上。梅晕倒了,醒来后战斗已停止,她看到詹姆斯倒下的地方被血染红,但在花园里横七竖八的尸体中,却找不到詹姆斯。不久,父亲在花园里找到了她。

这次事件后,梅变得身体虚弱、精神恍惚,还经常晕倒,不能正常生活。在《分裂的自我》中,R.D.莱恩对比了人的两种存在状态:身体化的自我和非身体化的自我。他认为身体化的人完全内在于他的身体,他知道自己是实在的,他的身体是他的基础,在此基础上他与其他人交往;而在非身体化的状态中,个体感到自我与身体分离,即身心分离,其身体不再是真实自我的核心,在这种情形下,非身体化的自我不再直接参与身体行为,而是观察、控制和批评身体的经验和行为(莱恩,62-68)。他进一步指出,即使是"正常"的个体,"如果置身于威胁其存在的处境中,且无可逃避,那么他就会进入一种精神分裂性状态,竭力试图超越这一处境——即使不在生理上,至少也在精神上变成精神的观察者,超然地和漠然地观望着自身身体的所作所为及其遭遇"(莱恩,81)。在这次"春节攻势"中,梅的生命受到无

可逃避的威胁,她的恐惧感无以复加,她的精神进入一种分裂状态:

  一个影子,两个影子,烦躁不安、紧张亢奋地撞击着水池的墙壁。她们旋转着,忽大忽小,突隐突现,从我的肉身中进进出出。在狭窄的蓄水池里她们疯子般地哀号,冲来撞去。其中那个小的影子,哭哭啼啼地藏在那个暴躁凶狠的影子后面。两个影子有时重合,有时分开。我在这里,又不在这里。我看着她们,她们也看着我。我就是我。我不再是我。(Lotus:63)

在这里,身心分离的梅试图超越极度危险的环境。她分裂成三个截然不同的自我:一个是在现实生活中的自我;一个是叫作赛茜儿的女孩;一个是小说第二和第三部中以叙述声音出现的"暴"。赛茜儿是宠物鸟八哥给梅取的名字,她代表天真无邪、文静雅致的完美女孩,象征着梅内心里渴望不被战争剥夺的童年。"暴"则代表经历了战争恐怖之后梅复杂隐秘的自我。在"暴"第一次作为叙述声音出现时,她明确说:"尽管我藏在梅的身体里,我们三人中只有我才无所不知。赛茜儿只不过是那只八哥创造的迷人小孩,她让一只鸟逗她说话,陪她玩。不过我是'暴',风暴的暴,不是宝,宝贝的宝。我才是我们仨中最重要的角色"(Lotus:235)。

现实生活中的梅以及象征她隐秘自我的"暴"在超然地观察和评判对方;她们互相仇视、互相指责。梅尽量维持正常生活,她照常去上小学,到美国后按部就班上中学,努力获得好成绩以赢得父亲欢心。她大学攻读法律,毕业后在一家律师事务所的图书室工作,管理案件和书籍。这份职业在律所算边缘工作,没有压力。更重要的是,干净整齐而一成不变的工作环境给她一种稳定感、秩序感和安全感。从精神分裂的最初时刻开始,梅就感到愤怒、暴躁而充满怨恨的"暴"的存在,但一开始她并不理解这种现象。她总幻觉有一张阴沉的脸,有一双愤怒的眼睛在盯着自己,她极力想要制服这个隐秘而怨愤的怪物。她在纸上画一张愤怒的脸,然后找一个刻有龙和猛兽的盒子,庄重地把这张脸关在结实的盒子里。尽管如此,她还是感到"暴"不断冒现,在争夺她的注意力甚至要控制她的行为。为此,她非常憎恨"暴"的存在。

同时,在充满暴力和杀戮的狰狞世界里,"暴"是梅从恐怖和痛苦中发展出来的愤怒、狂暴而充满怨恨的自我。"暴"不喜欢梅弱不禁风,她讨厌梅微不足道,尤其憎恨梅胆小懦弱。当"暴"作为叙述声音回忆"春节攻势"以及其他事件时,她多次强调梅的恐惧、胆怯和渺小。现实生活中的梅极力想遗忘过去,集中精力对付眼前生活,而她内心深处的"暴"却反复回到过去,一直沉迷于那些令她无法理解、无法接受也无法忘却的回忆。"暴"认为正是因为她独自承载了生活中太多的悲苦、愤怒、困惑和责难,正是因为她的牺牲,梅才没有被巨大的悲痛击倒,才能过上"正常"的生活。

通过描述梅经受创伤后的躯体化反应、失语以及精神分裂状态,高兰生动地再现了战争给儿童/青少年群体造成的巨大创伤,表达了他们不想被战争剥夺童年的渴望,揭示了战争的残酷。

暴力的淤泥中开出祥和之莲

在这两部小说中,高兰淋漓尽致地描写了战争给人们造成的巨大创伤,但控诉战争的残暴并不是她的最终意图,通过叙述削减悲伤、与创伤历史和解、继续坚强地生活才是她作品的主旨。

多位理论家都提出叙说和书写是人们应对创伤、自我修复的有效手段。多米尼克·拉卡普拉指出通过对创伤经验进行"消解",包括哀悼和批判性思考,受创主体可以逐步消除创伤(LaCapra,22)。朱蒂斯·赫曼指出,"语言很明显可以减轻因为恐怖而引起的躯体性神经障碍"(Herman,92)。肖莎娜·菲尔曼和多丽·劳指出,一定形式的历史重构和叙事建构可以让创伤性记忆失效(Felman,69)。凯瑟琳·罗布森认为,写作疗法和谈话疗法都具有治疗创伤的作用(Robson,15—30)。高兰的两部小说采取多声部方式,受创主体都从个体的角度口头讲述或书写越战期间的创伤经历,倾诉内心感受。倾诉可以说是个体自我修复的必经过程,是走向愈合的第一步。而听众有时是家人,有时是其他有着类似经历的越裔难民,通过叙说与聆听,个体创伤故事不仅对本人有治疗作用,对整个越裔移民群体也具有治疗作用。

值得关注的是,除了创伤理论家们提出的口头倾诉和书写,这两本小说还揭示亚洲文化特有的治愈创伤的重要途径。第一是移民父母虽然自己不见得能走出战争阴影,但他们却倾其所有甚至舍弃性命为孩子铺就走出创伤的路。无论是《猴桥》中的清还是《莲与暴》的铭,他们都执着于创伤记忆,以至于对现在失去兴趣,对将来缺乏信心。正如《猴桥》中梅对父母这一代人的评价:"某种程度上说,我母亲和她的朋友们与那些身体残疾的人没什么两样。他们紧紧抓住越南的生活不放,在记忆中爱抚着那个原来形状已经不复存在的越南,就像截了肢的人还能感觉被截掉的肢体的轮廓。"(Monkey:255)尽管如此,作为父母,为了让女儿有安全美好的未来,他们都在离世前安排好女儿将来的生活,尽力保证把下一代从战争的阴影中拉扯出来。有美国批评家指出,对第二代移民来说,移民父母的死意味着"根与路的双重丧失":"移民父母的存在不断提醒他们与祖国的联系,从这重意义上来说,移民父母的死切断了第二代文化的根。同时,移居美国或其他地区的移民父母会带来过去的故事和文化,从这重意义上说,他们的去世中断了第二代旅行的轨迹,也切断了第二代找寻过去文化的路"(Dutt-Ballerstadt,161)。有些移民家庭确实是这样,但她的论述对高兰小说中的越裔移民父母来说并不适用。相反,他们的死对后代有着重大意义。《猴桥》中清自杀前甚至亲自准备好葬礼的祭品。她选择把自己留在过去的阴影里,但她把女儿过继给美国朋友,向女儿交代过去的历史,并明确表示她切断的是梅与家族暴力的纽带,以此为梅换取不受暴力历史诅咒的未来。小说中"猴桥"指的是越南人在河流上搭建的狭窄而颤颤巍巍的小竹桥,行人在桥上必须极其小心才不会掉落桥下。批评家单德兴指出,"猴桥"具有丰富的象征意义,它连接了过去、现在和将来,沟通了东西文化差异,消除了分歧(Shan,39)。在该小说中,"猴桥"既象征清带领女儿跨越时空追溯危险而痛苦的越南过去,也象征她带领女儿跨越太平洋、跨越文化的艰难之旅。正是这种跨越,她才能为女儿构筑更宽广的道路。她的努力获得了梅的理解,梅虽然为失去母亲而悲伤,但她更多的是展望未来:"我将跟随我自己的未来。桌上的大学录取通知书悄然展开一片星光之途,让我觉得安心踏实。"(Monkey:260)

《莲与暴》中,铭也努力安排好女儿今后的生活。铭死后,逐步了解父母历史的梅回到越南寻根,并将父亲的骨灰撒入湄公河,流入大海,象征性地与葬身大海的母亲团圆。从《猴桥》到十多年后出版的《莲与暴》,高兰在两部小说中揭示,越裔父母的离世并没有造成下一代"根与路的双重丧失",倒是加强了下一代与族裔文化的联系,最终促成她们回到越南寻根。如此看来,这些越裔父母既为下一代搭建追寻过去和通往将来的桥,也为他们铺设了走出创伤的路。

第二是佛教精神对修复创伤有着不可忽视的作用。佛教是越南的第一大宗教,对越南文化有着上千年的影响。据记载,越南的"每个乡村都至少有一个寺庙",佛教精神和教理"已根植于当代越南人民的思想、道德和行为中"(阮曰陲,7)。《猴桥》中,清笃信佛法因缘。她认为天下事皆有因缘,人的命运如此,一个国家的命运也如此。她认为"佛法弃权利倡道义;佛法不计输赢,提倡洗心忏悔"(Monkey:56)。她很担心父母与地主康之间这段充满罪孽、复仇与谋杀的历史会在孩子身上留下烙印。佛法提倡随善缘而弃恶缘,清带着梅远离了越南,摆脱了恶缘。在生活中,清注重修善缘和创造好的因果。买鸟放生、帮助新移民、把女儿过继给美国家庭,清处心积虑为梅创造善缘,让她走出创伤并拥有"一个迷人的美国梦"。

佛祖提倡慈悲为怀,心存宽恕,不留恶意与憎恨。《莲与暴》中,铭也深受佛教精神的影响。他虽然愤恨朋友的背叛,但弥留之际,他选择了原谅与宽恕。他说:

> 毕竟,我们中有谁能真正地了解我们为什么被驱使去做一件事或被驱使去破坏一件事呢?
> 人生就像琵琶弹出来的复杂琶音一样,很多音符加在一起,最后会形成什么样的曲调有无限的可能,完全不在我们的掌握中。……我没有愤怒,只觉得一片祥和宁静,就像淤泥中伸出一朵盛开的莲花,在水面上安详地展开一片又一片花瓣。(Lotus:336)

铭意识到,尽管他遭到朋友和妻子背叛,但他们都经历了生死之劫,共同拥有那段历史。如果说战争是一潭淤泥,那么原谅与宽恕就是淤泥中开出的美丽而安详的莲花。最后,他在一片祥和宁静中离世。

和铭一样,梅原谅了母亲和自己,最终得到了安宁。她有两个心结:一是母亲没有随父亲和自己移居美国,她感觉遭到遗弃;二是詹姆斯为了救她而死于枪下,她一直感到内疚和自责。后来梅得知,母亲怀有身孕不适合逃难,因此没能跟随她和父亲来到美国。知道真相后,梅终于放下三十年来的失望和怨恨,对母亲充满怀念。铭去世后,梅带着父亲的骨灰回到越南。在莲花盛开的湄公河里,她撒下了父亲的骨灰,实现了父亲与母亲合葬的遗愿。在胡志明市的街头,她巧遇詹姆斯。此时詹姆斯在越南教英语、做义工,并与一名越南女子结婚生女,而父亲的责任感以及帮助饱受战火摧残的越南重建家园的使命使得詹姆斯也走出了战争的创伤。至此,梅的两个心结都已解开。在这个过程中,现实生活中的梅和代表她狂暴隐秘自我的"暴"不再互相指责和敌视,而是达成和解,并合二为一。梅从精神分裂中走出,心无挂碍的她可以安心继续她的美国生活。

莲花在佛教中象征佛祖清净的法身,庄严的报身。崇尚佛教的越南人对莲花喜爱有加,民间把莲花视为国花。把这部小说取名《莲与暴》,高兰既呼应了越裔人对莲花的情结,也肯定了莲花所代表的纯洁、安宁与祥和的佛教精神。越南有句谚语:"没有淤泥,就没有莲花",这正是饱经战乱的越南人心态的写照。这两部小说启示,佛教提倡的随善缘弃恶缘、以慈悲为怀、心存宽恕的精神可以引导人们修复创伤,像坚韧的莲花一样,即使生长在淤泥中,也能安宁祥和地盛开。

参考文献

[1]弗洛伊德.精神分析引论[M].高觉敷,译.商务印书馆,1995.

[2]莱恩.分裂的自我[M].林和生、侯东明,译.贵州人民出版社,1994.

[3]阮曰陲.佛教在当代越南社会中的地位、功能与影响[D].华中师范大学社会学院硕士论文,2014年11月.

[4]陶家俊.创伤[J].外国文学,2011(4).

[5]王学义、李凌江.创伤后应激障碍[M].北京:北京大学医学出版社,2012.

[6]Cao,Lan and H.Novas.Everything You Need to Know about Asian-American History[M].New York:Plume,1996.

[7]—.The Lotus and the Storm[M].New York:Viking Penguin,2014.

[8]—.Monkey Bridge[M].New York:Penguin Books,1997.

[9]Christopher,Renny.The VietNam War/The American War:Images and Representations in Euro-American and Vietnamese Exile Narratives[M].Amherst:University of Massachusetts Press,1995.

[10]Dutt-Ballerstadt,Reshmi.Gendered(Be)Longing:First-and Second-Generation Migrants in the Works of JhumpaLahiri[M].Eds.Lavina Dhingra and Floyd Cheung.Naming JhumpaLahiri:Canons and Controversies.New York:Lexington Books,2012.

[11]Felman,Shoshana & Dori Laub.Testimony:Crises of Witnessing in Literature,Psychoanalysis and History[M].New York:Routledge,1992.

[12]Herman,Judith.Trauma and Recovery[M].New York:Basic Books,1992.

[13]LaCapra,Dominick.Writing History,Writing Trauma[M].Baltimore:Johns Hopkins University Press,2000.

[14] Robson, Kathryn. Curative Fictions: The Narrative Cure in Judith Herman's Trauma and Recovery and Chantal Chawaf's Le Manteau Noir[J]. Cultural Values, 2001(1).

[15] Shan, Te-Hsing. Crossing Bridges into the Pasts: Reading Lan Cao's Monkey Bridge[J]. Chang Gung Journal of Humanities and Social Sciences, 2010(3).

[16] Van Der Kolk, Bessel A. Psychological Trauma[M]. Washington DC: American Psychiatric Press, 1987.

（原发表于《外国文学动态研究》2016 年第 6 期）

同情的困境:《同情者》中的世界主义伦理与反讽主义实践[*]

孙 璐[**]

(上海外国语大学)

摘 要:美国哲学家奎迈·安东尼·阿皮亚的世界主义伦理和理查德·罗蒂的反讽主义哲学均在以"个体"为终极关怀的基础上,探讨自我与他人的关系,为实现跨越社群、超越国界的人类团结提供了一种思路。在荣获2016年普利策小说奖的《同情者》中,身为越战难民、后移居美国的作者阮越清呈现了一种世界主义与反讽的越战叙事。通过刻画拥有"双面身份"的主人公在越战期间及逃亡美国后的传奇经历与纠葛情感,小说不仅审视了美、越两个国家以及越南革命,还同时阐释了世界主义对话与反讽主义质询对理解他人和完善自我的作用,以及"爱有等差"的认同伦理对构建自由主义的世界乌托邦的意义。

关键词:《同情者》;阮越清;世界主义;反讽主义

对越南裔美国作家阮越清(Viet Thanh Nguyen)来讲,凭借其长篇小说处女作《同情者》(*The Sympathizer*)便一举问鼎2016年普利策小说奖,无疑是个意外。对其家人而言,阮越清从事写作、特别是多以越南战争为背景进行创作,本身就是件不可思议的事。在1975年西贡被北越解放后举家逃亡美国的难民父母看来,越南战争是不堪回首的往事,他们甚至拒绝自己的名字出现在阮越清2016年出版的评论著作《永志不灭:越南和战争记忆》(*Nothing Ever Dies: Vietnam and the Memory of War*)扉页的

---

[*] 项目信息:本文系上海市2016年度"晨光计划"人才项目(项目批号:16CG37)、2016年度上海外国语大学校级一般科研项目(项目批号:20161140014)的阶段性成果;2016年上海外国语大学教育教学改革研究项目(项目批号:2017JG017)资助。

[**] 作者简介:孙璐,讲师,主要研究方向为当代美国文学与文化。

赠词中;在身为加州大学声名显赫的医学教授的哥哥看来,"作为越南裔美国人,写小说,尤其是写关于越战的小说,是令人难以置信的反叛之举"(Streitfeld)。实际上,即便对美国当代文坛而言,《同情者》的普利策荣耀大抵也出乎了许多业内人士的预料,要知道当年曾有 13 家出版社拒绝了阮越清,而它在 2015 年刚出版时,也并未引起多少关注;著名文艺综合杂志《纽约客》(*The New Yorker*)只用了边角一隅介绍它;《纽约书评》(*New York Review of Books*)甚至压根没有提及。在出版后的一年间,尽管《同情者》逐渐收获了不少业界溢美的书评和举足轻重的奖项,但仅有两万多册的市场销量着实算不上什么轰动之作。然而,阮越清对此似乎早已有了心理准备,根据他的自述,这并不是一部"激情洋溢却含糊失真的"斯皮尔伯格式的越战小说(Streitfeld),他心目中的"隐含读者"也并非像当今大多数少数族裔作家期待的那样、是占据美国文学消费市场 89% 之多的白人读者,而是"其他越南人"(Nguyen, "Interview with Terry Gross")。或许正是这种"独树一帜"使《同情者》赢得了普利策评委会的青睐,颁奖词形容它是"一个层次鲜明的移民故事,被一个'拥有两面灵魂'、夹在越南和美国两个国家的双面人以一种反讽的、自白式的声音讲述出来。"①

这位反讽的自白者正是小说的无名主人公:"一个间谍,一个沉睡者,一个特务,一个两面人。或许不出意外的,我还拥有两面灵魂……可以从两种角度看待一些问题"(Nguyen, 2015:1)。事实上,整部小说就是围绕主人公的"双面身份"展开的:他是越南母亲和法国神甫父亲的私生子,高中时加入越南共产党,随后被派往美国留学主修美国研究,归国后成为北越潜伏在南越部队的卧底,1975 年跟随南越上司撤退美国,一面继续北越情报间谍的工作,一面体味着难民在美国的艰难处境。按照阮越清的设计,小说是以主人公对其北越长官的"忏悔书"的形式呈现的,也是供"其他越南人"阅读的,但显然,整部小说也是为美国人书写的,甚至可以说,它是为整个世界创作的、值得所有人反思的。某种意义上,小说主人公的"两面性"赋予了他一种"得天独厚"的世界主义视角和反讽主义思维,他的故事不仅呈现了越南难民/移民到美国后所遭遇的身份困境和复杂情感,更由此审视了美、越两个民族、两种意识形态以及"个体"在其中扮演的角色。

需要指出的是,小说主人公所表现出来的"世界主义"可谓是对这一古

---

① See http://www.pulitzer.org/prize-winners-by-year/2016.

老话题的现代诠释。事实上，世界主义作为一种哲学概念最早可以追溯到古希腊的犬儒主义，其代表人物第欧根尼（Diogenes）曾称自己是"世界的公民"（citizen of the world），由此对抗个人属于特定族群的传统观念，这一概念后被斯多葛学派（the Stoic）继承和进一步发展，认为"世界公民"应怀有一种突破国界而拥抱全人类的爱。如果说古希腊时期的世界主义哲学强调的是世界公民对全世界和全人类所肩负的道义责任，到了启蒙时代，以康德为代表的启蒙主义思想家同样关注在世界主义秩序中，作为"个体"的世界公民所享有的权利。正如英国政治理论家戴维·赫尔德评述的，康德所主张的"世界主义权利"概念，是"个人可以同时在特定政治团体的内外发出声音、展现自我的权利，一种超越人为界限和（身份）限制而参与对话的权利"（Held, 15）。

近年来，全球化的现实语境催生了世界主义话语体系的复兴，它不再只是一种哲学理念，而在更大意义上成为一种实践探索，为理解当代"个人——民族/国家——世界"这个三维亦是一体的概念提供了一种新的视角，为审视身份认同、文化差异和普适价值提供了一种新的思路。与古典世界主义一脉相承的美国哲学家玛莎·努斯鲍姆提出，当代世界主义的核心是基于全人类普适价值的"世界社区"（universal community）概念，它规范了人们的道德义务以及"正义和善"，而作为"世界公民"，应成为"爱国主义及其衍生的情感安全区的流亡者，而从正义和善的角度评判我们的生活方式"（Nussbaum, et al, 7）。与此相对的，因循启蒙世界主义的加纳裔美国哲学家奎迈·安东尼·阿皮亚（Kwame Anthony Appiah）则倡导一种作为伦理实践的世界主义。如果说努斯鲍姆的世界主义出于对全人类的整体关怀而致力于构建政治共同体、突显人们在其中应承担的道德义务，阿皮亚的世界主义着眼点则在"个人"，它关注的是如何处理自我与他人的关系，如何看待特定的身份认同，如何实现跨越社群、国界的人类团结等。在《同情者》中，阮越清的终极关怀同样也是"个人"，一个可以不断自我质询并与他人展开对话的"个人"，一个由于情感偏私而不得不对多重身份进行取舍的"个人"，一个对人类苦难抱有深切同情的"个人"。

一、世界主义对话与反讽主义质询

　　一篇刊载在《纽约时报》针对《同情者》的书评中,一幅插图格外引人注目:一棵象征热带的棕榈树矗立在画面横轴的中央,将一位士兵打扮的亚裔男子一分为二,半张黄种人的面孔,处在战火纷飞的左侧世界,半张白人的肤色、置身于阳光明媚的右侧。不言而喻的是,《同情者》的主人公正是这样的分裂者,辗转于硝烟弥漫的越南和象征"光明新世界"的美国加州,而两边截然不同的画风也暗示着他相互冲突的身份认同以及由此引发的爱恨纠葛。

　　小说中,主人公早年曾赴美留学,按照他的自述,这实际上是他的间谍培训,主要任务是"学习美国式思维",以便展开同美国的"心理战"(11)。出于与生俱来的民族意识和对捍卫民族尊严的渴望,他发奋学习与美国有关的一切;因为忿恨美国人认为越南人都讲不好英文的偏见,他偏要掌握"比美国普通民众还要多的词汇和更为精准的语法",说出一口在电话中常被误认为是美国人的标准英语(6—7)。实际上,对小说主人公来说,留美经历不仅使他有机会身体力行地消解美国对其他民族的固有偏见,更使他以一种超越疆域局限的开放性思维审视他者与自我,这与世界主义的主张有诸多契合之处。正如阿皮亚在其代表论著之一的《世界主义:陌生人世界里的道德规范》中对世界主义开宗明义的阐释:"世界主义以开放的视角看待世界"(阿皮亚,2012:10),因此,跨越边界的见识和交流对改变原有的观念、突破原有的认知具有重要意义。阿皮亚曾指出,人们对自己业已习惯的生活方式有着本能的认同,对与己不同的价值观念会产生怀疑甚至抵触,而世界主义开放视角的意义即在于对价值分歧的相互理解,从而在不必认同某种价值的情况下依然能够和谐地共同生活,就像阿皮亚所倡导的,"我们应当了解其他区域的人们,关注他们的文明、他们的论证、他们的谬误、他们的成就。这样做不是让我们达成某种共识,而是有助于增进彼此的理解"(阿皮亚,2012:114)。就小说的主人公而言,多年的留美学习使他深谙美国历史与文化,无论是语言还是行为几乎完全融入美国的生活方式,以至于"从各个层面成为美国研究的专家"(12),然而,值得注意的是,他对美国却时刻保持着"距离",他并不赞赏、甚至从未认同美国。尽管他承认这是一个"超级自信又的确超级强大"的国家,但随处可见的"超级市场、超级高速公路、超音速飞机和超人、超级航母和超级杯①"等各种"超级"字眼,在他看来也同样真切地流露出美国的自恋和强权(28)。按照他的说法,他并未被美国洗脑收编而成为"反共分子",就像阿皮亚在纠正对世界主义的误读时曾指出的,亲近不一定产生友情,对异域风俗的广泛接触也不一定导致旅行者自身信仰的变化(阿皮亚,2012:11—13),因为了解本身就是世界主义对话的意义。

事实上,世界主义对话不仅有助于了解"他人",同样有助于重新认识"自我",从而促进"自我"的完善。阿皮亚曾指出,世界主义以"可误论"(fallibilism)的哲学教义为起点,即认为"我们的知识是不完美的、暂时的;在新的证据出现之后,我们的知识是注定会被修改的"(阿皮亚,2012:217),而只有通过自我与他人的对话才能超越"个人"的局限性,塑造真正完满的自我。因此,世界主义强调"自我—他人"关系中的双向性,即通过理解他人来反视自身。这种"双向质询"曾被英国社会学家布莱恩·特纳定义为"世界主义反讽"(cosmopolitan irony),即一种苏格拉底式的反讽实践,要求个体与自身原有的文化语境和价值预设保持一定距离,从而实现自省(Turner,242)。很大程度上,美国实用主义哲学家理查德·罗蒂(Richard Rorty)提出的"反讽主义"思想,也为"世界主义反讽"实践提供了一定的哲学基础。罗蒂的"反讽主义"立足于后现代主义语境,将生命、叙述、语言等看作一系列的"偶然"(contingency),其中,他特别指出,"自我"的"偶然"并不意味生命的无意义,而是恰恰为自我创造提供了基础。根据罗蒂的定义,所谓"反讽主义者",相信叙述的偶然,即"知道任何东西都可以透过再描述而显得是好或是坏",同时,"由于深受其他语汇(影响),他对自己目前使用的终极语汇②,抱持着彻底的、持续不断的质疑"(罗蒂,105—106)。尽管格外强调"自我",但出于对偶然性的接受、对终极语汇的质疑,反讽主义者放弃了自我中心主义,而是时刻警惕自我的局限、随时准备对自我进行再创造。为了实现这样的反讽主义,罗蒂还指出,"要解决或平息我们对自己性格或自己文化的疑惑,唯一的法门是扩大见识"(115)。不

---

① 超级杯(the Super Bowl)指美国橄榄球超级杯大赛。
② 罗蒂所言的"终极语汇"(final vocabulary),是指人们惯常使用的一系列语词,用以描述他们的行动、信仰,表达对朋友的赞美、对敌人的谴责等。广义而言,文化也拥有这样一套"终极语汇"。

难发现,这与世界主义者所主张的"跨越边界对话"的意义有着异曲同工之处。

反观阮越清的《同情者》,游走于越南和美国的主人公亦是这样一个"世界主义的反讽主义者"。跟随南越上司逃亡美国后,主人公在早年留美结识的教授的帮助下搬出难民营,并在加州一所大学的东方学系谋到了一份差事,像"移民"一样,享受着美国公民的"神圣"权利。在收到美国国税局寄来的退税支票时,主人公不禁感慨,这在越南是难以想象的,因为"在我的祖国,犹如侏儒般狭隘的政府是绝不可能将囊中之物返还给正在水深火热中挣扎的公民的……那是个窃贼统治的社会,处在权力顶层的政府竭尽全力从美国那里偷,一般的民众则绞尽脑汁偷政府,最底层的人便成了家贼,在窝里相互行窃"(85)。正如罗蒂所言,"唯一可以用来批评一个人的东西,是另一个人;唯一可以用来批评一种文化的东西,是另一种文化"(115),小说主人公以"世界主义"的开放态度看待美国这个"他人",同时也在用"反讽主义"的质疑精神不断审视越南这个"自我"。事实上,同是难民出身的阮越清本人,在美国越南移民社区的成长经历也使他对故国文化产生了诸多反思。在接受美国国家公共电台采访时,阮越清回忆了小时候目睹的越战难民间"自相残杀"的暴力,在他看来,这种"窝里斗"正是越南人的劣根之一,因为越南是个"封建等级制的社会,为了生存,越南人早在战争前就一直相互剥削……美国的援助使越南更加腐败,战后的难民便将这种腐败和暴力竞争的陋习带到了美国"(Nguyen,"Interview with Terry Gross")。然而,仔细品味,阮越清及其小说对越南"自我"的质询更多流露出的是一种"恨铁不成钢"的自省,而非作为礼赞美国的衬托。《同情者》中,逃亡美国的南越难民曾饱含真情地坦言,在美国这个"与其说是福利的国家,不如说是梦想的国度",他们的"美国梦"却是"重回故土",因为"无论穿什么衣服、吃什么饭菜、说什么语言,我[对越南]的心永远不变"(227—228)。在访谈中,阮越清本人更是直言不讳地解释"美国梦"的悖论:一方面他承认自己的成功部分得益于美国提供的机遇,另一方面他却抵制将自己阐释为"美国梦"的代言人,因为他尖锐地指出,相比"移民",他更是"难民",一切苦难抑或成就的源头都是美国这个始作俑者在越南发动了战争,因此,《同情者》讲述的"不是移民故事",而是"战争故事"(Nguyen,"Interview with Terry Gross")。尽管有关"难民"抑或"移民"的认同不乏尴尬,但阮越清立足于"越南难民"的"美国人"身份的的确确为其审视越南和美国提供了一种颇具反讽张力的视角。

二、以身份认同为"根"的世界主义

事实上,身份认同是实现反讽主义的前提,也为进一步践行世界主义提供了伦理基础。特纳在阐述"世界主义反讽"时曾指出,"只有当一个人已经具备对某一区域的情感投入时,反讽才有可能实现。从这个意义上讲,爱国主义,不但有可能与反讽并存,甚至为反讽提供了前提"(Turner,242)。在特纳看来,尽管实现反讽需要一定"距离",但成为世界公民并不意味着要从努斯鲍姆所言的"爱国主义及其情感安全区流亡",而应当具备将这种情感放置于世界维度考量的意识,这也是阿皮亚"有根的世界主义"(rooted cosmopolitanism)的核心主张。就像前面介绍的,与努斯鲍姆倡导的建立在普适价值基础上的世界主义不同的是,"有根的世界主义"关注的并非抽象的人性,而是真实具体的个人,一个与诸多历史与文化条件有关、自生命伊始就与他人产生互动的"社会人"。在《认同伦理学》(The Ethics of Identity,2005)一书中,阿皮亚解释道,倘若"没有这些[与他人的]关联,我们不能成为自由的自我,我们甚至根本不能成为自我"(2013:37—38)。而这些关联使"自我"拥有了某种身份认同①,无论是国家、种族层面的,还是亲人、朋友抑或是敌人、陌生人意义上的,构成了世界主义的"根",也塑造了罗蒂"反讽主义"思想中的"自我终极语汇"。不难发现,无论对阿皮亚还是罗蒂来说,个人的"身份认同"/自我的"终极语汇"都为世界主义的视角确立了基点,为反讽主义的思维提供了参照物。

如果说正是因为坚持自己对"越南难民"的身份认同而使阮越清"抵制"有关"美国梦"的话语绑架,《同情者》的主人公则因多重的身份认同而使他对越南和美国产生了更加含混错综的情感。首先,身为北越的间谍(而非真正意义上的南越难民),他对美国在越战中所扮演的角色有着更清

---

① 阿皮亚在定义身份认同时划分了"个人性"维度和"社会性"维度,前者多用以描述人的特点(如智慧、贪婪、魅力等)而不依赖标签化的语言,而后者多以诸如种族、性别、宗教等特定术语划界,同时拥有一系列共识语汇规范其中个体的生活、情感等。在阿皮亚的认同伦理中,更强调个人身份认同的社会性维度,即个人如何依赖一套语汇与他人建立关联。

醒的认识。如果说溃败的南越将领曾将美国视为"我们的朋友、恩人、保护神"(3),他则一针见血地批判"没有什么比举起枪、口口声声为捍卫自由和独立、实际却在掠夺其他人的自由和独立更美国的了"(211)。在他看来,美国才是战争及越南一切苦难的罪魁祸首,而它却"永远标榜自己的纯真,认为自己所做的一切都是正义的"(183),美国的这种"道貌岸然"在主人公随南越上司逃亡美国后更加昭然若揭。在从难民营迁至移民社区后,主人公的南越上司曾将难民组织起来,进行军事化训练,以期发动一场反攻社会主义越南的"光复革命";期间,这位首领曾向一位美国国会议员求助,企图寻求"东山再起"的政界支持。然而,这一切在主人公眼中只是不切实际的"天真幻想",这位被"光复大军"视为"救世主"的国会议员不过是个彻头彻尾的政客,他张口闭口的"美国梦"看似是在"敞开双臂拥抱越南难民"(113—114),实际上只是为了给自己多拉几张选票(140)。共产主义的政治信仰和美国研究的学识背景无疑使主人公对美国的评判更加鞭辟入里。

  在更广义的身份层面上,小说主人公不仅是北越共产党员,更是一个越南人,基于越南民族的身份认同使他对美国的讨伐不仅针对它的"道貌岸然",还有它对越南所遭受战争苦难的无视。主人公曾以"越南顾问"的身份受邀参加一部好莱坞电影的拍摄,但令他愤慨的是,在这部以越南为场景、以越战为题材的电影中,竟"没有越南人的声音",而导演只是轻描淡写地辩解说这是"出于票房"的考虑(127)。当主人公跟随摄制组到菲律宾实拍时,尽管电影增加了"三个可以讲话的越南人"的戏份,但设计的却是北越强奸者、美国拯救者以及南越士兵皈依美国的情节,甚至连饰演者也不是越南人,因为导演认为"我们[越南人]没有本事呈现自己,而只能被其他人再现"(152)。这场美国发动的对越南的侵略战争,却被好莱坞演绎成为一个美国的英雄主义故事,而真正的受害者越南人却成了可有可无的棋子,主人公的忿恨不难想见。事实上,这也是阮越清对好莱坞的控诉。阮越清曾解释说,小说中的好莱坞电影影射的是弗朗西斯·福特·科波拉1979年执导的《现代启示录》——一部在他看来是"伟大的"、更是"有问题的"越战经典影片。在他10岁观看这部电影时,美军对越南村庄的轰炸刺痛了他,但更让他难以释怀的是,好莱坞作为"五角大楼非官方宣传部",将造成了三百万越南人死伤的战争叙述成为一部美国的悲剧史诗;在他看来,美国无论在戏里还是戏外都在"杀戮越南人"。一定意义上,阮越清对"美国式越战叙事"的"反抗"通过小说实现了,但他同样冷静地知道,面对拥有强大话语权的好莱坞,这种反抗的"无力":尽管美国是越战的"战败者",但"凭借异常强大的文化产业,它成了越战记忆的胜利者"(Nguyen, "Interview with Terry Gross")。就像小说中,面对那些身为群众演员的越南难民——尽管在拍摄中被百般蹂躏,却依然不得不为生计所迫而接受好莱坞的"施舍",甚至对其"感恩戴德"——小说主人公流露出了"哀其不幸、怒其不争"的无奈。无论是阮越清本人,还是小说的主人公,对越南民族的身份认同使他们对越战有着清醒的认识,对美国在其中扮演的角色有着尖锐的批驳,但他们的"无力"也好、"无奈"也罢,流露出的还有对越南民族自身的反讽,从另一个角度而言,这种反讽也无不动摇原有的身份认同。

三、从"爱有等差"走向"团结"

阿皮亚的认同伦理学认为,尽管依赖种种社会关联的身份认同是建构"自我"的基本要素,但并非一成不变,个体可以创造和重建社会身份。就"有根的世界主义"而言,如果说身份认同提供了世界主义视角的基点,那么身份认同的"重塑性"则为突破局限式的思维模式、从而实现真正超越国界的世界主义提供了可能。需要指出的是,在重建身份认同的过程中,每个人会因"爱有等差"的情感偏向而对多维度的身份认同做出孰轻孰重的区分和取舍,在世界主义者看来,这种情感偏向不仅无可厚非,并且具有一定的伦理意义。阿皮亚在论述"伦理①的偏私性"中解释道,在处理"自我"与"他人"的关系时,"对所有人来说,应该首先关注亲密的朋友"(阿皮亚, 2013:284),因为只有关心自己的亲人和朋友才有可能去尊重陌生人,只有热爱自己的国家或者社群共同体才有可能去关爱超越国界的其他人。

正是这种"爱有等差"的情感偏向,使小说主人公对北越的身份认同产生了质疑甚至最终的颠覆。尽管整部小说的叙述充满了戏谑的讥讽,却在描写主人公与滴血结义的兄弟情感时流露出动人的真诚。因法越混血的私生子身份,主人公自小处处遭人奚落,在中学一次受欺的打斗中,同学波

---

① 在《认同伦理学》一书中,阿皮亚区分了"道德"和"伦理",前者"处理的是我们亏欠别人什么",而后者"处理的是什么样的生活对我们而言是值得过的好生活"。阿皮亚将世界主义看作一种"伦理"而不只是"道德",因为世界主义不仅强调每个人对他人的责任和义务,同时强调"我们想要成为什么样的人的个人概念"(《认同伦理学》290)。

和曼为他挺身而出,三人因此成为结拜兄弟。但命运的捉弄使波在父亲被北越杀害后成为坚定的"反共分子",而曼成为主人公的上司,两人均被北越安插在南越做间谍。虽然波对他们的政治身份并不知情,但作为"凤凰计划"①的成员,"波的任务就是暗杀我和曼的同志"(33),可以说,波是主人公政治信仰上的"敌人"。然而,正如波对主人公表露的真心,"或许绝望是厚重的,但我们的友谊更加深厚",主人公也誓死捍卫三人的兄弟情义,"你们的血就是我的,我的也是你们的"(34)。当西贡被北越解放,主人公之所以听从曼的安排、继续做南越流亡军的间谍,很大程度上是出于对波的安危考虑,因为"如果我们[主人公和曼]都留下,波也不会去美国"(27);而当波加入将在泰越边境集结、欲图反攻社会主义越南的敢死队后,主人公不惜违抗北越的命令而执意离开美国,也是因为"只有同波一起回去,才能救他的命"(268)。为了"亲密的朋友",主人公不惜对抗政治信仰的"身份",而更戏剧性的是,对抗的"后果"让他最终颠覆了对北越的认同。

在"反攻"失败进而被捕后,摘掉间谍面具的小说主人公并未享受到回归西贡组织的荣耀,反而被投入"革命再教育"的集中营,在"革命同志"荒诞而残酷的审讯下交代自己间谍生涯中的"污点",忏悔自己党性的"不够纯洁"。讽刺的是,在这种为了追求对革命的极致忠诚而展开的"批评与自我批评"中,主人公看到了革命本身的反讽解构、以致于与"反革命"成了"一丘之貉"。当一边听到审讯者的怒斥"我不是你的同志"(325)、一边亲身体验着美国中情局发明的反间谍审讯技术用到了自己身上,主人公的北越身份认同也彻底粉碎:

> 我终于明白,我们的革命是如何从政治改革的前锋变成了权力攫取的后卫……法国人和美国佬曾经不也是这么干的吗?同是革命者出身,他们后来变成了帝国主义者,殖民霸占我们的领土,以拯救者的名义剥夺我们的自由……在学习我们法国主人和美国管家的恶习方面,我们很快就证明了自己的出类拔萃。在对伟大理想的践踏上,我们也可以做到!以独立和自由为名解放越南,紧接着再扼杀自己同胞的独立和自由。(360)

---

① "凤凰计划"是越南战争中,由美国中情局指挥的、专门暗杀越共分子的组织。

如果说当初的"爱有等差"让他为了"亲密的朋友"而不惜牺牲对政治身份的忠诚，同是"爱有等差"也让他最终失去了对国家的认同。然而，也正是在这个意义上，他成为一个超越意识形态的世界主义者，一个真正的自由主义的反讽主义者。

阿皮亚在论述"有根的世界主义"时，曾区别了"民族"和"国家"的概念。与美国政治学家本尼迪克特·安德森（Benedict Anderson）有关民族国家是"想象的共同体"的理论一致的是，阿皮亚同样关注到了"民族"这个概念所包含的主观任意性因素，即将一个民族中的个体联结在一起的是他们"共同参与的故事"，民族对个人的伦理意义"与足球和歌剧有意义的原因是相同的：它们都是自主的行为者关心的事物"（阿皮亚，2013：308）。阿皮亚同时指出，相对而言，"国家具有内在的道德性：它们之所以重要不是因为人民在乎它，而是因为它们通过需要得到道德证明的强制方式来管理我们的生活"（阿皮亚，2013：309）。简单来说，"民族"概念更强调个人的自主行动力，而"国家"概念则更突出对个人的强制约束力。在《荣誉法则：道德革命是如何发生的》（*The Honor Code: How Moral Revolutions Happen*，2010）一书中，阿皮亚进一步阐释道，个人对国家的认同是建立在一种对国家成就的骄傲情绪，"你至少要高度赞赏国家的某些成就，否则很难对国家产生信任之感"（阿皮亚，2011：97）。也就是说，正是由于从一开始，国家与个人的关系就不如民族与个人的关系那么"主观而亲近"，一旦国家的强制职权被滥用，个人对国家的认同便会随之遭受打击；相比而言，个人对民族的忠诚绝不仅仅是由出生地决定的，因此，对民族的情感偏私性也会更加强烈。

需要指出的是，阿皮亚区分个人对国家和民族的"爱有等差"，并非为民族中心主义提供伦理合法性，而是一如既往地强调世界主义伦理实践对"个人"的终极关怀。在他看来，"有根的世界主义"所主张的对朋友、家庭、民族，还有国家的情感偏私之所以具有伦理意义，主要是在于它们不仅关注了自我对他人的道德义务，更关注了个人（包括自我和他人）作为一个真实具体的生命主体的自主权利。回到《同情者》的主人公，他"爱有等差"中的"爱"针对的并非政治信仰、国家意识形态，也非抽象的人性以及所谓的"正义和善"等普适价值，而是身边真真切切存在、有血有肉的人。他鞭笞美国对越南战争死难者的无视，也同样讽刺越南政府对民众疾苦的漠然；他斥责美国的道貌岸然，也同样揭露北越的表里不一，因为它们都没有把

"人"当作人看。正是出于他对实实在在的"人"的爱,他会忍不住同情拥有"敌人"身份的南越士兵和流亡的难民(35);他会在犀利地指出"光复大军"天真痴梦的同时,敬畏他们"重获的男子气概"(212);甚至在写给北越上司的信中称他们为"英雄和梦想家",因为他们想得到的是"国家(哪怕已不复存在)的承认和铭记"(214)。正是出于他对个体生命的尊重,他会在失去对北越的身份认同后,和波一起再次踏上从西贡逃亡的难民之路,因为他此时誓死捍卫的只有一个信念,那就是"我们要活下去"(367)。超越了意识形态、超越了国家后,他成了以"个体生命"为终极关怀的世界主义的阐释者。

一定意义上,小说主人公也实现了罗蒂所言的"自由主义者"与"反讽主义者"的统一。按照罗蒂的阐释,"自由主义者"强调对普遍人性、普适价值坚定的信念,致力于实现社会乃至全人类的"自由",而"反讽主义者"强调对终极语汇持续的质疑,追求个体不断的自我完善与自我创造。这两个在理论上看似无法调和的理念在实践中则有可能完美结合,即罗蒂所谓的"自由主义的反讽主义者":他们质疑普遍主义,反对"(自我和他人)那些核心的信念与欲望的背后,还有一个超越时间和机缘的基础",但他们同时相信人类团结的可能,因为"这些无基础的欲望之中,包含了一个愿望,亦即希望苦难会减少,人对人的侮辱会停止"(罗蒂,6)。在罗蒂看来,将人与人集合为一体的不是形而上学家坚持的世界"真理",而是自我与他人的通感,因此,"团结不是反省所发现到的,而是创造出来的。如果我们对其他不熟悉的人所承受痛苦和侮辱的详细原委,能够提升感应相通的敏感度,那么,我们便可以创造出团结"(罗蒂,7)。团结的意义不仅在于将自我与他人联系在一起,更重要的是,在"逐渐把别人视为'我们之一',而不是'他们'"的过程中,不仅描述了陌生人,也重新描述了我们自己(罗蒂,7),由此,个体完美与全人类的和谐成为相互兼顾的有机体。一定意义上,在《同情者》中,出于对包含了你我他个体苦难的"感同身受",主人公将"爱有等差"的关怀"推己及人",可谓真正实现了超越固有社群界限的"团结"。

四、结语

著名哲学家亚当·斯密在《道德情操论》一书中曾论述,尽管"人性中原始的自私的热情"会使"我们自己的一个极其微小的利益得失,其重要性会显得大大超过某个与我们没有特殊关系的他人至感关切的利益",但人的"理智、原则、良心"(斯密,162—163),即被他称之为"人性中(固有)的一些原理",能够使人征服原始的自私,"促使他关心他人的命运,使他人的幸福成为他的幸福必备的条件"(斯密,2),"同情"便是其中之一。从这个角度来看,小说《同情者》的题目亦是意味深长,所谓"同情者",即一个对他人命运充满同理心的人,但反思整个故事,若要真正成为这样的"同情者",却充满了反讽的周折。如果说"同情"可以使我们意识到对陌生人负有某种责任,"同情"本身也会遭遇困境,尤其当这份"同情"有违自己的身份、这份责任冲撞自己对身边人关爱的时候。在《同情者》中,主人公的"双面身份"亦使他陷入了"同情的困境",因为激起他"同情"的有亲如手足的朋友、有政治"敌人"的南越部队、有流亡他乡的同胞难民,还有他羸弱的民族、饱受战乱的国家。

很大程度上,世界主义伦理与反讽主义实践为化解这种"同情的困境"提供了诸多启发。正如阿皮亚评述的,"有根的世界主义"试图为"我们究竟要对陌生人承担多大的责任"(阿皮亚,2012:237)这一症结问题提供一种解决思路:通过自我与他人的反讽主义对话,通过多重身份认同的"爱有等差"和"推己及人",通过对"个人"的终极关怀,从而跨越社群、超越国界地联结你、我、他。一定意义上,阿皮亚勾勒的世界主义蓝图也是罗蒂构想的"自由主义乌托邦",因为它的实现"是一个永无止境的过程,永无止境地、日新又新地实现'自由',而不是与一个早已存在的'真理'趋于一致的过程"(罗蒂,8)。可以说,无论是世界主义还是自由主义的反讽主义,提供的不仅是一种开放的视角、宽容的心态,更是一种基于"个体"的伦理实践,它走向自我创造,同样走向人类团结。根据阮越清的初衷,《同情者》是一部写给"越南人"看的"战争小说",以此反抗曾湮灭越南人战争苦难的、传统的美国越战叙事,但毋庸置疑的是,正如小说主人公以超越边界的世界主义视野审视越南和美国,"战争小说"也超越了"战争"本身,它怀揣的不仅是对战争受难者的同情,亦是对困顿的"同情者"的同情。如果说"同情的困境"源于伦理意义上的"自我分裂",即黑格尔所言的悲剧冲突的根源是善与善、而非善与恶之间的对抗,"同情的困境"在世界主义和反讽主义那里看到了"自我重新和解"的伦理希望,一如小说结尾主人公的再次起航,驶向的应是对个体生命充满关爱的人类乌托邦。

参考文献

[1] 奎迈·安东尼·阿皮亚.荣誉法则:道德革命是如何发生的[M].苗华建,译.北京:中央编译出版社,2011.

[2] —.世界主义:陌生人世界里的道德规范[M].苗华建,译.北京:中央编译出版社,2012.

[3] —.认同伦理学[M].张容南,译.南京:译林出版社,2013.

[4] 理查德·罗蒂.偶然,反讽与团结[M].徐文瑞,译.北京:商务印书馆,2003.

[5] 亚当·斯密.道德情操论[M].谢宗林,译.北京:中央编译出版社,2008.

[6] Held,David.Cosmopolitanism:Ideals and Realities[M].Cambridge:Polity,2010.

[7] Nguyen,Viet Thanh.The Sympathizer[M].London:Corsair,2015.

[8] —.Interview with Terry Gross:Author Viet Thanh Nguyen Discusses "The Sympathizer" And His Escape from Vietnam[J].NPR,2016(5).

[9] Nussbaum,Martha,et al.For Love of Country:Debating the Limits of Patriotism[M].Boston:Beacon,1996.

[10] Streitfeld,David.For Viet Thanh Nguyen,Author of "The Sympathizer",a Pulitzer but No Peace[J/OL].New York Times.(2016-06-02).www.Nytimes.com/…/viet-thanh-nguyen-prizewinning-author-of-the-sympathizer.

[11] Turner,Bryan.Rights and Virtues:Political Essays on Citizenship and Social Justice[M].Oxford:Bardwell,2008.

(原发表于《外国文学研究》2017年第3期)

论越南裔美国作家乐·莱·黑斯里斯的《天翻地覆》*

尹 姬 曾紫琼**

摘 要：越南裔美国作家乐·莱·黑斯里斯的回忆录《天翻地覆》以女性为叙事视角，分别讲述了黎里在越战前后所经历的天翻地覆的生活和命运。本文以黎里的身份探寻为出发点，关注她被边缘化的"他者"地位，勾勒出她从"他者"的处境到表述自我的历程，指出黎里只有通过树立主体性意识，重塑身份，才能实现从"他者"到"主体"的转变。

关键词：边缘化；身份构建；双重他者

一、引言

近半个多世纪以来，越南裔美国人中出现了越来越多以英语写作并屡屡获得文学大奖的作家，他们的作品从越裔移民的角度向读者呈现出越南战争对越南族群的影响。越南裔美国作家乐·莱·黑斯里斯的回忆录《天翻地覆》以饱经战乱的越南为背景，讲述了越南乡村少女黎里在越南战争

---

* 项目信息：2012年广西师范大学校级科研项目（人文社会科学类）"族裔散居批评视角下越南裔美国作家的文化属性研究"（师政科技［2012］12号）；广西师范大学教育发展基金会"教师成长基金"项目"越南裔美国作家的流散写作研究"（项目编号：EDF2013009）；2017年广西师范大学教育教学改革立项项目"《国标》背景下英语专业综合英语教学与学生思辨能力发展改革研究"（项目编号：2017XJGZ11）；广西人文社会科学发展研究中心2013年度青年专项项目"多元文化视野中越南裔美国作家的文化属性研究"（项目编号：QNYB13019）；广西师范大学越南研究中心项目"文化记忆与身份认同视角下1.5代越南裔美国文学研究"（项目编号：YN2017007）

** 作者简介：尹姬，讲师，研究方向为越南裔美国文学；曾紫琼，专业方向为英语教育。

中充满坎坷的命运以及她后来跟随丈夫到美国之后的奋斗故事。

二、双重压迫下的双重"他者"

根据西方哲学词典,"他者"代表着隔离、对立、疏离。"'他者'是本土以外的他国,其他国家的政治、意识形态和文化等,以及这种政治、意识形态和文化的具体体现者,还包括其他的种族、民族、宗教等文化蕴含"(张首映,1999)。作者既是移民又是女性的独特身份,使得《天翻地覆》具备了使用"他者"理论来诠释的条件。越南移民较之美国白人来说是一个"他者",同时女性较之男性也是一个"他者",他们的共同点就在于都处在边缘地带,缺乏力量,总是要被掌控。

书名《天翻地覆》中的天与地让人联想到男性与女性。由于深受中国传统儒学熏陶,越南社会在男女关系上一直延续着男尊女卑的思维定式。男性常常被认为是一片天,撑起一个家,而女性则是大地,哺育孩子延续血脉。根据以夫为天,在家从父,出嫁从夫,夫死从子的观点,女性应当顺从男性,将自己的命运完全交由男性掌控。

在传统的越南文化中,女人在结婚前要保持贞洁,反对所有婚前或非婚性爱,恪守妇道被看作对女性的基本要求。在这种文化的笼罩下,黎里在被两个越共士兵强奸后只能选择沉默,否则她将会因失去贞操而受到众人谴责,并被家人和社会排斥。因此,在早期,黎里对被强奸的沉默恰好印证了她是认同越南传统文化对女性的要求的。

在小说《天翻地覆》中,黎里刻画了一个父权社会中传统年轻女性的角色。她很清楚女性低下的社会地位与男性的暴力是分不开的,男女在力量上的差异直接影响了两者的关系,而女性常常是男性压迫的牺牲品。十几岁的时候,她被两个越共士兵折磨和强奸,在回忆起被强奸的场景时,黎里曾写道:"Loi 转过身的时候,我听到 Mau 如鬼魂般的笑声……Loi 的手紧紧拽住我的双脚,就像摆弄着一个木偶……他手上的步枪不知什么时候不见了,取而代之的是一把明晃晃的刀子。他低头看着我,我在他眼里就像屠夫砧板上的肉一般,无法逃脱"(Hayslip,1989)。

在这段描述中,黎里以"步枪"和"刀"代指男性的阴茎,表明男性以暴力或者武力手段凌驾于女性之上,以粗暴的方式夺去了女性的贞操(Ha,1

—18)。二人在犯下恶行后,都使用身体或言语暴力的威胁来迫使黎里保持沉默,并恐吓她如果敢揭露他们的暴行,他们则要对她实施更多的伤害。可见,黎里的沉默正好是对男性权力和暴力的妥协。

赛义德·爱德华在《东方论》中提到,东方女性对西方男性在性方面的屈服在一定程度上象征着东西方力量差异的格局(赛义德,1999)。西方企图通过殖民战争征服东方,男性渴望通过暴力和权力征服女性。而对于一名美国男性士兵来说,如果他没有与至少一个越南女性发生性关系,无论是自愿或非自愿,那么他在越南的经历就不能算得上是完整的。黎里在自传中提到她的卖淫经历:一个美国军事警察大麦克为了说服她卖淫,为她提供了一大笔钱,并告诉她这几个士兵想在回国之前带走一些"回忆"和"纪念物"。起初,她坚决反对,但在金钱的诱惑下最终选择了妥协。她用她的身体为这些美国士兵的越南之行画上了完整的句号。当黎里后来回忆这件事时,她猜测道:在美国男性士兵看来,如果没有与越南妇女有关的某种性经验,他们的男性气概是不能被肯定的。正如赛义德在书中所解释的一样,西方男性渴望征服东方女性,并把东方看成是"男性力量幻想"得以实现的地方。

黎里在丈夫艾德的帮助下移民到了美国,但并没有从此过上无忧无虑的生活。在这个过程中,艾德扮演了"拯救者"的角色,帮助她脱离了越南的苦难生活。而黎里被动地扮演着男权投射给女性的柔弱、无能的刻板形象:女性是需要男性来拯救的。这说明倡导平等理念的美国并不能使女性移民逃离被压迫的处境。作为一个特殊的移民群体,第三世界的女性比男性承受更多的压力,受到更严重的伤害,因为她们不仅要受到种族身份的压迫,还要受到男性的歧视。

黎里在美国的生活很艰难。由于语言的障碍和主流社会的排斥,她找不到体面的工作,只能依靠丈夫过活。语言不通导致的交流障碍使黎里几乎陷入了失语的境地。而在日常生活中,种族歧视更让黎里痛苦不堪。小说中有这样的描述:"……男店员看到我的越南传统长衫,狠狠地瞪了我一眼。这种眼神似曾相识——当我还在岘港时,大部分越南人对我那些美国男朋友投来的不赞成的眼神——但在这里却多了一些歧视的意味"(Hayslip,1993)。

面对售货员的不善意,黎里只能低垂着眼睛,保持沉默。因为她知道,这是美国不是越南,她是被排斥在外的异乡人,女性移民在美国社会的困境可见一斑。就这样无论是在越南还是在美国,黎里遭受性别和文化的制约,承受着形式不同的压迫,陷入了双重"他者"的境地,成为主流社会中的边缘人。

三、双重他者的颠覆

(一)第一重他者身份的颠覆——女性

在男权制社会里,女性一向被定位成柔弱、需要保护的形象,在婚姻中一般处于被动的境地。当黎里还是少女时,她渴望爱情,仰慕他的雇主安,并怀了他的孩子。然而,安是一个懦夫,当他们的私情被安的妻子发现后,他毫不犹豫地抛弃了黎里。他不否认他爱黎里,但他不会为了黎里而冒险失去他拥有的一切。相比起懦弱自私的安,黎里敢爱敢恨并坚持把孩子生下来,独自抚养成人,彻底颠覆了女人是弱者的定论。

黎里在西贡工作,与一个半中国半爱尔兰裔的美国大兵吉姆约会,并与他一起生活。吉姆是个性情暴躁的酒鬼,每次喝醉酒后辱骂甚至殴打黎里,而黎里则一次又一次咽下屈辱,原谅了吉姆。因为她从小所受的教育已经使她将父权社会的价值观内化了。然而,黎里的忍让顺从没有换来她渴求的平静生活。吉姆的又一次酒后失控几乎要了她的命。此后,她不再选择对男性的暴力保持沉默,而是来到当地的议会大厅那里寻求帮助,离开吉姆。她的行为与当时的社会观念是背离的,不符合传统女性委曲求全的形象。她具有强烈的独立和自主意识,大胆地挑战男权,这些行为有力地震撼和抨击了当时的社会,是妇女为了追求幸福做出的呐喊和抗争,是自主意识和自我存在价值的体现。她与男权社会不懈地抗争,努力改变着她作为女性的"他者"地位。

(二)第二重他者身份的颠覆——越南移民

在沉默中,黎里逐渐认识到了语言、话语的重要性。事实也证明,一味的臣服与认同并不能填补不同文化间的鸿沟或消除自身的种族特性,只有做到既保留越南的传统文化又适应新的文化环境才是唯一出路。于是,黎里试图去融入美国的主流文化,从而改变这种"他者"身份。

黎里开始踏出自己家庭的小圈子,一边打点散工挣钱,一边报了语言学校学习英语,凭着自己的勤奋与毅力积攒了一笔钱并完成了学业。她努力学习英语,希望用英语表达自己的思想,不再让自己沉默。因为她意识到要想了解一种文化,必须要融入其中,要通过语言去和他们交流。黎里的努力证明女性移民不比任何人差,以此来改变美国白人对越南移民的歧视与误解,从而接受他们,赋予他们平等的权利。

黎里不仅是自己挣扎着努力发声,同时,她也鼓励身边和她一样的女性移民主动融入美国文化,唤醒自我意识,靠自己的努力去找回自身的尊严和价值,从而颠覆自己的"他者"身份。她希望通过消除"他者"与"自我"的对立,最终实现民族和文化融合,而不是种族对抗和文化冲突。

四、结语

作为游走在中心和边缘之间、美国文化与越南文化之间的夹缝人,黎里·海里斯通过书写回忆录,从越南人的视角向读者展示了一个"他者"视阈中越南难民远度重洋来到美国以及在美国的生活经历。《天翻地覆》颠覆了霸权话语下的"他者",从女性的视角观察和讲述历史,打破了越南女性的沉默,打破了失语的状态,发出自己的声音。在这个过程中,黎里的记忆片段通过讲故事的叙述再现,这种对记忆的重建不仅使她找到了"自我",进一步认同了"自我",而且重拾了话语权。

参考文献

[1]赛义德·爱德华.东方学[M].王宇根,译.北京:新知三联书店,1999.

[2]张首映.西方二十世纪文论史[M].北京:北京大学出版社,1999.

[3]Ha,Quan Manh.Power and Gender Relations in When Heaven and Earth Changed Places[J].War,Literature and Arts,2013(25):1—18.

[4]Hayslip,Le Lyand Hayslip,James.Child of War,Woman of Peace[M].NewYork:Doubleday,1993.

[5]Hayslip,Le Lyand Wurts,Jay.When Heaven and Earth Changed Places[M].New York:Doubleday,1989.

[原发表于《文学教育(上)》2018年第6期]